Lisa Luxor

Ich liebe dich für immer

edition winterwork

Bibliografische Informationen der Deutschen Nationalbibliothek:
Die Deutsche Nationalbibliothek verzeichnet diese Publikation in der Deutschen Nationalbibliographie. Detaillierte bibliographische Daten im Internet über http://www.d-nb.de abrufbar.

Impressum

Lisa Luxor, »Ich liebe dich für immer, nur sterben kostet mehr«
www.edition-winterwork.de

Satz: Lisa Luxor
Umschlag: edition winterwork
Druck und Bindung: winterwork Borsdorf

ISBN 978-3-86468-414-2

Ich liebe dich für immer -
nur sterben kostet mehr

Lisa Luxor

edition winterwork

Ich liebe dich für immer –

Nur sterben kostet mehr

Inhaltsverzeichnis

Einleitung

Ich habe beschlossen dieses Buch zu schreiben, um mein Leben wieder in den Griff zu bekommen. Die Ereignisse des letzten Jahres füllen ein Buch... so viele Dinge, die mir widerfahren sind, sind sage und schreibe so unglaublich, dass sie wohl kaum verfilmbar wären.

Das würde doch niemand mehr glauben... Um mich selbst aus diesem Gefühlschaos, das wie ein Märchen aus Tausendundeiner Nacht begann, zu retten, schreibe ich nun alle meine Erlebnisse in diesem Buch nieder. Ich habe mir selbst versprochen, für jedes Monat, das in meinem Buch aufgerollt und beschrieben wird, die entsprechenden E-Mails, SMS und Bilder zu löschen oder zumindest so zu verbannen, dass sie von meinem Computer verschwinden.

Wir haben uns in diesem Jahr zumindest 800 SMS geschrieben, wobei wahrscheinlich 600 von mir kamen. E-Mails schrieb ich sicherlich weit über Tausend. Da ich sie ab Oktober nicht mehr gelöscht habe, werde ich am Ende des Buches wissen, wie viele E-Mails ich von meinem Computer löschen konnte. Gechattet haben wir zu Beginn mehrmals wöchentlich, am Ende jedoch ungefähr vier Stunden täglich. Telefoniert haben wir zeitweise beinahe täglich. Ich war also auch finanziell in einer eher angespannten Situation.

Jetzt, nach Ende dieses Traumes, habe ich zugleich auch Zeit ohne Ende. Ich fühle mich leer, da diese Zeit natürlich nun im Überfluss zur Verfügung steht. Nach wie vor schaue ich wie in Trance unzählige Male täglich ins Internet, um festzustellen, dass er nicht mehr da ist....

Ich muss mich neu orientieren. Ich beginne beim Null-Punkt, aber.... ich lebe noch.

Auch das war zwischendurch nicht immer so gewiss. Es hätte auch anders ausgehen können. Allerdings habe ich einen guten Arzt, der mich nun begleitet, ich habe eine gute Gesprächstherapeutin, die zugleich auch eine langjährige Freundin von mir ist... und es haben sich in meinem Leben Arbeitskolleginnen als unglaublich gute Freundinnen herausgestellt, ohne die wohl alles auch anders ausgegangen wäre.

Viele Menschen haben auf mich aufgepasst und mir geholfen, über meine schlimmsten Rückschläge hinwegzukommen. Das Verfassen dieses Buches soll nun der Abschluss meines Märchens sein, der Neustart in ein geordnetes Leben, ein Zurücklassen aller meiner Kindheitsträume...

Wie sagt man denn so... Träume gehen doch im wirklichen Leben nicht in Erfüllung. Und Geschichten werden nicht wahr! Die Prinzessinnen und Prinzen, die Königinnen und Könige, sie alles gibt es nur im Orient, in Nordeuropa in den Adelsfamilien oder eben im Märchen...

Und... Märchen werden nicht wahr. Auch wenn man sich das wünscht. Und Engel... leben im Himmel, und nicht auf Erden. Also sind alle meine Hauptfiguren nicht vorhanden in der Realität, aber meine ganze Realität war ja auch nur ein Traum, was sich schlussendlich auch herausgestellt hat.

Aber mit diesem Buch werde ich wieder den Weg zurück finden. „Nothing happens without any reason. God takes you something good to give you something better..." hat auch meine große Liebe zu Beginn zu mir gesagt. Diesen Satz habe ich mir als Leitsatz eingeprägt. Ich werde ihn zielstrebig verinnerlichen und meine Erfahrungen verarbeiten. Vieles werde ich im Laufe meines Buches zur Kenntnis nehmen und endlich akzeptieren. Meine Erfahrungen möchte ich an jene Frauen weitergeben, die noch immer an Märchen glauben:

Märchen gibt es nicht!

Wacht auf, ihr Frauen, werdet erwachsen, sucht, was ihr braucht, verwirklicht eure Träume, aber im Hier und Jetzt. Es ist alles in Österreich vorhanden, was man braucht, Männer und Frauen, Freunde und Freundinnen, ein gutes und sicheres soziales Netz, viele Chancen, am Arbeitsmarkt Fuß zu fassen, ein gesichertes Ärztenetz, eine gesicherte Pensionsvorsorge, Hilfe in allen Lebenslagen... ich hätte beinahe ALLES für NICHTS getauscht und am Ende vielleicht noch Schläge bekommen.

Seid vernünftig... man hat niemals alles, aber wenn man vieles hat, reicht es auch. Und das Wichtigste ist die innere Zufriedenheit, das kleine Glück im Herzen, die Ausgeglichenheit, das Strahlen im Gesicht... dann kommt der Rest von selbst dazu.

Lest mein Buch, ich habe es erlebt, es liest sich wie Himmel und Hölle. Das letzte Jahr war für mich eine Achterbahn der Gefühle. Im Nachhinein bin ich seit Oktober nur mehr mitgeschwommen, seit Jänner war ich willenlos, seit Februar ausgeliefert und hörig. Ich bin froh, dass ich noch lebe. Denkt an mich, wenn ihr neugierig seid, wenn ihr selbst eure Erfahrungen machen wollt. Es kann gut ausgehen, ihr könnt glücklich werden, das habe ich ja auch geglaubt... nein... ich war mir sogar sicher, dass es gut und wunderschön werden wird.

Aber meist geht es nicht gut aus. So also, warum solltet gerade ihr diejenige sein, wo alles gut läuft, ich war´s leider auch nicht. Meine Leben liegt zurzeit im Trümmern, aber, ICH LEBE NOCH! Und auch das ist wahrscheinlich eher Zufall. Ich bin eine starke Frau, ich werde meine Schicksalsschläge annehmen und einen Neubeginn versuchen. Zurzeit habe ich gerade NICHTS.

Nicht einmal das entspricht den Tatsachen. Ich habe meinen gesicherten Job nicht verloren, gerade nicht - Gott sei Dank nicht, mit viel Glück nicht. Manche Kolleginnen haben sich als große Stütze erwiesen, manche Freundinnen als wenig hilfreich. Meine Kinder sind noch da, aber ich muss ein großes Stück Arbeit leisten, um ihr Vertrauen und ihre Liebe wieder zu gewinnen. Und ich habe nun eine kleine, sehr einfache Wohnung in Miete, in der das Nötigste vorhanden ist... und mein geschiedener Mann ist mein bester Freund! Er lässt mich jetzt nicht fallen. Als Mutter seiner beiden Kinder und als langjährige Partnerin, es waren doch an die 25 Jahre, die wir miteinander verbracht haben, steht er mir auch jetzt noch bei.

Na also, ist das nicht auch sehr viel? Los geht's, auf ins neue Leben....

Kapitel 1

Kennenlernen in Marsa Alam

Persönliche Voraussetzungen für diese Geschichte

Dass der Urlaub wieder besonders schön werden sollte, stand für mich schon im April 2009 fest. Nach einem wieder sehr, sehr anstrengenden Arbeitsjahr war die Urlaubsplanung aufgrund zeitlicher Überbelastung und Problemen in der Familie etwas nach hinten gerutscht. Mein Mann und ich waren uns ja bei der Kindererziehung nicht wirklich einig. Mein Sohn befand sich mitten in der Pubertät und hatte immer wieder mit Überraschungen aufzuwarten. Zuerst durch seine Krankheit, die er aber nun ganz gut im Griff hatte. Dennoch gingen wir mit ihm sehr vorsichtig um. Dafür nahm er sich ein tätowiertes und gepierctes Mädchen zur Freundin mit der Folge, ihr nacheifern zu wollen. Immer wieder kam es aus diesem Grund zu Auseinandersetzungen. Schlussendlich, zwei Jahre später, habe ich mich da wenigstens als stark erwiesen. Er ist weder tätowiert noch gepierct und hat auch diese Freundin nicht mehr.

Mit allergrößter Mühe schaffte er seine Schule. Oftmals musst ich intervenieren mit der Begründung, er sei nachweislich krank und daher nicht jederzeit punktuell in der Lage, die von ihm gewünschten Leistungen zu erbringen. Das Schuljahr beendete er zumindest fast erfolgreich. Ein „Nicht ausreichend“ verblieb allerdings im Zeugnis. Als er mich dann auch noch Ende Mai vor die Tatsache stellte, die Schule abbrechen zu wollen, fiel ich aus allen Wolken.

Chancenlos versuchte ich, ihn doch zum Schulbesuch zu motivieren. Vergebens. Damit blieb nur mehr Schadensbegrenzung übrig. Lernen, was das Zeug hält, und alle Gefährdungen ausbessern, denn das Abschlusszeugnis sollte ja dann dennoch zumindest positiv sein. Er bekam Nachhilfestunden in zwei Fächern und gegen Schuljahresende kam seine Nachhilfelehrerin beinahe täglich zu uns nach Hause. Ja, sie gehörte eigentlich schon fast zur Familie.

Parallel zu den Bemühungen meines Sohnes, der sich ja immerhin die Nachhilfelehrerin und ihre Erklärungen anhörte, begannen meine Versuche, meinem Sohn eine einigermaßen gute Lehrstelle an Land zu ziehen. Obwohl mir bewusst war, dass zumindest ein „Nicht genügend“ im Zeugnis verbleiben würde, verfasste ich unzählige Bewerbungsschreiben für ihn und gab sie meistens auch gleich persönlich bei den Personalverantwortlichen ab, um einen guten Eindruck zu hinterlassen und mir seine potentiellen Arbeitgeber anzusehen.

Es war frustrierend. Ein Hoch- und Tiefbauingenieur teilte mir mit, dass am Bau keine Lehrlinge mit einem „Nicht genügend“ genommen werden, dabei sei der Schultyp gar nicht entscheidend. Ich war total am Ende. Dann begannen aber in zwei Unternehmen noch einmal Bewerbungstests für die noch unbesetzten Stellen. Mein Sohn hatte Glück.

Eine dieser Firmen war begeistert von ihm, hatte jedoch keine Lehrstelle in seinem Zielbereich mehr zu vergeben. Das andere Unternehmen war entsetzt über seine Allgemeinkenntnisse, teilte jedoch mit, dass die Leistung, die er beim folgenden dreitägigen Probearbeiten erbringen würde, höher gewichtet werden würde. Er bekam schlussendlich die Stelle.

Meine Tochter sah - hilflos und entnervt wegen der vielen Diskussionen - tatenlos zu. Mein Sohn verweigerte nun auch den gemeinsamen Familienurlaub. Und so kam es dazu, dass wir innerhalb unserer Familie zum ersten Mal uneinig waren, ob wir überhaupt auf Urlaub fahren sollten.

Ich teilte meinem Mann kurzerhand mit, dass ich in meinem Unternehmen im letzten Jahr so viel gearbeitet hätte wie nie zuvor. Ich bräuchte den Urlaub dringend. Ich müsse weg, hinaus von zuhause, weg vom gewohnten Umfeld, einfach nur erholen. Mein Sohn weigerte sich strikt uns zu begleiten. Mein Mann solidarisierte sich mit ihm. „Dann eben nicht – dann fahre ich eben alleine...“

Meine Tochter konnte ich mit viel Überredungskunst überzeugen, dass sie mich begleitete. Sie war völlig aus der Bahn geworfen. Einerseits hing sie so an ihrem Vater und war untröstlich, dass er nicht mitfahren wollte, andererseits wollte auch sie die wohlverdienten Ferien genießen. Kurzum, ich buchte erstmals „Single mit Kind“ und wir fuhren zu einem wunderbar günstigen Preis in ein sehr schönes Vier-Sterne-Hotel nach Ägypten.

Warum Ägypten – Rückblick auf Sommer 2008

Irgendwie scheint mir das Schicksal nicht so gut gewogen zu sein, obwohl ich doch von mir behaupte, ein guter Mensch zu sein. Seit dem Vorjahr war mein Sohn krank, eine Krankheit, die ihn sein Leben lang begleiten würde, jedoch gut behandelbar war. Im Vorjahr machten wir einen wunderschönen Urlaub in der Karibik, doch so einen langen Flug konnten wir unserem Sohn nicht noch einmal antun. So entschied ich, die große Urlaubsplanerin und Familienmanagerin, mich zielsicher für Ägypten. Dass mein Mann orientalischen Ländern nicht gerade zugeneigt war, machte ich wett mit einem guten Reisepreis und einer wirklich schönen Destination im Süden Ägyptens. Von Marsa Alam, einem Taucherparadies und noch beinahe ein Geheimtipp, hatte ich von meinem Kollegen das erste Mal gehört und sogleich blätterte ich auch schon im Prospekt. Ja, das war´s!

Enthusiastisch versuchte ich, meinen Mann von dieser Destination zu überzeugen. Schließlich konnten wir ja nicht jedes Jahr in die Karibik fahren - und das Wetter würde mit Sicherheit wunderbar sein. Ich liebte heiße Länder und es gab ja ein sauberes kristallklares Meer zum Schwimmen und Abkühlen.

So buchten wir also ein schönes Vier-Sterne-Hotel in Marsa Alam. Für mich war dieser Urlaub wunderschön, hätte ich nicht schon von Beginn an diese lästigen Knieschmerzen gehabt. Beim Schnorcheln konnte ich einmal gar nicht die Leiter emporsteigen, die zum Steg hinaufführte. Irgendetwas kratzte in meinem Knie. Glücklicherweise vergingen die Schmerzen, so konnte ich auch am Abend noch in der Disco tanzen. Und dennoch kamen diese Schmerzen immer wieder.

Eine Tages, als mein Mann mit den Kindern in den zugehörigen Aqua Park vorausging, passierte es dann. Ich ging die Stufen beim Aqua Park hinunter, die Kamera in der linken Hand, die Badetasche in der rechten Hand, und rutschte mit den Badeschuhen auf der sandigen Treppe aus. Ich kam nicht zu Sturz, glücklicherweise konnte ich die Kamera retten. Aufgeschürft am linken Arm und am rechten Knie war ja Gott sei Dank nichts

Schlimmes passiert. In den Pool im Aqua Park konnte ich wegen meiner rasch auftretenden Schmerzen allerdings nicht mehr gehen. Und am Abend konnte ich auch kaum mehr zum Abendessen gehen...

So ließ ich mich am nächsten Tag im hauseigenen Wellness- und Spa-Center mittels Lymphdrainage behandeln, um den Schmerz zu besiegen, wobei mir allerdings die Tränen herunter kollerten vor Schmerzen. Der Masseur berührte das Knie nicht einmal und dennoch schmerzte es fürchterlich. Er behandelte mein Knie mit Rheumagel und war fassungslos wegen meiner Schmerzen. Er nahm mich in den Arm und tröstete mich.
Am nächsten Tag behandelte er mich unentgeltlich mit Rheumagel und mit einer Rückenmassage, um mich etwas zu beruhigen, und er cremte mir die Füße, da er sah, wie ich schmerzverzerrt dalag.

Nach weiteren zwei Tagen war der Urlaub zu Ende. Ich war kaum mehr transportfähig wegen meiner Knieschmerzen, schaffte aber dann doch den langen Flug nach Wien. Irgendwie kam ich sogar zum Parkplatz nahe dem Flughafen, auf dem unser Auto auf uns wartete. Am Autositz liegend brachte mich mein Mann nach Hause. Unser Haus wurde gerade ausgebaut, Arbeiter waren auf unserer Terrasse, doch ich legte mich nur mehr ins Bett und weinte vor Schmerzen.

Am Freitag, dem nächsten Tag nach unserer Rückreise, überlegte ich insgeheim, dass ich einen guten Arzt für mein Knie bräuchte, da es schon einmal vor über zwanzig Jahren operiert werden musste und ich damals jahrelang Folgeschmerzen hatte. Also ging ich Dienstagabend zu einem Kniespezialisten, der mir sofort eine Spritze verabreichte und mich zur Magnetresonanzuntersuchung überwies.

Wie das Ergebnis aussehen würde, war mir allerdings schon bewusst. So war ich auch sehr gefasst, als ich zwei Wochen später in einem Sanatorium operiert wurde. Mein Krankenstand zog sich danach noch sieben Wochen weiter. Jeden Tag verbrachte ich nun vier bis sechs Stunden in ambulanter Rehabilitation. Noch immer nicht schmerzfrei begann ich jedoch, nach diesen sieben Wochen zu arbeiten.

Doch Ägypten kam mir nicht mehr aus dem Sinn. Irgendwie schämte ich mich manchmal sogar zugeben zu müssen, dass ich für das nicht so erfolgreiche Urlaubsende verantwortlich war. So ein schönes Land, so ein schöner Urlaub... aber was für ein Ende...

Kennenlernen in Marsa Alam – Juli 2009

Als ich den Sommerurlaub für meine Tochter und mich buchte, stand für mich sofort fest, es musste wieder Ägypten sein. Schließlich waren wir zum ersten Mal zu zweit unterwegs. Da ich, ausgebrannt vom Arbeiten, auch keine Lust hatte, irgendwelche Überraschungen zu erleben, buchte ich kurzerhand dasselbe Hotel wie im Vorjahr. Auch meine Tochter war mit dieser Wahl einverstanden.

In Marsa Alam angekommen war uns alles vertraut. Wir bekamen im uns schon bekannten Hotel auch ein schönes Zimmer. Sofort war der Zimmerboy um uns und erkundigte sich, ob alles in Ordnung sei. Auch die Kellner und Barkeeper erkannten uns wieder. Sogar der nette Ägypter, der auch im Vorjahr die Handtücher ausgegeben und die Liegen mit den Handtüchern bedeckt hatte, erkannte uns gleich. Naja, ich war im Vorjahr ja auch bei der gesamten Sportanimation anwesend. Ich machte mit beim Stretching, beim Latino-Tanzkurs und beim Bauchtanzen, das alles war am Strand. Der „Handtuch-Mensch" erkundigte sich sogleich, wo der Rest der Familie wäre. Er war überrascht, dass wir alleine unterwegs waren, aber da wir uns immer manierlich benommen hatten und ich auch erzählte, dass mein Sohn in einer schwierigen Phase sei, dachte sich niemand etwas Böses. Ich las sehr viel und schnorchelte sehr viel. Entweder war ich lesend oder schlafend auf meiner Liege anzufinden oder ich schnorchelte im Meer. Meine Tochter fand schnell Freunde und war tagsüber gerne unterwegs im Aqua Park.

Dort wollte ich ja nun wirklich nicht mehr hin. So war ich dann doch öfter auch längere Zeit alleine. Da ich jedoch sehr mitgenommen war von den letzten Strapazen in meinem Job, war ich froh, niemanden unterhalten zu müssen. Ich zeigte mich auch sonst nicht kommunikativ.

Die Verkäufer am Strand versuchten krampfhaft, irgendetwas los zu werden. Es kamen Ägypter, die meine Haare im Gesicht und an den Armen entfernen wollten, Augenbrauen zupfen, Zöpfchen flechten, sie wollten mich mit Henna-Tattoos bemalen, Tauchgänge verkaufen, und auch vom Wellness- und Spa-Center kamen immer wieder Verkäufer.

Sie alle waren mir zuwider und ich antwortete immer freundlich, aber abweisend.

Nur ein Verkäufer, der immer wieder kam, erkannte, dass ich nichts kaufen würde. So kam er meist nur zum Spaßen. Natürlich wollte auch er verkaufen und dennoch hatte ich oft das Gefühl, er wollte sich nur mit mir unterhalten. Er war niemals aufdringlich, trat sehr stolz auf, war sehr klug und sprach fantastisch Englisch. Außerdem hatte er viel Humor.

Immer wieder kamen wir ins Gespräch, bis ich ihm schlussendlich zwei Massagen um einen guten Preis abgekauft hatte. Ich sagte ihm gleich, dass ich den besten Masseur im Center haben wolle und er teilte mir diesen auch zu. Die Massage war fantastisch, ich bereute es nicht. Als der nette Verkäufer auch am nächsten Tag wieder zum Diskutieren vorbeischaute, stellten wir einander vor. So lernte ich also TONY kennen.

Tony war ein junger, fescher, stolzer Araber, der sein Studium durch Verkauf von diversen Dingen finanzierte. Er bewunderte mich vor allem, wenn ich über meine Reisen erzählte. Er selbst konnte ja das Land nicht verlassen, da er nach dem Studienende noch zum Militär musste. So hörte er mir stets interessiert zu.

Er kam dann täglich zu mir und verwickelte mich immer wieder in ein Gespräch. Er versuchte anfangs des Öfteren, sich in deutscher Sprache mit mir zu unterhalten. Ich erkundigte mich, warum er Deutsch so gut beherrschte - er sprach ja fast fehlerlos. Dennoch wollte ich meine Englischkenntnisse anwenden, so antwortete ich beinahe immer in Englisch. Wir unterhielten uns bald auch nur mehr in Englisch. Ich freute mich immer schon auf unsere Gespräche, da er mir im Austausch für meine Erzählungen von seiner Kultur erzählte. Genug zu reden gab es immer. Und der Spaß kam auch nicht zu kurz.

Bald bot er für mich Kamele an, die er meinem Mann nach Österreich schicken würde, um mich zu erwerben. Ich schmunzelte über sein Angebot. Eines Morgens sagte ich ihm dann, ich sei so viel wert, dass, wenn das erste Kamel in Österreich ankommen würde und das letzte gerade in Ägypten weggehen würde und wenn alle hintereinander in einer Karawane gehen würden, dann der Preis für mich bezahlt wäre.

Auch er schmunzelte über mich. Es waren meist richtig nette Gespräche. Ja, Tony war mir außerordentlich sympathisch. Im Laufe der Gespräche erzählte er einmal von seinem Haus, das er gerade in der Nähe von Marsa Alam bewohnen würde. Ich könne, wenn ich wieder einmal nach Ägypten käme, ja dann bei ihm in seinem Haus wohnen. Das wäre nett, sagte ich, aber unser Urlaub sei zu Ende. So schnell würden wir wohl nicht mehr auf Urlaub fahren. Ich erzählte ihm auch von der Familie aus Frankreich, die ich kennen gelernt hatte, bei der der Ehemann aus Marokko stammte und die Ehefrau in Frankreich als Franko-Algerierin aufgewachsen war, aber kein Wort Arabisch sprechen konnte. Sie hatten zwei ausgesprochen herzige Kinder.

Diese Familie kannte Tony auch. Wir hatten Gesprächsstoff ohne Ende, er lauschte meinen Erzählungen und machte mir zwischendurch nette Komplimente.

Schließlich erzählte ich ihm, dass sich unser Urlaub dem Ende zuneigen würde. Ich besuchte ihn an diesem Tag nachmittags im Spa-Center und verabschiedete mich von ihm. Da Tony mir wirklich interessant und nett erschien, fragte ich ihn, ob wir nicht unsere E-Mail-Adressen austauschen könnten. Das schien ihm unangenehm zu sein, da seine Arbeitskollegen meine Frage hörten und uns auch beim Austauschen der Adressen beobachteten. Wir tauschten auch unsere Handy-Nummern.

Und so kam es, dass ich am letzten Abend in Ägypten ein hinreißendes SMS von Tony erhielt. *„Der Strand wird leer und einsam sein ohne dich“,* schrieb er mir, und dass er traurig wäre, wenn ich fort sei. Ich war beeindruckt....

Traute sich dieser junge Mann doch tatsächlich, mir ein solches SMS zu schicken. Ich nahm die Herausforderung an und besuchte ihn am nächsten Morgen vor meiner Abreise im Spa-Center. Meine Tochter und ich wurden zwar schon um Neun Uhr morgens abgeholt, da ich mich aber wirklich schwer von Ägypten trennte, ging ich in der Früh noch am Strand spazieren, ging zum Steg hinaus, schaute aufs Meer, spazierte eine Runde durchs Hotel und beschloss, Tony noch kurz *„Hallo“* zu sagen.

Ich wusste, dass er erst später beginnen würde, hatte also keine Ahnung, ob er schon da war. Einen Versuch war es wert. So ging ich zu seinem Arbeitsplatz und fragte nach ihm. Seine Kollegen holten ihn aus dem Bad und teilten ihm mit, seine Freundin aus Österreich sei da.

Tony, der sich gerade rasierte, wischte sich schnell den Rasierschaum aus dem Gesicht und war ziemlich überrascht, als er mich sah. Warum ich noch einmal gekommen sei, fragte er mich. *„Ja, nach so einem netten SMS nicht noch einmal kurz vorbeizuschauen wäre unmöglich“,* sagte ich ihm. Meine Tochter tauchte überraschend auf und machte von uns noch zwei nette Fotos. Mit Küssen auf die Wange verabschiedeten wir uns freundschaftlich. Und Tony blieb mir im Gedanken...

Kapitel 2

Die Wartezeit beginnt

Wieder zuhause

Zuhause angekommen holte uns mein Mann vom Flughafen ab. Überschwänglich begannen wir zu erzählen. Meine Tochter war vom Urlaub ebenso begeistert wie ich. Immerhin war ich eines Abends beim Schnorcheln drei Delphinen im Meer begegnet. Auch eine Meeresschildkröte hatte ich gesehen, viele exotische Fische und einen Rochen. Faszinierend war das Meer, ja, es war unglaublich, welche Tiere ich beim Schnorcheln gesehen hatte. Da sei es ja nicht einmal nötig einen Tauchgang zu buchen, man sehe ja schon beim Schnorcheln so viele Fische.

Am nächsten Morgen schaltete ich bereits den Computer ein, um mir meine E-Mails anzusehen. Und ich musste unbedingt Hotmail herunterladen und MSN installieren, ich wollte ja schließlich mit Tony chatten.

In Ägypten hatte er sich mit Anna unterhalten und ihr aufgetragen für mich Yahoo und MSN downzuloaden. Das war mir natürlich unglaublich peinlich zugeben zu müssen, dass ich noch nie gechattet hatte und gar nicht wusste, wie das funktioniert.

Meine Tochter ersuchte ich natürlich nicht um Hilfe. Schließlich wollte ich nicht, dass jemand von Tony erfuhr. Also musste ich alleine mein Bestes geben und zumindest eines der beiden Programme herunterladen. Das war schlussendlich kein Problem und ich war unglaublich stolz, erfolgreich gewesen zu sein. Und schon schickte ich mein erstes E-Mail an Tony. Das Test-E-Mail kam erfolgreich an, damit startete auch unsere E-Mail-Beziehung. Tony antwortete sofort: *„Wo bist du? Ich vermisse dich und deine E-Mails. Wie geht's dir heute, erzähl mir von heute. Wie ist das Wetter? Der Strand ist so schlecht ohne dich. Ich hasse die Arbeit. Viele Küsse.“*

Noch in derselben Woche gab es wie schon so oft zuvor Spannungen in der Familie. Kaum zu Hause und schon holte die Realität mich wieder ein. Die ganze Erholung vom Urlaub war bereits wie verflogen. Es gab endlose Diskussionen, bis ich eines Tages sagte, dass zwei Wochen Ägypten zur Erholung viel zu kurz gewesen wären. Mein Mann antwortete gelassen *„Naja, Zeit hast du genug, Geld hast du genug, dann fliegst halt noch einmal hin....“*

Gesagt, getan. Mein Mann hatte diesen Satz anfänglich bestimmt ohne nachzudenken nur so vor sich hin gesagt, er konnte das nicht ernsthaft auch so meinen. Trotzdem ärgerte mich dieser Satz maßlos. Und deshalb beschloss ich, noch einmal auf Urlaub zu fliegen. Natürlich fragte ich meine Tochter wieder, ob sie mich noch einmal begleiten würde. *„Für eine Woche, so weit?“* Nein, das wäre ihr zu anstrengend, das wolle sie nicht.
Dann halt alleine, dachte ich mir. Und eigentlich war ich gar nicht so unglücklich über die Entscheidung meiner Tochter, so konnte ich auch Tony wiedersehen.

You are my princess – August 2009

Mein E-Mail-Kontakt mit Tony intensivierte sich zusehends. Wohl waren es kurze E-Mails, die er schrieb, aber er antwortet auch immer. Er war ganz erfreut von mir zu hören, dass ich bald wiederkommen würde. Natürlich machte er mir erneut das Angebot bei ihm zu wohnen, dann würde ich mir immerhin die Hotelkosten sparen. Wieder war ich entrüstet über diesen Vorschlag, doch er reagierte gelassen und erklärte mir, dass es ja schließlich mein Geld sei. Ich könne ebenso ein Hotel buchen. Ich erkundigte mich im Reisebüro und stellte fest, dass Einbettzimmer ebenso teuer waren wie Zweibettzimmer. Ich war natürlich bei der Auswahl auf das Hotel fixiert, in dem Tony arbeitete, und dieses Hotel hatte seinen Preis.

Trotzdem beschloss ich, dieses Hotel zu buchen. Ich teilte ihm aber mit, dass ich ihn trotzdem gerne sehen würde und auch gerne ein paar Tage mit ihm verbringen würde. Ich wollte keine Schwierigkeiten zu Hause, daher wollte ich lieber ein Zimmer im Hotel buchen. Kurz danach schrieb mir Tony, ich solle besser ein anderes Hotel buchen oder, wenn ich ins selbe Hotel käme, sollte ich ihn auf keinen Fall besuchen. Er würde mir später alles erzählen. Natürlich fragte ich sofort nach, was passiert sei, bekam aber am selben Tag keine Antwort mehr. Auch meine Frage, ob sein Haus am Meer oder in der Nähe des Meers stehe, blieb unbeantwortet.

Fünf Tage nachdem ich zurück war bekam ich von Tony dann ein E-Mail mit folgendem Text: *„Guten Morgen, wie geht's dir? Ich vermisse dich so sehr. Ich habe meine Arbeit gekündigt. Der böse Chef hat während meiner Arbeit mein Telefon genommen und hat deine SMS gesehen und auch die, die ich dir geschrieben habe und fragte mich, ob ich diesen Gast kontaktiere. Und sie haben entschieden, dass ich nun in Hurghada arbeiten muss, aber mach dir nichts draus, wenn du kommst, werde ich in El Qesir sein. Ich kann in vielen Orten arbeiten. Du fehlst mir so sehr. Ich würde alles für dich machen, um einen Tag mit dir zu verbringen."*

Im Nachhinein betrachtet war dieses E-Mail der Anfang vom Untergang. Natürlich hatte ich ihm SMS geschickt, nicht viele und mit keinem besonderen Inhalt. Aber ich schrieb ihm immerhin, dass er mir auch fehlen würde und dass ich viel an ihn denken würde. Und jetzt wurde er wegen dieser SMS gekündigt. Mir war das sehr unangenehm, aber dennoch wollte Tony mich wiedersehen.

Da wir uns ja nun nicht mehr im Hotel treffen konnten, kam ich kleinlaut gerne auf sein Angebot zurück. Eigentlich wollte ich ja nur noch einmal fort von zu Hause. Und Tony wollte ich auch wiedersehen. Was war schon dabei, wenn ich nicht im Hotel wohnte, sondern bei ihm, er war doch immer so nett und freundlich. Niemals würde ich noch einmal in so einem Hotel buchen, wo der Chef die Handys seiner Mitarbeiter kontrollierte. Notfalls könne ich ja vor Ort überall in irgendein Hotel ziehen, dachte ich mir. Ich willigte also ein, zu ihm zu kommen.

Da sich allerdings herausstellte, dass er eine Dienstwohnung hatte, die er mit seiner Kündigung verlor, musste er sich natürlich für unser Zusammentreffen eine Wohnung anmieten. Ich war noch immer so aufgebracht und erbost über seinen Chef, dass ich ihn kurzerhand in Ägypten anrief. Die Verbindung war sehr schlecht, dennoch freute ich mich, seine Stimme zu hören.

Sein Freund stand Tony hilfreich zur Seite, so bekam er auch in El Qesir eine wunderschöne Wohnung, für die allerdings für unsere gemeinsame Woche eine Monatsmiete fällig war - schließlich war man ja dort nicht mitten im Tourismusgebiet. Und es war gar nicht sicher, dass er diese Wohnung überhaupt bekam.

Ich war wirklich froh, als er mir endlich eine positive Nachricht schickte. Das mit der Wohnung hätte geklappt. Ich buchte also nur den Flug und Tony würde mich am Flughafen in Marsa Alam abholen. Tony freute sich sehr über meinen Entschluss zu kommen.

I MISS YOU SO SO MUCH

Am Tag nach unserem Telefonat bekam ich ein E-Mail von Tony, dass er sich so gefreut hätte meine Stimme zu hören. Er schrieb mir auch, dass er sich freuen würde, viele Informationen über mich zu bekommen, weil er sich dafür interessieren würde. Er würde die ganze Zeit an mich denken. Er vermisse mich so sehr.

Wir schrieben uns nun manchmal mehrmals täglich. Tony hatte ja keine Arbeit mehr.

Das heimliche Chatten mit Tony begann mir Spaß zu machen. Er schrieb die E-Mails von seinem Laptop, den er immer bei sich hatte. Manchmal benutzte er auch sein Handy. Ich erzählte ihm viel, nachdem er stets interessiert war an meinen Ausführungen und er schrieb immer sehr nett zurück. Anfangs hatte ich geglaubt, dass er zwei Häuser besitzen würde, nachdem er mir von seinem Haus in Marsa Alam und dem in Luxor erzählt hatte.

Heute weiß ich, dass das Haus in Marsa Alam eine Dienstwohnung war, die er mit drei Kollegen bewohnt hatte und das Haus in Luxor war ebenfalls eine Wohnung mit sehr niedrigem Standard, die für eine Monatsmiete von 12,- Euro zu haben war. Bewohnt wurde sie von seiner Mutter, seiner Schwester, seinem Bruder und einem Hund, der nicht die Möglichkeit hatte, im Freien seinen Geschäften nachzugehen. In entsprechendem Zustand war sie dann auch. Ich zumindest hätte nicht dort leben können.

Ich schrieb ihm von meiner Arbeit, von meinen Projekten, von meiner Familie. Ich schrieb ihm alles. Er fragte mich täglich, wie´s mir ginge. Das fragte mich sonst kaum jemand. Und er fragte mich täglich, was ich gemacht hätte. Und er erzählte mir, dass er nicht reich sei. Er wolle mich trotzdem unbedingt wiedersehen, um sich selbst zu erfrischen, wie er mir damals schrieb.

Nach kurzer Zeit schon war ich richtig in ihn verschossen. Häufig machte ich ihm Komplimente. Manchmal entschuldigte ich mich dafür, sagte ihm aber zugleich, dass ich das so fühlen würde. Ich versuchte zu Hause, die Reisepläne so unauffällig wie möglich weiter zu betreiben. Ich wollte Tony nur noch einmal sehen in meinem Leben. Er war mir einfach sympathisch. Und außerdem war das Meer so beeindruckend. Ja, Ägypten war eben wirklich schön.

So konnte ich ihm auch schon fünf Tage nach meiner Rückkehr erzählen, dass ich den Flug bereits gebucht hatte. Ich könne wiederkommen - allein. Er solle mich vom Flughafen abholen. Und da Tony nicht nur drei Wochen arbeiten könne und dann schon wieder eine Woche frei bekäme, arbeitete er selbstverständlich nicht bis zu meiner Rückkehr, er hielt sich mir einfach zu Verfügung. Das wäre kein Problem für ihn, er habe Zeit für mich.

An diesem Tag schrieb ich Tony acht E-Mails. Als ich mit der Familie nach Ungarn fuhr, teilte ich Tony mit, ich sei nur per SMS erreichbar. Tony wurde bald zur Sucht. Ich war richtiggehend getrieben, immer mein Handy zu kontrollieren, ob ein SMS von ihm da war, und den Computer auf E-Mails zu durchforsten.

Schon neun Tage nach meiner Rückkehr schrieb ich ihm, dass ich glücklich sei, dass mein Märchen endlich wahr werden würde. König trifft Prinzessin, ja, so ähnlich waren unsere E-Mail-Adressen. Ich schrieb ihm, dass ich glücklich wäre, schon in 19 Tagen in seinen Armen zu sein. Das war so ein Reizwort für mich. Tony schrieb mir immer, dass er mich umarmen würde. Und genau das war etwas, was ich in meinem Leben so vermisste. Ich wollte oft nur umarmt werden, einfach nur gespürt werden, so richtig gehend geherzt werden.... und das machte Tony virtuell.

Tony antwortete mir unter der Headline *„to my wonderful princess“*, er könne es nicht glauben, dass sein Traum Realität werden würde. Er hätte bereits mit Gästen über mich gesprochen und meine Fotos, die ich ihm im Internet zur Verfügung gestellt hatte, heruntergeladen. Er wolle mich umarmen und mich nahe an seinem Herzen spüren, dann würde er vor Glück sterben. Ich solle auf mich achtgeben.

I am so happy to see u again. I want to be near u, to feel u, to hear ur heart, to touch ur hair, to see in ur eyes. I love you.	Ich freue mich so, dich wiederzusehen. Ich möchte dir nahe sein, dich spüren, dein Herz hören, dein Haar berühren, in deine Augen sehen. Ich liebe dich.

Auf dieses E-Mail antwortete ich beeindruckt, ich sei froh, dass er mich gefunden und mich angesprochen hätte. Es wäre die beste Entscheidung, die er hätte treffen können.
Ich vermisste ihn ebenfalls sehr.

Das war am 16. August, da war es bereits um mich geschehen. Tony hatte meine Seele gestohlen. Ich vermisste ihn tatsächlich. Ich schrieb ihm auch, dass ich in seinen Gedanken immer bei ihm wäre. Und das war auch so.

Tony schrieb mir, wie traurig er sei, dass ich nicht bei ihm war. Er bräuchte mich in seiner Nähe. Immer wieder erkundigte er sich nach meiner Tochter. Und meine vielen E-Mails würden in keinesfalls stressen. Im Gegenteil, sie würden ihn erfrischen, wie er immer wieder bestätigte. Er würde immer an mich denken. Er liebe mich so sehr. Millionen Küsse schicke er mir.

Zwei Tage später in der Früh wurde Tony noch theatralischer. Er schrieb mir, er hätte mir am Abend zwei SMS gesendet, er wüsste aber nicht, ob sie angekommen seien. Als ich ihn am Vortag angerufen hatte, hätte er beinahe zu weinen begonnen, als er meine Stimme hörte. Wenn ich Zeit hätte, sollte ich bitte ins Internet kommen. Er vermisse mich und müsse mit mir sprechen.

Natürlich kamen die SMS vom Vortag nicht an, wie so viele Nachrichten, die später auch nicht ankamen. Ja, eigentlich gingen die SMS von Tony sehr oft verloren. Daher schrieb er mir häufig, er hätte mir mehrere SMS gesendet... Hin und wieder kam dann doch eine Nachricht auf meinem Handy an. Komisch nur, dass er meine SMS alle bekam... immer wusste er Bescheid, was ich gesendet hatte. Offensichtlich war das Telefonnetz von Österreich nach Ägypten besser als das von Ägypten nach Österreich. Trotz alledem hatten wir wunderschöne Chats im Internet. Tony war in seinen Worten immer liebevoll und verständnisvoll.

Tony	**Ich**
Hi, how are u?	Thank you, hi my dear.

I miss u.	I miss u as well.
I waked up at 8 to talk to u.	In 7 days I'm with u!!!!!!!!
Wow – I need u.	U used the alarm to wake up?
No.	U used only ur heart to wake up?
I couldn't sleep yesterday.	Why?
To feel u.	I am always talking about u in my dreams and during days ur in my mind.
	I'm looking at our photo now.
	I miss u.
Me too.	Yesterday I deleted all ur SMS, about 30 I think, but first I read them all. Handy was full... I'm so happy to feel u in chat now!!!!!!!!!!!!
In 7 days we will be together and don't need SMS.	No SMS??? Perhaps I send u one.... from algosar to algosar... I'm used to write u now...lol
My heart makes pom pom. I really miss u.	

Gemeinsames Kennenlernen im Chat

Ein Chat folgte dem anderen. Wir lernten uns nach und nach im Internet kennen. Auf tausende meiner Fragen kamen viele Antworten von Tony. Meine anfängliche Scheu ihn so auszufragen verwandelte sich förmlich in ein Fragespiel. Es war wunderbar für mich, einen anderen Menschen in einem anderen Teil dieser Welt über Internet kennenzulernen. Doch Tony war für mich natürlich weit mehr als nur eine Person im Internet.

Ich	**Tony**
Wo bist du jetzt?	In El Qesir.
Ist dein Bruder verheiratet?	Ja, er hat einen Sohn.
Wie lang ist er verheiratet? Wie alt ist sein Sohn?	2 Jahre, sein Sohn ist 9 Monate.
Er hat sehr früh geheiratet...	Ja, er ist 24 Jahre alt, er hat seine Frau so geliebt.
Entschuldige, dass ich dich so viel frage.	Nein, frag mich alles was du möchtest, es macht mich glücklich.
Du studierst Geschichte in englischer Spra-	Ich studiere Geschichte und Ägyptologie.

che?

Um was zu arbeiten?

Als Tour-Guide.

Deshalb sprichst du so gut Englisch.

Du sprichst besser als ich.

Ich habe viele Projekte in englischer Sprache gemacht, vorher war ich nicht gut.

Aber jetzt bist du perfekt.

Niemand ist perfekt. Wenn du als Tour-Guide arbeitest, sag es mir, ich werde mich von dir führen lassen... dann werde ich wiederkommen! Ok?

Sicherlich.

Warum arbeitest du jetzt nicht als Tour-Guide?

Ich muss zuerst die Uni abschließen.

Du bist nicht fertig?

Ich bin fertig, aber ich kann nicht ohne Abschluss arbeiten.

Wenn du fertig bist, warum kannst du dann nicht abschließen? Was fehlt dir?

Weil sie mein Zeugnis und alles Mögliche sonst noch benötigen.

Und das ist so kompliziert ihnen diese Unterlagen zu geben?

Ja, ich arbeite jetzt ohne Papiere.

Welche Papiere?

Abschlusszeugnis, das bedeutet, dass ich die Uni abgeschlossen haben muss.

Warum geben sie dir dein Abschlusszeugnis dann nicht?

Das ist Ägypten...

Entschuldige, dass ich so viel frage...

Wenn ich die Uni beende, muss ich das Zeugnis dem Unternehmen geben, bei dem ich arbeiten möchte.

Aber ich verstehe nicht, warum du es dann nicht endlich bekommst. Aber in Österreich wartet man auch 3 oder 4 Monate aufs Zeugnis...

Weil ich erst im Mai die Universität abschließen werde...

Es macht mich so froh, dass du mich so viel fragst, du kümmerst dich um mich.

Seit wie vielen Jahren studierst du?

Seit 5.

Ich habe auch während des Studiums gearbeitet und 5 ½ Jahre studiert. Und ich habe die Universität abgeschlossen, DAS zählt!

Gut.

Kann ich dich noch etwas fragen? Du hattest eine Freundin. Hast du mit ihr zusammengelebt?

Nein. Ägypten ist nicht wie Europa.

Aber du hast sie geliebt! Du liebtest sie von ganzem Herzen?

Sie wird sich in 2 Wochen verloben und dann heiraten... Ihre Familie wollte, dass ich sie endlich heirate, aber ich hatte das Geld für die Hochzeit nicht. So verließen wir uns. Das ist 2 Monate her. Und jetzt wird sie heiraten.

Das tut mir sehr leid für dich. Ich bin mir sicher, du hast sie sehr geliebt.

Was kann ich machen? Nichts. 2 Jahre haben wir uns geliebt. Aber sie hat mich verlassen.

Das tut mir leid.

Ich glaube, Gott hat mir meine Freundin genommen und mir eine Königin gegeben. Richtig.

Wow, dafür liebe ich dich.
Ich glaube, du magst mich wie ich bin. Kein Theater, keine Geschichten... das ist großartig.

Wir sind gleich. Wenn ich mit dir zusammen bin, fühle ich, dass ich nichts anderes mehr brauche. Wenn du zu mir kommst, werde ich dich essen, um dich immer bei mir zu haben...

Ich brauche dich wirklich, du gibst mir Kraft und Selbstvertrauen zurück...
Und ich beginne wieder zu lachen....
Und ich bin glücklich mit dir!

Nicht mehr als ich. Ich liebe dich mehr, frag mich bitte noch mehr Fragen.

Ich möchte jetzt zu dir kommen, ich vermisse dich so, mein Liebling, mein König...

Dieser Dialog war endlos lang und setzte sich nach 2 Stunden Mittagsschlaf fort. Tony vermisste meine Augen und wollte mich unbedingt in der Webcam sehen. Ich zählte einstweilen die Stunden bis zu unserem Wiedersehen. Es waren noch fünf Tage und 16 Stunden bis dahin. Er würde geduldig sein, meinte er. Ich erkundigte mich auch, ob er mein E-Mail in MSN gelesen hätte. *„Welches?“ „Das letzte“*, sagte ich. *„Aber es waren 9 E-Mails“*, war seine Antwort. *„Sind 9 E-Mails zu viel?“*, erkundigte ich mich kleinlaut. *„Nein, aber wisse, alles was du mir vorschlägst.... ich stimme allem zu. Kannst du mir dafür bitte einen Kuss geben?“*, war seine Antwort. Ein Kuss sei nicht genug, Tony würde mir jeden Tag eine Million Küsse geben, wenn ich bei ihm wäre. *„Lass mich niemals allein ohne mich zu umarmen...“* bat ich ihn.

„Ich werde dich niemals alleine lassen.“, bestätigte Tony. *„Ich werde dich riechen und deinen Hals küssen und dein Haar... Wow, du machst mich so heiß, ich brauche dich.“*, fügte er hinzu.

Ich	**Tony**
Heiß genug? Es wird heißer, wenn ich bei dir bin...	Wow, was wirst du tun?
Schade, dass ich jetzt nicht bei dir bin...	So schade.
Dann könnte ichs dir zeigen????	Bist du auch so heiß wie ich?
Ja, sicher, sehr sehr heiß.	Wow.
Ich glaube ich komme gleich zu dir durchs Netz...	Ja.
Kannst du mich schon spüren?	
Ich bin verrückt nach dir, ich möchte so gerne jetzt bei dir sein.	

Ab diesem Augenblick hatten wir einen ziemlich heißen Dialog. Wie auch in den folgenden Wochen träumten wir immer wieder von Nähe und Zärtlichkeit. Die Wogen zwischen uns schaukelten sich mehr und mehr auf. Ich liebte ihn so sehr, IHN, Tony, diesen jungen unbekannten Mann, denn eigentlich nahm ich seine Liebe zu mir erst am Abend vor meinem Abflug wahr. Näher kennengelernt haben wir uns dann erst im Internet beim Chatten.

Unmittelbar vor meinem Abflug fragte ich Tony nach seinem Musikgeschmack, um ihn mit einer CD zu überraschen. Ob er Soul möge, erkundigte ich mich bei ihm. *„Ich habe keine Seele, meine Seele ist bei dir“*, antwortet er. *„Ja, aber du weißt, was ich gemeint habe, oder? Lass deine Seele bei mir, nimm sie nicht weg, mein Schatz“*. Natürlich kannte er Soul, es war einfach seine Art, mich immer wieder um den Finger zu wickeln. Er war die Katze, ich war die Maus.

Ich	**Tony**
Was ist für dich wichtig, wenn du jemanden kennenlernst? Welchen Charakter sollten Menschen haben, um für dich wichtig zu sein?	Sie sollten gescheit sein.
Nur gescheit?	Nicht nur, aber das hängt davon ab, ob Mann oder Frau.
Fangen wir bei den Männern an...	Ich mag einen Mann, wenn er arbeitet, sein

Leben liebt und sich um seine Frau und seine Kinder kümmert, einen liebenswürdigen Menschen, und der andere Menschen respektiert, der niemals lügt, das ist sehr wichtig...

... für mich auch...

und er muss nett und freundlich sein...
und sich nicht immer um Geld kümmern...
das ist glaub ich alles....

Ja, das ist wichtig, das denke ich auch.

Kann ich dich noch fragen, was bei Frauen wichtig ist?

Sie muss ruhig und hübsch sein und darf auch niemals lügen, und sie muss sich um sich selbst kümmern, um hübsch zu sein.
... und ihr Leben muss ruhig sein, ruhig beim Essen, beim Lachen. Sie muss freundlich sein, andere Menschen und Meinungen respektieren.
Ich mag Frauen, die arbeiten, nicht jene, die immer zu Hause sind.

Mehr?

Für normale Frauen?

Ja.

Nein, das ist glaube ich alles.

Und für deine Freundin?

Erstens habe ich keine Freundin,
zweitens will ich keine Freundin,
drittens habe ich eine Prinzessin.

Und wie würdest du MICH nennen? Ich bin nicht deine Freundin.

Du bist meine Prinzessin.

Sprichst du mit jemandem über mich?

Nein.

Du sprichst mit niemandem über mich?

Doch.

Mit wem?

Mit 2 Personen und mit meiner Mutter, und mit meinem Bruder.

Was denken sie darüber, dass ich so weit entfernt bin?

Sie sagen mir, wenn du zu Hause bist, wirst du mich vergessen. Aber das glaube ich nicht.

Ich auch nicht.

Weil dich niemand so kennt wie ich dich kenne.

Warum sollte ich wieder zu dir kommen, wenn du mir nicht wichtig wärest?

Das musst du mir nicht sagen, ich kenne dich besser als mich selbst.

Ich habe zuerst gar nicht verstanden, was los ist als du mich gefragt hast, ob ich bei

dir wohnen wolle. Ich habe dir gesagt, ich müsse darüber nachdenken.	Ich weiß das alles.
Ich erzähle dir alles, was ich mache, damit du jeden Tag über mich nachdenken kannst und neu entscheiden kannst.	Das glaube ich dir.
Wenn du möchtest, dass wir uns kennen lernen, dürfen wir niemals lügen....	Ja, sicher.
Ich möchte nicht Theater spielen. Ich möchte ganz einfach der Mensch sein dürfen, der ich wirklich bin. Ich bin wie ich bin.	Ich werde immer versuchen, dich glücklich zu machen.
Und du liebst mich auch, wenn ich so bin wie ich bin?	Sicher, du hast einen anziehenden Charakter.
Ich hoffe so sehr, einen Weg zu dir zu finden... eine Lösung für uns zu finden. Lass es uns versuchen, lass uns warten, lass uns sehen...	GOTT hat uns zusammengeschickt und er wird uns einen Weg zeigen.
Ich hoffe! Was erwartest du von deiner Prinzessin? Welchen Charakter?	Deinen Charakter.

Im selben Chat versprach mir Tony, Arbeit in Ägypten für mich zu organisieren. Wir würden am Meer wohnen, in Hurghada. Ich könnte drei Sprachen fließend sprechen, daher meinte Tony, es würde keine Probleme für mich sein, in Ägypten Arbeit zu finden. Er hoffe so wie ich, dass Gott uns einen gemeinsamen Weg zeigen würde.

Sei geduldig

Tony machte mich von seinen Worten abhängig. Er bat mich immer wieder, nicht zu hart zu arbeiten. Immer wieder bestätigte er mir auch, wie sehr er mich lieben würde. *„Du bist mein Herz und mein ganzes Leben.“* Wie das schon klang. Wann hatte ich solche Worte wohl das letzte Mal gehört?

Geduldig warteten wir auf unser Wiedersehen. Beim Arbeiten am Computer machte ich Fehler über Fehler. Ich schrieb ihm auch, dass ich nur mehr an ihn denken würde, ich könne kaum mehr fehlerlos arbeiten. Bald würden wir uns wiedersehen. Und er solle keine Angst haben, nichts würde sich an meinen Gefühlen ändern.

Tony schrieb mir von seinen Träumen. Wie wir die Straße entlang schlenderten, wie wir gemeinsam ins Restaurant gingen, um Fisch zu essen, wie er mich umarmte und küsste, wie ich neben ihm im Bett lag, mein Kopf in seinem Arm, und wie er aufwachte und feststellen musste, dass alles nur ein Traum war. Er wäre so traurig. Er liebe mich mehr und mehr und mehr.

Diese Nacht erwachte ich erstmals vor Sehnsucht und wie ferngesteuert schaltete ich mein Handy ein und... Nachrichten von Tony waren da. Wir chatteten so oft wie möglich und schrieben uns so viele Briefe, dass ich wirklich anfing ihn zu spüren. Das war die Zeit, als Tony begann, mir immer wieder nachts SMS zu senden, die auch ankamen. Ich schlief zwar gut, erwachte aber regelmäßig und schaltete mein Telefon ein und egal ob Nachrichten da waren oder nicht, ich konnte nicht mehr einschlafen. Immer wünschte ich mir, ihn zu spüren, von ihm geliebt zu werden, ich konnte ihn mit meinem Körper spüren, mit meinem Herzen und in meinen Gedanken. Er erwärmte mich innerlich. Im Traum berührte er mein Haar und umarmte mich zärtlich.

Mich von meinem Mann umarmen zu lassen war zu diesem Zeitpunkt bereits ausgeschlossen. Ich wich ihm immer öfter aus. Um eine Ausrede war ich niemals verlegen. Er nahm es hin und hinterfragte nichts. Wir entfernten uns körperlich zusehends. Unsere Ehe war vor der Ägyptenreise mit meiner Tochter auch nicht wirklich blendend, aber eine Ehe, die seit 16 Jahren anhält, ist eben oftmals schon zur Gewohnheit ausgeartet. Kinder spielen die Eltern auch gerne gegeneinander aus und Kinder zerstören manchmal vieles, wenn Eltern das zulassen.

Mein Mann und ich waren uns in puncto Kindererziehung oft uneinig. Das stellte unsere Ehe auf eine harte Probe. Ich war daher oftmals unzufrieden. Abends gingen wir nie aus, da wir unsere Kinder nicht alleine lassen wollten. Ich arbeitete daher meist sehr lange in die Nacht hinein und fiel dann todmüde ins Bett. Meine Gedanken begannen um Tony zu kreisen. In 15 Tagen würden wir uns wiedersehen. Ich musste nur geduldig sein. Unsere Gefühle würden explodieren, wenn wir uns wiedersehen würden. Es wäre genausо pochend wie beim Chatteten. Ich war so gespannt auf dieses Wiedersehen. Ich vermisste ihn so sehr.

Ich genoss das Gefühl, dass es irgendeinen Menschen auf dieser Welt gab, der mir erzählte, dass ich großartig sei, der mir zeigte, wie sehr er mich liebte. Ich glaubte ihm jedes Wort. Ich inhalierte förmlich seine E-Mails. Er machte mich stark durch seine Komplimente. Für mich war es unglaublich, so viele nette Worte über mich zu hören. Ich wollte unbedingt, dass Tony spürte, wie sehr ich ihn vermisste. Und ich schrieb ihm, dass ich ihm, wenn wir uns wiedersehen würden, *„ich liebe dich"* ins Ohr flüstern würde. Und wenn er wolle, würde ich das auch in die Welt hinausschreien.

Ich war komplett in seiner Hand. Mein Leben bestand nur mehr aus TONY.

I love u as well, so much.
I always think 4 u.......
I love u and I miss u so much...
and I'm waiting for u kisses....
and I will give u all my love...
much is not enough 4 u...
u need much and much more!!!!!!
I love u so.
Ur my king.

Ich liebe dich auch, so sehr.
Ich denke immer an dich....
Ich liebe dich und vermisse dich so sehr....
Und ich warte auf deine Küsse....
Und ich werde dir meine ganze Liebe geben...
Viel ist nicht genug für dich...
Du brauchst viel und viel mehr!!!!!
Ich liebe dich so.
Du bist mein König.

Er war mein König. Und ich war gefangen in einem Königreich der Gedanken.

Tomorrow i will travel to algoser to rent nice flat for us to stay together.

I feel u my princess and I love u so much really u r great so great.

All the words are not enough for u.
Take care of urself and don't work so hard pls.
Hug u and many kisses.

Morgen werde ich nach El Qesir fahren, um für uns eine schöne Wohnung zu mieten, um mit dir zusammen zu sein.
Ich fühle dich, meine Prinzessin, und ich liebe dich so sehr, wirklich, du bist großartig, so großartig.
All die Worte sind nicht genug für dich.
Pass auf dich auf und arbeite bitte nicht so viel.
Ich umarme und küsse dich.

Ich schrieb Tony, dass ich hoffte, dass er eine Wohnung für uns gefunden hätte für eine romantische Woche für ihn und mich.

Das war ja wohl ein eindeutiges Angebot...

Zu diesem Zeitpunkt war ich jedoch nur eines... nämlich... verliebt bis über beide Ohren. Mir war gar nicht klar, wie viele E-Mails ich schrieb, wie eindeutig unsere Äußerungen waren. Meine Sehnsucht war unglaublich. Er war ja förmlich mein Retter. Warum auch immer, er verstand es mich zu benutzen, mich zu bewundern, mich zu verzaubern in einem Märchen aus Tausendundeiner Nacht.

Tony versprach mir, mir all meine Liebe, die ich ihm gestand, zurückzugeben. Er hoffte, mich in seinen Träumen zu sehen um mich zu küssen, zu umarmen und mit mir zu sprechen. Er würde mich in seine Arme nehmen und mir Sicherheit geben. Und er wünschte mir schöne Träume. Ich antworte ihm.

I m wth u as well.......
my heart and my soul........
and soon my body as well i l y

Ich bin auch bei dir....
Mein Herz und meine Seele....
Und bald auch mein Körper i l d

Urlaub in Italien

Ende August trat ich mit meinem Mann und den beiden Kindern den geplanten Familienurlaub an. Ich packte die Koffer, putzte abschließend das Haus, goss die Pflanzen, brannte CDs für Tony und war unglaublich gestresst, da mir klar wurde, dass ich nun eine Woche nicht erreichbar wäre. Das schrieb ich ihm auch. Und ich war froh, dass auch unser Sohn am gemeinsamen Familienurlaub teilnahm. Er war zurzeit sehr pubertär und ausgesprochen kompliziert. Etwas widerwillig fuhr er dann schlussendlich mit auf Urlaub.

Ich schrieb Tony einen langen Brief und entschuldigte mich für dessen Länge. Ich war für ihn offen wie ein Buch und sagte ihm, er solle beim Lesen vorsichtig mit seinem Buch umgehen. Ich schrieb ihm von meiner Ehe, von meinem Studium, von meinen Eltern, einfach alles. Damit wusste er über alles Bescheid. Er hatte mich eigentlich schon damals in seiner Hand. Durch seine ständigen Liebesbeteuerungen war ich sein Eigentum. Ich war seine Gitarre, er musste nur noch auf mir spielen.

Dass ich Zärtlichkeit vermisste, schrieb ich ihm. Und dass ich Zärtlichkeit und offene Ohren von ihm bekam, schrieb ich ihm auch. Damit wusste er genau, was ich brauchte. Und das nutzte ihm ständig in seinen Machenschaften. Er wusste genau, wonach ich suchte. Er versprach mir, mir diese Zärtlichkeit zu geben. Er liebte mich immer mehr, schrieb er mir. Er versprach mir, alles zu geben, was er mir geben könne. Er würde immer bei mir bleiben, er würde mich nie verlassen. Er sei glücklich eine perfekte Prinzessin gefunden zu haben, und das sei ich. Er liebe mich, mehr als ich glaubte. Tony verstand es, mir mit seinen Worten den Kopf zu verdrehen.

Und mit diesem Gefühl fuhr ich mit meiner Familie nach Italien zum Gardasee. Schon die Hinfahrt war eine Qual. Wir waren schon fast am Ziel, als die Navigation im Auto meines Mannes Unsinn ansagte. Ich hatte als Copilotin gegen Reiseende eine Straßenkarte in der Hand, um meinen Mann zum Hotel zu navigieren. Doch die nette Dame in der Navigation teilte meine Meinung nicht. Mein Mann glaubte ihr dennoch mehr als mir. Da ich mich allerdings vom letzten Italienurlaub noch erinnern konnte und auch vom Hotel eine Beschreibung erhalten hatte, kannte ich den richtigen Weg. Mein Mann glaubte mir nicht. Wir begannen zu diskutieren und es kam schließlich zum Streit. Das Reiseziel schien in weite Ferne zu rutschen.

Nach einem großen Umweg endlich doch angekommen, waren alle erleichtert. So war auch der Urlaubsbeginn noch recht harmonisch. Nur ich war getrieben, da ich ständig mein Handy auf SMS kontrollieren wollte. Ich war gestresst, wenn keine Nachrichten da waren und ich war gestresst, wenn Nachrichten da waren.

Wir besuchten auch das lang ersehnte *Gardaland*. Meine Stimmungsschwankungen waren wahrscheinlich eher auf meine Müdigkeit zurückzuführen. Aber so ganz passte der Ton einfach nicht. Am letzten Tag unseres Urlaubes fuhren wir zum Gardasee. Ich war am Ende meiner Geduld. Meine Nerven waren angespannt. In zehn Tagen würde ich Tony wiedersehen. Ich war innerlich zerrissen.

Nach dem Baden im See fuhren wir weiter nach *Riva del Garda.* Wir schlenderten durch Boutiquen, kauften ein bisschen ein und gingen dann essen. Wir waren alle sehr hungrig, und wenn ich hungrig bin, ist meine Stimmung stets am Tiefpunkt. In der Pizzeria kam es zum Eklat. Aus irgendeinem Grund diskutierten mein Mann und ich wieder einmal. Der Auslöser war, glaube ich, damals mein Sohn. Ich bemerkte, dass immer ich die

Schuldige für alles wäre, und schon rannen mir die Tränen in Bächen herunter. Das alles geschah mitten im Restaurant. Ich wusste damals gar nicht, warum ich so weinte. *„Ist es Tony, sind es meine angespannten Nerven oder war die Situation wirklich so schlimm?“,* dachte ich mir. Ich ging auf die Toilette und machte mich frisch. Wir aßen wie bestellt und verließen das Lokal. Ich sprach kein Wort mehr.

Im Hotel auf der Toilette schickte ich Tony ein SMS, dass die Situation im Urlaub unerträglich sei und ich mich so auf unser Wiedersehen freute. Obwohl ich es wirklich genoss, meine Kinder um mich zu haben, war ich unendlich gestresst, meine Gefühle verstecken zu müssen. Es sollte doch niemand erfahren von meinen heimlichen Sehnsüchten und Wünschen.

Wieder zu Hause war ich froh, dass ich den Computer in meiner Nähe hatte. Ich konnte gemütlich während des Auspackens meine E-Mails abrufen. Ich sah auch in Hotmail nach, ob Nachrichten von Tony da waren. Statt der Nachrichten entdeckte ich jedoch einen neuen Kontakt in seinem Profil.

Wer ist Stella Tong?

Zu dieser Zeit hatten wir in Hotmail wirklich oftmals Kontakt und hatten beide keine anderen Freunde in diesem Portal – nur Tony und ich waren hier zu finden, für mich war das unser ganz privater Bereich. Doch dann kam Stella Tong. Sie war plötzlich auf seinem privaten Portal zu finden. War ich vielleicht eifersüchtig? *„Wer ist Stella Tong?“,* dachte ich mir, und fragte Tony auch danach. Er meinte nur, er kenne keine Stella Tong.

Ich teilte ihm mit, dass sie in seiner Freundesliste in Hotmail sei. Und als er sich unwissend stellte, wurde ich richtiggehend böse. Ich sagte ihm, dass ich absolut kein Problem hätte, wenn er mit anderen Personen chatten würden. Es wäre nur eine Frage gewesen, wer Stella Tong sei. Und wie er zu einer Chinesin kam. Ich war überrascht von seiner Antwort, sie nicht zu kennen. *„So ein Unsinn“,* das glaubte ich ihm einfach nicht. Ich fragte ihn, warum er mir nicht einfach sagte, *„ich kenne sie seit…“,* oder *„ich habe sie kennengelernt in…“.*

Dann schrieb ich ihm, dass es mir wichtig sei, dass wir ehrlich zueinander sind, und zwar immer, jederzeit, jede Sekunde. *„Du bist so weit weg* *von mir, aber ich liebe dich, und ich vertraue dir... und wenn ich dich etwas frage, erwarte ich eine ehrliche Antwort.*", schrieb ich ihm. *„Ich glaube dir immer, alles, was du mir erzählst, ist wahr für mich... aber gestern war es eigenartig... ich hatte ein sehr seltsames Gefühl... denke bitte an mich, ich gebe jetzt mein ganzes Leben auf. Ich muss sicher sein, dass du ehrlich zu mir bist, ich könnte niemals ohne dich in Ägypten leben, ich muss dir immer vertrauen können und ich muss immer mit deiner Hilfe rechnen können. Gestern ging es mir wirklich schlecht, weil ich nicht wusste, ob du ehrlich warst zu mir."*

Ich stellte eine ganz banale Frage und bekam keine konkrete Antwort, warum nicht? Und im Nachhinein betrachtet bemerke ich nun auch, dass ich bereits vor unserem ersten Wiedersehen an ein Aussteigen gedacht hatte.

Wir sprachen davon, dass er nun eine Wohnung gefunden hätte, aber das Zusammenleben nicht so einfach sei. *„Egypt is not like Europe"*, sagte er mir. Da könne man nicht ohne Weiteres gleich so zusammenleben für eine Woche, ohne dass man verheiratet sei. So erzählte er auch beim Anmieten der Wohnung, er würde sich mit seiner Frau treffen, wir wären verheiratet. Ich nahm diese Worte gelassen hin und erzählte ihm, dass in Österreich jeder jederzeit überall übernachten könne, wo er wolle.

Ich teilte Tony mit, dass ich vier Tage im Hotel verbringen wolle, um den Strand dort zu genießen und auch meine Bekannten dort besuchen wolle. So müsste ich auch zu Hause keine Märchen über meinen Aufenthalt erzählen. Ich wäre dann ja im Hotel gewesen.

Tony antwortete nicht. Die Internetverbindung war wieder einmal nicht möglich. Ja, das Internet funktionierte oft nicht. Während ich stets auf Tony wartete, zählte ich heimlich die Tage und Stunden bis zu unserem Wiedersehen. *„Ich kann dich fühlen, auch wenn du nicht hier bist.... 5 Tage, 17 Stunden... du fehlst mir. Hör nicht auf, mich in deinen Träumen zu lieben".*

TONY, in meinem Kopf nur Tony, in meinen Gedanken nur Tony, in meiner Sehnsucht nur Tony, in meinem Herzen nur mehr Tony, überall Tony.

Wir schickten uns unzählige erotische SMS, ich war schlichtweg verrückt nach ihm. Warum, das kann ich bis heute nicht beantworten. Aber dass es so war und dass in meinem Kopf nichts anders mehr Platz hatte, daran kann ich mich noch genau erinnern. Er war der Halm, an den ich mich klammerte. Wahrscheinlich wusste er das gar nicht, doch er war mein Ziel.

Jede Nacht bekam ich ein meist erotisches SMS. Ich gewöhnte mich so daran, dass, wenn es einmal ausblieb, ich am nächsten Tag danach fragte. Die nächtlichen SMS wurden bereits zur Gewohnheit. Ich stand zu Beginn der SMS-Flut jede Nacht gegen 23:30 auf und sein SMS war hier. Erfreut, erregt und benommen wankte ich dann wieder glücklich zu Bett und schlief bis in die Morgenstunden. *„Only 2 days and 23 ½ hours more to see your eyes again. I love you. You are a big part in my heart now."*

Ich teilte ihm genau mit, wann mein Flugzeug in Marsa Alam landete. Tony freute sich so auf das Wiedersehen. Er liebe mich und bald wären wir zusammen, könnten uns lieben, nebeneinander schlafen, gemeinsam essen und schwimmen und alles machen, was uns Spaß mache. Er liebe mich mehr und mehr und mehr, schrieb er mir. Morgen würden wir uns sehen und könnten alles tun was wir wollten, schrieb ich zurück... und ich schrieb auch, *„ich liebe dich"*. Das war nicht gelogen, ich verzehrte mich nach ihm, meine Sehnsucht war unglaublich.

Die Tage vor dem Abflug

Endlich war es soweit, in 2 Tagen würde ich Tony wiedersehen. Tony packte gerade seine Tasche, um am nächsten Tag mit dem Bus nach El Qesir zu fahren. Auch ich packte bereits meinen Koffer, da ich am folgenden Tag zum Packen keine Zeit hätte. *„Du arbeitest so viel"*, stellte Tony erneut fest. *„Du wirst eine Woche Auszeit nehmen. Nur Liebe und Spazierengehen und Massage..."* Er vermisse meine Tochter, meinte er. So stellte ich ein Foto von ihr und mir auf seinen Link. Er würde gleich nachsehen, meinte er. *„Hast du Kerzen eingepackt?"*, erkundigte ich mich? *„Sicher"*, antwortete er. *„Vergiss sie nicht"*, bat ich ihn. *„Das werde ich nicht"*.

Er versprach mir, mich pünktlich am Flughafen abzuholen. Er erzählte mir, dass am Abend die Temperatur in Luxor fantastisch sei, tagsüber aber hätte es 46 Grad. Alle Ägypter, die nicht arbeiten mussten, würden sich tagsüber zum Mittagsschlaf hinlegen, es wäre ganz einfach zu heiß. Wir hatten in Österreich zur selben Zeit gerade einmal 13 Grad, richtiges Eisbären-Wetter war das im Sommer 2009. Ich teilte Tony mit, dass ich aber bald zur Sonne käme, das sei er... und, dass ich auch die Wärme und die Strahlen der Sonne bräuchte. *„Du bist mein Mond“,* sagte er mir. Etwas verwundert nahm ich die Aussage als Kompliment entgegen. Er blieb jedoch noch lange meine Sonne, bis er ebenfalls zum Mond wurde.

Wieder erzählte ich ihm, dass ich erst am Vorabend vor unserem Heimflug sein Interesse an mir erkannte. Doch mittlerweile waren wir so verliebt ineinander, dass wir unsere erste Liebesnacht herbei sehnten. *„Du kannst mich ausprobieren“*, sagte er. *„Was??? Ich verstehe nicht, was du mir jetzt sagen willst!“ „Ich meine nur, du wirst mich nach unserer gemeinsamen Woche besser kennen“*, war seine rasche Antwort. *„Ich will dich nicht ausprobieren! Ich möchte nur wissen, wie unser Leben verläuft, wenn wir uns nahe sind. Ob du und ich so perfekt zusammenpassen wie es jetzt zu sein scheint.“ „Wir werden sehen“,* sagte Tony. *„Es sieht sehr sehr sehr perfekt aus. Ich bin mir fast sicher, dass es klappen wird.“ „Wow“,* Tony war beeindruckt über meine wohlwollende Haltung.

Ich sagte ihm, dass ich immer mehr Fehler bei der Arbeit machen würde, weil ich ihn so brauchen und dauernd an ihn denken würde. Er wusste das und bat mich, vorsichtig zu sein. Ich liebe ihn nicht mehr als er mich, versicherte er mir. Er küsse mich auf meine Lippen und fragte mich, ob er mich etwas fragen dürfe. *„Sicherlich.“* Er teilte mir mit, wie glücklich mein Mann sein könne, denn er würde mich jeden Tag sehen. Und dann stellte er endlich die Frage, bat mich aber zugleich, nicht böse auf ihn zu sein.

Tony	**Ich**
Arbeitet dein Mann gut mit dir?	Wie meinst du das?
Im Bett...	Warum willst du das wissen?
War nur eine Frage...	Was erwartest du für eine Antwort?
Um zu wissen, ob er stark ist oder nicht.	Er?
Oder macht es dir keinen Spaß? Wenn du nicht antworten willst, antworte nicht.	Ich hab es nie gerne mögen.
Ja. Du bist nicht wie alle Frauen.	
	Kann ich dich auch etwas fragen? Erwartest du das von mir?
Was meinst du?	Dass wir Liebe miteinander machen - Ja oder nein?
Wenn du willst? Wenn du nicht willst, ist	

auch ok.

Über das habe ich bis jetzt noch nicht nachgedacht.

Wie du willst...

Lass uns warten, wie die Pflanze wächst.

Ok.

Ich glaube, ich werde es mögen.

Wirklich? Wow... Mit mir?

Ja. Ich möchte dir nahe sein, aber sei bitte vorsichtig mit mir und mit meinen Gefühlen. Verletze nicht mein Herz. Ich liebe dich so sehr.

Dein Herz ist mein Herz. Es ist dasselbe.
Es ist EIN Herz.

Ich glaube, ich würde alles für dich tun.

Wieder führten wir einen Stunden dauernden heißen Chat, in dem Tony mir Fragen stellte und ich daraufhin antwortete, ich wolle nur ihm gehören, ich wolle ihn glücklich machen. Er würde glücklich sein, wenn er mich glücklich sehe, sagte er. Ich würde glücklich sein, wenn er bei mir wäre, antwortete ich darauf. *„Wie viele Stunden noch bis wir uns wiedersehen?“ „37“*, sagte er.

Ich	**Tony**
When did u get sex the last time?	I will do it with u in 37 hours. I never had sex be4. Ur first 1.
No? U will like it, I will be v v v nice for you...	I feel that.
I love u so much, much more and more again. I have to go now.	My queen. I kiss u.
I love u. My king.	

Kapitel 3

Das erste Wiedersehen – September 2009

Am Flughafen

Die Sehnsucht nach Tony war bereits unbändig, als das Flugzeug zum Landeanflug ansetzte. Nervös schaute ich jede Minute auf die Uhr. Nach der Landung war bereits das erste SMS auf meinem Handy. *„Wo bist du? Ich warte draußen am Eingang"*, aber ich hatte noch die Einreiseformalitäten zu erledigen. Schon das dritte Mal in Ägypten wusste ich bereits, was zu tun war. Zielstrebig ging ich zum Visaschalter und bezahlte das Einreisevisum. Während ich auf mein Gepäck wartete, dachte ich mir insgeheim, ob ich Tony überhaupt wiedererkennen würde. Ich hatte ihn ja noch nicht oft gesehen, und wenn, dann hin und wieder im Internet, und ich hatte nur drei Fotos von ihm. Hoffentlich hatte er sich nicht verändert. Was würde ich machen, wenn ich mir nicht sicher sei? Wie würde ich Tony zwischen den vielen Reiseleitern erkennen? Warum kam er mir nicht entgegen? Fragen über Fragen.

Verunsichert verließ ich die kühle Flughafenhalle und kam in die brütende Hitze. Die Sonne blendete meine Augen, ich blieb stehen mit meinem Gepäck und suchte den Vorplatz zum Flughafen ab. Unmittelbar vor dem Ausgang entdeckte ich am Parkplatz ein Taxi, zwei junge Männer standen davor, einer davon blickte suchend und wartend auf das Ausgangsportal des Flughafens. Ich setzte mich langsam in diese Richtung in Bewegung. Er kam auf mich zu. Er küsste mich flüchtig auf die Wangen und gab mir die Hand zum Gruß. Ich wusste, die Sitten waren streng in Ägypten. Sofort nahm er meinen Koffer und verlud ihn im Kofferraum.

Ich traute mich kaum zu sprechen. *„How was your flight?" „Thank you, fine."* Damit kam die Kommunikation erneut zum Stocken. Die beiden Männer sprachen Arabisch, ich verstand kein einziges Wort. Doch dann kam die erste Überraschung. Tony gab mir Papiere und teilte mir mit, ich solle sie ausfüllen. Er bräuchte sie, dass wir in unserer Wohnung gemeinsam wohnen konnten. Er gab mir zwei Kopien und einen Stift zum Schreiben nach hinten auf die Rückbank. Ich las die Überschrift: „*Marriage contract – Heiratsurkunde*“.

Ich war außer mir vor Entsetzen. Was sollte das nun werden? Ich sagte Tony, dass ich das niemals ausfüllen würde. Doch er beruhigte mich und teilte mir mit, ich könne alles hineinschreiben was ich wolle. Der Mann, der ihm die Wohnung vermietete, könne weder lesen noch schreiben. Es wäre nur wichtig, dass er den Vertrag hätte. Widerwillig fügte ich einen Namen, eine Adresse und eine Passnummer ein, alles so ähnlich wie meine Daten. Trotzdem war ich im Inneren schockiert über diese Vorgehensweise.

Nach längerer Fahrt erreichten wir El Qesir. Tony kaufte zuerst sofort Lebensmittel ein in einer Menge, die wahrscheinlich für vier Personen und eine Woche gereicht hätte. Er bezahlte in ägyptischen Pfund. Ich verstand die Sprache nicht, kannte teilweise die Lebensmittel nicht, wusste nicht, wie viel Euro der ägyptische Pfund wert war, kannte die Geldscheine nicht, kannte die Verhaltensregeln beim Einkaufen nicht... so blieb ich ruhig an seiner Seite und versteckte mich hinter ihm. Angst hatte ich keine, aber seine Schultern boten mir Sicherheit, obwohl ich ihn nicht kannte.

Bevor wir unsere Wohnung beziehen konnten, musste er noch den Vertrag, meinen Reisepass und seine Personal-Identitätskarte kopieren und die Kopie beim Vermieter abgeben. Erneut war ich verunsichert, da meine Daten auf dem Heiratsvertrag nicht meinen Passdaten entsprachen.

Wir blieben vor einem schönen Haus stehen, Tony entlud mein Gepäck. Er schleppte meinen schweren Koffer in den dritten Stock. Er schloss die Türe auf, machte sie hinter mir zu und wir fielen uns in die Arme. Er drückte mich an sein Herz, er küsste mich liebevoll und zärtlich, er nahm mich an der Hand, führte mich ins Schlafzimmer und entkleidete mich behutsam. Ich ließ es einfach zu. Tony liebte mich hungrig. Er war etwas ungestüm, doch die Sehnsucht war so aufgeschaukelt, dass es so schnell geschehen musste. Ich war wortlos, ich war nicht mehr ich, alles geschah wie in Trance, alles war wie ein Traum.

Nach unserem ersten Liebesabenteuer räumten wir die Lebensmittel in den Kühlschrank und Tony führte mich durch die Wohnung.

Unsere Wohnung

Unsere Wohnung war wunderschön und riesengroß. Sie bestand aus drei Schlafzimmern, einer Küche, einem Esszimmer, einem Wohnzimmer mit großem Fernsehapparat, und aus einem Bad. Ich war überwältigt, wie komfortabel Wohnungen in Ägypten sind. Es war ja die erste Wohnung in Ägypten, die ich zu sehen bekam. Der Standard war, wenn auch sehr einfach eingerichtet und teilweise nicht ganz sauber, doch in Ordnung. Nach gründlichem Durchputzen hätte ich mich dort sicher auch auf Dauer sehr wohl fühlen können.

Der Kühlschrank war für meine Verhältnisse auch riesengroß, der Tiefkühlschrank hatte ebensolche Dimensionen. Tony begann sofort, für uns eine Jause zuzubereiten. Wurst, Käse und Fladenbrot hatte er gekauft. Er öffnete alle Verpackungen, legte alle Lebensmittel auf einen Teller, öffnete zwei Fischdosen, gab den Fisch ebenso in kleine Schüsseln und bat mich zu Tisch. Er stürzte sich hungrig auf alles. Ich war, noch müde vom Flug, nachdem ich die letzte Nacht nicht geschlafen hatte, nicht wirklich hungrig, obwohl ich nichts im Magen hatte. Selbstverständlich aß ich mit, aber eben nur wenig. Und ich war durstig, aber Getränke gab es keine. So ersuchte ich Tony, mir etwas zu trinken zu geben. *„Zum Essen?"*, erkundigte er sich erstaunt. *„Ja sicherlich, warum nicht?"* Er meinte nur, dass das komisch sei, in Ägypten trinke man nie zum Essen, erst nachher, und ging zum Kühlschrank und gab mir Mineralwasser und Mango-Juice. Ich nahm den Mango-Juice, verdünnte ihn mit Mineralwasser, und leerte das halbe Glas. *„Du trinkst Süßes zu Wurst und Käse? Iiii..., das passt doch nicht zusammen." „Warum nicht?"*, fragte ich überrascht. Ungläubig schaute er mir beim Essen und Trinken zu, er fragte nichts mehr und ich stellte fest, dass ich ihm eigenartig erschien.

Es waren Kleinigkeiten, aber in punkto Esskultur waren wir sehr unterschiedlich, was sich auch in Folge immer wieder herausstellte. Nach dem Essen setzten wir unsere Liebesabenteuer fort. Wir lagen stundenlang im Bett, sahen uns tief in die Augen, ich lag in seinen Armen, wir sprachen über alles, was uns einfiel. Er fragte mich nach meinem Leben. Ich erzählte ihm, warum ich geheiratet hatte, wie meine Ehe verlief, welche Sorgen und Probleme ich zu Hause hatte. Ich erzählte ihm aber auch, was schön war. Ich erzählte von meinen Kindern, von ihren schulischen Leistungen, von der Krankheit meines Sohnes. Ich erzählte ihm von meinem Beruf, von meinen Projekten, ich erzählte ihm, wie kraftraubend mein Beruf wäre. Ich erzählte ihm aber auch, wie sehr ich meinen Beruf liebte und mich in ihm entfalten könne. Ich erzählte ihm alles, wirklich alles. Tony inhalierte meine Erzählungen.

Natürlich erzählte auch Tony mir vieles. Was er arbeitete, dass er eigentlich studierte, doch um sein Studium zu finanzieren müsse er zwischen den Prüfungen immer wieder arbeiten. So könne er die Universität nur besuchen, um seine Prüfungen dort abzulegen. Er habe ein Doktoratsstudium der Ägyptologie und Geschichte belegt und sein Studium beinahe beendet. Im Mai habe er die letzte Prüfung. Dann bekäme er den Doktortitel verliehen.

Ein Ägypter mit einem Doktortitel, dachte ich mir, das sei ungewöhnlich. Aber dass Tony gescheit war, wusste ich schon. Tony sprach natürlich Arabisch, beherrschte Englisch in Wort und Schrift, sprach beinahe fehlerlos Deutsch mit österreichischem Akzent, sprach Russisch, und er sprach in Italienisch und Französisch die Floskeln, die er für seinen Job brauchte. Für mich war er zu diesem Augenblick sechssprachig. Ich bewunderte ihn sehr, da ich selbst nur drei Sprachen beherrschte und in zwei weiteren Sprachen Grundkenntnisse hatte.

Wir lagen im Bett und erzählten uns unsere Leben bis spät am Abend. Alles war neu für uns und wir lauschten den Erzählungen des anderen gespannt. Es war ein wunderbares Gefühl, dass mir zugehört wurde. Ich genoss das Erzählen und das Zuhören.

Am Abend machte ich mich hübsch und wir gingen essen. Was ich essen wolle, erkundigte er sich, ihm sei alles recht, mein Wunsch würde entscheiden. Ich solle es schön haben mit ihm. Ich solle glücklich sein.

So gingen wir ins Fischrestaurant und anschließend durch El Qesir spazieren. Zur Sicherheit hatte er den Heiratsvertrag immer bei sich. Wir gingen Hand in Hand und er hatte wirklich Angst vor der Polizei. Die Fremdenpolizei sei sehr streng. Ägypter mit Touristinnen würden nicht geduldet, aber wir hatten einen Heiratsvertrag, der ihn schützen würde. Auch ich hatte Angst und bewegte mich möglichst unauffällig. Trotzdem hielt ich Tony fest an der Hand. Ich suchte Sicherheit in seiner Nähe und fand sie auch. In El Qesir beobachteten mich alle Ägypter, da dieser Ort von Touristen so gut wie nie besucht wird. Hier wohnten alle Arbeitnehmer der umliegenden Hotels, die in den Hotels zwischen Safaga und Marsa Alam arbeiteten.

Wir besuchten ein nettes Cafe am Meer und rauchten Shisha. Zu Beginn bekam ich kaum Luft. Ich rauche nicht, so war ich anfänglich mit der Rauchtechnik nicht so vertraut. Tony hatte jedoch zwei Jahre zuvor in Sharm el-Sheik Wasserpfeifen verkauft und erklärte mir, dass ein Shisha-Profi den Rauch zugleich aus dem Mund und der Nase langsam ausatmen würde. Er sah fantastisch aus beim Rauchen, wie ein Drache. Ich bewunderte ihn erneut. Ich rauchte wiederholt und bemühte mich, ihn nachzuahmen. Innerhalb kürzester Zeit begann ich zu fliegen. Meine Gedanken kreisten nicht, aber mein Körper wurde leicht und ich bekam Glücksgefühle. Zur Sicherheit griff ich nicht mehr nach meinem Trinkglas, da ich mir nicht sicher war, ob ich es auf Anhieb erwischen würde. Die Shisha hinterließ ihre Spuren in meinem Körper. Das teilte ich Tony auch mit. Wir mussten kurz mit dem Heimgehen warten, da meine Knie sich wie Gummi anfühlten. Als ich mich ein bisschen sicherer fühlte, sagte ich ihm, dass wir nach Hause gehen sollten.

Wir nahmen einen Taxibus. Tony stieg in den fast vollen Bus ein, ich folgte ihm wortlos und unsicher. Zu Hause angekommen entkleidete ich mich ein wenig beschämt, stellte mich unter die Dusche und verschwand im Schlafzimmer. Tony duschte sich ebenfalls, legte sich neben mich und berührte mich behutsam und zärtlich.

Da war es wieder, das Gefühl für Tony, mitten ins Herz traf es mich und der Bann war gebrochen. Dieser Mann verzauberte mich allein durch seine Gegenwart. Es folgte eine heiße Liebesnacht. Leider hatte er die Kerze in Luxor vergessen, er musste also am nächsten Tag eine in El Quesir besorgen.

Die Zeit zu zweit

Unser zweiter Tag verlief ähnlich. Nach dem Erwachen war ich sehr aufgeregt darüber, dass dieser wunderschöne junge Mann neben mir lag. Sofort begann ich ihn zärtlich zu küssen und aufzuwecken. Ich konnte nicht warten, bis er erwachte. Ich küsste sein Gesicht und seine Lippen und sagte leise in sein Ohr: „*Good morning Tony, this is your wake-up call,*“ und lächelte ihn verliebt an.

Tony erwachte und wir liebten uns zärtlich. Danach war Tony sehr hungrig, so mussten wir frühstücken. Von zu Hause war ich es gewohnt, dass mein Mann das Frühstück zubereitete. Also teilte ich Tony kurzerhand mit, dass er das bitte machen solle, was er auch gerne tat. Ich könne ja keinen Gasherd betätigen und hatte auch Angst vorm Entzünden, da ich vor vielen Jahren einmal die Glasabdeckung eines Gasherdes explodieren gesehen hatte.

Tony nahm ein kleines Kaffeekännchen, füllte es mit Kaffeepulver und Wasser und fragte mich, wie lange der Kaffee kochen müsse. Es stellte sich heraus, dass Tony keinen Kaffee zubereiten konnte. Ich erklärte ihm, dass wir in Österreich keinen türkischen Kaffee zubereiten würden, ich hätte eine Kaffeemaschine. *„Wirklich?“ „Ja, das hat jeder in Österreich,“* teilte ich ihm mit. Was für ein Luxus, dachte ich mir.

Wir aßen ausschließlich Süßigkeiten aus der Verpackung und tranken Kaffee. Es war der erste Kaffee in seinem Leben, den er trank. Er war nicht besonders begeistert über den Geschmack, trank aber tapfer mit mir mit. Wir blieben den ganzen Tag zuhause und liebten uns.

Die Abende verliefen eigentlich immer gleich. Meist holten wir uns Essen vom Restaurant, Fisch mit Reis, Fleisch mit Reis, Pizza oder Nudeln. Kochen wollten wir beide nicht. Er konnte nicht kochen und ich wollte nicht kochen. Außerdem gab es kein Öl, keinen Essig und kein Mehl, das Salz war verschmutzt und im Zucker waren Maden. Nach dem Essen gingen wir immer fort zum Shisha-Rauchen. Bald schon war ich ein richtiger Shisha-Profi. Und die Wirkung des Tabaks war auch bald nicht mehr so stark zu spüren wie zu Beginn, wenngleich ich jedes Mal nach etlichen Zügen zu fliegen begann. Es war wunderbar. Ich konnte total abschalten, mein Leben flog in einer Zufriedenheit und in einem Glücksgefühl an mir vorbei, ich hatte ein Lächeln auf den Lippen, ich sah die Spiegelung des Mondes am offenen Meer, hatte Sand zwischen meinen Zehen und einen wunderschönen, glücklichen Mann an meiner Seite.

Dennoch stellte ich fest, dass niemals eine andere Frau in einem der Lokale war, die wir besuchten. Ägyptische Frauen rauchen keine Shisha, wurde mir gesagt. Das gehöre sich nicht. Das machen nur manche Europäerinnen, die dürfen das.

Und jeden Abend benutzen wir den Taxibus, der uns den weiten Weg zurückbrachte. Ich war nicht mehr so unsicher, ich hatte schon ein wenig Erfahrung, was sich gehörte und was nicht. Zum Beispiel war es gerade noch duldbar, dass wir uns beim Spazierengehen an der Hand hielten. Nicht in Ordnung war ein Kuss auf die Wange oder eine Berührung unserer Schultern. Im Taxi stießen unsere Oberschenkel aneinander. Ich berührte ihn, er wich erschrocken aus. Ich spielte geradezu mit dem Feuer. Und zu Beginn ignorierte ich förmlich seine Kultur – ich benahm mich so, wie man sich in Österreich benimmt, wenn man verliebt ist. Ich zeigte meine Verliebtheit auch nach außen.

Im Taxibus unterhielten wir uns immer in Deutsch, ansonsten sprachen wir Englisch, da er in englischer Sprache einen größeren Wortschatz hatte und ich meine Englischkenntnisse anwenden wollte. Ich wollte schon immer im fremdsprachigen Ausland leben und das sagte ich ihm auch. Er akzeptierte mein Englisch, obwohl er lieber Deutsch mit mir gesprochen hätte.

Die Nächte waren immer gleich, sie waren heiß. Wir liebten uns überall, in jedem Zimmer, wir nutzten die ganze Wohnung. Wir verstanden uns nicht nur in Worten und im Bett prächtig, auch jede Berührung war wie ein Blitzschlag für uns beide. Ich liebte seine Hände, seine Augen, seine Lippen, seinen wunderschönen Körper, seine Worte.... er verzauberte mich stets aufs Neue. Ja, ich liebte Tony, und es war Liebe so tief, wie ich sie mein ganzes Leben noch nicht erlebt hatte.

Dennoch beschloss ich, den folgenden Tag im Hotel zu verbringen, von dem ich meiner Familie erzählt hatte es zu buchen. Tony war etwas enttäuscht, orderte aber das Taxi für mich, das uns bereits vom Flughafen abgeholt hatte. Dieses Taxi stand mir die ganze Woche auf Abruf zur Verfügung. Tony vereinbarte im Vorhinein eine Pauschale für jede Strecke, so rief er den Fahrer nur an, wenn er ihn brauchte. Das Entgelt wurde bei meinem Abflug fällig.

Am Strand

Ich ließ mich vom Taxichauffeur ins Hotel nach Marsa Alam bringen. Ich benutzte den Strand als Tagesgast. Der nette Rezeptionist sah mich nun innerhalb von 13 Monaten zum dritten Mal und konnte sich natürlich an mich erinnern. Er hinterlegte meinen Pass und ich bekam ihn beim Verlassen des Hotels zurück. Mit meinem Handtuch, meinen Bikinis, meinem Handy und einem Buch in der Tasche betrat ich erfreut den Strand.

Alle erkannten mich wieder, der „Handtuch-Mensch“, die Strandbar-Kellner und die Animateure waren überrascht über meine neuerliche Anwesenheit. Ich erzählte nur, dass es mir letztes Mal so gut gefallen hätte, dass ich erneut ein paar Tage zurückgekehrt wäre. Dass ich aber bei den Abendshows und in der Disco nie anwesend war, brachte die Animateure zum Munkeln. Schon bald fragte mich eine ägyptisch-türkisch stämmige Animateurin, ob ich hier sei wegen einer Liebe. Und wer es sei, wollte sie wissen. Nein, es gab keine Liebe, gaukelte ich ihr vor.

Man sah mich auch niemals mit jemandem sprechen, ich las nur stets mein Buch, schlief sehr viel, um am Abend topfit zu sein und schnorchelte viele Stunden im Meer. Auch der Life-Guard am Steg erkannte mich wieder. Er buhlte um meine Gunst, aber ich teilte ihm mit, mein Herz sei bereits vergeben. Und weil er neugierig nachfragte, verplauderte ich mich und erzählte ihm schlussendlich von Tony.

Er sagte mir abschließend nur eines. *„Weißt du, warum ägyptische Männer europäische Frauen lieben?“ „Nein“*, war meine Antwort. *„Sie wollen Sex, Geld und nach Europa.“* Ich war schockiert über seine Direktheit und antwortete nur *„Nicht mein Tony! Er liebt mich.“*

Der Life-Guard ließ mich in alle Richtungen schnorcheln, egal wo die Strömung auch herkam. Er wusste, dass ich eine fabelhafte Schwimmerin war und im Vorjahr oft in der Früh schon zwei Stunden lang vor dem Frühstück geschnorchelt war. Ich schnorchelte einmal bis zum Nachbarhotel links neben diesem Hotel und zurück. Am nächsten Tag schnorchelte ich zum Nachbarhotel rechts daneben, wollte aber, nachdem die Strömung stark war, nicht mehr zurückschnorcheln und nachdem der Sand so heiß war, konnte ich auch nicht zurückgehen. Ich hatte ja keine Badeschuhe mit.

Deshalb betrat ich dort den Steg und unterhielt mich mit dem Life-Guard dieses Hotels. Der glaubte mir vorerst gar nicht, wie weit ich geschnorchelt war. Beeindruckt schickte er mich ins Tauchcenter. Von dort fuhr mich ein Diving-Master zurück zu meinem Hotel. Ich war beeindruckt von der Flexibilität und Freundlichkeit der Menschen.

Immer wenn ich vom Schnorcheln zurück war, schickte ich Tony ein SMS. Er konnte nicht schwimmen und sorgte sich sehr, wenn ich allein im Meer unterwegs war. Aufgeregt schrieb ich ihm diesmal, dass ich eine Meeresschildkröte gesehen hatte. Immer sah ich außergewöhnliche Meeresbewohner. So sah ich auch Blaupunkt-Rochen, Papageienfische und Lipp-Fische. Beim dritten und zugleich auch letzten Besuch im Hotel als Tagesgast kam mir beim Schnorcheln am Hausriff ein zirka vier Meter langer Walhai entgegen. Ich war schockiert. Dass er mich nicht fressen würde, war mir klar, da er sich von Plankton ernährte. Trotzdem sah ich in sein offenes Maul und er kam in Zeitlupe auf mich zu, Gottseidank in zirka fünf Metern Tiefe. Er schwamm seelenruhig unter mir durch. Ich dachte, mein Herz bliebe stehen. Ich drehte unverzüglich um, schwamm zum Steg zurück und verließ das Meer.

Aufgeregt erzählte ich dem Life-Guard von meinem Erlebnis. Er meinte gelassen *„it´s just a wale-shark…“.* Als ich Tony ein SMS schickte, war er sehr beunruhigt. So fuhren wir am nächsten Tag gemeinsam ans Meer. Schnorcheln konnte ich nicht, da Tony ja nicht schwimmen konnte. Ich wollte ihn zumindest diesmal nicht so lange warten lassen. Der Taxifahrer brachte uns an einen schönen öffentlichen Strandabschnitt, wo wir allerdings fast alleine waren. Wir genossen den gemeinsamen Tag in der Sonne.

Tony passte gut auf mich auf. Es war ihm wichtig, dass mich andere Ägypter nicht zu sehr beobachteten. Er ersuchte mich auch, nicht zu sehr aufzufallen. Brav lagen wir auf Sonnenbetten nebeneinander und berührten uns kaum. Wir sahen uns nur zärtlich in die Augen.

Am nächsten Tag besuchten wir den öffentlichen Strand in El Qesir. Dort mussten wir keine Strandgebühr zahlen, dafür gab es auch keine Sonnenliegen. So lagen wir auf unseren Handtüchern im Sand unter einem Sonnenschirm. Wir lagen nahe nebeneinander. Und weil gerade Ramadan war, waren in der Mittagszeit kaum Menschen unterwegs. Die Männer jedoch, die in Strandnähe saßen, durchbohrten mich förmlich mit ihren Augen. Dass mein Bikini so knapp war, war mir äußerst unangenehm. Zum Umziehen ging ich zum nahen Strandhaus. Tony hielt mein Handtuch beschützend um mich herum und wehrte alle neugierigen Blicke mit bösem Blick ab. Er wollte keinesfalls, dass mich jemand beim Umkleiden des Bikinis beobachtete.

Als plötzlich ein junger Mann zielstrebig auf uns zusteuerte und ihm die Hand schüttelte und mir ebenfalls, teilte mir Tony so nebenbei mit, dass dies ein Studienkollege von ihm wäre. Sie unterhielten sich in Arabisch, da sein Freund nicht Englisch sprechen konnte. Ich verstand kein Wort in diesem Gespräch. Tony übersetzte mir nichts. Aus Verlegenheit verabschiedete ich mich und ging ins Meer. Als sein Freund wieder verschwand und Tony ins Wasser kam, war ich erleichtert.

So einfach war das in einer fremden Kultur dann doch nicht, stellte ich fest.

Gemeinsames Essen – die etwas andere Kultur

Auch beim Essen hatten wir sehr verschiedene Vorstellungen. Es war sowohl die Art des Essens an und für sich als auch das *„Was essen wir heute?“* sehr unterschiedlich.

Tony aß morgens am liebsten vorverpackte, sehr süße Naschereien wie Biskuit gefüllt mit Nougatcreme und ähnliches. Das mochte ich überhaupt nicht. Zu Hause aß ich ausschließlich dunkles Brot, hin und wieder am Wochenende aßen wir Semmeln oder Toastbrot. Tony versuchte, sich an den morgendlichen Kaffee zu gewöhnen und trank ihn auch, weil keiner von uns beiden Wasser am Gasherd aufstellen wollte um Tee zubereiten zu können.

Am ersten Tag packte Tony außerdem Wurst und Käsevorräte aus, die er gerade frisch gekauft hatte. Da ich wirklich wenig aß, hatten wir die ganze Woche damit zu tun, diese Vorräte aufzuessen. Ich aß von Tag zu Tag weniger zum Frühstück, bald aß auch ich vorverpackte Süßigkeiten, um den mittlerweile schon einige Tage im Kühlschrank offen stehenden Lebensmitteln zu entrinnen. Alles, was nicht frisch war oder zumindest verpackt war, war für mich tabu. So hatte ich auch niemals eine Magenverstimmung.

Abends gab es am ersten Tag Fisch mit Reis. Tony und ich holten den Fisch aus dem nahe gelegenen Restaurant. Wir warteten gleich dort auf unser Essen. Ich besuchte die Damentoilette und sperrte die Türe hinter mir zu. Leider fiel beim Zusperren die Türschnalle herunter. Ich drückte sie wieder drauf und bemerkte, dass auf der anderen Seite die Türschnalle ebenfalls hinunterzufallen drohte. Schockiert beendete ich den Versuch und zog den Stift der Schnalle der anderen Seite zurück. Ich begann fürchterlich zu schwitzen. Ich rief und klopfte an der Türe, doch niemand schien mich zu hören. Ich versuchte immer wieder und immer vorsichtiger, die Klinke zu verankern und die Türe zu öffnen. Nach einigen Minuten hatte ich mich befreit. Der Schweiß stand mir auf der Stirn. Ich wusch mein Gesicht und ging hinunter zu Tony, der mit dem Essen bereits auf mich wartete. Beschämt erzählte ich ihm von meinem Missgeschick und erkundigte mich, warum er nicht nach mir Ausschau gehalten hätte. Doch Zeit hat in Ägypten keinen Wert, er dachte nur, ich bräuchte eben länger. Ich fragte mich, wie lange es gedauert hätte, bis er mir zur Hilfe gekommen wäre.

Wieder in unserer Wohnung angekommen aßen wir aus der Plastikverpackung, schließlich waren wir hungrig. Ich benutze Messer und Gabel, Tony aß mit seinen Fingern. Für den Reis verwendete er einen Löffel. Etwas peinlich berührt bemerkte ich, dass wir komplett unterschiedliche Vorstellungen vom Essen hatten. Er aß alles, was möglich war, entweder mit seinen Fingern oder mit dem Löffel, ich benutzte ausschließlich Messer und Gabel. Er amüsierte sich über meine Esskultur und meinte, in Ägypten seien die Menschen einfach hungrig und verwendeten daher kaum Besteck.

Eines Abends besuchten wir eine Pizzeria. Sie war nicht am Meer, sondern direkt im Ortszentrum und wurde nur von Einheimischen besucht. Wir betraten den Garten und ich registrierte, dass erneut ausschließlich Männer anwesend waren. Plötzlich huschte ein kleines Etwas am Boden zwischen den Tischen durch, doch keiner der Männer bewegte sich.

Wir setzten uns gemütlich am Rande des Restaurants hin, ich hatte ein bequemes Sofa ausgesucht. Wir bekamen die Speisekarte und Tony erklärte mir, was es zu essen gab. Wir bestellten. Plötzlich sah ich dieses kleine Etwas wieder vorbeihuschen. Entsetzt riss ich die Augen auf, als ich Ratten zwischen den Tischen durchsausen sah. Ich packte Tony am Arm, hob meine Beine in die Höhe und zeigte auf die Ratten.

Er schmunzelte verlegen über meine Überreaktion und sagte, dass es doch nur Ratten seien. Das sei normal. *„Wir sind nicht in Hurghada. Wir sind in El Qesir, wo nur Ägypter sind. Ratten sind normal in Ägypten."* Das konnte ich nicht fassen. *„In den Häusern und Wohnungen auch?"* fragte ich entsetzt. *„Ja, in manchen schon." „In deinem Haus gibt es auch Ratten?" „Nein, bei mir nicht, und in unserer Wohnung in El Qesir auch nicht."* beruhigte er mich. Diesen Abend war ich damit beschäftigt, die Ratten in ihrer Laufrichtung zu folgen und meine Beine hochzuhalten. Als das Essen kam, war das die schnellste Pizza, die ich je gegessen hatte. Ich war praktisch schon fertig mit dem Essen, als es serviert wurde.

Als Tony dann auch noch das Wort *„Shisha"* erwähnte, erkundigte ich mich unverzüglich, was er dem Kellner gesagt hatte. Ich war sehr erbost, als ich feststellte, dass er Wasserpfeife rauchen wollte. Ich sagte ihm, dass ich nur eines wollte, nämlich weg von hier. Gelassen ging er zum Kellner, bestellte die Wasserpfeife ab und bezahlte. So verließen wir wieder das Lokal. Ich war froh, auf keine Ratte gestiegen zu sein und auch darüber, dass keine Ratte meine Füße überquert hatte.

Endlich konnte ich wieder frei atmen. Die Shisha rauchten wir in unserem Stammlokal am Strand, wo sich der Mond so schön im Meer spiegelte.

Der Abschied

Am Vorabend meiner Rückkehr machte ich mich bereits reisefertig und packte die Koffer. Ich durfte gar nicht daran denken, dass ich Tony wieder verlassen musste. So beiläufig fragte mich Tony, ob ich ihm Geld dalassen würde. Es sei ja schließlich die Wohnung zu bezahlen und der Fahrer auch. Für die Wohnung, die ja wirklich schön und auch sehr groß war und außerdem nur ausnahmsweise vermietet wurde, da sein Freund den Besitzer kannte, wären 300,- Euro vereinbart. Und der Fahrer bekäme zirka 70,- Euro für diese Woche. Und da er sonst alles an Ort und Stelle bezahlt hätte, ersuche er mich, diese Kosten zu übernehmen. Eigentlich war ich damals außer mir. Ungläubig sah ich ihn an. Er meinte rasch, es wäre ja nur eine Frage, ich solle ihm ganz einfach so viel Geld da lassen, wie viel mir diese Woche wert gewesen wäre. Diese Aussage saß. Tony wartete nicht auf mein Geld, ich solle einfach das in die Kommode legen, was ich glaubte. Das wäre OK für ihn.

Wir gingen frühzeitig ins Bett und unterhielten uns. Plötzlich rannen mir die Tränen in Bächen herunter. Ich hatte mich dermaßen in Tony verliebt, dass ich ihn nicht mehr verlassen wollte. Obwohl alles gegen sein Land sprach und vieles auch gegen ihn, war ich mittlerweile so in seinem Bann, dass für mich die Welt unterzugehen drohte.

Zu diesem Zeitpunkt gehörte meine Seele bereits ihm. Wir liebten uns, aber als ich laut zu schluchzen begann, da jede Minute zugleich auch wieder eine Minute verstrich und meine Abreise unausweichlich war, war die Stimmung am Tiefpunkt. Ich weinte so lange, bis sogar Tony Tränen in den Augen hatte. Er wollte mich nicht weinen sehen und er konnte mich auch nicht weinen sehen. Er bat mich mehrmals aufzuhören. Doch immer wieder musste ich mich konzentrieren, damit die Tränen nicht die Wangen herunter kollerten.

In der Früh hatte ich kaum Appetit, war aber dennoch ganz guter Laune. Wir machten noch ein paar gemeinsame Fotos, dann rief Tony unseren Taxichauffeur an doch wir ließen ihn warten, als er hupte. Es war unser letzter Kuss, denn am Flughafen konnten wir uns nicht mehr küssen. Schnell legte ich noch 400,- Euro in die Kommode, schließlich war Tony Student und zurzeit arbeitslos und sollte zumindest etwas leichter über die Runden kommen.

Tony trug meinen schweren Koffer vom dritten Stock hinunter, der Chauffeur verlud ihn und grinste schief. Höflich öffnete er die Autotür zum Rücksitz und schloss sie wieder hinter mir. Er fuhr los. Tony machte während der Fahrt noch ein Foto von mir. Von hinten berührte ich mit meiner rechten Hand seine Taille. Er beobachtete mich durch seine Sonnenbrille im Rückspiegel. Ich spürte förmlich seine Blicke. Aber schon bald waren wir zurück am Flughafen in Marsa Alam. Tony entlud meinen Koffer wieder. Wir verabschiedeten uns per Handschlag wie Freunde, er küsste mich auf die linke und rechte Wange. Marsa Alam war eben nicht Hurghada, und Liebe zwischen Touristinnen und Ägyptern war nicht erlaubt. Tony hatte Angst, durch mich in Schwierigkeiten zu geraten.

Er sagte mir, ich solle losgehen. Umarmen war ausgeschlossen. Ich ging los, er setzte sich ins Auto und der Chauffeur brauste davon. Ich hatte Tränen in den Augen. Heimlich sagte ich mir, dass ich nun fünf Stunden Zeit hätte, um mich mit dem Gedanken auseinanderzusetzen, bald zu Hause bei meiner Familie zu sein. Mein Leben gehe weiter, und zwar in Österreich.

Aber dass Tony für mich nicht bloß ein Abenteuer war, das war mir ebenfalls bewusst. Ich musste ihn wiedersehen.

Kapitel 4

Die grosse Liebe entwickelt sich

Wieder zuhause bei meiner Familie – September 2009

Mein Mann erwartete mich am Flughafen. Mir war es unglaublich unangenehm ihm in die Augen zu schauen und ihn beim Wiedersehen zu küssen. Ich hatte ein sehr schlechtes Gewissen. Mein Mann nahm mir sofort den Koffer ab und ich folgte ihm zu seinem Auto. Ich versuchte, meine Verlegenheit durch ein begeistertes Erzählen vom Zusammentreffen mit dem Walhai zu überspielen. Auch erzählte ich, wie überrascht die Animateure und die Strandkellner von meiner raschen Rückkehr gewesen wären. Danach schwenkte ich sofort über, wie es meiner Familie diese Woche ergangen wäre. Mein Sohn hatte ja gerade die erste Arbeitswoche hinter sich gebracht. So verlief die Fahrt sehr harmonisch.

Am selben Abend schickten Tony und ich uns fünf E-Mails. Ich schrieb ihm, wie schlecht ich mich fühlte, weil er nicht mehr an meiner Seite sei. Ich schrieb auch, dass ich wider Erwarten keine Probleme zuhause gehabt hätte. Ich werde, so wie er mich gebeten hatte, geduldig sein, genauso geduldig, wie er mir zu sein versprochen hätte. Und ich würde es möglich machen, im Februar zu ihm zurückzukehren, um seine Familie kennenzulernen und um mit ihm sieben Tage in Luxor zu verbringen. Ich hoffte auch, dass ich ihm genügend Geld zurückgelassen hätte, um die Wohnung und den Fahrer zu bezahlen. Er solle mir schreiben, wie viel er schlussendlich bezahlen musste. Und ich schrieb ihm auch, dass ich noch nie so glücklich wie diese Woche gewesen sei, und sicher wäre ich auch niemals so verrückt wie diese Woche gewesen. Ich würde ihn mehr als irgendjemand anderen in meinem Leben lieben. Es sei jetzt wirklich schwer, die richtige Entscheidung für ihn und für mich und meine Familie zu treffen, aber wir würden uns im Netz besser kennen lernen, wir würden in Kontakt bleiben und uns im Februar wiedertreffen und dann, glaube ich, müsse ich mich entscheiden, wie es in Zukunft weitergehen solle...

Ich wiederholte nun, dass ich keine Kinder mehr wolle, die ich liebevoll großziehen müsse. Ich würde die Liebe für mich selbst benötigen. Und außerdem sei ich viel älter als er. Er solle auch darüber nachdenken. Und sicherlich wäre das auch in seiner Zukunft wesentlich. *„Wenn ich komme, um mit dir zu Leben, kann ich nicht mehr zurück, auch wenn du entscheidest, dass es ein Fehler war, mit mir zu leben. Bitte lass dir Zeit, um über alles nachzudenken aber wisse, du bist die größte Liebe meines Lebens! Und wenn du dir sicher bist, gebe ich wahrscheinlich alles in meinem Leben auf und ich muss von vorne beginnen. Mit größter Liebe, mit dir. Ich liebe dich so sehr. Deine Prinzessin."*

Ich fragte ihn auch nach seiner Adresse und nach einigen arabischen Worten. Er schrieb mir prompt zurück und teilte mir mit, dass er schon in Luxor wäre. Ich bedankte mich für seine rasche Antwort. Ich schrieb ihm, er solle meine E-Mails morgen noch einmal lesen und über alles nachdenken. *„Wir müssen uns beide sehr sicher sein! Wenn wir uns beide sicher sind, wird es gutgehen, dann wird alles so sein, wie wir es uns erhoffen."*

Tony schrieb mir, ich hätte das Ladegerät von meinem Handy vergessen. Das war vielleicht ungeschickt, natürlich benötigte ich es wieder, er solle es mir einfach schicken.

Ich erkundigte mich auch bei ihm, ob er den Bruder unseres Fahrers schon gesprochen hätte. Von meinem Taxichauffeur erhielt ich nämlich bereits zum dritten Mal sehr anzügliche SMS. Ich musste ihm ja von meinem Handy einmal ein SMS senden, um welche Uhrzeit er mich genau beim Hotel in Marsa Alam abholen sollte. Am ersten Tag hatte mir Tony sein Handy mitgegeben, um dem Fahrer das SMS zu senden. Ich entschied am Abend aber, dass diese Lösung nicht gut gewesen wäre, da ich Tony dann nicht erreichen konnte und er daher den ganzen Nachmittag in der Wohnung auf mich warten musste.

Und seitdem bekam ich immer wieder Nachrichten vom Fahrer. Ich war erbost darüber, dass er mich *„Schatzi"* nannte und ersuchte Tony, das abzustellen, was er mir auch versprach. Dennoch rief er den Fahrer nicht an. Er würde seinen Bruder anrufen, dieser kenne ihn, dennoch bekam ich weitere SMS, und zwar so lange, bis ich selbst sehr böse auf diese anzüglichen SMS antwortete. Nun wusste ich auch, warum mich der Fahrer beim Abholen so schief angrinste. Er dachte wahrscheinlich, dass ich nur Sex mit Tony haben wollte, aber da lag er komplett falsch. Tony war meine große Liebe! Er schickte mir noch Gutenachtgrüße. *„Ich möchte dich umarmen und schlafen. Gute Nacht Schatzi."* Damit ging mein erster Abend zu Hause kurz vor Mitternacht zu Ende. Tony nahm ich mit in meine Träume.

Am nächsten Nachmittag schickte ich Tony meine Adresse mit der Bitte, mir das Ladekabel für mein Handy zu senden. Ich erkundigte mich noch einmal, ob die 400,- Euro zum Bezahlen aller Spesen ausgereicht hätten. Ich schrieb ihm auch, dass ich ihm unsere gemeinsamen Fotos und Fotos aus dem Flugzeug schicken würde. Wiederholt schickte ich ihm all meine Liebe. Und er entschuldigte sich für das schlechte Telefonnetz, und auch die Internet-Cafés wären zurzeit nicht in Betrieb, da ja Ramadan sei. Alle würden abends essen, aber trotzdem wäre er jetzt online. So schickte er mir einfach offline eine kurze Nachricht. *„Ich vermisse dich so und muss mit dir reden und ich habe alle Fotos gesehen. Ich hoffe dich wiederzusehen. Ich liebe dich so sehr. Viele Küsse, Tony"*

Schon dreißig Minuten später kam die nächste Nachricht von Tony. *„Wo bist du, Schatzi? Ich vermisse dich so sehr und ich vermisse unsere gemeinsame Zeit. Es war die großartigste Woche meines Lebens. Ich hoffe, dich wiederzusehen, und wenn du online bist, sag mir das bitte. Es tut mir so leid wegen heute, aber es hatte wirklich kein Internet-Cafe zu dieser Zeit geöffnet, weil alle gegessen haben. Ich hoffe, bald mit dir zu reden. All meine Liebe und Umarmungen und Küsse."*

Tony schickte mir immer wieder E-Mails mit Liebesbeteuerungen. Er vermisse mich so sehr und er hoffe, mich wiederzusehen. Er sah alle Fotos, die ich online stellte, sie wären wunderbar.

Dennoch bekam ich am nächsten Tag wieder ein anzügliches SMS von meinem ägyptischen Fahrer. Ich war sehr verärgert, Tony hatte also wieder nichts unternommen. Ich teilte ihm mit, wie enttäuscht ich über ihn wäre, dass er diese Bitte von mir nicht umgesetzt hätte. Plötzlich ging er im Netz verloren. Nun war ich noch böser. Ich schrieb ihm, dass ich mich eben wie seine Frau fühlte und daher von anderen Männern solche Worte nicht akzeptieren könnte. Dabei sei der Fahrer in Ägypten immer sehr korrekt gewesen und ich dachte, er spräche gar kein Englisch. Wenn Tony nun offline ginge wegen meiner Worte, so wäre das seine Entscheidung, wenn er mich wiedersehen wolle, wüsste er ja, wo er mich im Netz fände.

Am nächsten Tag schrieb ich ihm erneut, ohne von ihm inzwischen gehört zu haben. *„Weißt du, dass ich den letzten Kuss am Donnerstag in der Früh bekommen habe? Er war von dir. Ich vermisse deine Küsse und deine Zärtlichkeit so sehr. Ich bin so alleine ohne dich.“* schrieb ich ihm. Und ich schrieb ihm auch, dass ich mir sicher wäre, dass wir uns im Februar wiedersehen würden, auch wenn es noch so lange dauern würde. Aber ich wusste noch nicht, wie ich ohne ihn so lange überleben würde.

Da ich Tony im Internet nicht erreichen konnte rief ich ihn kurzerhand an. Ich war überglücklich seine Stimme zu hören.

Ich schrieb ihm im folgenden E-Mail, dass ich vom 13. – 20. Februar zu ihm kommen würde. Ich vermisste ihn so, IHN, meine größte Liebe in meinem Leben. Er müsse immer vorsichtig mit mir umgehen aber er solle mir glauben, es gebe nur einen Menschen in meinem Leben, der wichtig wäre, nämlich ihn – aber er könne das fühlen, da wäre ich mir sicher.

Im Nachhinein betrachtet weiß ich nicht mehr, was mich dazu bewogen hat, Tony diese Worte zu schreiben. Ich weiß nur, ich war völlig vernarrt in ihn. Ich war geistesabwesend, er kreiste in meinem Kopf, nahm Platz in meinem Herzen, verdrängte alle anderen Gefühle und auch alle Personen, die bis zu diesem Zeitpunkt in meinem Herzen Platz hatten. Sogar meine Kinder hatte er verdrängt.

Meine Ehe war etwas wackelig, mein Sohn war ja wirklich sehr schwierig zu dieser Zeit, aber dass er den Platz meiner Tochter einnehmen konnte, ist im Nachhinein unverzeihlich.

In der Nacht schrieb mir Tony wieder manchmal ein SMS, allerdings möchte ich auch erwähnen, dass ich sehr oft darum bat. So schrieb er in aller Kürze
„Hallo, mein Schatz...
Ich habe so Sehnsucht nach dir... Du bist meine Welt...“ Für mich ging mit diesen Worten immer mein Herz auf. Die Sehnsucht nach ihm wuchs und wuchs.

Ich schrieb Tony einfach alles, auch dass ich ins Fitnesscenter ginge und danach eine Massage bekäme. Und da er am nächsten Tag als Masseur am Schiff zu arbeiten begann, wünschte ich ihm das Beste. *„Wenn es dir schlecht geht, denke einfach an mich...“*, riet ich ihm. *„Sei stolz auf dich, dann wirst du erfolgreich sein.“*

Ich stärkte ihn auch immer durch meine Worte. *„Ich liebe dich so sehr. Ich brauche dich so sehr. Ich brauche dich nahe mir um mich gut zu fühlen, um glücklich zu sein, um mich großartig zu fühlen. Ich brauche dich um zu fliegen. In Liebe geschrieben von deiner Prinzessin.“*

Wir schrieben uns über Musik, die wir liebten und über die Häufigkeit, in der wir unsere E-Mails lasen. Tony teilte mir immer wieder mit, dass er das Wort *„Danke“* nicht hören wolle, denn es sei selbstverständlich in Ägypten, innerhalb der Familie und des Freundeskreises alles für alle zu tun. Ab diesem Zeitpunkt gab es von mir auch kein *„Danke“* mehr. Immer wieder erinnerte er mich daran. Ich war es gewohnt, mich immer und bei allen für alles zu bedanken, da für mich keinesfalls Hilfe jeglicher Art selbstverständlich war. Für mich war sie stets eine Geste des Wohlwollens.

Schon neun Tage nach meiner Rückkehr schrieb ich Tony die folgenden Zeilen.

I love u so much and miss u always...
I can't stop thinking on you.
I know that I want to stay with u and live wth u in the same flat... to be near u always.

Ich liebe dich so sehr und vermisse dich immer...
Ich kann nicht aufhören an dich zu denken.
Ich weiß, dass ich bei dir bleiben möchte und mit dir in derselben Wohnung leben möchte... um immer bei dir zu sein.

Mittlerweile begann ich, Arabisch zu lernen. Ich konnte schon 26 Phrasen, allerdings konnte ich sie besser schreiben als sprechen, da die Aussprache des Arabischen für Europäer sehr ungewöhnlich und kompliziert ist. Schreiben konnte ich Franko-Arabisch, das ist Arabisch in lateinischen Buchstaben gemischt mit arabischen Ziffern. So werden die 2, 3, 5 und 7 in Worten mitverwendet, um verschiedene Buchstaben zu ersetzen, die richtige Aussprache war damit zu Beginn für mich unmöglich. Mein Ziel war es, im Februar, wenn ich seine Familie kennenlernen würde, mit dieser zumindest Small-Talk in Arabisch sprechen zu können. Ich wusste, dass seine Mutter kein

Englisch sprach und seine 19-jährige Schwester nur sehr geringe Englischkenntnisse hatte. Sein kleiner Bruder war erst 15 Jahre alt.

Zu dieser Zeit war meine Mann oftmals beruflich auswärts, auch an den Wochenenden, so konnte ich ungestört mit Tony im Internet chatten. Am Sonntag, dem Geburtstag meines Sohnes, wollte ich ursprünglich etwas mit ihm unternehmen. Gemeinsam wollten wir eine Sportveranstaltung in einiger Entfernung besuchen. Als er aber wieder einmal so unfreundlich und bösartig zu mir war, brachte ich ihn kurzerhand zum Bahnhof, löste ihm ein Ticket und setzte ihn in den Zug. *„Mit mir nicht“*, sagte ich ihm. *„Hättest du dich entschuldigt für dein Verhalten, dann hätte ich dich geführt.“* Widerspenstig wich er meinem Blick aus. *„Viel Spaß“*, sagte ich dann nur mehr, *„wir sehen uns am Abend. Sei freundlich zu mir, wenn du mich anrufst, sonst kannst du mit dem Bus heimfahren.“* Dann fuhr ich wieder nach Hause.

Tony traf ich ebenfalls den ganzen Tag nicht, da er nicht online ging. Schließlich arbeitete er ja wieder. So brannte ich die arabische Musik von meinem Stic auf eine CD, damit ich im Auto seine Lieblingsmusik hören konnte. Ich liebte alles, was von ihm war und alles, was auch ihm gefiel. *„Ant heaty – du bist mein Leben“*, das war fortan mein stilles, aber eindeutiges Lebensmotto.

Und irgendwie, so zwischen dem Surfen, sah ich mir das Hotmail-Profil von Tony wieder an und da war sie wieder. Stella Tong. Er hatte sie also nicht gelöscht! Wer war Stella Tong? Warum war sie ihm wichtig?

Tony arbeitete zurzeit am Schiff auf der Route von Luxor nach Assuan und wieder zurück. Seine Touren begannen stets am Sonntag um 13 Uhr und endeten freitags gegen 16 Uhr. Ich musste ihn erneut nach dieser Frau fragen, prägte ich mir ein.

Wiederholt bat mich Tony, mir eine Webcam zu besorgen, er vermisse mich so und wolle mich unbedingt sehen und hören. In 146 Tagen würde ich zu ihm zurückkehren, dachte ich mir heimlich, dann könnten wir uns wieder in die Arme nehmen und uns lieben. Ich vermisste ihn so sehr.

Sex war zu diesem Zeitpunkt mit meinem Mann nicht mehr möglich. Wir küssten uns selten, berühren ließ ich mich nicht mehr. Ich sorgte auch dafür, dass er mich nicht unbekleidet sah, um keine Sehnsucht zu schüren. Ich war für ihn zu diesem Zeitpunkt bereits nicht mehr erreichbar. Warum das so war, kann ich im Nachhinein gar nicht mehr sagen. Ich spürte mich zugehörig zu einer anderen Welt. Ich fühlte meine Heimat weit weg von meiner tatsächlichen Heimat. Irgendwie wurde ein Kindheitstraum von mir wahr. Ich glaubte an den König und seine Prinzessin. Ich durfte wieder ein Kind sein.

Tony schürte diese Sehnsucht zusehends. Wieder und wieder bezeugte er mir seine Liebe. In jedem E-Mail umarmte er mich und teilte mir mit, dass er gemeinsam mit mir durch den Himmel fliegen wolle. Er liebe mich so sehr und brauche mich. *„Tsbah ala gher – gute Nacht“,* wünschte er mir. Damit war Tony zwei Tage nicht mehr erreichbar für mich. Warum nicht, das weiß ich nicht. Ich schrieb ihm, dass mein Herz weinen würde und mein Kopf traurig sei, und dass meine Augen versuchen würden keine Tränen zu verlieren. *„Was habe ich getan, dass ich dich nicht mehr erreichen kann?“* fragte ich ihn. Ich fragte ihn, ob ich ihm zu viele E-Mails gesandt hatte oder zu viele Fragen gestellt hätte. Oder gab es ganz einfach wieder einmal kein Netz in Luxor, wie so oft zuvor? *„Tony, wo bist du?“*

Am nächsten Tag trafen wir uns wieder im Chat. Gechattet wurde nun immer von jedem Ort, der auf der Strecke zwischen Luxor und Assuan lag und ein Internetkaffee besaß. Wir liebten uns im Chat mit heißen Worten - es war fantastisch. Niemals zuvor hätte ich mich diese Dinge sagen, schreiben oder gar tun getraut, die ich mit Tony schrieb und tat. Ich bin sehr streng erzogen, wurde in meiner Jugend stets kurz gehalten, vieles wurde mir nicht erlaubt. Ich war auch Burschen gegenüber eher schüchtern. Ich machte sie heiß und hatte danach Angst und verließ sie kurzerhand.

Auch meine Ehe verlief ähnlich. Eigentlich hatte ich zur Sexualität überhaupt keine Beziehung, den Sex in der Ehe betrachtete ich als eine Art Pflichtübung, ja, ich hatte eher Angst davor. Wahrscheinlich empfand ich auch deshalb keine innerliche Zufriedenheit danach. Doch mit Tony war alles anders. Er war viel jünger als ich. Und als er mir erzählte, dass ich seine erste Frau sei, hatte ich auch keine Angst mehr vor ihm. Ich konnte ja nichts verlieren und ich konnte nichts falsch machen. Er wusste ja nicht genauer Bescheid. In Ägypten sind Frauen bei der Ehe jungfräulich, sonst werden sie verstoßen. Also gab es für junge Männer keine Frauen ohne Ehe, wenn nicht Touristinnen willig waren. Erfahrungen zu machen war also für Ägypter nicht so einfach. So war ich auch sehr entspannt, als ich Tony das erste Mal liebte,

und es war wunderschön, ich fühlte mich wie im Himmel, wie in einer anderen Welt der Liebe und Zufriedenheit. *„Bahbak – ich liebe dich“*, schrieb ich ihm, *„your princess“.*

You are in the middle of my life now... be patient... and we will be together soon. In the meantime we think about us, we can love us... but only in chat...

...there is nothing in my life at time which is important 4me...

Du bist jetzt mein Lebensmittelpunkt... sei geduldig... und bald werden wir wieder zusammen sein. In der Zwischenzeit werden wir über uns nachdenken, wir können uns lieben, aber nur im Chat...

...es gibt zurzeit nichts in meinem Leben, was für mich wichtig ist...

Wie konnte ich so etwas überhaupt schreiben? Heute weiß ich, dass ich zu dieser Zeit nicht mehr zurechnungsfähig gewesen bin. Ich lebte dermaßen außerhalb der Realität, dass alles, was nicht mit T begann, nicht gut für mich war. T wie Tony, T wie *„Ich liebe dich für immer“.*

Ich schrieb ihm, wie gut meine Arbeit verliefe, wie zufrieden ich sei, wie mein Mann bereits spürte mich zu verlieren, dass er niemals mit mir über wesentliche Dinge sprach, mich nicht mehr berühre, mich nicht küsse, keine Worte, nichts... Mein Sohn spräche auch nicht mehr mit mir...

Ich fühle mich daher auch nicht mehr verantwortlich für sie.

In deep love... your PRINCESS 4 her KING...

In inniger Liebe... deine PRINZESSIN für ihren KÖNIG...

Das Militär – erster Versuch

Hi my dear. Today I was very surprised about our chat.
Why u didn't tell me about military? U know it since 4 weeks and let me dream?
And u tell me u will be with me always...
But how if you are at military...

Hallo mein Schatz. Heute war ich sehr überrascht über unseren Chat.
Warum hast du mir nicht vom Militär erzählt? Du weißt es seit 4 Wochen und lässt mich träumen? Und du erzählst mir, dass du immer für mich da sein wirst...
Aber wie, wenn du beim Militär bist...

„Das erste, was du tun musst, ist deine Prüfungen an der Universität abzulegen, danach musst du alles bezüglich des Militärs organisieren... und ich muss meinem Chef sagen, dass ich ein Jahr Auszeit haben möchte. Ich wer-

de mich erkundigen, bis wann ich das fixieren muss. Und du musst mir in Zukunft immer die ganze Wahrheit sagen, und zwar im ersten Augenblick. Auch wenn etwas nicht leicht zu lösen ist....“

Noch immer war ich ziemlich durcheinander von unserem letzten Chat. Tony musste also ab Juni seinen Militärdienst ableisten. Geplant war, dass Tony im Jänner, im Februar und im Mai seine letzten Prüfungen absolviert. Das wusste ich bereits. Aber dass er im Juni für 12 Monate zum Militär gehen musste, sagte er mir nicht. Auf meine Frage, warum nicht, schrieb er mir, er dachte, er werde vom Militär pardoniert, da sein Bruder verheiratet sei und sein Vater bereits gestorben sei. Damit wäre er das Familienoberhaupt und sei für seine Mutter, seine Schwester und seinen kleinen Bruder verantwortlich - also kein Militär für ihn, schlussfolgerte er. Doch dem war nicht so. Er wurde darauf hingewiesen, dass seine Mutter berufstätig sei. Es gab kaum ägyptische Frauen, die außerhalb des Hauses arbeiteten, doch da Tony Kopte war und sein Einkommen für seine Familie niemals ausgereicht hätte, war seine Mutter in einer Schule als Schulpädagogin für verhaltensauffällige Kinder tätig. Also erhielt SIE die Familie, damit war Tony zuhause entbehrlich.

„Ich verstehe, aber du lässt mich von einer gemeinsamen Zukunft träumen und du musst zum Bundesheer?“ „Sorry“, war seine knappe Antwort. *„Das ist nicht fair...“* Er wolle mich nicht traurig machen, meinte er. Ich teilte ihm mit, wenn er eine Zukunft mit mir plane, müsse er mir alles erzählen, wenn nicht, dann nicht. Aber dann müsse er mir sagen, dass er seine Zukunft eben ohne mich planen würde. *„Nein“*, widersprach er.

Sofort hatte er einen Vorschlag parat. Wenn er mich heiraten würde, wäre er, glaube er, vom Bundesheer frei. Er könne aber auch 2.000,- Euro bezahlen für einen Befreiungsschein.

„Versuche das Geld aufzutreiben. Ich möchte dich heiraten, aber nicht unter solchen Umständen, und nicht zwischen dem Studium und dem Militär.“

Ich teilte Tony mit, dass wir alles lösen würden, aber Schritt für Schritt. Er entschuldigte sich bei mir für das Angebot, so rasch und zwischendurch heiraten zu wollen. Er meinte auch, wenn wir verheiratet wären, müsse er für die Freistellung beim Bundesheer nachweisen, dass er eine Wohnung für uns hätte. Das würde bedeuten, dass ich eine Wohnung kaufen müsse. Man könne sie ohnehin später wieder verkaufen.

Nein, das tat ich sicher nicht! *„Ich werde eine Wohnung kaufen, wenn ich sehe, dass du mir immer hilfst und dass wir uns wirklich lieben, und wenn ich mich in meiner neuen Heimat wohl fühle. Kannst du mich verstehen?“* Er bejahte und meinte, ich solle mir Zeit lassen. Ich musste mir vorweg sicher sein über seine Liebe, ich konnte nicht jetzt schon in eine Wohnung investieren, die ich nicht einmal bewohnen konnte, da ich erst frühestens im Juli nächsten Jahres nach Ägypten ziehen würde. Was wäre, wenn Tony mich dann gar nicht mehr liebte? Wem gehörte die Wohnung dann, wenn wir verheiratet wären? Das konnte ich nicht riskieren.

Die Wohnung sei günstig, meinte er, ab zirka 40.000,- Euro gäbe es schon etwas zu finden. Naja, so einfach konnte ich mir mein Geld auch nicht wegsparen. Offensichtlich glaubte er, ich würde förmlich im Geld schwimmen. Das tat ich aber nicht und das sagte ich ihm auch immer wieder.

Ich würde für ihn mein Land verlassen, meinen Mann, meine Kinder, meine Familie, mein Haus, meine Arbeit. *„Und ich werde sehr geduldig sein“*, antwortete er. *„Ist das in Ordnung für dich?“*, fragte er mich dann. Er versprach mir, mir in Zukunft alles zu erzählen. *„Sei bitte nicht böse mit mir. Vergib mir.“*, bat er mich.

Tony musste also die 2.000,- Euro organisieren. Er hätte eine Goldkette, die sei 300,- Euro wert. Er würde sie gegen Geld eintauschen. Ich schrieb ihm, ich würde ihm nicht mehr als 1.000,- Euro schicken, den Rest müsse er bei Freunden ausborgen oder bei seiner Mutter. Er wollte seine Mutter aber nicht informieren über den drohenden Militärdienst und den Versuch, sich freizukaufen, da das nicht ganz rechtmäßig wäre. Ich war überrascht, warum er das zum Geheimnis machen wollte. *„Sei froh, dass dir deine Mutter beisteht“*, sagte ich ihm. *„Meine Eltern waren nicht immer da, wenn ich sie gebraucht hätte.“* - vielleicht deshalb, weil ich sie immer und immer wieder schockierte. Zuerst, als ich während des Studiums heiratete, dann, als ich mich von meinem Mann wieder scheiden ließ, als ich von meinem geschiedenen Mann schwanger wurde, als ich ihn wieder heiratete, und nun, da ich mich erneut scheiden lassen wollte. Und nun musste ich ihnen noch von Ägypten erzählen, und dass ich vorhatte ein Jahr in Ägypten zu leben. Sie wären erneut entsetzt, wenn ich ihnen von Tony erzählen würde. Dass ich ihn heiraten wolle, würden sie nicht erfahren. *„Ich weiß nur, dass ich bei ihm bleiben möchte“,* sagte ich nachdenklich zu mir.

Ich bestätigte ihm erneut, wie froh er sein könne, dass seine Mutter ihm stets beistand, und erzählte ihm, wie es mir ergangen sei, als ich wieder zu arbeiten begonnen habe. Oftmals hatte ich niemanden für die Kinder. Ich bezahlte eine der Nachbarinnen, um auf meine Kinder aufzupassen, eine andere Lösung gab es nicht. Ich musste immer alles alleine organisieren, die Kinder, die Hausarbeit, meine Arbeit... und das stimmte auch so für die ersten Jahre, danach leistete ich mir einmal pro Woche eine Haushaltshilfe.

Abschließend fragte ich Tony noch einmal, ob er sich sicher sei, in Zukunft ohne Kinder leben zu können. *„Frag mich 1000 Fragen“,* bat er wiederholt. *„Nein, Tony, nur diese eine.“ „Ich brauche keine Kinder“,* sagte er, *„sicher nicht“. „Ich wünschte mir welche mit dir“,* antwortete ich, wenngleich mir auch klar war, dass ich bereits zu alt war, um weitere Kinder großzuziehen. Doch alleine der Gedanke, ein Kind von Tony zu erwarten, erfüllte mich mit Wohlwollen.

Tony	**Ich**
Ich glaube, du bist schon schwanger...	Was?
Erwartest du ein Kind?	Nein...
Ich fühle das!	Sicher nicht!!!!!!!!
Warum nicht???????	Warum glaubst du das????
Weil wir uns so oft geliebt haben.	Oh nein, das wäre schön, aber es ist nicht möglich.
Warum nicht?	Ich nehme Hormone, um nicht schwanger zu werden.
Ok, gut.	

Ob er sich das Kind gewünscht hätte oder nicht, war mir nun nicht mehr klar. Dennoch bereute ich es, mit Sicherheit kein Kind zu erwarten. Und ich stellte mir auch die Frage, ob es so etwas Ähnliches wie Schwangerschaftsverhütung in Ägypten überhaupt gab. Wahrscheinlich gab es überhaupt keine Aufklärung, wie Frauen zu Kindern kämen.

Tony wiederholte, dass er keine Kinder wolle. *„So ein fescher Mann... und keine Kinder... wie schade“,* war meine unüberlegte kesse Antwort darauf.

Mitte September, als ich mit Tony gerade wieder einmal chattete und er mir wunderbare Worte durchs Internet hauchte, stand plötzlich mein Mann hinter mir. „Was machst du da?", fragte er. Ich klickte schnell auf eine andere Seite am Bildschirm und begann zu schwitzen. „Arbeiten", antwortete ich unschuldig. Als mein Mann das Zimmer wieder verließ, chatteten wir weiter. Ich meinte zu Tony, wenn DAS keine wahr Liebe sei, sei ich komplett verrückt. Ich riskierte mein gesichertes Familienleben um mit ihm zu chatten. Tony versuchte mich zu beruhigen und machte eine virtuelle Massage für mich.

Mit Sternchen in den Augen hauchte ich in die Webcam *„Ich liebe dich so sehr... und ich riskiere so viel... aber die Pflanze wächst... und meine Liebe wächst... und ich vermisse dich mehr und mehr!"*

Sehnsucht – Oktober 2009

„Heute hab ich das Unmögliche möglich gemacht, ich habe meine Webcam installiert. Mein Sohn hat mir seine gegeben." Eine lächerliche Angelegenheit, wie ich heute denke, doch damals waren Worte wie Chat und Webcam für mich Neuland, obwohl ich sehr viel am Computer arbeitete und auch im Internet Datenbanken bearbeiten konnte. Ich sandte sonst auch niemals SMS, das war mir viel zu umständlich. Doch für Tony tat ich alles. Oft wartete ich stundenlang auf ihn. Wenn wir Zeiten vereinbarten, kam er bis zu drei oder vier Stunden später ins Netz. Das störte mich sehr, dennoch wartete ich immer wieder auf ihn. Oft dachte ich mir, dass ich nun das letzte Mal gewartet hätte, aber immer wieder erwischte ich mich sehnsüchtig auf ihn wartend.

Nichts konnte mich zur Vernunft bringen. Seine Worte, die dann stets kamen, beruhigten mich. Er entschuldigte sich bei mir für sein Zuspätkommen, er hätte viel zu tun gehabt. Er bat mich, ihm dafür zu vergeben und bestätigte gleich, wie er sich freuen würde, mich immer in der Webcam zu sehen. Er versprach mir, dass er mir immer alles erzählen würde, auch wenn nicht alles leicht zu lösen wäre. *„Aber bitte verlass mich nicht, ich kann ohne dich nicht leben. Ich liebe dich jeden Tag mehr und mehr. Du bist sehr wichtig für mich und ich werde das Problem lösen, um mit dir für immer zusammen-*

zubleiben. Ich küsse dich, meine Prinzessin, und hoffe, dich im Chat zu sehen, bitte."

Diesen Abend sandte mir Tony seine Bankdaten für die Überweisung der versprochenen 1.000,- Euro zu. Die Daten waren vollständig, also musste ich mein Versprechen einhalten, ihm zu helfen. Zu diesem Zeitpunkt war ich mir nicht sicher, ob unsere Geschichte nur ein Märchen wäre oder ob sie Realität werden würde. Ich wusste, dass ich das Geld nie wieder zurückbekommen würde, egal wie die Geschichte auch ausging. Ich entschloss mich, ihm zu vertrauen, und weiterhin auf diese Liebe zu setzen, da ich Tony wirklich so sehr liebte. ALLES hätte ich für ihn getan... und das wusste er auch.

Ich

Finally it worked...	Endlich hat es geklappt...
the translation was accepted, I only have to sign, and then money will leave me. You will get it within 5 days.	Die Transaktion wurde akzeptiert, ich muss nur mehr unterschreiben, dann wird mich das Geld verlassen. Du wirst es in 5 Tagen bekommen.
You don't have to pay 4 translation, pls tell me if u got 1000Euros, because I accepted all costs 4 translation. Don't pay money 4 this translation.... all was payed in Austria!!!	Du musst für die Transaktion nichts bezahlen, weil ich alle Kosten übernommen habe. Sag mir bitte, wenn die 1.000,- Euro bei dir angekommen sind. Bezahle nicht noch einmal für die Überweisung... alles wurde in Österreich bezahlt!!!
Tell them if they try it...	Sag ihnen das, wenn sie es versuchen...
Pls cancel Stella Tong...	Bitte lösche Stella Tong...
SO I HOPE U WILL GET FREE FROM MILITARY! I kiss u habibi	ICH HOFFE, DASS DU JETZT VOM MILITÄR BEFREIT WERDEN WIRST! Ich küsse dich, mein Schatz.

Am selben Nachmittag schickte ich Tony nach unzähligen Versuchen, eine erfolgreiche Auslandstranskation mittels Onlinebanking durchzuführen, 1.000,- Euro. Damit konnte sich mein schöner, junger, ägyptischer Bald-Ehemann vom Bundesheer freikaufen.

I'm happy to read ur message.	Es freut mich, deine Nachricht gelesen zu haben.

I love u so much. Yesterday was like hell for me because no princess.

Ich liebe dich so sehr. Gestern war wie die Hölle für mich, weil meine Prinzessin nicht da war.

I love u so much. Later we will be together forever. Pls be careful in ur home with children and husband.

Ich liebe dich so sehr. Später werden wir für immer zusammen sein. Sei bitte vorsichtig zu Hause mit deinen Kindern und deinem Mann.

I love u more and more and more.
Tony

Ich liebe dich mehr und mehr und mehr.
Tony

Nach der erfolgreichen Geldtransaktion hoffte ich, dass Tony Stella Tong nun endlich von seinem Hotmail-Account löschte.

Die Dame hatte bei mir keinen guten Eindruck hinterlassen. Zuerst hatte Tony ja behauptet, er kenne sie überhaupt nicht. Er sagte mir, er würde seit seiner Schulzeit chatten und hätte viele Freunde, an die er sich nicht mehr erinnern könnte. Dann erzählte er mir, er hätte sie am Schiff zwischen Luxor und Marsa Alam kennen gelernt, als er schon einmal vorher am Schiff als Masseur gearbeitet hatte. Da Stella Tong immer nur am Rande der Gespräche von ihm erwähnt wurde, obwohl ich sie oft zum Hauptthema gemacht hatte, gelang es mir nicht, eine für mich zufriedenstellende Antwort zu bekommen. Warum nicht?

So schrieb ich ihr eines Tages. Ich erkundigte mich bei ihr, woher sie Tony kennen würde. Sie antwortete mir tatsächlich und teilte mir mit, dass sie im Februar 2009 eine Nilkreuzfahrt gemacht hätte und dabei auf Tony getroffen sei. Das bestätigte Tony mir dann auch und er war sehr ungehalten, dass ich mit Stella Tong Kontakt aufgenommen hatte. Ja, Stella sollte mir noch oft begegnen, obwohl Tony sie nun doch endlich von seinem Account gelöscht hatte.

Dieser Tage gab es wieder große Probleme mit dem Internet in Ägypten, Tony hatte am Schiff oftmals keinen Empfang mit seinem Internethandy. Den Gästecomputer, der fantastischen Empfang hatte, durfte das Personal nicht benutzen, so schrieben wir uns nicht regelmäßig. Auch Hotmail musste er oft erst neu installieren, da dieses Programm in Ägypten nicht automatisch auf allen öffentlichen Computern vorinstalliert war. Ich hatte solche Sehnsucht nach ihm, er war so weit weg und oft konnte ich ihn nicht erreichen. Ich wollte ihm so viel erzählen, aber ich konnte ihn nicht anrufen, da es zu viel gekostet hätte. Manchmal dachte ich mir insgeheim, meine Sehnsucht würde mich innerlich zerfressen...

Ich konnte nicht mehr einschlafen, wenn er mir am Abend kein SMS schickte. Aber ich redete mir immer wieder ein, dass ich lernen müsse, das so zu akzeptieren, dass er mir eben nicht jeden Abend eine Kurznachricht schicken würde. Manchmal kam mir vor, verrückt zu werden, wenn ich ihn einen ganzen Tag nicht gesprochen hatte.

Wer war ich? Warum war alles so wie es war? Was war überhaupt wahr? Liebte er mich so wie er behauptete? ICH jedenfalls liebte ihn so sehr und schrieb:

You are my soul... and I need my soul of course... and u r my heart... and without heart nobody can live.	Du bist meine Seele... und meine Seele brauche ich natürlich... und du bist mein Herz... und ohne Herz kann niemand leben.

Ich erzählte ihm, dass zu Hause manche Dinge eigenartig verliefen. Mein Sohn hatte mir heuer nicht zum Geburtstag gratuliert, obwohl ich ihn erinnert hatte und ich mich erkundigt hatte, ob er mir nicht gratulieren wolle. Angewidert antwortete er nur *„Ja, ja".* Und ich erzählte Tony, dass ich am Wochenende wieder in die Sauna ginge und mir eine Massage gönnen würde.

„Wer macht die Massage? Bitte lass dich nur von einer Frau massieren." Überrascht über diese Aussage teilte ich ihm mit, dass es im Wellness-Center ausschließlich eine Person zum Massieren gab und das wäre ein Mann. Ich kannte ihn aber schon seit mehreren Monaten und er wäre sehr nett. Dennoch hatte Tony damit gar keine Freude. Warum nicht, das verstand ich in diesem Augenblick überhaupt nicht. Erst heute weiß ich, dass viele Ägypter glauben, dass sich europäische Frauen nur deshalb massieren lassen, um am ganzen Körper zärtlich von einem Mann berührt zu werden. Das entspricht natürlich nach europäischen Maßstäben keineswegs der Realität. Männliche Masseure sind ebenso akzeptiert wie männliche Ärzte. Das Geschlecht spielt in Europa überhaupt keine Rolle in diesen Berufsgruppen, es zählt ausschließlich die Leistung. Zumindest war das für mich so.

Tony schrieb mir, dass eine ägyptische Frau sich niemals von einem Masseur angreifen lassen würde, nur von einer Masseurin. Das war mir natürlich sofort klar. Und ich erkannte, dass Tony eifersüchtig war.

Ich versprach ihm, wenn möglich nur mehr Masseurinnen zu kontaktieren, mir war aber klar, dass ich meinen Masseur nicht wechseln würde, da das ja gar nicht so einfach gewesen wäre. Wirklich gute Masseure gab es nicht so viele, und ich hatte wiederholt Rückenschmerzen. Also schnitt ich dieses Thema Tony gegenüber nie mehr an, um ihn nicht zu verärgern.

Mittlerweile traf auch das Ladegerät meines Handys bei mir zu Hause ein. Endlich, ich hatte schon so darauf gewartet. Und es kam genau an dem Tag, an dem mein Mann ausnahmsweise einmal am Vormittag zuhause war. Der Briefträger gab ihm das kleine Paket persönlich, da es nicht in den Briefschlitz passte. Mein Mann musterte die arabische Verpackung und stellte fest, dass das Paket in Luxor abgestempelt wurde.

Auf seine Frage hin, warum ein Handykabel, vergessen in Marsa Alam, in Luxor aufgegeben wurde, antwortete ich, wie solle ich wissen, wer es aufgegeben hat und von wo, ich sei nur froh, dass es endlich wieder da wäre. Ich verschwand mit der Verpackung, da ich nicht wusste, ob außer dem Kabel noch eine Nachricht mitgesandt wurde.

Nein, es war keine Nachricht beigelegt, also war die ganze Heimlichtuerei umsonst. Das Kabel war aber da und es funktionierte. Erfreut bedankte ich mich dafür bei Tony.

Zunehmend wuchsen auch meine Arabisch-Kenntnisse. Ich nahm mir vor, jeden Tag zumindest ein Wort oder eine Phrase dazuzulernen. Zur Hilfestellung besorgte ich mir im Buchhandel ein Basisbuch Arabisch und eine CD. Der Verkäufer war sehr überrascht über meinen Wunsch und bot mir an, in die CD hineinhören zu dürfen. Dass diese Sprache nur sehr schwer zu erlernen sein würde, war mir schlagartig klar, im Gegenteil, ich befürchtete sogar, sie sei unlernbar. Ich kaufte dennoch Buch mit CD und versprach dem Verkäufer, mich tapfer durchzuackern. 150 Worte bis Februar zu lernen, um mit seiner Familie sprechen zu können, war mein Ziel, das entsprach einem Wort jeden Tag.

Ich	**Tony**
Hast du schon mit deiner Familie über mich gesprochen?	Ja, sicher. Sie haben deine Fotos gesehen.
Was haben sie dir gesagt?	Sie wollen dich kennenlernen.
Fein! Hast du vom Heiratsvertrag erzählt?	Sie möchten dich in unser Haus einladen.

Großartig, wunderbar... Vielen Dank an deine Familie!!!

Hast du vom Heiratsvertrag erzählt?

Ich liebe dich.

Ich liebe dich auch. Hast du´s erzählt?

Was?

Über den Vertrag.

Nein.

Ist vielleicht besser.

Ich weiß es nicht.

Aber wir müssen das nächste Mal wieder einen machen, und dann schreibe ich meine richtigen Daten hinein. Und du zerschneidest ihn danach nicht mehr.

Ich musste das tun.

Und das nächste Mal zerschneidest du ihn nicht mehr?

Niemals mehr in meinem Leben. Ich meine, dass wenn wir den richtigen Vertrag haben, ich ihn nie zerschneiden werde.

Im Februar können wir aber keinen richtigen Vertrag haben, da bin ich noch nicht geschieden.

Aber später werden wir heiraten. Ich kann für immer auf dich warten.

Ich dachte oft daran, wie ich Tony jeden Morgen mit einem *„wake up call“* aufgeweckt hatte. Er schlief meist wie ein Murmeltier, ich war das Aufstehen um sechs Uhr morgens aber gewohnt und wurde daher auch ohne Wecker munter. Und ich wollte keine Minute ungenützt verstreichen lassen, daher weckte ich Tony spätestens um halb neun Uhr mit zärtlichen Küssen auf seine Ohren, Lippen und Augen auf. Sanft berührte ich seinen Körper, seine Arme, seine Beine. Ich freute mich ganz einfach, dass er neben mir lag.

Ein Bild von ihm hatte ich beim Arbeiten immer in meiner Dienstmappe, die ich stets bei mir trug. So war er mir immer nahe, und wenn ich ihn brauchte sah ich sein Bild an. Dabei blickte ich wie in Trance tief in seine dunklen Augen, die ich so sehr an ihm liebte. Sie verzauberten mich immer wieder.

Häufig sprachen wir über unsere gemeinsamen Tage in El Qesir, über die Wohnung und übers Shisha-Rauchen, das waren meist die Hauptthemen. Nach dem Rauchen gingen wir oft am Strand spazieren, er setzte sich auf den Steg und ich legte meinen Kopf in seinen Schoß. So blickten wir in die Sterne. Ich vermisste diese romantischen Stunden und die Sterne in Ägypten so sehr. Ich vermisste, mit ihm nach dem Shisha-Rauchen zu fliegen. Immer sprachen wir davon, wir würden gemeinsam durch den Himmel fliegen bis zum Mond. Arabisch ist so eine blumige Sprache, alleine die Worte sind ein Inbegriff von Romantik. Je mehr Worte ich lernte umso mehr wurde mir klar, dass sogar in der Sprache ein kleines Tausendundeine-Nacht-Märchen versteckt ist.

Ich	**Tony**
Nächste Woche wird sich alles wieder ändern. Dann muss ich wieder arbeiten…	Ja.
Und du gibst nächsten Dienstag dein Bestes…	Mach dir keine Sorgen, du machst mich stark.
Gut. Das ist meine Absicht. Du bist wirklich ein großartiger Mann! Weißt du das?	Nein, ich bin kein großartiger Mann.
Doch, bist du… für mich bist du großartig. Du bist so gut zu mir. Und du hörst mir zu. Du liebst mich wie ich bin.	Ich liebe dich mehr und mehr und mehr.

Ich erzählte meiner Tochter über Tony, dass er sich über sie erkundigt hätte und sie recht herzlich grüßen ließ. Sie freute sich sehr darüber. Sie freute sich einfach, dass sie für Tony wichtig war. Das erzählte ich auch Tony. *„Ihre Mutter ist sehr wichtig für mich“*, erwiderte er. *„Ich werde wichtig für dich bleiben. Ich werde dir Stärke geben, um in deinem Job erfolgreich zu sein.“ „Du wirst mich stark und erfolgreich machen“*, antwortete er.
Tony wollte mich in der Webcam sehen, was wieder einmal nicht möglich war. Ich erklärte ihm, dass gerade alle vier Familienmitglieder ihren PC benutzten und sich auf 250m² Wohnfläche eine Datenleitung teilen müssten. Das würde für die Webcam nicht ausreichen, da der Internet-Router in unserem Haus nicht alle drei Etagen ausreichend mit voller Leistung bedienen konnte. So schickte ich im zärtliche Worte und Küsse auf seine wunderschönen schwarzen Augen, seine Hände, seine Finger und in seine Handflächen. Ich würde ihm seine Hände cremen, damit sie ganz weich bleiben würden. Zärtlichkeit war immer in unseren Worten. Ja, so spricht man in Ägypten, es ist die Sprache der Blume. Tony schrieb mir *„One minute with you makes me born again.* “ Er liebte mich.

Zum ersten Mal sandte ich Tony einen dicken Brief mit der Post. Ich packte so viel hinein wie nur möglich. Die Fotos vom Urlaub im September ließ ich wunderschön ausarbeiten, Fotos vom Flug legte ich bei, damit Tony und seine Familie Ägypten auch einmal aus der Vogelperspektive sehen konnten, ich packte sonst noch Kleinigkeiten aus der Papeterie dazu und die Kopie vom Heiratsvertrag, da er seinen ja zerschnitten hatte. Ich wollte, dass er ihn wieder hatte. Das Paket kam auch an, was sich in Folge nicht immer als selbstverständlich herausstellte.

Ich	**Tony**
Hallo! Schön dass du online bist.	Ja.
Seit wann wartest du schon?	Du hast einen großen Fehler gemacht.
Warum?	Dein Geschenk ist angekommen... und meine Mutter hat es von der Post abgeholt.
Gut. Und? Hat sie es geöffnet???	Sicher.
Nein...	Und sie sah den Vertrag.

Seine Mutter hätte ihn angerufen und gemeint, dass er sie angelogen hätte, weil er ihr erzählt hatte mich zu treffen, aber er hätte ihr nichts von der Heirat erzählt. *„Aber der Vertrag ist nicht gültig, wir beide wissen das"*, entgegnete ich. Dennoch glaubte seine Mutter dem Vertag, den sie in Händen hielt, mehr als ihrem Sohn. Schlussendlich glaubte sie ihm dann doch und erkundigte sich bei Tony, ob er mich heiraten wolle. *„Ja, aber nicht jetzt"*, antwortete er. *„Aber du kannst mit ihr sprechen, erkläre ihr alles. Ich hätte niemals gedacht, dass eine andere Person deinen Brief öffnen würde. Das ist verboten in Österreich... und niemand würde das tun."* Ich erzählte ihm, dass mein Mann meine Nachrichten am Handy lesen würde, wenn es zu Hause eingeschaltet wäre, aber meine Briefe, die würde er niemals öffnen. NIEMALS.
„Hier ist das normal.", antwortete mir Tony. *„Vergib mir bitte, für mich ist das wirklich nicht normal. Ich habe das nicht gewusst. Entschuldigung..."*. *„Mach dir nichts draus, das Geschenk ist wunderbar."* Damit war für Tony das Thema auch schon wieder abgeschlossen und er war auch nicht mehr böse auf mich.

Ich hoffte so sehr, dass seine Familie mich akzeptieren würde. Für Tony war das klar, dass sie das natürlich tun würde. Er würde mir später beibringen, wie man am Computer ohne Stress diverse Software und Hardware installiert und ich solle ihm beibringen, wie man Autos fährt. Und außerdem wolle er von mir schwimmen lernen. *„Bald wirst du sehr schnell schwimmen können, aber nur dann, wenn du ohne Angst schwimmst."*

Wir sprachen auch immer wieder von unserer Zukunft.

Ich	Tony
Wenn ich einmal wirklich rechtsgültig geschieden bin, ist das nicht wirklich ein Problem für mich, aber ich werde im schlimmsten Fall viel Geld dadurch verlieren.	
	Kann ich dir was sagen?
Sicher.	
	Lass dich nicht scheiden. Wir können uns auch so lieben.
Was? Aber ich kann dich nicht heiraten, wenn ich nicht geschieden bin.	
	Bitte denk an deine Kinder. Wenn unsere Hochzeit ein Problem für dich ist, brauche ich sie nicht.
Ich lass mich nicht vor dem Sommer scheiden. Ich werde im Sommer wieder zu dir kommen, danach werde ich mich scheiden lassen. Ich werde meiner Familie sagen, dass ich mein Leben ändern werde und sie verlassen werde. Ich werde ihnen aber nichts von dir erzählen, das ist nicht notwendig. Aber ich will nicht mehr die Ehefrau meines Mannes sein.	
	Anna wird es aber wissen und deiner Familie erzählen.
Das könnte passieren, ja.	

„Wenn wir zusammenleben, werde ich stark genug sein, um mit allen Konsequenzen leben zu können. Die Kinder sind nächstes Jahr 15 und 17 Jahre und alt genug, ich habe lange genug gewartet, um mein Zuhause zu verlassen. Was meinst du dazu?“ „Warte. Ich glaube, du musst dir Zeit nehmen, um über dein Leben und unser Leben nachzudenken.“ „Ich hab schon nachgedacht darüber“, **war meine rasche Antwort.** ***„Ich werde mit ihnen sprechen und hoffe, dass sie mich verstehen werden. Und ich glaube, es ist die letzte Chance in meinem Leben, glücklich zu werden. Die Kinder sind groß. Es gibt einen Mann, der mich liebt. Und ich liebe dich sehr, sehr viel. In deinem Land ist es immer warm, das mag ich auch. Und Risiko hat man immer. Ich wollte meinen Mann in vier Jahren verlassen, aber jetzt ging's eben schneller… aber du wirst mich glücklich machen.“*** **Tony versprach mir** ***„Ich werde es versuchen: Ich werde mein Bestes für dich geben. Ich liebe dich so sehr. Aber versuche bitte, nicht deine Kinder zu verlieren.“***

Meine Tochter werde ich nie verlieren, ich werde mit ihr chatten, ich werde drei bis vier Mal im Jahr nach Österreich fliegen und ich werde ihren Urlaub bezahlen, damit sie mich in Ägypten besuchen kann.

Natürlich würden Tony und ich zu Beginn große Probleme haben. Ich würde ihn sehr, sehr oft an meiner Seite benötigen, ich könne nicht einmal Milch einkaufen ohne ihn, aber er werde mir alles zeigen und in drei Monaten wäre ich gewohnt, alles alleine zu erledigen.

Ich	**Tony**
Ich denke immer an dich und mich...	Ja. Unser Leben.
Ich warte so sehr auf Februar, um deine Familie zu treffen.	Ja.
Wir werden glücklich sein, du wirst sehen...	Ich bin mir sicher.
Weißt du, was für mich wichtig ist?	Was?
Dass du dein Studium im Mai abschließt. Bitte lern viel und komm durch.	Mach dir keine Sorgen.
Und ich hoffe, du musst nicht zum Militär... sonst bin ich ein paar Monate allein in einem fremden Land.	Mach dir keine Sorgen.
Bist du dir sicher, dass du nicht gehen musst?	Ich weiß nicht.
Ohhh. Das muss zuerst gelöst werden, bevor ich herziehen kann. Ich kann in Ägypten nicht ohne dich leben, das ist unmöglich.	

Ich erzählte Tony, dass ich ihn in der Kirche heiraten wolle unter Anwesenheit seiner Familie, genau so wie Ägypter heiraten, aber nicht so groß, sondern nur im kleinen Familienkreis. Ich wolle nicht nur mit einem Vertrag heiraten, und keine verbotene Hochzeit feiern, bevor ich nicht ordnungsgemäß geschieden wäre, das käme niemals in Frage für mich. Ich möchte ein neues Leben beginnen, ganz ohne Lügen.

Wir würden später in Hurghada leben, beschlossen wir, es sei international, dort gäbe es viele gemischte Ehen und daher würden wir nicht auffallen. Ich würde mein Leben dann organisieren, wenn er seines organisiert hätte. Er müsse sein Studium beenden und das Militär, wie auch immer, hinter sich gebracht haben. Danach werde ich mich scheiden lassen. Wenn wir nicht bis Juni zusammenblieben, müsse er mir die 1.000,- Euro allerdings wieder zurückgeben, sagte ich ihm.

Wir chatteten nun oftmals täglich, es gab aber auch Tage, an welchen ich nichts von Tony hörte. Einmal borgte er sich den Laptop vom Kassier aus, den er in Folge oftmals benutzen durfte. Er schrieb mir immer wieder von seinen Gästen, die er für Massagen akquirieren musste und auch persönlich massieren musste. Er schrieb mir von einer Reisegruppe aus Südafrika.

Daraufhin erzählte ich ihm von meinem nächsten Projekt, das ich mit einer größeren Gruppe junger Damen und einem männlichen Kollegen nach Frankreich reisen würde. *„Sei bitte vorsichtig. Sprich nicht so viel mit ihm." „Ich habe die Reise schon vor sechs Monaten organisiert, "* sagte ich. *„Du brauchst nicht eifersüchtig zu sein, er wird uns nur beschützen." „Ich vertraue dir. Ich vertraue dir mehr als mir. Ich möchte dich jetzt umarmen, wirklich, ich brauche dich.",* schrieb er mir.

Wenn ich traurig war, spürte das Tony in meinen Worten. *„Ich denke so viel über uns nach, ob es wirklich möglich sein wird?" „Sicher",* antwortete Tony. *„Ich weiß nicht, ob es eine Lösung für alles geben wird. Deshalb muss ich vorsichtig sein mit meinen Gefühlen und mit meiner Seele, damit ich nicht zerbreche...". „Ich zerbreche sie niemals",* versprach er mir. *„Ich weiß nicht. Ich liebe dich so sehr, das ist mein Problem",* sagte ich. Er erwiderte: *„Ich liebe dich mehr als du mich. Ich werde für alles eine Lösung finden."* Und er fügte hinzu: *„Ich kann dich nicht traurig sehen. Wenn du traurig bist, kann ich nicht schlafen."*

Zu dieser Zeit dachte ich immer wieder daran, was wäre, wenn Tony fertig studieren würde, graduieren würde und dann eine junge Ägypterin heiraten würde. Ich teilte ihm auch mit, was ich befürchtete. *„Du willst mich verlassen nach einem Jahr?"* fragte er. *„Niemals, "* sagte ich, *„aber ich habe Angst, dich während unserer Wartezeit zu verlieren." „Nein",* antwortete er. Und ich hatte tatsächlich Angst ihn zu verlieren, da mir immer wieder unser Altersunterschied bewusst wurde.

Tony	**Ich**
Kannst du mir über unseren Plan erzählen und wann du im Februar kommen wirst?	
	Ich möchte dich nur sehen, bei dir sein, mich gut neben dir fühlen und mit dir glücklich sein... Und ich möchte deine Familie kennen lernen und deine Heimat Luxor.

Wann wirst du dich entscheiden, ob wir zusammenleben?

... und ich möchte ein richtiges ägyptisches Haus sehen und sehen, wie die Ägypter wirklich leben. Ich möchte einen Eindruck bekommen, was es bedeutet, in Ägypten zu leben.

Ok.

... und dann werde ich mich entscheiden...

Du wirst das sehen.

Ich möchte sehen, wie das Leben von Ägyptern tagtäglich abläuft. Es ist so unterschiedlich zu dem, wie es in Österreich ist. Sicher wirst du mich einmal nach Österreich begleiten, wenn wir zusammenbleiben, dann wirst du´s nicht glauben, dann bist du in einer komplett anderen Welt!

Wirklich?

Ja. Das ist wie Sonne und Mond, es ist wirklich ganz unterschiedlich, aber ich liebe dein Land, und ich liebe dich.

Ich möchte dich jetzt ganz fest umarmen, um dich zu fühlen. Ich vermisse es, dich zu lieben.

Ich vermisse es auch.

Es wird wieder passieren, Gott wird uns nicht alleine lassen. Er macht, dass wir zusammenbleiben können.

Zu diesem Zeitpunkt unterhielten wir uns wieder einmal darüber, dass ich ein unbezahltes Jahr bei meinem Chef beantragen würde. In diesem Jahr sollten wir ein Haus kaufen und heiraten, dann ginge ich nie mehr zurück, sagte ich ihm, aber vorher würde ich mich rechtskräftig scheiden lassen. Nie erzählte ich ihm Dinge, die ich nicht wirklich vorhatte. Ich vertraute Tony immer, wenngleich ich auch nicht wusste, warum ich dieses grenzenlose Vertrauen zu ihm hatte.

Schon damals meinten meine guten Freunde, denen ich mein Märchen aus Tausendundeiner Nacht anvertraute, dass ich mir Tony als großartigen Liebhaber und schönes Erlebnis einprägen sollte, den Rest solle ich aber vergessen. Niemals würde das gut ausgehen. Alle sagten mir das. Niemandem vertraute ich danach wieder etwas an. Ich hatte eine Freundin, die laufend informiert war. Diese Freundin war die einzige Person, die zu mir stand mit meinen Träumen. Auch sie hatte einen wesentlich jüngeren Ehemann, mit dem sie seit vielen Jahren glücklich verheiratet war.

Tony	**Ich**
Ich möchte dir etwas sagen.	Was möchtest du mir sagen?
Was, wenn du bei mir bleibst, zuerst ohne zu heiraten, und nachdem du mich ausprobiert hast kannst du dich scheiden lassen und wir heiraten dann?	Gute Idee, aber ich will dich nicht ausprobieren...
Wenn ich schlecht bin, verlierst du deine Familie nicht.	Ich möchte nur das Leben in Ägypten ausprobieren, du bist nicht schlecht.
Wir leben in Ägypten?	Ja, ich bin mir fast sicher.
Ich hoffe das. Ich will aber nicht, dass dich deine Familie hasst.	Du bist nicht schlecht und ich möchte dich nicht ausprobieren, ich möchte nur probieren, ob ICH in deinem Land leben kann... und ob du mir hilfst, um alle Probleme am Beginn zu lösen...
Sicherlich.	Ich möchte mit dir leben. Ich liebe dich.

Mittlerweile begann ich, täglich auch immer wieder SMS an Tony zu senden. Ich weckte ihn in der Früh zärtlich auf, schickte ihm tagsüber aufmunternde Worte und trieb zeitgleich auch meine Handyrechnung kontinuierlich in die Höhe. Anfänglich schrieb ich nur ein SMS pro Tag, Anfang Oktober waren es schon drei bis vier SMS täglich. Eigentlich, so im Nachhinein betrachtet, waren viele meiner SMS Hilferufe wie „Where are you? I need you. Please come to net. “ oder „I wait for you“. Ich war tatsächlich zu dieser Zeit in großer Abhängigkeit von diesem jungen, dunkelhäutigen Ägypter mit den wunderschönen schwarzen Augen.

Ich schrieb ihm, er müsse rasch fertig studieren, er solle sich einen besser bezahlten Job suchen, er solle online gehen... für viele E-Mails schäme ich mich im Nachhinein, sie waren meiner nicht würdig. Ich machte ihm unglaublich viele Komplimente und Liebesbeteuerungen. Immer wieder versuchte ich, mehr und mehr arabische Worte in meine Texte einzubinden, bis ich ihm Anfang Dezember den ersten arabischen Brief schreiben konnte.

So viele Fragen hatte ich an Tony, jeden Tag neue Fragen, viele wurden tagelang nicht beantwortet. So fragte ich ihn zum Beispiel nach seiner Religion. Für mich war sie wesentlich, da mir klar war, dass unmittelbar an den Glauben viele Verhaltensweisen und Wertvorstellungen gebunden sind. Tagelang wartete ich auf die Antwort, bis Tony mir mitteilte, er sei Christ. Erleichtert nahm ich das zur Kenntnis. Die kulturellen Unterschiede zwischen ihm und mir waren, auch wenn ich das erst viel später tatsächlich realisierte, enorm, aber in punkto Religion waren wir uns ähnlich. Doch auch hier sollte sich herausstellen, dass nicht alle Christen in ihrer Wertvorstellung ähnlich sind. Tony war koptischer Christ, und was das bedeutet, sollte ich in späterer Zukunft noch oft zu spüren bekommen.

Die schönsten Augenblicke in meinem damaligen Leben waren immer jene, an denen ich mit Tony mit der Webcam sprach. Wir konnten uns live sehen und hören. Sein Lächeln bezauberte mich immer wieder aufs Neue, seine dunklen Augen hauchten mir den Rest der Vernunft aus, die ich damals noch hatte. Ich sah ihn an und verhielt mich wie eine verzauberte Prinzessin. Ich wünschte mir jedes Mal, seine Ehefrau zu sein. Das war das Ziel meiner Träume.

Zu dieser Zeit hatte ich Geburtstag. Während ich gerade im Auto am Heimweg war, läutete mein Handy und meine Eltern gratulierten mir telefonisch. Ich begann sofort zu weinen und erzählte meiner Mutter, dass ich unglücklich wäre und mich scheiden lassen wollte. Nichts um mich machte mich glücklich zu diesem Zeitpunkt, ich hatte solche Sehnsucht nach meiner großen Liebe in Ägypten. Weiterhin lernte ich mit Enthusiasmus Arabisch und schrieb vereinzelt auch arabische Redewendungen an Tony. Er schrieb mir hinreißende E-Mails zurück, die mich stets in meinen Träumen und Hoffnungen bestärkten.

Als Tony bald nach mir Geburtstag hatte, schickte ich ihm natürlich wieder ein kleines Päckchen in der Hoffnung, es würde ankommen. Wiederum nur Kleinigkeiten, da es möglicherweise verlorenging. Erneut wurde mir bewusst, wie jung Tony war. Daraufhin angesprochen machte er sich freiwillig sofort zehn Jahre älter. Dennoch konnten wir diesen Punkt nicht ändern, der Altersunterschied blieb erhalten. Auf meine Geburtstagsglückwünsche erhielt ich ein hinreißendes E-Mail als Antwort *„Wie geht's dir, Schatzi? Ich vermisse dich so sehr. Heute war das Netz so schlecht. Ich liebe dich so sehr, weil du* *dich an meinen Geburtstag erinnerst, wirklich, du bist ein Engel. So eine Prinzessin wie dich werde ich nicht mehr finden. Du bist die einzige Prinzessin in dieser Welt. Ich liebe dich so sehr. Es gibt wirklich nicht genug Worte, um dir das zu sagen, dir, meiner Frau. Ich weiß nicht, ob das Netz hier wieder funktionieren wird oder nicht, wir sind am Schiff am Nil. Ich liebe dich, Schatzi. Ich hoffe dich bald zu sehen. Ich möchte dich umarmen und für immer lieben."*

Ich vermisste Tony mehr und mehr. Geduldig schrieb ich ihm, dass wir nur mehr vier Monate warten müssten und uns dann sieben Tage sehen würden, einen davon würden wir mit seiner Familie verbringen. Wir könnten uns lieben, gemeinsam essen und Shisha rauchen. Das waren sehr romantische Augenblicke, als wir nach dem Rauchen am Meer saßen und in die Sterne und den Mond blickten. Ich fühlte mich zu diesen Zeitpunkten wie im Märchen, das plötzlich wahr geworden war.

Wir nannten uns schon damals Mann und Frau und wir fühlten das auch so. Wenn ich auswärts war, nahm ich immer meinen Laptop mit, um Tony online treffen zu können. Der erste Gedanke war stets *„Wie komme ich von hier aus gratis ins Internet?"* Internetstick hatte ich damals noch keinen. Des Nächtens wurden die Chats zunehmend heißer, die Träume galoppierten durch meine Gedanken. Ich vermisste alles an ihm, seine Augen, sein Haar, seine Hände, seinen Mund, seine Haut, seinen Körper, seine Worte, seine Berührungen.

Ich vermisste Tony so, und je kälter es in Österreich wurde, umso größer wurde meine Sehnsucht. Ich begann, die Wochen bis zu unserem Wiedersehen im Februar zu zählen. In meiner Sehnsucht buchte ich den Flug nach Hurghada, den ich im Februar antreten wollte. Mitte Oktober schneite es bereits zum ersten Mal. Ich wünschte mir so sehr, bei meinem geliebten Tony zu sein. *„Alles ist weiß und es ist so kalt. Ich vermisse die Sonne. Ich vermisse dich, Tony"*, schrieb ich ihm.

In meiner Sehnsucht nach Tony tat ich etwas, was ich mich zuvor niemals getraut hätte. Ich fotografierte mich beinahe nackt und sandte ihm diese Bilder. Ich schrieb ihm von einer Überraschung, sie käme virtuell durchs Netz. Tony reagierte bestürzt. *„Bin ich dir so wenig wert, dass du mir solche Fotos von dir schickst?"* fragte er mich. Ich war unglaublich überrascht über diese Reaktion. Beschämt entschuldigte ich mich für mein Verhalten.

Ich wollte ihn nicht verletzen durch mein Verhalten und hoffte, dass er nicht allzu enttäuscht von mir wäre. Ich registrierte, dass in Ägypten die Wertvorstellungen doch maßgeblich unterschiedlich sind von denen in Österreich. Er liebe mich und er könne nicht böse auf mich sein, sagte er mir. *„Deine und meine Kultur sind sehr verschieden. In Zukunft werden wir immer wieder Probleme haben... wir werden uns oft nicht verstehen. Du siehst, ich bin nicht perfekt, aber ich glaube, dass ich nicht schlecht bin, nur weil ich dir diese Fotos geschickt habe. Ich habe auch viele gute Dinge für dich gemacht. Vielleicht sind unsere Kulturen doch zu unterschiedlich"*, schrieb ich ihm. Tony antwortete *„Schatzi, vergiss nicht, ich bin Ägypter, ich möchte nicht, dass jemand deinen Körper im Internet sieht."*

Da waren sie nun erstmalig, die kulturellen Diskrepanzen. Ich schickte ihm fünf E-Mails, um mich zu entschuldigen. Am nächsten Tag war wieder alles vergessen.

Zu dieser Zeit arbeitete Tony kurz als Schmuckverkäufer am Schiff. Er wollte mir, nachdem ich ihm Geld geschickt hatte und bereits zwei Mal einen Brief mit kleinen Überraschungen, auch etwas schenken. Er fragte mich nach meiner Adresse. Das sei undenkbar, mir etwas nach Hause zu senden. Da würde ich viel Ärger bekommen, falls mein Mann zu Hause sei. So ersuchte ich die Freundin, die als Einzige von Tony Bescheid wusste, ob sie das Päckchen von Tony annehmen würde. *„Selbstverständlich"*, das mache sie gerne. Also sandte ich Tony ihre Adresse. Stolz zeigte er mir eine Silberkette mit Anhänger durch die Webcam. Erfreut registrierte ich, dass Tony mir Schmuck senden würde. Am nächsten Tag schon teilte er mir mit, dass der Schmuck bereits unterwegs sei. Ich wartete eine Woche, bis ich meine Freundin anrief und mich erkundigte. Nichts sei gekommen, sagte sie nur. Sie würde mich ohnehin gleich anrufen, wenn Post für mich da wäre. Nach weiteren zwei Wochen kontaktierte ich sie erneut. Als wieder nichts da war, erkundigte ich mich bei Tony nach dem Päckchen. *„Es ist wieder zurückgekommen, die Adresse war falsch. Schreib mir bitte die Adresse noch einmal und ich werde meine Schwester bitten, es noch einmal zur Post zu bringen." „Die Adresse war richtig, die ich dir geschickt habe, vielleicht hast du sie ja* *nur falsch abgeschrieben. Schick es einfach noch einmal weg. Es wird schon ankommen.“* Was dann geschah, war für mich aber unglaublich.

Seine Schwester brachte das Paket zum zweiten Mal zur Post und ihr wurde mitgeteilt, dass man Schmuck in Ägypten nicht verschicken dürfe, teilte mir Tony mit. Das Paket läge also wieder bei ihm zu Hause.

Wollte er nicht oder konnte er mir das Paket nicht schicken? War das nur ein Trick mich freudig zu stimmen, dachte ich im Geheimen zum ersten Mal. Das konnte doch nicht sein, dass es Wochen dauerte, bis Tony mir etwas zukommen lassen konnte. Zudem beklagte er sich, dass er die teure Paketgebühr das erste Mal umsonst hätte bezahlen müssen. Ich teilte ihm mit, er solle es nicht weiter versuchen mir etwas zu senden, es sei halt wie es sei. Natürlich war ich enttäuscht und das ließ ich Tony auch spüren.

Nein, so einfach sei das nicht, er würde eine Lösung finden, dass ich die Kette bekam. Kurzerhand fragte er Touristen aus Österreich, ob sie eine Silberkette für ihn nach Österreich mitnehmen würden und sie dort an seine Frau senden würden. Als diese zustimmten, übergab er ihnen die Kette in einem schönen Geschenksetui, geöffnet, um zu zeigen, dass auch nur die Kette drinnen sei. Das freundliche ältere Ehepaar nahm also mein Geschenk nach Bad Ischl mit und gab Tony ihre Telefonnummer, die er an mich weiterleitete. Nach ihrer Rückkehr nahm ich Kontakt mit der Dame auf, die mein Geschenk in ein Kuvert steckte und an meine Freundin weiterschickte. Bei einem Gläschen Wein mit meiner Freundin nahm ich sechs Wochen nach der Ankündigung schlussendlich mit großer Freude das Silberkettchen mit dem Anhänger, auf dem mein Name in Goldhieroglyphen eingraviert war, entgegen.

Tony

Du fehlst mir.
Du fehlst mir so sehr.
Wir werden uns niemals verlieren.
Sicher.

Ich bin mir sicher, dass wir uns nie wieder verlassen werden, denn mein Herz hat sich für dich entschieden!

Ich

Du mir auch.
Du mir auch mein Schatz.
Glaubst du?
Ich hoffe, dass Gott das gehört hat und uns helfen wird!

Wenn du dir sicher bist, bin ich mir auch sicher, ich werde dich nicht verlassen.
Aber ich habe Angst dich zu verlieren.

In 116 Tage würde ich wieder bei ihm sein, schrieb ich ihm. Ich fragte Tony auch, wann er seine nächsten Prüfungen hätte. Er hat eine am 20. Jänner und eine im Mai. Auf meine Frage, wann er zu lernen beginnen würde, meinte er, sieben bis acht Tage vorher. Entsetzt schrieb ich ihm, er solle bitte vorher zu lernen beginnen, da ich wollte, dass er die Prüfung bestehen würde. *„Don´t worry“,* schrieb er mit Gelassenheit zurück.

Da Tony am Schiff mit dem Handy schlechten Empfang hatte, der Kassier mit dem Laptop aber gut ins Internet kam, entschloss Tony, sich im Februar, wenn er genug Geld gespart hätte, einen Laptop zu kaufen, damit wir besser kommunizieren konnten. Das hielt ich für eine ausgesprochen gute Idee, nur, ich wollte nicht bis Februar warten. Jeder Tag ohne ihn war mir zu lang.

Nicht ganz uneigennützig hatte ich eine Idee, die ich mich anfänglich gar nicht vorzuschlagen traute.

Ich	**Tony**
Kann ich dich etwas fragen? Aber vesprich mir, dass du nicht böse bist.	Sicher.
Was wäre, wenn du den Laptop früher kaufen würdest? Ich könnte dir 300,- Euro senden und du überlegst dir, wie viel du mir im Februar zurückgeben kannst. 100,- Euro möchte ich aber sicher zurückhaben.	Du bekommst alles zurück.
Wie du willst, dann ist das Geld eben bis Februar geborgt.	Danke für deine Hilfe, ich hab so viel Hilfe von dir bekommen.
Ich weiß, aber das ist für uns beide gut.	Gut für dich, warum?
Weil wir dann mehr Kontakt haben und ich mich besser fühle.	Sag mir, wie kann ich dir dafür danken.
Du kannst mir dafür nicht danken, nur einfach „Danke“, das ist genug für mich. Und du gibst es mir mit deiner Liebe zurück... und mit deinen Umarmungen.	In Ordnung. Ich weiß nicht wie ich dir dafür danken soll. Du bist wirklich ein Engel.
Ich bin nur dein Engel, dein persönlicher Engel! Tonys Engel... aber ich werde alles dafür tun, dass wir zusammen bleiben können. Du fehlst mir so sehr.	Ich liebe dich. Erinnerst du dich, wie ich dir

erzählt habe, dass die Pflanze nun wächst? Sie ist nun ein Baum.

Ja.

Ja.

Es kann sein, wenn du kommst, dass ich deinen Pass verstecke, damit du nicht mehr zurück fahren kannst.
I lllllllllloooooovvvvveeeeee uuuuu

Das geht in Ordnung für mich, versteck ihn! Wirst du mich im Februar wieder vom Flughafen abholen?

Darüber denkst du nach? Wie kannst du mich so etwas fragen? Du musst dir sicher sein, dass ich dich am Flughafen erwarten werde. Ich habe den Ehe-Vertrag.

Ja, deshalb habe ich ihn dir geschickt. ☺
Jetzt weiß ich´s wieder.

Du rettest mich immer.

Hast du´s dir überlegt, ob du den Laptop kaufen wirst oder nicht?

Ja, ich werde ihn kaufen.

Wann?

Wann willst du, dass ich ihn kaufe?

So schnell wie möglich?

Ich hoffte das.

Hast du den Rest für die Finanzierung?

85,- Euro, ja, das ist kein Problem, ich verdiene ja Geld.

Wie viel brauchst du dann? 300,- oder weniger?

300,- . Und dann muss ich fleißig Geld für dich verdienen.

Warum verdienst du Geld für mich?

Damit wir eine sehr schöne Woche gemeinsam verbringen können.

Ok, das hoffe ich.

Im Nachhinein beurteilt gebe ich ehrlich zu, dass Tony mich nicht um Geld gebeten hat, ganz im Gegenteil, ich habe es ihm angeboten. Wer hätte das Geld nicht genommen, wenn es so leichtfertig zu haben gewesen wäre? Zudem war der Preis dafür nur die leichtere Erreichbarkeit für eine schöne Frau, die mit Komplimenten und Liebesbeteuerungen nicht geizte. Tony hatte im Grunde genommen mir gegenüber zu diesem Zeitpunkt keine Verpflichtungen.

Aber auch ich strahlte tatsächlich. Manche meiner Kolleginnen machten mir Komplimente, dass ich so hübsch sei, dabei war ich nicht anders als sonst, nur, ich war sehr glücklich. Das spiegelte sich in meinen Augen wider.

Während der Woche war ich immer glücklich, nur die Wochenenden waren oft unerträglich lang. Tony kam jeden Freitagnachmittag aus Assuan zurück. Ich wartete meist in meiner Dienststelle, bis er online war und unterhielt mich noch mit ihm, bevor ich nach Hause fuhr. Am Samstag war Tony natürlich meist mit seinen Freunden unterwegs. Ich konnte ihn verstehen, ein junger Mann, was sollte er am Samstagabend bei seiner Familie zu Hause machen. Natürlich wollte er fortgehen. So hörten wir uns meist nur Sonntagmittag, also musste ich die Sonntage ab jetzt so organisieren, dass wir nicht vor 13:00 Uhr zu Mittag aßen. So konnte ich Tony noch kurz online antreffen. Er hatte es immer eilig, da sein Schiff in Luxor um 13:30 Uhr Richtung Assuan auslief.

„Ich merke, dass ich dich verliere“, schrieb ich ihm einmal. *„Wann kann ich dich online treffen, wann können wir uns sehen, wann kann ich mit dir sprechen? Vergib mir bitte, dass du mir so fehlst... aber ich liebe dich so sehr.“* Schon damals hörte ich nur mehr ägyptische Musik. Alles lud ich mir aus dem Internet herunter. Ich brannte mir etliche CDs, die ich allerdings alle nur im Auto hören konnte. Ich träumte davon, dass Tony mich ins Bett bringen würde. Wenn ich Tony am Abend nicht online antraf, wartete ich manchmal auch bis Drei Uhr morgens in der Hoffnung, dass er doch noch online käme. So bekam ich in Folge massive Schlafstörungen.

Der Monat Oktober war für mich eine gefühlsmäßige Hochschaubahn. Tony kreiste ständig in meinen Gedanken und dennoch entdeckte ich immer wieder Ungereimtheiten in seinen Erzählungen. Ich nahm mir immer wieder vor, einen Schritt zurückzugehen in dieser Beziehung, aber es gelang mir nicht. Warum nicht, kann ich leider nicht sagen, sonst hätte ich meine innere Stimme mehr befolgt.

Beruflich auswärts kaufte ich mir im Hotel einen Internetanschluss um sieben Euro pro Tag, den ich natürlich aus meiner eigenen Tasche bezahlen musste, um immer erreichbar zu sein. Ich war drei Tage unterwegs, aber Tony war diese drei Tage für mich nicht erreichbar. Als ich gerade abreisen wollte, war er plötzlich online, also musste ich länger bleiben als notwendig. Ich war vielleicht verärgert...

Zu seinem Geburtstag veranstalteten seine Freunde an der Universität eine Geburtstagsparty, auf der, wie mir Tony erzählte, keine Damen anwesend waren. Im Nachhinein, etliche Tage später, erzählte er mir dann, es hätten doch vier Damen mitgefeiert, die aber alle Freundinnen seiner Freunde gewesen wären. Warum er mir das dann doch erzählte, war mir unklar. Ich war jedenfalls verletzt, weil er mir vorerst wieder Unwahres erzählt hatte.

Und eines Tages erzählte er mir, er hätte sein Handy verloren. Es sei ihm nach der Massage eines Gastes aus der Hand gerutscht und ins Meer gefallen. Auch das hätte wahr sein können. Wenn ich ihm nicht zufällig ein SMS mit Ankunftsbestätigung gesandt hätte, hätte ich ihm das auch geglaubt. Und tatsächlich meldete er sich unter derselben Nummer am Telefon, so konnte es also nicht im Meer schwimmen. Ich registrierte damals schon, dass nicht alles wahr war, was er mir erzählte. Aber zumindest hätte alles wahr sein können...

„Ich habe bemerkt, dass du nicht immer ehrlich bist zu mir. Ich verstehe nicht, warum nicht?“ Ich schrieb ihm die drei Gründe, warum Ägypter europäische Frauen liebten: *„Geld, Sex, raus aus Ägypten...“* Das könne ich mir gar nicht vorstellen, dass er so dachte. Ich würde ihn jedenfalls nie anlügen. Und ich wollte auch keine Halbwahrheiten von ihm hören. *„Ich liebe dich, also werde ich dir auch nie etwas erzählen, was nicht stimmt. Wenn du mir weiterhin Geschichten erzählst, kann ich nicht mit dir zusammenleben. Du hast noch keinen Computer, oft hast du kein Netz, die kurzen Augenblicke, die wir uns hören, sollten auch ehrlich sein. Du bist meine Welt, meine sehr andere Welt, manchmal nicht leicht zu verstehen, aber mit großem Gefühl in meinem Herzen und in meiner Seele. Ich möchte nicht auf dich verzichten. Du bist ein Teil von mir. I love u so, I need u so, I want u so, I miss u so, see u soon my KING, in love, ur princess“.*

Wir hatten nach sechs Wochen und einem Tag, die bereits seit unserem letzten gemeinsamen Tag verstrichen waren, noch 17 weitere Wochen und zwei Tage zu warten auf unser nächstes Wiedersehen. Tony bestärkte mich in meiner Sehnsucht immer wieder. So schrieb er mir *„Ich hoffe, ich werde mein Leben mit meinem Traum verbringen, denn du bist mein Traum. Ich träume davon, dass alles wahr wird. Ich weiß, dass unser Leben großartig sein wird, weil wir uns gegenseitig lieben.“*

„Immer warte ich auf dich im Internet, immer und immer wieder Warten auf Tony, so oft bist du nicht da, wenn du es mir versprichst, ich muss wieder beginnen mein Leben zu leben. Irgendwann wirst du dann Sehnsucht nach

mir haben und dann wirst du auf mich warten. Ich muss mein Leben besser organisieren", schrieb ich ihm. *„Du bist der einzige Mann, den ich in diesem Leben lieben kann. Ich glaube, wir wurden geboren um zusammen zu leben... um Teil des anderen zu sein... Ich liebe dich so sehr und ich vermisse dich so, wir brauchen uns, Schatzi... Ich bin so glücklich, dass wir uns im Chat getroffen haben... Ich liebe dich so sehr."* Und *„Hallo, Schatzi, gib mir Sicherheit, indem du mir zeigst, wie sehr du mich liebst und mich brauchst und indem du mich umarmst."*

Was war bloß mit mir geschehen? Ich fand Sicherheit bei einem jungen Mann aus Ägypten, die mir mein Mann zu Hause seit 16 Jahren gab und die ich immer erkannte, aber oftmals gar nicht annehmen wollte. Mein Mann schaute immer gut auf mich, er war da, wenn ich krank war, er war da, wenn's mir schlecht ging, er war aber nicht da, wenn ich ihm etwas erzählen wollte. Er mochte sich oftmals die Dinge, die mir wichtig waren, nicht anhören, und das nervte mich sehr. Und im Bett fand ich zwar Erfüllung, aber irgendwie war es trotzdem niemals das, wonach ich gesucht hatte. Was ich suchte, wusste ich jedoch zu diesem Zeitpunkt auch nicht wirklich in Worte zu fassen. Jedenfalls hatte ich das Gefühl, dass Tony mir das, wonach ich suchte, geben können würde.

Alles würde ich geben, meinen Komfort, meine Familie, meinen Job und meine so geliebte Tochter, alles... nur um mein Glück zu finden.

Nächsten Sommer würde ich in unserem Haus, das wir gemeinsam bewohnen würden, den Haushalt führen, schrieb ich ihm. Und kurzerhand buchte ich Ende Oktober einen dreiwöchigen Sprachaufenthalt für meine Tochter in England, nachdem sie mich darum gebeten hatte. Sie würde mit ihrer Freundin gemeinsam fahren. Ich dachte, der Sprachaufenthalt wäre ideal, damit sie reifen würde und auch sprachlich vieles dazulernen würde, und ich könnte dann in dieser Zeit zu meinem geliebten Tony fahren, um diese drei Wochen mit ihm zu verbringen. Damit wäre uns allen gedient. Also buchte ich die teure Sprachreise für meine Tochter. Ich schrieb Tony auch sofort, wann ich zu ihm kommen würde.

Eigentlich hatte ich ganz schön das Ruder in der Hand. Ich lenkte, plante und buchte. Wahrscheinlich hatte ich berufsbedingt das Zepter in der Hand, Tony schwamm einfach mit, versuchte ober Wasser zu bleiben, schwamm aber auch gegen den Strom, und manchmal versank er, dann tauchte er einfach ab. Vielleicht verschwand er deshalb manchmal tagelang aus dem Internet. Doch da ich eine Hobbytaucherin war, konnte er niemals ertrinken. Immer wieder brachte ich ihn ans rettende Ufer zurück... so war ich.

Jeder Chat, in dem Tony und ich die Webcam benutzen, begann mit *„you look so beauty“.* Tony begann stets mit einem Kompliment, danach sagte er mir, wie sehr er mich vermisse, dass er die Sonne so hasste und dass das Wetter immer zu heiß sei. Und er fragte mich immer, wie mein Tag gewesen wäre. Das Wetter sei zu heiß und er wäre es ebenfalls... alles würde wahr werden, sagte er mir immer und immer wieder. Er bestärkte mich in meinen Träumen und ich ließ mich fallen in meinem Märchen, in meinem wunderschönen Märchen aus Tausendundeiner Nacht.

König findet Prinzessin... und unsere Chats wurden zunehmend heißer...

Schon Ende Oktober dachten Tony und ich so häufig über eine gemeinsame Zukunft nach, die mich dann tatsächlich tätig werden ließ. Ich hatte mich bereits bei meiner Personalvertretung im Unternehmen erkundigt, wie ich zu einem unbezahlten Jahr Auszeit bei voller Jobabsicherung kommen könnte. Die Personalvertretung sicherte mir äußerste Diskretion und Hilfestellung in dieser Angelegenheit zu. Meine Pläne betrieb ich erfolgreich weiter, niemand stoppte mich, es wusste ja auch kaum jemand von meinen Absichten... und auch Tony bremste mich nicht. *„Ich hoffe, dass du dir auch so sicher bist und deine Meinung nicht änderst“,* schrieb ich ihm.

An meiner Dienststelle hatte ich mitunter großen Stress, doch oftmals meisterte ich alle Situationen bravourös, da ich mir in Augenblicken purer innerer Verzweiflung immer einredete, es sei mein letztes Jahr vor der Auszeit. So schaffte ich oft Dinge, die ich nicht mehr zu schaffen gedacht hätte. Ich hatte innerlich mit meinem Job bereits abgeschlossen, ich wartete nur mehr, fleißig und bis aufs Äußerste arbeitend, mein letztes Dienstjahr ab.

Doch immer wieder gab es auf Seiten von Tony größere und kleinere Zwischenfälle. Ein nicht so großer Zwischenfall war zum Beispiel jener, dass er mich wieder einmal unendlich lang im Internet auf sich warten ließ. Er war online, meinte nur „wait“, war dann wieder offline und kam lange nicht mehr zurück. Ich wartete brav, wie mir aufgetragen wurde. Ich wusste ja nicht, dass er das Internet-Cafe wechseln würde. Als er zurückkam, informierte er mich dann darüber.

Tony	**Ich**
Entschuldigung.	Nein.
Ich bin da.	Möchtest du mich umbringen? Jetzt oder später? Wirst du es schnell machen oder langsam?
Ich habs getan.	Ja, du machst das, Schritt für Schritt, du tötest mein Herz, ich kann so nicht leben.
Hihihi	Das ist nicht lustig!
Aber jetzt bin ich ja für dich da, für lange Zeit.	Du bringst mich um.
...für immer.	Nein, du bist ein Tiger, du wirst mich töten, ich habe Angst vor dir.
Ich werde dich nicht töten...	Ja, du wirst es tun.
	Ich bin wirklich sehr sehr traurig, aber du verstehst mich nicht, du kannst mich nicht verstehen, du kannst uns Europäer nicht verstehen, oder vielleicht verstehst du die Frauen nicht, oder vielleicht bist du zu jung um mich zu verstehen...
Warum?	Wir sind zu unterschiedlich, für dich ist Zeit nichts, du kannst auf alles warten, du bist geduldig, du hättest auch kein Problem, wenn wir uns zwei oder drei Tage nicht hören würden...
Das stimmt nicht.	... aber ich kann dann nicht schlafen...
Beruhige dich bitte.	

Ich hatte Tony wieder einmal drei Tage nicht online getroffen, aber ich hatte ihm so viel zu erzählen. Zu dieser Zeit sprach ich kaum mehr mit meinem Mann, mäßig viel mit meiner Tochter und mein Sohn verweigerte ohnehin alles, was mit mir zu tun hatte. Nur Tony hörte mir zu, wenn er online war. *„Ich bin hier für dich und höre dir zu“*, schrieb er. Dann schrieb ich im Eilzugstempo alles nieder, was ich am Herzen hatte. Tony hörte geduldig zu und gab dazu Kommentare ab, genau das brauchte ich auch, und er fühlte das.

Ich erzählte Tony, dass mein Sohn betrunken nach Hause gekommen war und im Esszimmer über meinem schönen Teppich seinen Mageninhalt entleerte, wie ich meine Fassung verlor und mein Ehemann meinte, ich solle mich beruhigen. Auch meine Tochter ergriff Partei für meinen Sohn. In schwierigen Situationen war ich zu Hause immer allein, niemand versuchte mich zu verstehen oder gar für mich Partei zu ergreifen. Tony jedoch schrieb mir *„Erzähl mir alles“*, und hörte einfach zu. Meist weinte ich dann, während ich ihm schrieb. Er beruhigte mich mit seinen Worten, er war wie Balsam für meine geschundene hungrige Seele. *„Ich bin bei dir, in guten und in schlechten Situationen.“* Ich erzählte ihm auch, dass ich am Vortag einem meiner Freunde von ihm erzählt hätte, der gleich geantwortet hätte, ich solle ihn vergessen, er würde mich nur des Geldes wegen lieben. So hatte ich kaum mehr jemanden zum Reden. Wenn ich traurig war, wechselte Tony gleich das Thema, um mich abzulenken und erinnerte mich an unseren schönen Urlaub in El Qesir. Tony verstand mich immer und er bat mich stets, nicht ungehalten mit irgendjemandem in meiner Familie zu sein. Er fühlte sich unglaublich gut, wenn ich ihm von meiner Familie erzählte, er spürte dann, wie wichtig er für mich war, er spürte, dass ich ihn brauchte.

Immer wieder sprachen wir über unsere gemeinsame Zukunft. Oft spürte ich, dass Tony sich nicht sicher war, ob er mit mir seine Zukunft gestalten wollte.

Ich	**Tony**
Ich muss mich immer zwischen meiner Tochter und dir entscheiden... das ist der Punkt!	...und deinem Sohn...
Nein.	Vergiss ihn nicht.
Ich hab mich schon für dich entschieden. Er vergisst mich! Und Anna wird mich in vier Jahren verlassen, um zu studieren.	
	Ich habe auch schon über unser Leben nachgedacht, über dich und Anna und unser Leben. Ich hoffe, dir keine Schwierigkeiten zu machen.
Was soll das heißen?	Du wirst deine Familie wegen mir verlas-

sen...

Willst du mit mir zusammenbleiben oder nicht?

Mit dir zusammenbleiben, aber bitte, vergiss deine Kinder nicht. Ich will nicht, dass sie mich einmal hassen...

Kann ich dich auch etwas fragen?

Sicher.

Was machst du, wenn ich sterbe?

Willst du sterben? Willst du mich verlassen?

Nein. Ich habe mich entschlossen, dass ich mit dir leben will.

Tony, das ist nicht wirklich wichtig. Ich werde vor dir sterben, ich bin viel älter als du. Ich denke oft darüber nach, dass ich älter bin als du. Es stresst mich, aber es ist kein Problem für mich, aber ich denke, es könnte ein Problem für dich werden, jetzt oder später...

Ja, später, aber ich will dich.

Du wirst damit später ein Problem haben?

Neeeein, überhaupt kein Problem für mich, aber ich glaube für dich.

Hast du an deine Familie gedacht? Wer wird kochen, wer wird auf die Kinder schauen? Wer wird für alles verantwortlich sein?

Es ist wichtig für mich glücklich zu sein, nicht nur eine gute Mutter zu sein. Warum sollte ich nicht versuchen, mit dir mein restliches Leben glücklich zu sein. Wenn du mich so liebst, wie du mir das immer erzählst... und ich jeden Tag immerzu an dich denke... all die Wochen und Monate... und wenn wir ein Jahr auf uns warten...

Tony war ständig am Denken, was mich manchmal misstrauisch stimmte und an meinem inneren Gleichgewicht mitunter sehr nagte. Natürlich musste alles genau durchdacht werden, aber die Entscheidung, meine Familie für ihn zu verlassen, ließ ich mir von niemandem abnehmen, auch nicht von Tony.

Burn Out – November 2009

„Lieber Tony, wir müssen uns mehr Zeit füreinander nehmen, um uns nicht zu verlieren…“ begann ich mein langes E-Mail am ersten November. Wieder musste ich feststellen, dass Tony seinen Job gewechselt hatte. Er verkaufte zwar nach wie vor Massagen auf dem Schiff und massierte dann auch, aber er hatte das Schiff gewechselt. *„Ist das in Ägypten normal seinen Job so oft zu wechseln? Ich habe bemerkt, dass das der dritte Job für dich seit August ist… du bleibst nie lang in deinem Job, warum nicht?“* Ich schrieb ihm auch, dass ich seine Unsicherheit bezüglich unserer gemeinsamen Zukunft gemerkt hätte. Für mich sei es wichtig, dass ER für sich wüsste, wie er seine Zukunft gestalten wollte, mit mir oder ohne mich? Ich war mir nicht mehr sicher ob er überhaupt wollte, dass ich zu ihm käme, um mit ihm zu leben. Ich könne über mein Leben erst dann entscheiden, wenn ich wüsste, was er sich für seine Zukunft vorstellen würde, aber ich versicherte ihm erneut, dass er mein Leben sei. Es gäbe keine Stunde, in der er nicht in meinen Gedanken wäre, es gäbe keine Nacht, in der ich nicht um zwei Uhr aufstehen würde, um zu sehen, ob ein SMS von ihm da wäre. Ich sei so neugierig auf unsere Zukunft und sei in der Kirche gewesen, um für uns zu beten. Und ich wollte, dass er mit den Geldtransaktionen, die er ständig machte, aufhören würde, dass er ruhiger werde und länger im Job bliebe und dass er im Mai die Universität abschließen würde… und dass er entscheiden würde, was das Beste für IHN und SEINE Zukunft sei. Ich jedenfalls wüsste, ich wolle bei ihm bleiben, weil ich ihn so sehr liebte. Warum das so war, hatte tausend Gründe.

Ich	**Tony**
Ich vermisse deine Haut, um dich zu fühlen, zu berühren und zu riechen.	
	Ja, ich auch, und dein Haar, und eine gemeinsame Duschen mit dir. Kannst du dich noch erinnern?
Ja, natürlich, und ich werde dir ein neues Duschgel mitbringen, wenn ich wieder zu dir komme. Ich habe gerade daran gedacht, so kannst du mich dann sehr, sehr lange riechen… und wenn du das Duschgel dann benutzt, wirst du an mich denken.	Jaaaa.
Soll ich dir auch mein Parfum dalassen?	LOL, wenn ich zurück in Luxor bin, werde

ich dir das Duschgel zeigen, das du das letzte Mal zurückgelassen hast.

Du hast es noch immer? Du bist so liiieb.

Jaaaa, ich hab´s nicht verwendet.
Ich rieche es nur, um mich an unsere gemeinsamen Tage zu erinnern.

Du sollst es auch verwenden.

Wenn ich es benutze, werde ich es verbrauchen. Ich möchte es aber riechen.

Ich weiß...
Wenn wir wieder zusammen sind, möchte ich irgendetwas von dir, was für dich wichtig ist, ein T-Shirt oder ich weiß nicht, um es an mich zu nehmen, wenn ich allein bin oder wenn ich mich einsam fühle, damit ich dich dann berühren kann und dich riechen kann und mit dir in meinen Armen einschlafen kann... ganz einfach, um nicht allein zu sein. Verstehst du, was ich meine?

Ja, wenn du kommst, gebe ich dir etwas von mir.

Ja, du fehlst mir so, Schatzi, und so oft küsse ich mein Handy, aber zuerst lade ich dein Bild als Bildschirmschoner hinauf... so kann ich dich küssen...

Ich fühle dich jede Minute... und ich denke jeden Tag über dich und mich nach.

Ich hoffe, du kannst das immer spüren, wenn ich mein Handy küsse... Ich küsse dich fast jeden Tag.

Doch in Tonys Leben blieb alles spannend. Wieder wurde der Job zum Thema. Nicht nur die neue Arbeitsstelle wurde diskutiert, er hatte auch andere Konditionen, zu denen er in Zukunft arbeiten würde. Er erzählte, dass seine neue Arbeitsstelle nun auf der *Crown Juwel* wäre, die Bedingungen seien dieselben wie zuvor auf der *Jubelee*, auch von der Größe her wären die Schiffe gleich. Ich könne sie im Internet anschauen, was ich auch tat. Ich war beeindruckt von der Eleganz der beiden Schiffe. Es gab nur wenige Unterschiede.

Tony
Ich habe vergessen, dir etwas zu erzählen.

Ich
Was? Erzähl´s mir.

Ich habe mir die Massagekabine am Schiff gemietet.

Warum?

Das ist besser für mich. Ich bekomme dann

keine Provision mehr, ich zahle nur die Miete.

Was verdienst du jetzt pro Woche?

Weiß ich nicht, ungefähr 100 oder 90 Euro, aber jetzt habe ich meine Massagekabine und ich arbeite und zahle jede Woche Miete.

Wie viel Miete wirst du bezahlen?

Jede Woche 250 Euro.

Soviel wirst du jetzt verdienen? Das bedeutet, du musst mindestens 7 Massagen pro Woche machen, damit du die Miete bezahlen kannst. Und wenn du mehr Massagen verkaufen kannst, gehört der Rest dir?

Jaaaaaaaaaa.

OK, ich glaube das ist gut.

Aber ich habe ihm zuerst 500 Euro gezahlt.

Tony, Entschuldigung, bist du verrückt? Warum hast du vorher 500 Euro bezahlt? Von wo hast du das Geld her? Ich kann dich nicht verstehen...

Ich habe meine Goldkette verkauft und habe 250 Euro von einem Freund geborgt.

Bekommst du die 500 Euro wieder zurück?

Ja, aber erst, wenn ich das Schiff wieder verlasse.

Bist du dir sicher?

Ja, wir haben einen Vertrag abgeschlossen. Und die Kette bekomme ich in 3 Monaten auch wieder zurück, wenn ich das Geld dafür zurückzahle.

Tony, du lebst wirklich eigenartig. Niemand lebt so in Österreich. Wenn wir zusammenleben, hör bitte mit diesen Geldtransaktionen auf. Bitte hör auf damit!

Hihihi

Ich glaube, du verlierst immer, wenn du Geldtransaktionen machst. Glaubst du, dass du das beenden kannst?

Ja.

Kann ich dich was fragen?

Ja.

Wenn wir zusammenleben, kannst du dann einfach „normal" arbeiten? Von morgens bis abends? Und dann nach Hause kommen? Und mit mir dann am Abend ausgehen? Oder einfach nur zu Hause bleiben?

Ja.

Das hoffe ich, danke. Ich bin Europäerin, keine Ägypterin, da kannst du wieder einmal den Unterschied sehen.

Tony hatte nun auch keinen freien Tag mehr und auch keine freie Woche, er musste ja die Wochenmiete bezahlen. Er musste sie immer einarbeiten, sonst wäre es für ihn ein Verlust gewesen. Auf die Woche im Jänner angesprochen, wo er für die Prüfung lernen würde, erklärte er mir, sein Freund würde ihn diese Woche vertreten. Tony hatte sehr wohl vorab geplant. Und im Februar, wenn ich kommen würde, würde er sich erneut vertreten lassen.

Tony fragte mich, wann genau ich wiederkommen würde. Obwohl er wusste, dass es nicht möglich war, bat er mich, so schnell wie möglich zu kommen und so lange wie möglich zu bleiben. *„Ich möchte immer, dass du kommst"*, gestand er mir. Er wollte auch einmal Österreich besuchen. *„Natürlich wirst du es sehen, es ist meine Heimat, du musst Österreich besuchen, um mich zu verstehen, um deine Frau zu verstehen. Und du wirst beeindruckt sein, es ist ein wunderschönes Land, aber so kalt. Und alles ist sauber, und keine Ratten im Restaurant..." „Nicht so wie in Ägypten"*, antwortete Tony. *„No, but your country is impressing as well, but very different, it's dirty... that I don´t like so much. But its oriental, its impressing, great music, very different people, I like the orient so much, I like Turkey so much, it´s so similar... and I like the sea so so much, and the fishes, and the sand and the sun. I like your country... not only you......... it's both I like."*

"I love you habibi so much, more than you think, you are perfect". Tony war beeindruckt. *"Ich möchte in deinem Land integriert sein bei der Sprache und der Arbeit und im Leben und bei den Freunden..."*, ich wollte ganz einfach dazugehören und ein fixer Bestandteil seines Lebens sein. *"Das wirst du sein"*, versprach er mir.

Tony konnte nun wieder den Laptop vom Kassier benützen und immer wieder mit mir zwischendurch chatten. Das war zwar recht erfreulich für mich, trotzdem ließ ich nicht locker. *"Hast du auch von anderen Leuten Geld geborgt?"* fragte ich ihn. *"Ja". "Wie viel? Schatzi, du musst es zuerst verdienen, du kannst nicht immer alles ausborgen."*

Mit Geld konnte Tony definitiv nicht umgehen. Manchmal verdiente Tony 80 Euro die Woche, borgte sich aber leichtfertig 500 Euro aus, und das, obwohl auch ich ihn finanziell unterstützt hatte und er wusste, dass ich diese Geldtransaktionen auf keinen Fall für gut erachten würde. Aber ich war ja auch weit weg.

“Du musst alles, was du geborgt hast, schnell verdienen und bald zurückgeben. Bitte arbeite hart und gib es so rasch wie möglich zurück und bitte borge dir nichts mehr aus”, bat ich ihn. Er versprach mir, meinen Rat zu befolgen. *“Aber jetzt habe ich mein eigenes Unternehmen”*, antwortete er uneinsichtig, aber stolz. *“Ja, sicher.” “Ich liebe dich mehr und mehr”*, war sein Einwurf, um dieses Gespräch zu beenden.

Während wir chatteten, läutete mein Haustelefon, gleich danach mein Handy. Es war mein Mann, der anrief. Ich nahm die Anrufe nicht entgegen. *„Sei* vorsichtig“, riet mir Tony. So nahm ich den nächsten Anruf am Handy entgegen und sagte, ich sei gerade verhindert, würde aber in 20 Minuten zurückrufen. *„Wow, ich bin dir wichtiger als dein Mann?“* reagierte Tony beeindruckt. *„Ja, du bist mir so wichtig, aber du weißt das, du fühlst das.“ „Ja, ich fühle das. Ich werde dich mein ganzes Leben lang lieben“,* sagte Tony zu mir. Danach führten wir wieder einen heißen Chat und mein Herz hüpfte vor Freude und Sehnsucht.

Wir dachten daran, ob ich nicht schon zu Weihnachten kommen könnte, aber das traute ich mich meinem Mann gar nicht zu sagen. Und schließlich waren ja auch noch meine Kinder da, die ich in der Weihnachtszeit nicht missen wollte. So verwarfen wir diese Wünsche gleich wieder. Und wir dachten auch an den folgenden Sommer. Tony würde mir beim Ansuchen um ein Arbeitsvisum behilflich sein. Wir würden versuchen, im selben Hotel einen Job zu bekommen. Dann hätten wir denselben Weg in die Arbeit und zu denselben Zeiten frei. Und Tony bat mich erneut, ihm das Autofahren beizubringen. *„Ich möchte in Ägypten ein eigenes Auto haben, nicht einen Fahrer, das kostet zu viel. Dann können wir immer ans Meer fahren“,* schwärmte ich. Tony wünschte sich, mein Chauffeur zu sein und bat mich, ihn zu massieren. Er wäre noch nie massiert worden, das wäre schön, wenn ich das machen würde. Das versprach ich ihm gerne für Februar, er würde es sehr genießen. Im Gegenzug würde er mir beim Arabisch-Lernen behilflich sein. *„Ich fühle, dass ich dich brauche. Es ist eine lange Zeit zu warten, aber ich muss warten auf dich.“* Tony vermisste mich ebenfalls, seine Worte waren wie Balsam auf meiner Seele.

“Wirst du mir Geld borgen, um mir den Laptop zu kaufen?”, fragte er mich schon einen Tag später. *“Ja, wenn du´s brauchst, werde ich dir das Geld*

borgen." "Ja, bitte, das ist besser für mich. Und du wirst es im Februar zurückbekommen, wenn das für dich in Ordnung ist." "Versprich mir, dass du dir von keinem Freund und auch nicht von deiner Mutter Geld ausborgst", bat ich ihn. Er versicherte mir, dass er das nicht tun würde.

Leider waren nicht alle Tage gleich. Wieder gab es drei Tage Funkstille. Am Wochenende war Tony oft nicht online, obwohl es hier für ihn wohl am einfachsten war. Seine Freunde hatten mir gegenüber am Samstagabend eindeutig den Vorzug. Bis 2 Uhr nachmittags wollte er ausschlafen, danach erholte er sich von der Vorwoche. Am Sonntagabend war ich sehr ungehalten, weil Tony sich seit Donnerstag nicht mehr gemeldet hatte. Ich schrieb ihm etliche SMS, aber nicht einmal hier kam eine Antwort zurück. Ich war sehr ungehalten und gekränkt darüber, daher schickte ich Tony auch nicht die versprochenen 300,- Euro für seinen Laptop. Ich fühlte mich wirklich ausgenutzt.

„Warum sollte ich dich mit Geld unterstützen, wenn du ohnehin nicht mit mir chattest?" fragte ich verletzt. *„Wenn du so viel über Geld sprichst, dann schick es bitte nicht",* war seine kurze, aber sehr prägnante Antwort. Ja, das Reden über Geld wurde jedes Mal im Keim erstickt... *„Und das machst du jetzt alles, weil du kein SMS von mir bekommen hast? Glaub mir, ich hab dir eins geschickt."* Tony war nun ebenfalls verärgert.

Tony	**Ich**
Muss ich jetzt aufhören zu arbeiten, nur um dich zu treffen?	
	Nein, Tony du weißt dass ich nicht dumm bin.
Entschuldige, aber du musst mehr an mich denken. Von wo soll ich immer den Computer und das Internet bekommen?	
	Ich weiß.
... und ich arbeite am Schiff und nicht auf der Straße...	
	Was mich so ärgert, ist, dass du mich so oft warten lässt...
Wenn du ich wärst, was würdest du dann tun?	
	Ich weiß nicht.
Und du machst immer kleine Dinge zu so großen Dingen und machst daraus ein Problem.	
	Ja, für dich ist es klein, aber ich bin immer überrascht, wenn du den Chat beendest und einfach weggehst, ohne dich vorher von mir zu verabschieden.

Ich weiß nicht, wie es immer wieder passieren konnte, dass ich ihn das fragte, doch auch diesen Chat beendete ich mit folgenden Worten *„Why are you so similar and I´m so complicated? I see I have to learn a lot from you!"* Tony antwortete auf diese Aussage *"I don´t know. You have to be more quiet. Life is easy." "But in Austria it's so complicated. It's so much work, and often I don´t know where to start. Today I worked from 8:30 until evening. I know I have to be perfect and work has to be without errors, always friendly, but clients are sometimes very bad. I like my work but it gets more and more and more stress at all... and it´s cold always. I hate it."*

"Am Sonntag kannst du dir den neuen Laptop kaufen. Ich bin so nervös, weil ich zu Hause so viel Druck habe. Ich werde dir morgen alles erzählen. Versuche bitte, um 20:30 Uhr online zu sein." Manchmal sah ich Tony dann auf Yahoo oder in MSN online, er reagierte aber nicht auf meine Worte. Entweder hatte ich ihn gerade verpasst oder er antwortete eben einfach nicht. Ich war aber in jedem Fall gestresst, da ich ihn wirklich so sehr brauchte, zumindest glaubte ich das damals so. Ich war einfach abhängig von diesem jungen Mann, der mich beim Chatten mit Cam immer wieder mit seinen Blicken aufs Neue verzauberte.

Ich beklagte mich bei Tony über meine hohe Telefonrechnung, die anfangs noch 75 Euro betrug. Sie sei so hoch, weil er so oft mehrere Tage nicht erreichbar gewesen wäre, dann hätte ich ihn eben angerufen. Seine warme nette Stimme entschädigte mich aber jedes Mal wieder für den finanziellen Aufwand. Ich vermisste ihn so sehr.

Ich begann zu dieser Zeit, intensiv Arabisch zu lernen. Immerhin würden wir uns schon in 92 Tage wiedersehen, und dann wollte ich mit seiner Familie Small-Talk in Arabisch führen. Auch in den Pausen meiner Mitarbeiterschulung lernte ich Arabisch, da mir klar war, dass ich das, was ich gerade im Kurs lernte, im nächsten Jahr wohl nicht mehr brauchen würde, Arabisch musste ich dann aber sprechen können. Also begann ich, mir meine Zeit vorrangig für wesentliche Dinge zu reservieren. Ich schrieb Tony noch einmal, dass auch das Geld für den Laptop schon unterwegs sei und dass es in Österreich so kalt sei, dass er mich mit seinen Umarmungen erwärmen sollte. Ich hoffte, dann auch ruhiger zu werden, um dem Druck zu Hause besser standhalten zu können. Zurzeit müsste ich ständig Theater spielen, um meine Gefühle für ihn zu vertuschen.

Ich weinte immer wieder, wenn Tony nicht wie versprochen ins Netz kam, um mit mir zu reden. Ich fühlte mich so unsicher, wenn er sich die Zeit für mich nicht nahm. Er war so weit weg und oft dachte ich mir, vielleicht sei die Wartezeit für ihn doch zu lange, auch wenn ich wusste, dass er warten würde. Und meine Tochter hätte mich auch bereits regelmäßig beim Chatten mit ihm erwischt und sein Foto gesehen. Sie würde mich aber nicht fallen lassen, glaubte ich zu wissen, und sie würde mich eines Tages verstehen.

Im November hatte ich nicht nur Fortbildungskurse zu besuchen, ich hatte auch in meinem Job zu viel Arbeit. Beruflich war ich oft genervt, manche meine Klienten waren extrem anstrengend, manche taten alles, um mir das Leben schwer zu machen. Trotz allem versuchte ich, mir beruflich nichts von meiner turbulenten Privatsituation anmerken zu lassen. Manche meiner Kollegen wussten bereits Bescheid von Tony und von meinen Plänen mit ihm, manchen erzählte ich auch von meinem Wunsch, auszusteigen und komplett von vorne mit diesem jungen Mann meiner Träume zu beginnen. Zu dieser Zeit allerdings nahm niemand meine Wünsche für bare Münze.

Zu Hause sank die Kommunikation mit meinem Mann auf ein Minimum herab. Ich sprach nach und nach immer weniger mit ihm, auch mit meinem Sohn fand ich keine gemeinsame Gesprächsbasis mehr, bis ich die Gespräche allmählich komplett einstellte. Mit meiner Tochter gab es hin und wieder noch gemeinsame Gespräche. Ich begann, zu Hause regelmäßig zu weinen. Bald weinte ich beinahe jeden Tag, zu Beginn gab es meist einen Auslöser, dann weinte ich, weil ich mit niemandem mehr reden konnte und mich so alleine fühlte und ab Dezember weinte ich ganz einfach nur mehr, weil ich mich leer fühlte. Anfänglich weinte ich abends, dann auch oft in der Früh, später dann auch nachmittags, bis ich ab Dezember in der Nacht erwachte, weil meine Tränen meinen Polster durchnässten und ich bemerkte, dass ich nicht nur im Traum weinte. Trotz allem versteckte ich meine Tränen. Nur meine Tochter bemerkte, wie oft ich unglücklich war. Oft fragte sie mich, warum ich weinte, aber ab Dezember weinte ich fast immer einfach nur so... ohne Auslöser und grundlos, und ich konnte ihr daher selten Antwort auf diese Frage geben.

Meinen Ehering trug ich nun nicht mehr, ich wartete nun auf einen Ring von Tony, diesen würde ich dann wieder tragen. Ich wusste damals schon, dass ich seine Frau würde und ich fühlte mich bereits auch so.

Ich bemerkte, dass ich nirgends mehr wirklich dazugehörte, nicht zu Hause und nicht zu meiner Familie, da meine Eltern mich überhaupt nicht verstanden. Meiner Schwester erzählte ich manchmal einiges, doch sie war sprachlos über meine Entscheidungen und auch sie verstand mich nicht. Mein Freundeskreis war zum Großteil davon überzeugt, dass Tony nur an mein Geld ran wollte und sprach schlecht über ihn, daher stellte ich auch hier den Kontakt ein. Und auch im Büro, wo ich lange versuchte, stets gut motiviert zu erscheinen, sprach ich ab November nur mehr das Notwendigste. Manche meiner Kollegen meinten einige Monate später, ich sei ihnen damals extrem unfreundlich erschienen, da sich meine Kommunikation oft nur mehr auf den Gruß beschränkt hätte.

Zu Hause fiel mir bald alles schwer. Den Haushalt schaffte ich nur mehr mit Mühe. Hilfe bekam ich damals weder von meiner Tochter noch von meinem Sohn und da ich keine gute Ehefrau war, tat mein Mann auch nichts dazu, möglichst viel zu Hause zu sein, ganz im Gegenteil, er verbrachte beruflich viel Zeit auswärts. Und Tony hatte immer wieder Phasen, wo er einige Tage nichts von sich hören ließ. Ich bombardierte ihn dann mit E-Mails, doch das änderte auch nichts. Er arbeitete auf dem Schiff, hatte wiederholt keine Internetverbindung, um sein Handy zum Chatten zu benützen und oft hatte er auch sein Guthaben verbraucht, daher konnte er mir nicht schreiben.

Ich hoffte, dass, wenn er seinen eigenen Laptop hätte, er dann öfter für mich erreichbar wäre.

Mitte November schrieb ich Tony, dass ich beruflich zu einer Tanzveranstaltung musste. *„Ok, aber bitte tanz dort mit niemandem"*, schrieb er mir. *„Du weißt, ich bin Ägypter, und ich bin eifersüchtig. Ich möchte nicht, dass meine Frau mit irgendjemandem tanzt."*

Naja, eine Tanzveranstaltung ohne Tanzen war nicht so in meinem Interesse, und noch nie hatte ich mir Gedanken gemacht darüber, dass es nicht überall üblich sei, dass Frauen mit Männern tanzten. Mein Mann hatte mich nur einmal auf eine ähnliche Veranstaltung begleitet, aber ich hatte genügend Kollegen, die gerne mit mir tanzten. Ich versprach Tony aber trotzdem, seinen Wunsch zu respektieren, und das tat ich auch.

Ich suchte mit Kolleginnen die Diskothek auf und tanzte mit ihnen bis in den Morgen, also hatten meine Kollegen erst gar keine Chance mich zum Tanzen aufzufordern und ich musste keine Ausreden erfinden.

Aber auch ich war zunehmend eifersüchtig. So fragte ich Tony einmal, ob er auch mit anderen Frauen chatten würde. Zuerst meinte er, er würde schon mit Damen chatten, aber nicht viel, und er hätte noch niemals seine Cam verwendet, um ein Mädchen zu sehen. *„Du chattest mit anderen?"* fragte ich entrüstet. Daraufhin antwortete er natürlich nein, warum solle er das machen, er hätte ja seine Prinzessin schon gefunden. Das ehrte mich sehr, aber glauben konnte ich ihm diese Antwort dann natürlich nicht mehr.

Ich fühlte mich nur halb, wenn Tony für mich als Gesprächspartner nicht erreichbar war. Wenn er länger nicht für mich erreichbar war, stieg meine Eifersucht ins Unendliche und ich schrieb ihm, dass er seine Frau nicht so vermissen könne wie er immer angab, denn dann würde er sich eben regelmäßig melden.

Ich hatte sehr viel Arbeit und war daher auch fast immer online zu finden, daher sah ich, wenn er mich zu erreichen versuchte. Ich vermisste ihn unglaublich. Das schrieb ich ihm in Deutsch, Englisch und Arabisch, trotz allem, Tony war immer wieder mehrere Tage nicht für mich da... und immer wieder machte ich mir Sorgen um ihn.

Zu dieser Zeit hörte mein Mann auch auf, mich zu berühren. Ich war unendlich erleichtert darüber und das schrieb ich Tony auch. *„Aber er ist noch dein Mann, er kann das jederzeit von dir verlangen"*, schrieb er. *„Kann er nur, wenn ich es auch zulasse. Und ich werde genügend Ausreden finden. Man kann nicht zwei Menschen zur selben Zeit lieben. Ich kann das nicht"*, sagte ich und entschuldigte mich für das Thema.

Von Zeit zu Zeit schrieb ich Tony arabische Phrasen, um zu zeigen, dass sich meine Arabisch-Kenntnisse zunehmend vertieften. Ich war so stolz, dass ich die erste Hürde geschafft hatte und nun doch ganz gut mit meiner Arabisch-Lektüre vorankam. Ich schickte ihm mein Arabisch-Vokabelbuch, das ich digital führte, damit er alle Worte, die ich in Arabisch lernte, auch in Deutsch nachlesen konnte. So musste ich einerseits arabisch schreiben lernen, was mir bald auch gar nicht mehr so große Mühe bereitete, und Tony konnte zeitgleich seine Deutschkenntnisse verbessern. Es machte mir Spaß, ihm beim Deutschlernen behilflich zu sein.

Obwohl ich brav seine Sprache lernte, war Tony so oft unerreichbar für mich. Ich schrieb ihm folgendes E-Mail: „*Wenn du das nicht organisieren kannst mich am Abend online zu treffen, so frage ich mich, was machst du am Abend, dass du nicht Zeit hast für deine Frau?*
Am Montag hast du mir geschrieben, dass du nicht da sein wirst... Was hast du gemacht?
Heute schreibst du mir, dass du am Abend nicht online sein wirst... Was wirst du tun?
Und morgen weiß ich, dass du natürlich fernsehen wirst.
So werden wir uns also am Donnerstag treffen, falls du Zeit für mich hast... am Freitag werde ich nicht auf dich warten...
Samstag, da bist du zu Hause, und ich weiß, dass du nicht auf mich warten wirst da du dann immer deine Freunde triffst...
So lass uns sehen, ob du bald wieder Zeit für mich hast und ob du mich genug vermisst...
DU BRAUCHST MICH, ABER DU HAST KEINE ZEIT FÜR MICH? Ich frage mich nur, was machst du immer am Abend? Du weißt, dass ich immer auf dich warte.“

Je mehr ich ihn vermisste, umso dreister wurden meine Versuche, sich mit ihm in Verbindung zu setzen. Ich begann, während meiner Arbeitszeit nachzusehen, ob Nachrichten da waren. Ich sandte ihm in meinen Pausen SMS und ich fand, obwohl alle Chat-Portale beruflich gesperrt waren, doch einen Weg mit Tony zu chatten.

Ich riskierte in allen Bereichen meines Lebens sehr viel, um auch nur wenige Minuten Tony genießen zu können – ich war verrückt nach ihm. Ich war immer gestresst, wenn er nicht erreichbar war. Ich stand auf mit Tony, lebte mit Tony, ging schlafen mit Tony und träumte von Tony. Jede Pore meiner Haut, jeder Gedanke von mir... ALLES war Tony. Ich wünschte mir nur eins, ich wollte ihn heiraten, ich wollte seine Frau sein. Da er mich seine Prinzessin nannte, wollte ich meinen Prinzen zum Mann haben.

Tony	**Ich**
Ich werde heute Abend in die Kirche gehen.	Warum?
Um zu Gott zu beten, damit er bei mir bleibt und uns hilft, und damit er mir in der Arbeit beisteht.	Gut. Ich glaube das Risiko, das du genommen hast, ist sehr hoch, weil ich glaube, dass die Rente mit 250,- Euro sehr sehr hoch ist. Vielleicht kannst du über die Rente noch einmal sprechen, ob 220,- pro Monat nicht genug wären?
...und ich hab mich wegen der Prüfung erkundigt, sie wird am 17. Jänner sein, und Geschichte und Hieratisch wir im Mai sein.	
Nein, ich brauche nur eine Woche zum Lernen.	Ist das schwer zu lernen?
Hast du gehört, das ägyptische Fußballteam hat in letzter Minute gegen Algerien gewonnen?	Sicher.
Alle Straßen waren überfüllt mit Menschen und Autos, alle Leute haben vor Freude geweint, weil wir in der letzten Minute gewonnen haben.	
...und dein Geld für den Laptop ist auch angekommen, aber es war noch keine Zeit einen zu kaufen. Ich weiß nicht, wie ich dir dafür danken soll.	Lass mich ganz einfach nicht immer auf dich warten.
Ich liebe dich so sehr. Du bist mein Engel.	

Und wir sprachen wieder über unsere gemeinsame Zukunft. *„Aber du weißt, dass ich Familie habe und dass ich im Februar und im Juli zu dir kommen werde, und dann werde ich bei dir bleiben. Und du weißt, du müsstest ein Jahr warten. Wir beide wissen das. Es wird ein sehr hartes Jahr werden, das ist für mich auch nicht leicht. Aber meine Liebe ist groß genug - ich möchte mit dir leben! Und so werde ich geduldig sein."*

Als die ägyptische Nationalmannschaft im Finale des Afrika-Cups gegen den Sudan spielte, wünschte ich ihm für die Mannschaft meiner zukünftigen

Heimat alles Gute. Ich war so überzeugt von meinen Wünschen und Plänen, dass ich die Realität völlig aus den Augen verlor. Am Abend des Fußballspieles lernte ich Arabisch und schrieb ihm ein paar Worte in Arabisch.

ICH

Ana awez abosk habibi. Laila sa3ida ya Tony. Bahbak. Ana awez feel ur skin now.... wa ana awez to be hugged now... LOL

Ich möchte dich küssen, Schatzi. Ich bin glücklich Tony. Ich liebe dich. Ich möchte deine Haut jetzt spüren... und ich möchte jetzt umarmt werden... LOL

Im Nachhinein war ich, und dessen bin ich mir erst jetzt bewusst, die Einzige, die nicht erkannte, dass mein Traum und die Realität weit auseinanderklafften. Alle versuchten mir das auf ihre Weise mitzuteilen, aber ich verstand sie alle nicht. Ich versuchte sie nicht einmal zu verstehen, niemand gab Tony und mir eine Chance. Meine Reaktion auf hinterfragende Worte zu unserer Beziehung war Kontaktvermeidung mit allen Personen, bis am Ende nur mehr ganz wenige Kontakte bestehen blieben. Ich war in meinen eigenen Gedanken gefangen, mein Herz und meine Seele hatte ich einem Mann in einem Land, das 3.000 Kilometer entfernt von meinem war, verschrieben. Und außerdem war dieser Mann nicht unwesentlich jünger als ich und auch von seiner Lebenssituation im Vergleich zu mir bettelarm...

Er würde mir nie etwas bieten können, er wäre stets Ausländer in meinem Land, ich wäre Ausländerin in seinem Land, ich müsste ihn irgendwie in meine Heimat einschleusen, ihm ein Bleiberecht und eine Arbeit verschaffen, ja, das alles war mir klar. Aber ich wollte ja ohnehin das nächste Jahr in seiner Heimat verbringen, damit er in Österreich die Chance auf Akzeptanz überhaupt erst einmal bekam. Ich brannte nach ihm.

„Schatzi du bist nicht nur mein König, du bist so viel mehr... meine Liebe, mein Herz, meine Seele, mein Hirn, meine Gedanken. Ich kann mit dir fliegen, ich kann mit dir träumen... du bist mein Prinz... Du bist mein „Alles“ und mein „Überall“. Ich liebe dich, mein Schatz... ich liebe dich, mein Mann.“

Endlich kam die Kette von Tony an. Ich telefonierte mit der Tochter des Ehepaares, dem Tony die Silberkette am Schiff übergeben hatte, und mir wurde versichert, dass sie die Kette am nächsten Tag wegschicken würden. Sie sprachen ganz nett von Tony und ich war mir sicher, meinen Lebenspartner gefunden zu haben, der mir ewige Liebe geben konnte. Ich bedankte mich bei Tony dafür, dass er mir die Kette nun zukommen lassen hatte und teilte ihm mit, dass sie an meine Freundin geschickt werden würde. Wieder bezeugte ich ihm meine Liebe. Ich war so vernarrt in ihn, nichts konnte mich stoppen. Ich ersuchte ihn auch um weitere Fotos von ihm in MSN.

Die Fotos bekam ich auch prompt ins Internet gestellt. Ich spürte förmlich die Sonne und die Wärme. In Österreich hatte es nur mehr wenige Plus-Grade und ich sehnte mich nach der ganzjährigen Sonne. Ich war ganz einfach im falschen Land geboren. Ich hasste den Nebel und liebte die Sonne und das Licht. Meine Freundin, damals noch immer die einzige, die von Tony Bescheid wusste, sagte mir, *„Wenn du dir etwas wirklich sehr wünscht, wird es eines Tages in Erfüllung gehen."* Das war auch meine Lebenseinstellung, doch Tony verstand diese Worte nicht. Wie konnte nur etwas in Erfüllung gehen, nur weil man es sich so sehr wünschte?

Zwei Tage später kam die Halskette bei meiner Freundin an. Sie verständigte mich sofort. Noch am selben Abend wurde ich von ihrem Mann und ihr auf ein Gläschen Wein eingeladen, um mir das Päckchen zu übergeben. Natürlich sah ich gleich hinein und freute mich sehr über die zarte Silberkette mit dem Anhänger, auf dem mein Name in Hieroglyphen geschrieben stand. Sie war reizend, es war das erste Geschenk von Tony. Meiner Freundin und ihrem Mann erzählte ich alles von Tony und mir, alles von meiner Familie und mir, ich teilte ihnen meine Pläne mit und sie rieten mir zur Vorsicht. Während meiner Scheidung sollte ich mir einen Anwalt nehmen, ich sollte mich aber auch bezüglich Tony absichern und mit Hirn entscheiden, und ich sollte nicht mein ganzes Leben riskieren für einen Mann, der so viel jünger war als ich und den ich ja ehrlich gesagt kaum kannte. Dennoch rieten sie mir nicht ab, ganz im Gegenteil, ich könne immer um Rat fragen und immer mit ihnen das Gespräch suchen.

Schon zwei Tage später hatte ich wieder einmal ein mich nachdenklich stimmendes Gespräch mit Tony. Er erzählte mir über seine Arbeit. An diesem Tag machte er eine Massage für einen Kunden, der ihm gesagt hätte, er sei ein netter Mann. Nach der Massage bat er ihn, in sein Zimmer zu kommen. Er würde ihn brauchen. *„Mach Sex mit mir und ich gebe dir 100 Dollar." „Wow, sei vorsichtig. Gehe niemals mit Gästen in ihre Kabinen, nicht*

mit Männern und nicht mit Frauen, sie alle wollen dasselbe von dir... Sex." Tony war eigentlich über meine direkten Worte erstaunt. War er wirklich so naiv, fragte ich mich?
Tony erzählte mir auch, dass er den Computer nun am Wochenende bestellt hätte. 375,- Euro würde er kosten. *„Zahl zuerst und nach 2 Wochen ist dein Computer da",* hätte ihm der Mann gesagt. Also zahlte Tony einen Laptop, den er niemals gesehen hatte und von dem er nicht wusste, ob auch für ihn brauchbare Software installiert sei. *„Tony liebt dich jeden Tag mehr als am Tag zuvor",* schloss er dankbar sein Gespräch.

Und wieder einmal unterhielt ich mich dieser Tage mit einem Freund über Tony. *„Und du glaubst wirklich, dass er in diesem Jahr keine andere Frau als Freundin hat, während du nicht bei ihm bist?",* fragte mich dieser. Uns als ich ihm antwortete, dass ich mir diesbezüglich sicher wäre, schmunzelte er. Danach kollerten mir die Tränen in Bächen über meine Wangen. Ich sagte ihm nur: *„Sag das nie wieder... dadurch wirst du unsere Freundschaft ruinieren, wenn du so über Tony sprichst. Wenn du das noch einmal sagst, werde ich nie wieder mit dir sprechen."* Er entschuldigte sich bei mir, er würde nie mehr darüber sprechen, schließlich waren wir seit 14 Jahren befreundet.

Erneut stürzte ich mich ins Arabischlernen. Mit Entsetzen stellte ich fest, dass geschriebenes und gesprochenes Arabisch nicht ident sind. Oft sagt man etwas ganz anders als man es schreibt. Und ohnehin gab es viele Arten von Arabisch. Ich lernte libanesisches Arabisch, was wiederum ganz anders als ägyptisches Arabisch war. Doch das sollte ich erst später bemerken.

„It will be nice when we are together again", schrieb mir Tony. *"Then we forget the days".* Auch ich freute mich schon wieder auf ihn, doch wir hatten noch immer 83 Tage des Wartens vor uns.

Beruflich hatte ich nun vier Tage lang in Frankreich zu arbeiten, so konnten wir wieder einmal nur SMS austauschen, im Internet war ich nicht zu finden. Das tat der Sehnsucht gut. In dieser Zeit schrieb ich Tony täglich abends sehr heiße SMS, die auch ebenso beantwortet wurden. Diese SMS drückten all meine Sehnsucht aus, die ich hatte. Ich schrieb auch arabische SMS und lernte jeden Tag Arabisch. All diese SMS wurden mir dann in Folge ziemlich zum Verhängnis...

Nach meiner Rückkehr nach Österreich war Tony sehr froh, dass ich wieder in meiner Heimat war. Er machte sich immer Sorgen um mich, wenn irgendetwas anders lief als normal. Er schrieb mir *„Guten Morgen, mein Schatz, du fehlst mir so sehr. Ich weiß, dass du jetzt müde bist und schläfst. Ich liebe dich, mein großartiger und schöner Engel. Du bist immer in meinen Gedanken. Ich liebe dich mehr und mehr. Ich hoffe, dass bald Februar ist, um dich endlich zu sehen und zu fühlen. Ich möchte dich jetzt umarmen und hoffe, dass ich der erste bin, der zu dir sagt, willkommen zu Hause. Ich küsse deine Lippen."*

Trotz meiner großen Sehnsucht signalisierte Tony leider auch immer wieder, dass er mich verlassen wollte. Ich schrieb ihm, wir sollten mit dieser Entscheidung bis Februar warten, wenn wir uns wiedersehen würden. Wir könnten dann noch einmal zusammen sein und diese Entscheidung gemeinsam treffen. *„Please don´t let me"*, bat ich ihn, *„bitte verlass mich nicht, wir brauchen uns. Nur wir beide entscheiden über unser Leben, nicht deine und nicht meine Familie"*, teilte ich ihm mit. Trotzdem hatte ich Ende November das Gefühl, dass Tony versuchte, mich loszuwerden. Ich fühlte, dass er gar nicht wollte, dass ich im Sommer drei Wochen mit ihm verbrachte, doch ich wollte das einfach nicht akzeptieren. Wenn ich nachfragte, gab es keine Antwort oder eine Antwort, die weder bejahend noch verneinend war, so war das Nachfragen meist sinnlos. Trotz allem gab ich nicht auf, mich um ihn zu bemühen.

So sprachen wir dann auch Ende November zum ersten Mal von einer Verlobung im Februar. Unser gemeinsames Leben schwankte von einem Extrem ins andere. Ich schrieb ihm, ich wünschte ihn mir zum Ehemann und wollte mit ihm in einer Wohnung in der Nähe des Roten Meeres leben... ohne Ratten und Hunde in der Wohnung, dafür aber mit Blick aufs Meer und mit vielen heißen Nächten. Ich schrieb ihm einen Liebesbrief und schickte ihn digital ab unter der Überschrift:

I love this man **WANTED!** **GREATEST MAN IN MY LIFE...**	**Ich liebe diesen Mann** **GESUCHT!** **TOLLSTER MANN IN MEINEM LEBEN...**
TONY SEDHOM MAKRAM living in nozalha street beside alsekh mosque wanted for staying with me for living with me in future for giving me safetyness for understanding me for discussing with me many interesting things for travelling with me everywhere for swimming with me in the sea for talking to me many hours for joking with me sometimes for smoking shisha with me in evenings for loving me in many hot nights... ITS YOU HABIBI I WANT!	TONY SEDHOM MAKRAM wohnt in Nozalha Street neben Alsekh Moschee gesucht um bei mir zu bleiben um mit mir die Zukunft zu verbringen um mir Sicherheit zu geben um mich zu verstehen um mit mir viele interessante Dinge zu diskutieren um mit mir überall hin zu reisen um mit mir im Meer zu schwimmen um mit mir viele Stunden zu reden um manchmal mit mir zu scherzen um mit mir abends Wasserpfeife zu rauchen um mich in vielen heißen Nächten zu lieben... ES BIST DU, MEIN SCHATZ, DEN ICH WILL!

Wieder schrieb ich ihm, dass nur drei Menschen über ihn Bescheid wüssten. Ich schrieb ihm, dass ich im Sommer drei Wochen zu ihm kommen würde, während meine Tochter ein Sprachcollege in Großbritannien besuchen würde. In dieser Zeit sollte er mir helfen, einen Job in Hurghada zu finden, und ich wollte, dass er auch für sich einen Job in Hurghada suchen würde. Vier Wochen später wolle ich dann in Ägypten zu arbeiten beginnen, und meinen Geburtstag Anfang Oktober wolle ich bereits mit ihm feiern. Es dürfe nur niemand von meinen Plänen erfahren, dann würde dieses Jahr problemlos verlaufen. Niemand würde sich im Februar große Gedanken darüber machen, wenn ich wieder nach Ägypten fliegen würde. Ich wolle keinen Stress, keine Probleme, ich wolle nicht, dass ihn jemand hasste, und ich wolle, dass meine Tochter weiterhin in der Schule so erfolgreich bliebe. Und wenn wir heiraten würden, könnte er sich in seiner Kirche erkundigen, ob ich zum koptischen Glauben konvertieren könne. Das würde ich machen, da ich ja dennoch Christin bliebe. Sechs E-Mails schrieb ich Tony an diesem Tag. Ich wusste, er würde nicht online kommen können, dennoch schrieb ich mir alles von der Seele. Und ich ließ keine Chance aus, ihm meine Liebe immer und immer wieder zu dokumentieren.

Unsere Liebe fliegt auf – Dezember 2009

Es dauerte nicht lange und mein Mann schöpfte Verdacht. Viele Male hatte ich mich bereits erfolgreich aus seiner Umarmung gelöst, immer wieder hatte ich Ausreden, wenn er Zärtlichkeiten mit mir austauschen wollte. Zu Beginn des Monates fühlte ich mich ganz einfach schlecht. Tony hörte sich meine Probleme an und ich war dankbar dafür, dass jemand da war, dem ich mein Herz ausschütten konnte. Ich war es nicht gewohnt, Zuhörer für meine Sorgen zu haben. Tony war da, auch wenn er mich sonst immer warten ließ, aber irgendwie fühlte er, wenn es mir wirklich nicht gut ging.

Da Weihnachten nahte, wollte ich Tony mit einer kleinen Besonderheit überraschen, so bestellte ich eine Umhängetasche für ihn und ließ seinen Namen auf der Vorderseite aufnähen. Als ich sie erhielt, war ich begeistert - sie sah toll aus. Doch schicken konnte ich sie nicht, da sie zu groß und unhandlich war. So kaufte ich Kleinigkeiten und einen Bilderrahmen und bestückte diesen mit meinem Lieblingsfoto von Tony und mir und wickelte alles nett ein. Ich schrieb ihm, dass er bald etwas von mir geschickt bekommen würde und, dass ich süchtig nach ihm sei.

Wieder einmal schickte ich ihm einen langen Liebesbrief und erklärte ihm, warum meine Gefühle für ihn so stark waren. Ich nannte ihm verschiedene Gründe, warum ich bei ihm in Ägypten leben wolle:

- wegen des ständig kalten und regnerischen Wetters in Österreich,
- weil mein Sohn so schwierig sei und mein Mann mich nicht bei der Erziehung unterstützen würde
- und weil mein Mann zu wenig mit mir sprechen würde. Im Besonderen wollte ich über meinen Beruf sprechen, der mich oft ziemlich stresste, doch diesen Stress konnte ich leider zu Hause nicht ansprechen.

„Und nun Tony, nun bist du da. Was ist dabei nicht in Ordnung? Ich weiß, dass du mich liebst, ich kann deine Liebe fühlen, aber du bist so unsicher, was richtig ist und was falsch ist, aber, mein Schatz – Liebe ist niemals

falsch... du kannst sie in deinem Herzen spüren... Liebe ist immer richtig!" Ich schrieb ihm, was ich mir für meine Zukunft wünschte und wie mein Partner sein sollte. „*Was ist nicht in Ordnung, wenn ich ganz einfach glücklich sein will? Ich habe sehr lange über mein Leben nachgedacht, ich möchte mein Leben ändern. Ich möchte wirklich ein Jahr Auszeit zu nehmen. MIT DIR oder OHNE DICH... Ich möchte wirklich in deinem Land leben. Ich werde stark genug sein und ich hoffe, ich werde gut genug sein, um mich zu integrieren und nette Freunde und gute Chancen finden. SCHATZI, ICH MÖCHTE ES VERSUCHEN... SCHATZI, ICH MUSS ES VERSUCHEN... SCHATZI, ICH HOFFE, dass du dann bei mir bist... wir werden sehen... Ich liebe dich. Ich werde deine Sprache lernen und bald werde ich gut genug sein sie zu verstehen und zu sprechen."*

Die Reaktion von Tony vom 4. Dezember war wie ein Schlag in die Magengrube. „*Schatzi, ich habe deine Nachricht gelesen. Ich weiß das alles. Komm nach Ägypten und versuche es, ich kann dir helfen alles zu finden, weil du Gast in meinem Land bist, aber du solltest wissen, dass ich niemals mit dir in Hurghada leben werde. Kann sein, dass ich zu dieser Zeit in Hurghada arbeiten werde, aber du wirst ohne mich leben. Ich werde dich nie vergessen. Und wenn du irgendeine Hilfe in meinem Land brauchst, wirst du mich an deiner Seite finden. Das ist alles, was ich für dich tun kann. Du bist stark genug, um in Ägypten ohne mich zu leben, aber sei vorsichtig bei den Ägyptern und speziell bei den Moslems. Sie sind sehr gefährlich und sie machen alles, um Geld zu bekommen und laufen davon. Ich wünsche dir viel Glück und gute Freunde und gute Chancen. Ich werde dich nicht vergessen. Bitte pass auf Anna auf. Sie braucht dich, auch wenn sie ihren Vater so gerne mag. Bitte denk an das. Dein Tony."*

Obwohl seit Dezember viel Zeit vergangen ist, habe ich mit diesen Worten auch heute noch zu kämpfen. Mit dem Inhalt möchte ich mich noch immer nicht auseinandersetzten. Die Beziehung zu Tony war aber immer in diesem Stil – kalt/warm. Eigentlich wusste ich niemals genau, was passierte, wenn die Beziehung kalt war. Tony war im Grunde genommen ein guter Mensch, er hatte immer damit zu kämpfen, dass ich Kinder hatte, dennoch hatte er niemals den Mut, die Beziehung zu beenden. Für mich war er stets der rote, seidene Faden auf der Suche nach dem Glück... und ich wollte ganz einfach nicht loslassen, so sponn ich behutsam meine Fäden.

An diesem Abend passierte dann das Unglaubliche. Gedankenverloren ließ ich am Abend mein Mobiltelefon eingeschaltet in meiner Handtasche liegen. Offensichtlich hatte mein Mann schon seit längerem auf diese Gelegenheit gewartet. Ich ging nur kurz auf die Toilette und als ich ins Schlafzimmer zurückkam, sah mich mein Mann mit versteinerter Miene an. Sofort war mir klar, dass etwas Fürchterliches passiert sein musste. Er sagte nur *"Jetzt ist mir klar, warum du mir schon seit so langer Zeit immer ausgewichen bist"* und schaute wortlos auf mein Handy, das er noch immer in der Hand hielt. Er hatte meine gesendeten SMS vor sich auf dem Bildschirm: Es waren die SMS, die ich Tony aus Frankreich geschickt hatte. Sie waren besonders heiß und innig, da er mir dort besonders stark fehlte. Mein Mann hatte bereits eines dieser SMS an seine Handynummer weitergeschickt aus Beweisgründen, wie er mir mitteilte. Dass das ein unangenehmes Nachspiel für mich haben würde, war mir sofort klar. Mein Mann packte sein Bettzeug und marschierte Richtung Wohnzimmer, wo er die nächsten zwei Wochen seine Nächte verbrachte.

Irgendwie war ich momentan sogar erleichtert, dass die Sache nun am Tisch war. Nun musste ich nicht mehr dauernd Theater spielen, die Wahrheit war bekannt, doch ich ärgerte mich maßlos, dass mein Mann wieder einmal mein privates Eigentum an sich genommen und meine SMS durchgelesen hatte. Das war für mich eindeutig Vertrauensbruch. Das sagte ich ihm auch sofort.

Diese Nacht ging ich in den Keller, um mit Tony zu telefonieren. Er war zuerst nicht erreichbar, doch ich versuchte es so lange, bis ich Erfolg hatte. Ich erzählte ihm die Geschichte und weinte. Er meinte nur, das hätte ich nun erfunden, weil ich nicht akzeptieren könnte, dass er nicht mit mir leben würde.

Für mich brach eine Welt zusammen – Tony glaubte mir nicht. Ich wusste weder ein noch aus. Nun weinte ich wirklich. Meine Nerven waren am Ende. Ich rief ihn wieder an, und er glaubte mir dann doch. Ich weinte die ganze Nacht durch. Der Mann, wegen dem mich mein Mann vielleicht verlassen würde, wollte mich verlassen... also war alles umsonst gewesen.

Am Samstag erwachte ich erst gegen Mittag, verheult und verschwollen im Gesicht, mein Mann mit steinerner Miene, doch die Kinder fragten nicht nach. Als mein Mann wieder im Wohnzimmer auf der Couch schlief, sagten wir den Kindern, wir hätten Probleme miteinander. Mein Mann erwartete ein Gespräch von mir, dem ich anfänglich auswich da ich selbst nicht wusste, was ich wollte und was ich in Zukunft vorhatte. Mit Tony konnte ich nicht rechnen, er hatte sich ja schon beinahe abgeseilt. So lag die Entscheidung allein bei mir. Meinem Mann teilte ich mit, dass ich zurzeit nicht mit ihm reden könnte, da ich so viel Arbeit hatte und meinen Kopf und meine Kraft im Job brauchen würde. Wenn die Arbeit weniger werden würde, könnten wir uns ausreden, bis dahin müsse er warten.

Ich wusste nicht mehr, wo mir der Kopf steht. Beruflich hatte ich alle Hände voll zu tun, zu Hause flossen täglich Tränen, den Haushalt konnte ich nicht mehr problemlos führen, alles wuchs mir über den Kopf. Tony schrieb ich diese Tage meist fünf bis sechs SMS, in denen ich ihm meine Liebe immer wieder bezeugte.

Ich dachte daran, dass ich ihm wieder einmal Geld geschickt hatte und er mir gleich darauf mitteilte, dass er mit mir nicht zusammenleben könnte. Das hatte ich registriert, doch wieder und wieder machte ich den gleichen Fehler. Und ich teilte ihm mit, dass zu Hause alles in Ordnung sei, wenngleich mein Mann und ich nicht so viel reden würden, aber es sei nicht schlechter als es zuvor war. Und da wir dauernd Gäste hätten, gäbe es kaum Zeit für Diskussionen. In nur 69 Tagen würden wir uns wiedersehen.

Am nächsten Tag schrieb ich für Tony eine drei Seiten lange Geschichte, die ich ihm digital schickte. Sie begann wie ein Kindermärchen und ich erzählte auch weiter in diesem Stil. Ich beschrieb unser Kennenlernen und unsere Beziehung unter dem Titel *“A story for my KING... free written by author PRINCESS Lisa...”* und begann sie mit folgenden Worten: *“Once upon a time there was a KING, a very handsome young KING in a very nice beautiful country...”.* Es war die schönste Geschichte, die ich in meinem Leben schrieb. Tony war beeindruckt.

Sofort schrieb er mir folgende Zeilen *„Schatzi, ich vermisse dich so. Es tut mir so leid, dass ich dich heute nicht erreichen konnte. Schatzi, ich denke immer an dich. Ich liebe dich mehr und mehr. Heute habe ich deine Geschichte vom König und der Prinzessin gelesen. Sie ist fantastisch. Wenn ich mehr Geld habe, werde ich sie in ein großes Buch geben. Ich hoffe, dass ich dich heute erreiche, meine Liebe. Ich küsse dich sehr zärtlich.“*

Doch was war das für ein Hin und Her? Schon vier Nächte später bekam ich wieder ein gar nicht so angenehmes SMS geschickt, das ich um drei Uhr morgens auch sofort beantwortete. *"Was für eine schlechte Nacht... Was ist mit dir letzte Nacht passiert, dass ich so ein SMS erhalten habe? Ich akzeptiere deine Entscheidung, auch wenn ich ihr nicht zustimme. Ich werde dich nie mehr fragen, ob du mit mir später zusammenbleiben willst, ich kenne nun die Antwort. NEIN, DAS WILLST DU NICHT."* Auch diese Nacht blieb schlaflos.

Mittlerweile hatte ich generell massive Schlafstörungen, die ich mir aber beruflich hoffentlich nicht allzu sehr anmerken ließ. Dennoch bemerkte ich, dass meine Nerven aufs Äußerste gereizt waren. Ich sprach mit allen Personen nur so viel wie unbedingt notwendig, mit vielen reduzierte sich die Kommunikation ohnehin schon seit langem auf den Gruß. Tony schrieb ich in dieser Nacht noch ein E-Mail unter dem Titel: *"no love story any more... or... egypt King broke my heart"*. Ich schrieb ihm, dass ich für ihn bestimmt eine schöne Erfahrung gewesen wäre, da ich ihm immer schrieb, ihm meine Liebe immer wieder bezeugte und ich ihm auch viele heiße SMS sandte. Ich unterstellte ihm dass er wusste, wie sehr ich ihn liebte und wie sehr ich von ihm abhängig sei und dass es so für ihn ein leichtes Spiel gewesen wäre, da er wusste, dass er alles, was er wollte, von mir bekommen würde. Und sicher sei es auch angenehm gewesen, dass ich ihn vom Militärdienst befreit hätte. Ich sei so dämlich gewesen und hätte tatsächlich geglaubt, dass er in Zukunft mit mir zusammenbleiben würde, er aber hätte daran niemals wirklich gedacht. Ich wollte die 1.000,- Euro daher im Februar wieder zurückhaben, da er mir nicht die Wahrheit gesagt hätte. Die 300,- für den Laptop könne er sich behalten. Meine Liebe zu ihm war angenehm für ihn, so sei er zu einem Laptop gekommen. Er sei nicht verheiratet, er sei noch immer frei, er hätte nichts verloren durch diese Liebe zu mir, und er hätte sich mit dem von mir geschickten Geld auch ein neues Handy kaufen können.

Ich hingegen hätte vieles verloren, ich hätte meine Familie verloren, er hätte sie zerstört.

Ich versicherte ihm noch einmal, dass ich diese Liebe niemals begonnen hätte, da ich nicht nach einem Mann gesucht hätte. Ich hätte ihm auch zu Beginn immer wieder versichert, dass diese Liebe nicht möglich sei. Meine Familie war damals schwach, aber meine Tochter liebte ich über alles. Und jetzt sei alles noch schlechter als vorher. Aber er solle alles vergessen, es sei ihm ohnehin nicht wichtig, wie es mir und meiner Familie ginge.

Ich könne nicht verstehen, warum er diese Liebe begonnen hätte, obwohl er mein Alter gekannt hatte. Aber ich glaubte, dass er niemals damit gerechnet hätte, dass ich ihn so sehr lieben würde und dass ich tatsächlich zu ihm kommen wolle. Und jetzt müsse er mich schnell verlassen, um in seinem Land nicht sein Gesicht zu verlieren. Ich sei ja nur eine Europäerin, er könne mich niemals heiraten. Er würde sicher ein junges ägyptisches Mädchen heiraten wollen, nicht eine alte österreichische Frau, seine Freunde würden ihn auslachen. So sei ich für ihn eine nette Erfahrung, weil ich ihm Geld schicken könne, und sicherlich hätte er auch tollen Sex mit mir gehabt.

Und ich schrieb ihm auch, dass er mich im Februar nicht alleine am Flughafen stehen lassen solle, da ich kein Hotel gebucht hätte. Wenn er das tun würde, dann würde ich eine Fahrt nach Luxor zu ihm organisieren, dann würde ich auf ihn vor dem Haus, in dem seine Familie lebt, warten - und ich wäre sicher, dass er das nicht haben wolle. Dann würde ich seiner Familie sagen *„Ahlan wa sahlan ya umm Tony. Ana zaudjat-ak ya Tony. Ana min annimsa. Mal ismi Lisa. Ana mutzawiwidja. 3ind-i aulad. 3ind-i ibn wa bint. Ismha Anna. Bahbak Tony.“* *(“Sei herzlich gegrüßt, Mutter von Tony. Ich bin die Frau von Tony. Ich bin aus Österreich. Ich heiße Lisa. Ich bin verheiratet und habe Kinder. Ich habe einen Sohn und eine Tochter, sie heißt Anna. Ich liebe Tony”).* Ich bekräftigte noch einmal, er solle nicht versuchen mich am Flughafen alleine stehen zu lassen. Wir beide würden dann ziemlich viel Stress haben. Ich teilte ihm auch mit, dass er nicht mehr mein Geliebter sei, da er mein Herz und meine Seele gebrochen hätte. Er hätte den Baum ausgerissen, den wir gemeinsam gepflanzt hätten. Ich müsste lernen, ihn nicht mehr zu lieben, genauso wie er mir gestern gesagt hatte, dass er alles machen würde, um mich zu vergessen. Wir seien sehr, sehr verschieden.

Ich sei traurig, dass ich nun mein neues Leben nicht in Ägypten starten könnte, ich hätte alles verlassen und ich hätte gewusst, ich würde glücklich werden in meinem neuen Land und mit ihm. Ich wäre flexibel genug, aber unglücklicherweise wäre ich zu alt für ihn, aber das hätte ich ihm zu Beginn immer wieder gesagt und er hätte mir nicht geglaubt.

Im Februar würde ich trotzdem noch einmal zu ihm kommen, da ich den Flug schon gebucht hatte, aber danach wolle ich, dass er mich nicht mehr kontaktiere. Ich würde ihn in Zukunft nicht mehr stressen, wenn er mir die 1000,- Euro zurückgeben würde. Dann würde ich ihn auch in Ruhe lassen, aber nicht vorher. Ich wolle nicht die *„dumme europäische Frau“* sein, die verliebt war in einen ägyptischen König und ihm ihr Geld geschickt hat und ihm all seine Liebe mit geschlossenen Augen glaubte. Ich wolle nicht, dass ich jetzt die Dumme wäre... er solle mir das Geld wieder zurückgeben. Er hätte mein Herz und meine Seele gebrochen. Ich müsste mein Leben ohne ihn wieder in den Griff bekommen. Er wolle meine Hilfe nicht – er wolle seine Freiheit! Die bekäme er gerade diesen Moment wieder zurück. Das wäre jetzt der zweite Teil meiner Geschichte, geschrieben von der Prinzessin für den König, nur mit dem Unterschied, dass der König die Prinzessin nicht mehr liebe... und die Prinzessin könnte den König nicht erkennen, er existiere nicht mehr, er wäre nur ein normaler ägyptischer Mann, genannt Tony.

Tony antwortete auf solche Schreiben immer. Er fragte mich, warum ich dachte, dass er mich nicht lieben würde. *„Wenn ich nur an mich denke und mit dir zusammenbleibe, werde ich sehr glücklich sein und alles haben, eine sehr schöne Prinzessin, eine schöne Wohnung, ein Auto und wenn wir beide arbeiten, wird das sehr angenehm für mich sein. So ist das, wenn ich, so wie du glaubst, ans Geld denke, weil ich ein Ägypter bin. Und so wie ich´s dir versprochen habe werde ich mit dir gemeinsam eine tolle Woche verbringen und wir werden alles machen und unsere Familie besuchen. Du musst etwas wissen, ich werde immer mit dir in Kontakt bleiben. Es ist nicht leicht für mich dich zu vergessen. Ich werde dich nicht vergessen und die Tage werden es dir zeigen und ich werde mir von meinen Freunden das Geld ausborgen, um es dir zurückzugeben. Du bist nicht dumm. Danke für deine Worte an mich. Ich liebe dich wirklich so sehr.”*

Tony war so schwierig, da er seine Meinung immer wieder änderte. Er liebte mich, aber bei der kleinsten Hürde bekam er kalte Füße. Wenn er mich in der Früh liebte, konnte er mir bereits am Abend mitteilen, dass es wieder neue Probleme für ein Zusammenleben gab. Das machte mir natürlich Stress. Und wenn er begann mit den Worten, *„Schatzi, ich muss dir etwas erzählen... „* lief mir schon ein kalter Schauer über den Rücken. Wieder wachte ich hin und wieder in der Nacht auf, weil ich weinte. In meinen Gedanken sprach ich ständig englisch und ich unterhielt mich mit Tony. Er fehlte mir so. Ich erkannte, dass Wünsche nicht immer wahr werden.

Ich schrieb Tony, dass ich meine Tochter bereits informierte, dass ich ein Jahr Auszeit von meinem Beruf nehmen wollte und auch von der Familie. Sie sei verwundert gewesen und erkundigte sich, warum ich das tun wolle, und ich antwortete nur, dass ich ja noch darüber nachdachte. Beruflich hatte ich Stress mit Klienten, doch mein Chef erkannte, dass meine Arbeit korrekt war. Und Tony hielt mich auch permanent in Stress. Ich fragte ihn, was er vorhatte mit meinem Herzen.

„Du brichst es, du küsst es, du brichst es wieder und du liebst mein Herz wieder. Bitte, Schatzi, kannst du es in Zukunft nur lieben, ohne es wieder zu brechen?“

Ich teilte ihm mit, dass ich meiner Schwester von ihm erzählt hätte. Auch über meine Wünsche, ein Jahr Auszeit zu nehmen und im Februar zu ihm zu kommen. Sie wüsste nun Bescheid. Und ich würde ihr auch alle Bilder zeigen. Und ich fragte ihn, wer Kate sei, die nun in Hotmail neu auf seinem Profil sei.

Zu dieser Zeit hatte ich auch einen kleinen operativen Eingriff, und obwohl ich Angst davor hatte, wollte ich unbedingt am nächsten Tag normal zur Arbeit gehen. Vorausahnend meldete ich mir dann aber doch für den nächsten Tag krank und blieb zu Hause im Bett. Tony schrieb mir viele liebe Zeilen und sagte mir, ich solle mich zu Hause auskurieren. Tapfer sagte ich ihm, dass ich sofort wieder fit sein werde, doch er machte sich Sorgen um mich.

„Schatzi ich fühle mich so schlecht, weil ich glaube, dass du mich nun in deiner Nähe brauchst. Ich hoffe, es geht dir gut und ich wünschte mir, jetzt bei dir sein zu können und zu schauen, ob du etwas brauchst. Ich möchte dir irgendwie helfen. Ich liebe dich so sehr, mein Schatz. Ich hoffe, dich morgen zu erreichen. Ich habe dein Foto auf dem Desktop von meinem Laptop gespeichert.“ schrieb er mir.

Tony war so einfühlsam, wenn ich ihn brauchte. Seine Worte gaben mir Kraft, auch wenn er niemals bei mir war, wenn ich ihn brauchte. Ich schrieb ihm am nächsten Tag, dass ich neugierig wäre, ob wir uns im Februar nun verloben würden, so wie er mir das gesagt hätte. Krankheitsbedingt musst ich, obwohl ich tapfer versuchte meinen Job zu machen, noch einmal zum Arzt zur Kontrolle und musste die restliche Woche im Bett liegend verbringen. So hatte ich viel Zeit zum Chatten. Wieder fiel mir Stella Tong ein, von der ich schon lange nichts mehr gehört hatte. Ich ging auf ihr Profil und fand das Lied, das mir Tony einmal während des Chats vorsang. Er kannte ihre Seite also, er kannte auch ihre Lieder und wahrscheinlich kannte er sogar alle Texte. Aber das Lied sang er für mich, und ich lauschte den Zeilen, die ich damals im Chat ja nicht so genau hörte.

take me to your heart take me to ur soul,	Bring mich zu deinem Herzen, bring mich zu deiner Seele,
give me ur hand before I'm old,	gib mir deine Hand, bevor ich alt bin,
show me what love is,	zeig mir was Liebe ist,
haven't got a clue...	ich habe keine Ahnung...
show me that wonders can be true...	zeig mir, dass Wunder wahr werden können...
they say that nothing lasts forever ...	sie sagen, das nichts für immer hält...
we are only here today,	wir sind nur heute hier,
love is here or never,	Liebe ist hier oder existiert niemals,
bring me far away,	bring mich weit weg,
show me what love is,	zeig mir was Liebe ist,
be my guiding star,	sei mein mich führender Stern,
take me to ur heart...........	bring mich zu deinem Herzen....

Danach besuchte ich auch das Profil von Kate. Wenn er Stella verleugnete und dann doch kannte, würde er Kate auch verleugnen, aber kennen. Ich lud sie als Freundin ein und sie akzeptierte meine Freundschaftsanfrage. Ich stellte mich kurz vor und erzählte ihr, ich hätte sie auf der Seite von Tony gefunden. Dann fragte ich sie ziemlich direkt, woher sie Tony kannte. Sie schrieb mir, dass sie aus China sei und Tony nicht kannte, sie hätte ihn auf der Seite von Stella gefunden und ihn als Freund eingeladen, er hätte bloß akzeptiert. Sie schloss aus meiner Frage sofort, dass ich ihn sehr liebte. Sie fragte mich, wo Tony lebte und ich erzählte ihr über uns. Sie sagte mir, ich solle achtsam sein, es wäre zu kompliziert einen Menschen zu lieben, der nicht im selben Land leben würde.

Ich könnte verletzt werden durch ihn. Sie war andererseits fasziniert von meiner Zielstrebigkeit, alles hinter mir zu lassen nur um mit diesem Mann zusammen zu sein und zusammen zu bleiben. *„Wenn du einen Mann liebst, gib ihm niemals 100% deiner Liebe, denn sonst wirst du dich selbst verlieren und er wird auch müde werden von dir..."* schrieb sie mir. Sie fragte mich, ob er Moslem sei und ich eine seiner vier Frauen sein wolle. Sie erzählte mir, dass ihr Freund aus dem Sudan sei und auch Arabisch sprechen würde. Und natürlich verwechselte sie Österreich mit Australien, aber das war ja nichts Neues. Weil ich noch immer krank war, freute ich mich, dass ich im

Bett bleiben konnte und ich hatte auch weniger Schmerzen als zu Beginn, nahm brav mein Antibiotikum und musste ständig schlafen, da ich mich ja nicht bewegen konnte und müde von den Medikamenten war. Ich chattete zwischendurch und schlief dann gleich wieder.

Auch diesen Abend stellte mich mein Sohn vor eine neue Herausforderung. Er hatte Zigaretten in seiner Jacke eingesteckt und als ich ihn fragte, ob er nun doch rauche, antwortete er nur kurz: „Das ist mein Leben!“ und ging außer Haus. Naja, die Familiensituation war ohnehin angeheizt, so nahm ich auch das zur Kenntnis. Mein Mann sah schlecht aus. Trotzdem war er immer noch freundlich zu mir, wir gingen uns allerdings so gut wie möglich aus dem Weg. Von Tony träumte ich unaufhörlich und ich war gespannt, was die Zukunft für uns beide bringen würde.

Tony hatte endlich seinen Laptop, aber er war sehr nervös, da er das Internet nicht installieren konnte. Ich schrieb ihm, wie das bei mir funktionierte und hoffte, dass auch sein Laptop bald funktionieren würde. Dann könne er sich endlich die Wege ins Internet-Café sparen und wir wären beim Chatten unter uns. Bezüglich seiner Arbeit schrieb ich ihm, er müsse so viel verdienen, dass er die wöchentliche Miete bezahlen könne und genug zu essen habe. Von wegen Geld auf die Seite legen und ansparen für später... er musste ganz einfach nur überleben, damit war ich schon zufrieden. Ich hatte erneut solche Schmerzen, dass ich nicht einmal meine Katze hochheben konnte. Und ich schrieb Tony, dass wir im Februar über unsere gemeinsame Zukunft entscheiden sollten, wichtig wäre, nur dass wir glücklich seien, gemeinsam oder alleine, aber jeder für sich müsse sein persönliches Glück finden. Ich war so offen für alles, ich wollte nur Ehrlichkeit und ebensolche Offenheit von meiner Umwelt. *„Tony, sei stark und konzentriere dich auf die wesentlichen Dinge“*, ermutigte ich ihn.

Tony	**Tony**
I miss u so much. I want feb comes soon to touch u and feel u.	Ich vermisse dich so sehr. Ich wünschte mir, dass bald Februar ist, damit ich dich berühren und fühlen kann.
I love u my angel. I will love u forever. I kiss ur lips.	Ich liebe dich, mein Engel. Ich werde dich immer lieben. Ich küsse deine Lippen.

Ich verschlang sein kurzes E-Mail, denn ich begehrte ihn so sehr. Doch irgendwie traute ich ihm nicht. *„Ich bin mir bei dir nicht sicher. Liebst du mich wirklich so oder spielst du nur mit mir. Kann ich dir trauen? Du weißt, ich würde für dich alles tun, vielleicht sollte ich vorsichtiger sein und dir nicht mehr alles glauben. Aber im Februar werde ich merken, ob deine Liebe echt ist. Ich werde alles im Februar spüren. Wenn du mich umarmst werde ich in der ersten Sekunde spüren, ob es wahr ist oder nur gespielt. Und wenn du nicht mehr täglich mit mir chatten willst, so machen wir eine Pause. Mir kommt vor, dass du immer dann das Internet verlierst, wenn du spürst, dass ich dich etwas fragen möchte, auf das du nicht antworten willst. Und oft bist du nicht da für mich, wenn wir chatten, du telefonierst währenddessen oder du chattest zur gleichen Zeit auch mit anderen Leuten, das ist so unhöflich! Schatzi, ich bin nicht dein Spielzeug, spiel nicht mit mir! Eines Tages wirst du sehr traurig darüber sein, denn du wirst mich verlieren, wenn ich fühle, dass du mit mir spielst. Ich glaube nicht, dass du mich wirklich verlieren willst, so riskiere es nicht."*

Unsere Beziehung war ein ständiges Auf und Ab. Was heute gut war, war morgen schon Vergangenheit. Ich war immer im Zwiespalt und versuchte dennoch, meine Gefühle für Tony in Schach zu halten, meinen Job gut zu erledigen, trotz meiner Sorgen und schlaflosen Nächte immer freundlich zu sein, eine gute Mutter zu sein und irgendwie doch die Familie zusammenzuhalten, obwohl ich mich geistig schon von ihr getrennt hatte. Ich war wirklich zerrissen und auch nervlich schwamm ich nur mehr mit dem Strom, ständig mit letzter Kraft dagegen ringend, nicht unterzugehen.

Und dann kam Stella. Immer wieder tauchte sie in meinem Leben auf. Auslöser war diesmal, dass sie ein Foto von mir kommentierte, das ich Tony im Internet zur Verfügung gestellt hatte. Meine Fotos waren nur für seine Augen und für Kate gedacht, sonst konnte niemand diese Fotos sehen. Tony lud sich die Fotos herunter und gab sie in den Ordner *„My great love"* und somit waren sie für seine Freunde auf seinem Profil auch sichtbar, aber er hatte ja nur mich und Stella, die er noch immer nicht gelöscht hatte oder sie war erneut auf sein Profil zurückgekehrt. Auch wusste ich nicht, woher er sie kannte. Stella kommentierte mein Foto auf Tonys Seite mit *„You really love this lady?"* Ich war teufelswild und gekränkt. Ich hasste diese Frau. Wer war sie, von wo kannte er sie, warum löschte er sie nicht von seiner Seite. Ich schrieb ihm, ich wolle, dass er sie von seinem Profil lösche. Ich könne nicht akzeptieren, dass ein fremder Mensch in seinem Leben herumsurfe und unser beider Leben kommentieren würde. Wer war Stella, dass sie sich das erlauben konnte?

Am nächsten Tag schickte ich ihm noch ein E-Mail mit der Aufforderung, sie in diesem Moment zu löschen und ich beschrieb ihm, was er machen müsse, damit sie von seinem Profil verwinden würde. Ich teilte ihm mit, dass ich nicht wünschte, dass er sich mit anderen Damen im Chat unterhalte. Immerhin hatte unsere Liebe so begonnen, daher hielt ich das für keine gute Idee, weiter Kontakte im Internet aufzubauen. Ich wollte auch nicht, dass er mit anderen Frauen im Internet über mich sprach und meine privaten Fotos anderen Personen zum Ansehen bereitstellte, immerhin könnten diese dann meine Fotos auch downloaden und das wollte ich nicht. Ich sei kein öffentliches Eigentum, ich legte Wert auf meine Privatsphäre. Und ich teilte ihm auch mit, dass ich so traurig wäre, dass sein Laptop noch immer keinen Internetanschluss habe. Wie kompliziert das Leben in Ägypten doch sei, meinte ich.

Tony löschte Stella nun endlich. Stella löschte den Kommentar allerdings nicht, so verpasste ich einem Foto von ihr einen ebenso bösen Kommentar. Das war meine heimliche Rache. Kate teilte ich diese Dinge mit, auch sie löschte Stella von ihrem Profil, da auch sie über böse Kommentare unter Fotos von unbekannten Personen nicht angetan war. Kate begleitete mich ab nun fast täglich. Ich hielt sie auf dem Laufenden bezüglich Tony und mir, sie erzählte mir von ihrem Freund aus dem Sudan, der damals gerade für ein paar Tage in seine Heimat gereist war, um sein Visum für China zu verlängern. Nach langem Warten stellte sich heraus, dass diese Tage sich über mehrere Monate erstreckten. Auch für Kate war diese Zeit die Hölle, wir tauschten uns daher darüber aus und sprachen einander Mut zu. Eine von uns beiden war immer stark genug, um die andere mitzunehmen und nicht verwelken zu lassen. Uns beiden ging es schlecht, doch wir beide gaben unsere Hoffnung nicht auf. So wuchs Kate zu einer guten Freundin heran und hin und wieder verwendeten wir die Cam, um uns zu sehen.

Am Heiligen Abend schickte ich sowohl Kate als auch Tony Weihnachtswünsche, verpackt in einem sehr persönlichen, netten E-Mail. Erst später bemerkte ich, dass sie beide nicht am Heiligen Abend Weihnachten feierten. Trotzdem freuten sich beide sehr über die netten Worte. Mit meiner Familie besuchte ich am Abend die Kirche, ich betete inständig für Tony und mich, für eine Chance zu zweit, ich betete dafür, dass meine Kinder nicht den Boden unter den Füßen verlieren würden und dass wir alle gesund bleiben würden, und während des Betens kämpfte ich gegen meine Tränen an, da ich wusste, der Wunsch, mit Tony gemeinsam die Zukunft verbringen zu dürfen, würde sogar den Herrgott vor eine große Herausforderung stellen. Dennoch liebte ich ihn so sehr, ich bettelte in der Kirche für diese Chance.

Da während der Weihnachtszeit viele Europäer in Ägypten urlaubten, musste Tony diese Woche am Schiff arbeiten. Er musste ja auch seine Miete von 250,- Euro bezahlen. So chatteten wir wann immer möglich vom Handy aus. Er fehlte mir so sehr, aber er tröstete mich, dass wir ja bald zusammen sein würden. Er hätte nur ein Problem und hoffte, dass Gott das lösen würde. Auf mein Nachfragen erfuhr ich, dass das Problem meine Familie war. Er litt darunter, dass er mich meinen Kindern wegnehmen würde. Das machte mich immer wieder böse, denn Tony wusste ab der ersten Minute, dass ich verheiratet war und zwei Kinder hatte. *„Wir werden für alles eine Lösung finden“,* bestätigte ich ihm. Er verehrte mich, weil ich so stark und zielstrebig war, und nannte mich seinen *„Schutzengel“,* da ich tatsächlich immer für ihn da war, wenn er mich brauchte. Ich schrieb ihm: *„Ich werde dich beschützen mit meiner unsichtbaren Hand und mit meinen Gedanken.“ „Ich bin es, der dich beschützt“* kam postwendend zur Antwort. Das war das, was ich suchte, ich wollte mich nur fallen lassen in meinem Leben und spüren, dass jemand da war, der mich auffangen würde. Tony schrieb mir, dass ich immer bei ihm sei. Ich hatte ihm ja schon wiederholt Post geschickt, unter anderem eine schöne lange schwarze Haarsträhne von mir, die er immer am Schiff bei sich hatte. Auch die Bilder, die ich ihm geschickt hatte, hatte er immer bei sich. Er bekundete immer wieder, dass ich ihm so sehr fehlen würde. So schrieb er mir *„Ich bin allein in der Arbeit, ich muss mit dir sprechen. Ich vermisse dich wirklich so. Ich hoffe, dass du deine Zeit und deine Arbeit genießt. Gestern konnte ich nicht schlafen, weil ich ständig an dich gedacht habe. Ich möchte dich glücklich machen. Ich werde mein Bestes tun, um dich glücklich zu machen. Ich küsse deine Lippen sehr zärtlich.“*

Diese zärtlichen Worte brachten mich erneut dazu, wieder Arabisch zu lernen. Es hatte also Sinn, weiterzumachen. Ich wusste, unsere Zukunft würde gemeinsam verlaufen. Dennoch ließ mich Tony am darauffolgenden Tag wieder einmal drei Stunden warten. Ich schrieb ihm, dass ich deshalb böse wäre. Ich gab ihm für den nächsten Tag einen genauen Zeitpunkt und teilte ihm mit, dass ich längstens eine halbe Stunde warten würde, dann wäre ich diesen Tag für ihn nicht mehr erreichbar. *„Don't let me wait! I saw u online, you had net. My time is really as important as yours. I have to arrange all that I can chat with you always. "*

Obwohl ich eigentlich noch böse war, schickte ich Tony bald danach ein hinreißendes E-Mail, in dem ich ihm meine Liebe wieder versicherte und bezeugte. *„Ich möchte, dass du mich jetzt ganz fest in deine Arme nimmst und meinen ganzen Körper spürst und mein Herz zum Klopfen bringst. Ich möchte jetzt dein Haar berühren und deinen Atem riechen. Ich möchte dich jetzt fühlen, mein Schatz. Ich möchte jetzt bei dir sein. Ich vermisse dich."* Wir chatteten diesen Abend mit sehr viel Gefühl. Ich vermisste Tony, ich vermisste ihn so sehr. Ich konnte nicht mehr weiterarbeiten, da mein Hirn in meinem Herzen war und dieses schnell vor sich hin klopfte.

Zum Jahreswechsel fehlte er mir noch viel mehr. *„Ich weiß, du bist eine Stunde vor mir. Ich habe gerade dein SMS mit deinen Wünschen bekommen. Ich liebe dich mein Schatz, ich liebe dich, Tony. Ich wünsche auch für mich das beste Jahr. Das schönste Jahr mit dir und in deinen Armen. Schatzi, ich möchte das nächste Jahr in deinen Armen feiern. Ich liebe dich. Ich möchte bald mit dir gemeinsam leben. Du fehlst mir so. Ich wünsche mir nächstes Jahr glücklich zu sein. Alle Probleme würden gelöst werden und du und ich zusammen hoffentlich für immer. Ich liebe dich."*

Mit diesem E-Mail wünschte ich Tony ein gutes, schönes und erfolgreiches Neues Jahr. Wir telefonierten noch innig und mir rannen die Tränen vor Sehnsucht herunter. Meiner Schwester teilte ich mit, dass es die letzte Neujahrsfeier im Kreise meiner Familie sein würde. Sie wollte es nicht wahrhaben. Sie bettelte mich an mir das noch einmal genau zu überlegen und nicht voreilig zu handeln. Sie empfahl mir, mich im Herzen zurückzuziehen und Tony als Liebhaber weiterhin zu treffen, aber meine Familie keinesfalls zu verlassen. Ich wusste jedoch, dass diese Entscheidung wohl fallen musste. Dennoch feierte ich einen schönen Jahreswechsel im Kreise meiner Familie. Dabei sehnte ich mich nach Tony und nach meinem neuen Leben.

Mein Silberstreif am Horizont – Jänner 2010

Das Neue Jahr begann für mich mit Sehnsucht und mit Hoffnung. Ich wünschte mir nichts mehr als meine große Liebe Tony wiederzusehen und mit ihm meine Zukunft zu verbringen. Ich dachte nur an ihn, alles andere war in meinem Leben mittlerweile nebensächlich. Ich schickte ihm per SMS erneut Neujahrswünsche und wünschte ihm, dass alles 2010 Realität werden würde, was er sich wünschte.
Obwohl mir Tony versprach, mich nie mehr auf ihn warten zu lassen, ließ er mich sogar am 1. Jänner im Internet auf ihn warten. Ich schickte ihm ein SMS, in dem ich ihm bekundete, ich hätte ihm ohnehin nicht geglaubt, dass er in Zukunft pünktlich ins Netz käme und ich hätte damit Recht gehabt, dass er mich wieder warten lassen würde.

Noch heute denke ich oft daran, wie viele Stunden ich in diesem Jahr wohl mit Chatten verbracht hatte. Aber mit Gewissheit waren es mindestens 600 Stunden, was in Arbeitszeit umgerechnet bei einer 40 Stunden Woche immerhin 15 Arbeitswochen entsprechen würde. Aber weitaus mehr Zeit verbrachte ich mit Warten auf den Chat. Ich saß tatsächlich manchmal drei oder mehr Stunden, um auf ihn zu warten. Wenn er endlich online war war, dann jedoch nicht immer gewiss, dass auch das Netz durchhalten würde. Oft verloren wir uns schnell wieder, weil seine Verbindung schlecht war. Es war also im Grunde genommen unerheblich, ob wir einen Zeitpunkt für unsere Treffen ausmachten oder nicht, er war ganz einfach da, wenn er da war. Ich schrieb ihm auch ein E-Mail, dass ich nun endgültig nicht mehr auf ihn warten würde. Doch dann stellte sich heraus, dass er einen Todesfall in der Familie hatte. Eine Tante seines Vaters sei gestorben und nachdem momentan nur er als männliches Familienmitglied verfügbar gewesen sei, habe er die Totenwache halten müssen. Dabei konnte er selbstverständlich nicht telefonieren und auch kein SMS schicken. Das war mir klar, so entschuldigte ich mich sofort bei ihm und drückte ihm mein tiefes Beileid aus.

Außerdem erklärte er mir, dass er nun jeden Samstag bis fünf Uhr morgens in die Kirche gehen würde, und zwar bis zum 7. Jänner, dem Weihnachtsfest der Kopten. Und so nebenbei erzählte er mir auch, dass er seine Arbeit am Schiff beendet habe. Er hätte nun keine Arbeit mehr. Er würde, wenn möglich, weiterhin als Masseur am Schiff arbeiten, aber ohne Miete zu bezahlen. Die 500,- Euro hatte er zurückbekommen und um 250,- Euro hatte er seine Goldkette wieder ausgelöst. *„Sei sorgsam mit den restlichen 250,- Euro, du wirst sie in nächster Zeit gut brauchen können"*, meinte ich. Schließlich hätte er ja nun kein Einkommen mehr, eine Prüfung an der Uni vor sich und so auch keine Chance, sich einen neuen Job zu suchen.

Noch am selben Tag hatte ich zu Hause wieder einmal Probleme. Das schrieb ich Tony am nächsten Tag auch. *„Gestern hatte ich eine große Diskussion mit meinem Mann. Er wollte Liebe mit mir machen, aber ich wies ihn zurück. So sprachen wir lange darüber, aber ich kann ihn jetzt nicht mehr lieben. Er fragte mich über meine Pläne und ich sagte ihm, dass ich das selbst nicht wisse.... noch nicht. Ich sagte ihm, ich weiß es wirklich noch nicht, darum solle er bitte warten. Er würde mir all die Zeit für meine Entscheidung geben, die ich brauchen würde, weil er nicht wollte, dass ich ihn verlasse, aber er würde auch das akzeptieren. Wenn ich ihn nicht mehr lieben würde, würden wir uns scheiden lassen. Das dauert nur eine Woche, sagte er mir." "Wir werden das gemeinsam entscheiden, wenn wir uns im Februar wiedersehen"*, schrieb Tony, denn genauso hatten Tony und ich das auch vereinbart. Er meinte nur, dass er für diese Entscheidung nicht verantwortlich sein wolle.

Seine Familie wollte mich schon unbedingt kennen lernen. Er zeigte ihnen meine Fotos und machte kurzerhand meine Tochter zu meiner Schwester. *„Ich kann ihnen nicht erzählen, dass du verheiratet bist und Kinder hast, sie würden das niemals akzeptieren."*

Während wir chatteten, hörte ich Schritte im Stiegenhaus. Gerade noch rechtzeitig konnte ich den Chat ausblenden, vergaß aber die noch laufende Webcam. Mein Mann kam ins Zimmer und bemerkte diese zu meiner Erleichterung offensichtlich nicht. Er begrüßte mich und gab mir einen Kuss auf meine Lippen. Dann verließ er das Zimmer wieder. Ich öffnete den Chat erneut, doch Tony meinte nur, er müsse gehen. *„Warum, was hast du jetzt zu tun?"* fragte ich erstaunt. Er hatte nichts zu tun. Versteinert sagte er, er sei entnervt gewesen, als er den Kuss sah und wolle nun alleine sein. Ich solle nicht vergessen, dass er Ägypter sei. *„Weißt du, dass ich fühlte, dass mein Herz stehenbleibt, als ich dich sah?"* Er war sehr verletzt. Ich gab mir alle Mühe, um ihn zu beruhigen und bekräftigte, dass ich das wohl zurzeit nicht verhindern konnte. Aber schon am nächsten Tag war wieder alles beim Alten.

Seine Mutter und seine Schwester wollten mich beim Chatten wiedersehen und sie teilten Tony mit, sie wollten mich bald in Ägypten sehen. Tony meinte, er hätte seine Mutter gerade zum ersten Mal Englisch sprechen gehört. *„Ich möchte deine Familie wirklich kennenlernen." „Sie können nicht Englisch"*, sagte er. *„Macht nichts, ich werde deine Sprache lernen. Ich werde sie später fließend sprechen"*, das war mein Ziel.

Tony erzählte mir, er wolle seine Wohnung nun bald mit dem nahe liegenden Internet-Cafe verbinden, damit er ein günstiges Netz hätte und jederzeit verfügbar sei. Und als er mir noch sagte, dass es zurzeit 27 Grad hätte in Luxor, während wir zu Hause minus 9 Grad und Wind hatten, stieg meine Sehnsucht wieder einmal ins Unermessliche. Warum konnte ich nicht bei ihm sein? Ich musste das ändern, ich wollte ganz einfach wieder einmal nur weg. Und schon hatten wir wieder einmal ein paar Tage Funkstille - wir hatten uns mittlerweile vier Tage nicht im Chat getroffen. Ich vermisste Tony zusehends. Ich schrieb ihm ein E-Mail mit dem Titel *„Missed in Egypt – I don´t know where he is…"*.

„Ich weiß nicht, wo du bist. Ich weiß, du hast eine schlechte Zeit. Du musst bei deiner Familie bleiben, um ihr zu helfen, das weiß ich… und das verstehe ich auch. Aber du hast jetzt einen Laptop, warum sendest du mir nicht einige Zeilen offline, um mir zu zeigen, dass ich wichtig bin in deinem Leben? Vielleicht bin ich nicht mehr wichtig? Vielleicht hast du dir gedacht, dass du dieses Jahr nicht mehr mit mir zusammenbleiben willst, daher versuchst du, mich im Chat nicht zu treffen? Das glaube ich nicht, aber ich weiß das auch nicht. Die nächsten Tage werden mir das zeigen. Wir haben uns das letzte Mal vor fünf Tagen im Chat getroffen. Du kümmerst dich um deine Familie, deshalb hast du vergessen dich um mich zu kümmern. Du glaubst, ich brauche dich nicht, aber du hast unrecht – ICH brauche dich auch… sogar wenn es nur eine kurze offline Nachricht ist. Ich küsse dich, Tony. Du fehlst mir."

Daraufhin rief Tony mich an. Ich war sehr überrascht darüber, da Tony mich vorher niemals anrief, weil die Telefonate für ihn fast unbezahlbar teuer waren. Trotzdem schrieb ich ihm im folgenden E-Mail, dass ich mich fühlte wie die Letzte in der Reihe, alle waren wichtiger für ihn als ich. *„Du liebst* *mich, aber es liegt an dir mir das auch zu zeigen."* schrieb ich ihm. *„Ich schreibe dir so oft, um dir meine Liebe zu zeigen... es ist zu oft, glaube ich, du bist dir zu sicher, dass ich dir alles vergebe...".* Ich wusste, dass er mich, wenn ich ihm wichtig war, erreichen konnte. Immer wieder nahm ich mir vor, nicht mehr auf ihn zu warten. Fadenscheinig sagte ich mir dann, dass ich ja im Internet noch einiges zu erledigen hatte, so ging ich daher auch in Hotmail online, also war ich für Tony jederzeit erreichbar. Und obwohl ich mir selbst etwas vormachte, eigentlich saß ich nur am Computer, weil ich auf Tony wartete, zwei Stunden oder auch drei oder vier... ich hätte ihn ja versäumen können. Es war wirklich krankhaft, mit welcher Hartnäckigkeit ich immer wieder wartete. Und wenn Tony dann doch nicht online kam, war die Enttäuschung dementsprechend groß.

Mittlerweile machte ich mir ernsthafte Sorgen, dass eine andere Frau Tony den Kopf verdreht hätte. Ich schrieb ihm, dass ich ihm den Computer finanziert hätte, um ihm näher zu sein, aber er benütze ihn nicht mit mir. Und sein internettaugliches Handy würde er auch nicht benützen, es gab eigentlich keinen technischen Grund mich nicht zu erreichen. Ich glaubte ihm nun einfach nicht mehr. *„Was habe ich getan, dass du mich vergessen hast? Gestern habe ich während des Einschlafens geweint, weil ich dich vermisst habe, aber ich muss mit meinem Herzen vorsichtig umgehen... ich weiß nicht, ob ich dich jetzt verliere... nur du weißt das!"*

Es dauerte weitere zwei Tage, bis Tony endlich seinen neuen Laptop mit mir verwendete. Zu dieser Zeit trugen weder mein Mann noch ich unsere Eheringe. Das schrieb ich Tony auch, da er immer wieder beim Chatten mit der Cam auf meine Hände schaute. Er wusste genau, ob ich Ringe trug oder nicht und er fragte mich, was das für ein Ring auf meinem Finger wäre und er fragte mich auch manchmal, ob mein Mann von mir verlangen würde diese Ringe zu tragen. *„Nein, das verlangt er nicht. Das ist der Ring, den ich von meiner Großmutter vor ihrem Tod geschenkt bekommen habe. Ich habe sie sehr geliebt, deshalb trage ich diesen Ring auch sehr gerne."*

Wieder einmal hatte ich beruflich unglaublich viel zu tun, die nächsten drei Wochen waren durchgeplant. Da Tony ebenfalls einen wichtigen Termin hatte, da er am 17. Jänner eine Prüfung an der Universität hatte, erinnerte ich ihn immer wieder daran, fleißig zu lernen. *„Don´t worry"*, war stets seine

Antwort, *„I will pass."* *„Wenn ich könnte, würde ich den ganzen Tag mit dir chatten, ich fühle mich immer so glücklich, wenn ich dich sehe und höre."* schrieb ich ihm. Aber das ewige Warten auf Tony machte mich sehr nervös. Zusätzlich konnte ich nichts anderes erledigen, da ich doch in Reichweite meines Computers bleiben musste. Ich war richtiggehend böse auf ihn und schrieb ihm *„If you don't come online soon u will not meet me the next three days, use laptop or internet cafe or send me SMS now when u will be online later, then I will be here as well. Kiss"*. 38 Tage und 15 Stunden musste ich nun noch warten, um ihn wieder in die Arme zu schließen.

Immer wenn ich Druck machte reagierte Tony. Und wieder einmal stellte sich heraus, dass unsere Kulturen eben unterschiedlich sind. Er schrieb mir sofort ein SMS, er würde heute Weihnachten feiern. Natürlich - das hätte ich nun eigentlich schon wissen können - christliche Kopten feiern Weihnachten am 7. Jänner. Tony jedoch erzählte mir niemals Dinge im Vorhinein. Bereits im Dezember hatte ich Tony gefragt, wie seine Familie das Weihnachtsfest feiern würde, und er erzählte mir, sie würden nur gut essen, das wäre alles. Natürlich meinte ich mit dieser Frage nicht den 24. Dezember, er hätte mir eigentlich über den 7. Jänner erzählen sollen. Aber da wir neben den kulturellen Unterschieden auch die sprachliche Barriere hatten - immerhin benützten wir beide zur Kommunikation eine Fremdsprache - war uns klar, dass manchmal Informationen unklar waren oder wir etwas falsch verstanden hatten. Wir waren uns daher niemals böse. Wenn wirklich etwas nicht stimmte, wurde das Problem am nächsten Tag noch einmal angesprochen und meist auch behoben. Manchmal waren wir anderer Meinung oder es war ganz einfach ein kultureller Unterschied, dass Verhaltensweisen, die in Österreich völlig normal waren, in Ägypten überhaupt nicht möglich gewesen wären. Tony war mitunter dann doch böse auf mich oder ich konnte ihn überhaupt nicht verstehen und erklärte ihm, das sei in Österreich ganz normal. Auch er müsse sich für meine Kultur öffnen und mehr Akzeptanz mitbringen.

Diesmal wünschte ich Tony also frohe Weihnachten für ihn und seine Familie. *„Gerne würde ich jetzt bei dir sein."* Wieder einmal musste ich geduldig sein. So sandte ich ihm später ein E-Mail, in dem ich ihm erlaubte, meine neuen Fotos auf sein Profil herunterzuladen, da ja jetzt keine bösen Personen mehr auf seiner Seite zu finden waren – Stella war ja endlich gelöscht. Und seiner Bitte nachgehend, ihm im Februar einen elektrischen

Rasierapparat mitzubringen, suchte ich im Internet nach verschiedensten Modellen und kopierte sie mit den Preisen in mein E-Mail für Tony, um ihn nach seinen Wünschen zu fragen. Ich war entsetzt, wie viel ein elektrischer Rasierapparat kosten würde. So war ich gespannt, was Tony antworten würde.

Es war interessant, er reagierte gar nicht. So kaufte ich dann auch keinen, war mir aber sicher, dass ich ihm etwas mitbringen würde. Schlussendlich sah ich dann im Drogeriemarkt Nassrasierer mit Dreifach-Klinge zum Aktionspreis, wirklich schöne verschiedene Modelle, und für eines davon entschied ich mich dann auch nach ausgiebiger Beratung. Auch Reserveklingen kaufte ich in ausreichender Menge. Ich hoffte, dass sich Tony auch über den Nassrasierer freuen würde.

Auch Kate meldete sich wieder einmal bei mir. Sie wusste, dass ich fast immer, wenn ich online war, arbeitete oder mit Tony chattete. Sie erzählte mir von ihrem Freund aus dem Sudan, mit dem sie gechattet hätte. Er sei sehr krank, sie sah ihn in der Webcam, und er versprach ihr, sofort wenn er sich erholt hätte nach China zurückzukehren. Sie war wieder guter Dinge, doch auch ihr Leben sollte nicht so schnell wieder in geregelten Bahnen verlaufen. Doch das wusste sie damals ja noch nicht. Sie schrieb mir *„love is a very crazy thing…"*. Ja, da konnte ich ihr nur zustimmen.

In Luxor hatte es mittlerweile 32 Grad, und das am 10. Jänner. Erneut bekam ich Sehnsucht nach meiner neuen Heimat. Ich zeigte ihm den Neuschnee vor unserem Haus und er war begeistert. *„It's fantastic"*, schrieb er mir. Er teilte mir auch mit, dass seine Prüfungen auf den 23. Jänner und den 5. Februar verschoben worden seien. Dann hätte er nur mehr im Mai eine kleine Prüfung. Im Mai würde er die Universität abschließen, ich hätte ihn stark gemacht. Er würde der glücklichste Mann in der Welt sein, wenn ich bald bei ihm wäre. *„Was würde passieren, wenn du im Februar nicht mehr zurück nach Österreich fahren würdest?" „Ich würde meinen Job verlieren." "Du kommst also nur für eine Woche? Was passiert, wenn du länger beleibst?" „Das geht nicht, Tony. Ich habe nicht mehr Urlaub."*

Wir verwendeten die Webcam und Tony fragte mich, was ich anhätte. Ich stand auf, um ihm meine Kleidung zu zeigen. *„Warum trägst du zu Hause Jeans?" „Warum nicht?"* fragte ich überrascht. *„Weil bei uns Frauen zu Hause etwas anziehen wie lange Kleider. Ich kenne Jeans zur Arbeit, aber* *nicht für zu Hause." „In Europa hat jeder Jeans an, bei uns ist das normal." „Du bist sehr hübsch, wenn du Jeans trägst, weil du sexy Beine hast."*

Ja, so hatte ich das noch niemals betrachtet. Jeans sind für mich einfach nur ein normales Kleidungsstück. In Ägypten werden Jeans nur von sehr modernen christlichen Frauen getragen und sehr selten von Muslimas, allerdings niemals in ihrer familiären Umgebung. Tony begehrte mich so sehr, er machte mir unzählige Komplimente und er wiederholte einen für mich sehr bedeutenden Satz, *„mit dir weiß ich, was Liebe bedeutet."*

Immer noch ließ mich Tony regelmäßig auf ihn warten, und immer noch war ich deshalb böse auf ihn. Ich schrieb ihm, dass es in Österreich ein absolutes *„No go"* sei, Leute warten zu lassen. Hier würde er schon längst keine Freunde mehr haben, ich hätte schon so oft und so lange auf ihn gewartet, es wären wohl mittlerweile Wochen. Doch ich wusste auch, dass in Ägypten Zeit absolut keine Rolle spielte. Wenn es hieße *„gleich"*, dann meinte man ein bis zwei Stunden später, aber wohl noch am selben Tag, mehr Bedeutung hatte dieses Wort nicht. Wenn man von morgen sprach, bedeutete das, dass irgend etwas geschehen würde in Zukunft, irgend wann einmal, aber sicher nicht am nächsten Tag. Zeit hatte keinen Stellenwert. Obwohl ich Tony schon so oft erklärt hatte, dass wir alle nach Zeit bezahlt werden, dass Zeit in Österreich und auch für mich Geld bedeutete, konnte er sich hier nicht umstellen. Aber da ich mich immer noch über ihn ärgerte, konnte ich mich also auch nicht umstellen. Eines schaffte ich aber zumindest, ich wurde viel geduldiger. Und wenn ich ihm sagte, dass ich etwas gleich erledigen würde, dauerte das auch ein paar Tage. *„Du bist mittlerweile wie eine Ägypterin"* schmunzelte er dann oft, und ich sagte nur *„klar, ich bin schon so lange mit dir zusammen, ich habe viel von dir gelernt."* Wir beide nahmen es mit Humor. Ich nahm Tonys Aussage als Kompliment entgegen.

Das einzige, was mich wirklich ärgerte, war, wenn Tony dann plötzlich um Mitternacht im Netz auftauchte. Er lernte nun für seine Prüfung, ging zwischendurch zur Uni und belegte in Luxor einen Kurs, der täglich abgehalten wurde. Dann ging er mit Freunden weg, um Mitternacht kam er heim und chattete dann. Dafür schlief er dann bis Mittag. Ich allerdings musste jeden Tag um sechs Uhr aufstehen und um sieben Uhr mit meiner Tochter das Haus verlassen. Ich konnte nicht zwischen Mitternacht und zwei Uhr morgens chatten. Das ging einfach nicht. Ich registrierte mich zusätzlich in facebook und fragte Tony, ob er hier auch registriert sei. Natürlich war er das. Er hatte ja jetzt einen Laptop und konnte des Nächtens lossurfen. Also lud ich ihn in meine Freundesliste ein und er akzeptierte. Das sollte uns in Zukunft noch viele Konflikte bescheren.

Um endlich nicht mehr mit einem Stick arbeiten zu müssen, kaufte Tony sich ein Internetkabel, das er dann wie schon vor Tagen besprochen vom nächst gelegenen Internetcafe bis zu seiner Wohnung im dritten Stock über die Dächer von Luxor verlegte. Das Kabel war ausreichend lange, um die 150 Meter Distanz vom Internetcafe bis zu seinem Zimmer zu überbrücken. Als er mir erzählte, dass er das Kabel über die Dächer verlegt hätte, glaubte ich ihm das zuerst gar nicht. Aber nun hatte er freies Internet, das heißt, sofern das Internetcafe Zugang zum Internet hatte, konnte auch er surfen. Das war ja zumindest eine Verbesserung, fehlte nur mehr, dass er nun auch online war. Trotz allem war ich ziemlich sauer auf ihn. Er fuhr am Samstag zur Uni und das sagte er mir auch. Er hatte mich ja für Samstag um sieben Uhr Abend in den Chat bestellt, aber da sein Freund ebenso das Internet brauchte, fuhr er gleich nach der Uni mit ihm gemeinsam mit dem Zug nach Assuan. *„Ohhh“*, sagte Tony nur, als ich ihn fragte, warum er mich nicht wenigstens per SMS informiert hätte, dass ich mich nicht sorgen solle. *„No credit“*. Ja, diese Antwort kannte ich ja bereits. *„Wenn du mich angerufen hättest, hättest du bemerkt, dass mein Telefon ausgeschalten ist“* rechtfertigte er sich. Aber das war Tony, er meinte es nicht böse, er dachte dabei ganz einfach nicht, dass ich mich sorgen würde um ihn.

Ich	**Tony**
Kann ich dich jeden Tag anrufen, wenn das so teuer ist? Aber du hast recht, ich habe daran gedacht.	Neeeeeeeeeein, das ist sehr teuer.
Und ich will dich nicht stressen und dir die Luft zum Atmen wegnehmen. Wenn du dich nicht meldest, dann ist das eben so. Ich kann nicht hinter dir nachtelefonieren.	Mach dir keine Sorgen.
Ich will das nicht!	Stress mich, ich mag das von dir.
Nein.	

„Wenn du für mich nicht wichtig wärst, wäre ich nicht nach Assuan gefahren, um freies Internet für dich zu besorgen.“ So konnte man das natürlich auch sehen, und damit hatte er recht.

Ich	**Tony**
Hast du mich verstanden, warum ich böse war?	Es geht mir gut.
Das habe ich dich nicht gefragt.	Ich hab dich verstanden, aber du hättest mich vorher fragen müssen.

Manchmal verliefen unsere Gespräche so, wir redeten aneinander vorbei und ich fragte mich, wollte er mich nicht verstehen und mir nicht antworten oder hatte er mich kulturell oder sprachlich einfach nicht richtig verstanden. Die Gespräche wurden, wenn sie wirklich für mich wichtig waren, am nächsten Tag noch einmal aufgerollt, meist mit dem Effekt, dass Tony mir dann antwortete, das hätten wir ja Tags davor schon besprochen. Oft blieben meine Fragen daher für mich unbeantwortet. Trotz unserer Ungereimtheiten liebte mich Tony über alles.

Tony	**Ich**
Ich liebe dich.	Ich liebe dich mehr.
Nein, ich liebe dich mehr.	Nein Schatzi, niemals.
Die Tage werden dir das zeigen.	Wir werden sehen.
OK. Ich kann dich nicht sehen. Ich vermisse dich.	Ich weiß, ich verwende ja keine Kamera.
Warum nicht?	Ich kann mich nicht erinnern wie sie beim Laptop funktioniert, ich hab sie ja erst einmal verwendet.
Wirklich? Weißt du, dass ich dich so sehr liebe?	Und außerdem bin ich schon so hungrig und ich brauch jetzt einen Kaffee.
Ich werde dir einen Kaffee machen. Bitte verwende deine Webcam. Du machst das alles nur mit mir, weil du weißt, dass ich dich so liebe.	Was mach ich mit dir? Ich kann meine Kamera nicht benutzen, ich bin wirklich sehr müde und ich kann mich einfach nicht mehr erinnern.
Ist in Ordnung, Schatzi.	

Wie konnte ich diesem Mann nur jemals böse sein? Dennoch fühlte ich sehr oft, dass wir uns im Februar wohl zum letzten Mal sehen würden. Es zeigte sich in Kleinigkeiten. So verabschiedete er sich niemals von mir, unsere Chats endeten meist so, dass plötzlich die Verbindung unterbrochen war,

dass er ganz einfach grußlos offline ging oder dass einer seiner Freunde zu Besuch kam und das Internetkabel aus dem PC herauszog. Tony musste sogar seine Telefonnummer ändern, damit er ungestört lernen konnte, da seine Freunde ihn ständig anriefen, obwohl sie wussten, dass er am Abend lernen wollte. Nur ich hatte seine neue Nummer, die er nun bis zur Prüfung verwenden wollte. Was war das für eine Kultur, in die ich mich hinein sehnte? Da musste ich wohl hart an mir arbeiten, um das so akzeptieren zu können. Doch immer wieder, egal was auch passierte, wenn ich Tony im Chat begegnete, bekam ich wackelige Knie. Ich hob ihn hoch in meinen Gedanken, er war mein König, mein Geliebter, er war mein Prinz, meine Hoffnung, mein Herz, er war mein Alles. In jedem E-Mail küsste ich ihn sehr zärtlich auf seine Lippen, ich begehrte ihn unendlich.

Auch wenn ICH einmal nicht erreichbar war, was auch hin und wieder vorkam, machte sich Tony gleich große Sorgen um mich, und auch Kate vermisste mich immer, wenn ich für sie nicht erreichbar war. Endlich war Tony sehr fleißig am Lernen und er besuchte auch regelmäßig den Abendkurs, der ihn auf seine Prüfung vorbereitete. So trafen wir uns tagsüber im Internet und sprachen über meine bevorstehende Ägyptenreise zu ihm. Tony schlug mir vor, bei einem Richter einen Ehevertrag zu unterschreiben.

Ich	**Tony**
Du hast mir gesagt, wir müssen in Februar einen Ehevertrag machen.	Jaaaaaaa.
Wie meinst du das?	Weil du unsere Wohnung in Luxor besuchen willst, und ich kann nicht mit dir ohne Ehevertrag unterwegs sein.
Ich hab mir gedacht, dass auch deine Familie mich kennenlernen möchte.	Sicher.
Und wir machen den Vertrag bei einem Rechtsanwalt?	Ja, aber wenn du den Vertrag nicht möchtest, ist das auch in Ordnung.
Sind wir dann offiziell verheiratet?	Nein, aber wir haben echte Dokumente.
Wie funktioniert das und was hat man zu tun, um wirklich verheiratet zu sein?	Ich muss die Dokumente zur Botschaft bringen.
Ok, das ist für mich in Ordnung. Was möchtest DU machen?	Ganz wie du möchtest, Schatzi, ich bin für dich da.

Möchtest du mit mir deine Familie besuchen?

Sicher möchte ich, dass du zu uns nach Hause kommst.

Sicher?

Meine Familie wäre entsetzt, wenn du nicht kommen würdest.

Tony, ich möchte deine Familie kennen lernen und mit ihr Zeit verbringen. Und für mich ist das auch in Ordnung, wenn wir den Vertrag aufsetzen.

Ich möchte das auch, aber wir werden sehen.

Ich werde alles tun, um bei dir zu bleiben und ich würde dich auch wirklich mit einem echten Vertrag heiraten. Weißt du das?

Der Vertrag kostet 60 Euro und wir müssen gemeinsam beim Rechtsanwalt vorsprechen.

Aber ich möchte wissen, was dann mit dem Vertrag passiert...

Wenn du dann zur Botschaft gehst damit, sind wir wirklich verheiratet.

Tony, das ist für mich kein Spiel. Aber wir können jetzt noch nicht zur Botschaft gehen, weil ich ja noch verheiratet bin...

Natürlich nicht, wir werden niemals zur Botschaft gehen.

Das war nun wieder einmal sehr ernüchternd für mich, dass wir NIEMALS zur Botschaft gehen würden. Ich war wieder gleich klug wie zu Beginn. Eigentlich wusste ich gar nichts. Dennoch versprach ich Tony, dass ich meinem Mann am folgenden Wochenende Bescheid geben würde, dass ich im Februar nach Ägypten fliegen würde. Ich wusste gar nicht, wann und wie ich ihm das erzählen sollte, da er ja bereits über Tony Bescheid wusste und ich versprochen hatte, die Beziehung zu beenden. Doch ich schaffte es einfach nicht. Oft dachte ich, wie viele Jahre Tony jünger ist als ich, und dennoch war er für mich niemals ein junger Mann, er war ganz einfach immer MEIN Mann. Niemals dachte ich an sein Alter, wenn ich an ihn dachte, ich dachte dann nur an meine Liebe zu ihm und ich spürte, dass er der zweite Teil meiner Seele war. Er war mein fehlendes Puzzlestück, er machte mich erst komplett, und er machte mich zu einer vollwertigen, kämpferischen, nach Freiheit strebenden Frau. Zugleich machte er mich zu einem verrückten, aber auch träumerischen, nach Schutz suchenden Kind. Er machte mich zu all dem, was ich immer sein wollte.

Am Montag vor dem Wellness-Wochenende mit meinem Mann sah ich Tony wieder im Chat. Entsetzt fragte ich ihn, was mit ihm los sei.

Tony	**Ich**
Ich weiß nicht. Ich kann nicht aufstehen.	
Ich kann nichts sehen.	Bitte komm näher zur Kamera, ich möchte dich genauer sehen.
Ich bin sehr krank, ich kann nicht sprechen.	Du fehlst mir, ich werde nicht lang mit dir sprechen. Hast du Fieber?
Ja.	Nimmst du Medizin?
Ja, ein Antibiotikum.	Die Medizin macht dich so müde, sicher. Wie lange nimmst du sie?
4 oder 5 Tage.	Ok. Konntest du lernen?
Mach dir keine Sorgen.	Bitte lern, wenn auch nur kurz, drei oder vier Mal täglich 30 Minuten, ich glaube, das wird gehen.
Ok.	Du bist sehr heiß, ich kann das Fieber auf deiner Stirne sehen.

Tony war ehrlich, er war krank, er war in so schlechter Kondition, das konnte nicht gespielt sein. Scherzhaft schlug ich ihm vor, ihn mit Schnee abzukühlen. Glücklicherweise war er schon bald wieder in einem besseren Zustand und wir hatten einen sehr amüsanten Dialog.

Tony	**Ich**
What's that?	What is what?
Wow, vvvvvvvvvvvvvvv very pretty.	What?
Vvvvvvvvvvvvvv very wonderful.	I'm so so happy to meet you, thanks, can I see u?
100% princess	thanks
You look so pretty tdy.	Nooo, its normal like it is, I come from work.
Really?	Yes, habibi do u feel better?
Yes, I hope to work with you.	

Tony liebte die Art wie ich mich kleidete und er bewunderte mich stets aufs Neue. Seiner Meinung nach war ich immer perfekt angezogen, auch zu Hause war ich wunderschön und begehrenswert. Seine Schwester trug nur Jogginghosen, seine Mutter trug zu Hause stets einen bodenlangen Kaftan.

Am nächsten Tag erzählte mir Tony, dass er nach seiner Prüfung gleich nach Hurghada fahren würde, um auf mich zu warten. Er würde sich dort auch eine Arbeit im Verkauf suchen, da wir ja später dort wohnen wollten. *„Und du bleibst drei Wochen oder wirst du für immer bleiben? Nur mehr 27 Tage, bis wir uns wiedersehen. Ich zähle die Tage. Ich möchte, dass mein Traum wahr wird. Ich möchte in der Früh meine Augen öffnen und dich neben mir sehen.“* Tony war umwerfend und zugleich völlig durcheinander. Er hatte vergessen, dass ich nur eine Woche Urlaub hatte... Wo war er nur manchmal mit seinen Gedanken? *„Und du musst mir zeigen, wie man im Wasser stehen kann und wie man ein Auto fährt...“* bat er mich. *„Und ich möchte einmal nach Österreich fahren“.*

Natürlich würden wir gemeinsam einmal im Jahr nach Österreich fahren, um meine Familie und meine Eltern zu besuchen, sagte ich ihm. Tony meinte dazu, dass ich meine Familie öfter als einmal im Jahr besuchen müsste und dass er währenddessen in Ägypten auf mich warten würde, doch ich meinte, ich wollte ihn immer bei mir haben. Wir würden außerdem allen jederzeit unsere Wohnung als Feriendomizil zur Verfügung stellen, alle wären herzlich willkommen.

Ich fragte Tony, ob er mich lieben würde. *„Das fragst du mich? Sicher. Ich liebe dich so sehr.“* antwortete er.

Ich	**Tony**
Wissen deine Freunde Bescheid über mich und was denken sie über dich und mich?	Sie sagten mir, dass du wunderschön bist.
Denken sie, dass ich eine gute Chance für dich bin?	Nein.
Was haben sie dir gesagt? Es macht nichts, dass ich älter bin als du?	Sie haben mir gesagt, wenn ich dich liebe muss ich mit dir zusammenbleiben, wenn ich dich nicht liebe, muss ich dich verlassen, aber die wissen nicht, dass du verheiratet bist und nicht alle wissen von dir und mir, nur ein paar.
Aber du weißt nicht, was du jetzt tun sollst...	Schatzi, mein großes Problem ist, dass du verheiratet bist, wenn nicht, würde ich dich

sicher morgen schon heiraten. Aber das weiß ich schon seit dem ersten Tag, als ich dich kennen gelernt habe.

Willst du mich, weil ich für dich eine gute Chance bin oder weil du mich liebst?

Schatzi, was meinst du jetzt? Ich fühle etwas Eigenartiges in deinen Worten...

Deshalb wollte ich dich heute sehen, ich fühle etwas Eigenartiges, ich fühle es einfach.

Kannst du mir das bitte erklären?

Ich habe deine Nachrichten in Facebook gelesen. Du bist sehr sehr unsicher, was du tun sollst und du kannst dich nicht entscheiden. Aber ICH MUSS mich entscheiden. ICH MUSS MICH BALD ENTSCHEIDEN... und dann habe ich die Worte von Mena gelesen, ich weiß, er ist dein Freund.
Er schrieb......

Warte, ich öffne Facebook...

Ja, bitte. Er schrieb, du musst dich entscheiden zwischen Geld und Liebe...

Aber er ist der, der sich am meisten sicher ist, dass ich dich liebe.

Und ich fühlte dass er dachte, ich bin dein Geld, Liebe ist ein ägyptisches Mädchen... beides geht nicht, schrieb er dir...

Nein, das hast du nur gedacht, weil du immer denkst. Schatzi, sei dir sicher, dass ich dich so sehr liebe.

Ich hab´s so verstanden und ich glaube, ich bin so viel älter als du und du wirst mich in 10 Jahren nicht mehr lieben, weil du dann noch immer jung bist, aber ich bin dann alt.

Schatzi, ich hab dir gesagt, dass ich dein Alter seit dem ersten Tag, an dem ich dich getroffen habe, kenne.
Du schaust aus wie 28.

Ja, aber in 10 Jahren bin ich 10 Jahre älter.

Neeiiinnn. Ich habe Angst davor, und ich kenne einen ägyptischen Mann, der in der Nähe wohnt und er hat mir gesagt, wir hätten niemals eine Chance in der Zukunft. Nur die ersten Jahre werden schön sein, dann wirst du eine andere junge Frau finden, vielleicht eine Ägypterin.

Neeeeeeiiiiiinn. Schatzi, ich bin Christ, ich

kann nur einmal in meinem Leben heiraten, ich kann nicht noch einmal heiraten.

Ich habe ihm das gesagt, er meint, das mache keinen Unterschied, dann hättest du eine Freundin, dann halt keine Hochzeit mehr.

Neiiiin.

Und Tony, du weißt, DU BIST MEINE GROSSE LIEBE, FÜR MICH BIST DU MEIN KÖNIG!

Du schaust so traurig.

Ich möchte später nicht unglücklich sein, aber ich bin es, weil ich Angst habe dich zu verlieren, ich bin zu alt für dich.

Schatzi, alles, worüber du sprichst, ist kein Problem für mich. Ich liebe dich so sehr und ich kann dich nicht verlassen.

Du bist meine Welt, Tony, für mich bist du mein Sonnenschein, auch wenn du krank bist. ☺

Deine Augen schauen so traurig aus, ich kann es in ihnen lesen, Schatzi, sei sicher, ich liebe dich mehr als du mich liebst. Ich kann dich nicht so traurig sehen.

Aber DU kannst dich nicht entscheiden.

Ich kann mich deshalb nicht entscheiden, weil du verheiratet bist. Es bringt mich jeden Tag erneut zum Nachdenken.

Schatzi, ich stresse dich so sehr.

Ich kann dich nicht deiner Familie wegnehmen. Ich will kein Geld von dir und du bist hier immer herzlich willkommen.

So hatten wir immer wieder mehrere Themen, die uns stets begleiteten. Meine Familie belastete Tony sehr, er wollte nicht, dass ich meine Kinder verlassen würde. Und ich hatte immer wieder Probleme mit Kommentaren seiner Freunde in Facebook.

Sein bester Freund Mena hinterließ in Facebook einen meiner Meinung nach eindeutigen und ungeheuerlichen Kommentar auf Tonys Homepage. Er schrieb: *„Geld wird dich niemals glücklich machen. Ich glaube, du solltest immer das Glück wählen. Du kannst arbeiten, um Geld zu bekommen, dafür solltest du dir nicht eine Frau nehmen, um ans Geld zu kommen…“.*

Ich war außer mir über diesen Kommentar. Ich wollte, dass Tony sich bei seinem Freund erkundigt, wie er das gemeint hätte. Für mich jedenfalls war klar, dass sein Freund meinte... Geld oder Liebe, beides könne man nicht zugleich haben. Würde er mich wählen als seine Frau, so sei es nur des Geldes wegen, und davon riet er ihm ab. Ich war wirklich verletzt über diese Worte. Ich begann diesen Freund zu hassen. Dass ich damit Recht haben sollte, würde sich in der Zukunft noch beweisen. Dieser Freund wurde mir Monate später zum seelischen und körperlichen Verhängnis. Er hätte mich ums Haar in den Tod geführt.

Das, was Ägypter schreiben, ist sinngemäß in Österreich ganz anders auszulegen, wiederholte Tony immer und immer wieder. So ergaben sich aus Kommentaren oft Konflikte, da ich sie nicht verstehen konnte oder aber die Auslegungen von Tony nicht glauben wollte.

Am folgenden Wochenende fuhr ich mit meinem Mann drei Tage lang in ein Wellness-Hotel. Das war mein Weihnachtsgeschenk von meinem Mann, er fragte mich, ob ich es annehmen würde. Als ich bejahte, dachte er, er könne unsere Ehe noch retten. Er wollte mich auch im Sommer zu einer wunderschönen Südamerika-Rundreise einladen, die ich jedoch ablehnte. Es wäre nicht fair von mir gewesen, ihn das buchen zu lassen, denn meine Zukunftsträume waren für mich zwar klar, deren Realisierung jedoch höchst zweifelhaft, aber ich gab niemals auf. Ich kämpfte für mein Ziel.

So verbrachten die Kinder das Wochenende bei ihren Großeltern und wir fuhren ins Wellness-Wochenende. Am zweiten Abend erzählte ich meinem Mann, dass ich im Februar nach Ägypten fahren würde. Er war entsetzt. Er hatte sich das Wochenende ganz anders vorgestellt. Er fragte mich, ob ich ihn verschaukeln wolle, weil ich mit ihm fortgefahren sei, doch das wollte ich nun wirklich nicht. Aber ich hatte keine Wahl, ich hatte zwei Männer, die mich mehr oder weniger begehrten, und ich hatte eine Familie. Zugleich hatte ich aber Fernweh und in der Ferne auch eine große Liebe in meinem Herzen und einem Traum im Kopf. Ich war so zerrissen, ich wusste oft selbst nicht mehr, was ich tun sollte. Mein Fernweh zog mich hinaus in die weite Welt. Man hätte mich einzementieren können, ich hätte mein Herz herausgeschnitten und in die Ferne geschickt. Ich musste weg. So kamen wir zwar gut erholt vom Kurzurlaub zurück, aber wieder nicht glücklich. Nach wie vor schien für meinen Ehemann die Zukunft offen zu sein. Doch auch er gab mit seinen Bemühungen nicht auf, und er ließ mich auch nicht fallen. Er sah, dass ich mit meinen Gefühlen zu ringen hatte, er sah, dass ich mich bemühte und er erkannte, wie stark ich unter diesem Druck litt. Eines Tages fragte er mich *„Wovor hast du Angst? Bringt dich dein Tony so unter Druck? Sag ihm, er soll dich in Ruhe lassen, sonst bekommt er es mit mir zu tun."* *„Nein, es ist nicht Tony"*, ich wusste ganz einfach nicht mehr weiter, ich hatte Angst vor der Zukunft.

Die Zukunft mit Tony war noch in der Schwebe, da wir ja im Februar noch darüber reden wollten. Und an ein Zurück zur Familie glaubte ich nicht mehr, da das Vertrauen meines Mannes zu mir in den grundlegenden Dingen zerstört war und die Ehe damit nachhaltig zerrüttet war. Daher brauchte ich Tony, mit ihm konnte ich alles besprechen, und er verstand mich auch, fühlte ich.

Am 24. Jänner hatte Tony endlich die Prüfung, für die er schon so lange gelernt hatte und deren Termin immer wieder verschoben wurde. Am Sonntagabend, nach der Rückkehr aus dem Wellness-Wochenende mit meinem Mann, konnte ich endlich wieder mit Tony kommunizieren. Ich hatte riesige Sehnsucht gehabt und war neugierig auf seine Erzählungen.

Die Prüfung sei sehr einfach gewesen, teilte er mir mit. *„Fein. Weil du so lange gelernt hast"*, reagierte ich darauf. Seine Prüfung dauerte drei Stunden lang und war schriftlich. Geprüft wurde Hieratisch, eine sehr eng mit den Hieroglyphen zusammenhängende Schrift, die ab dem 3. Jahrtausend vor Christus in Ägypten verwendet wurde. Dadurch, dass viele Denkmäler und Säulen in der hieratischen Schrift beschrieben worden sind, mussten die Studenten der Ägyptologie diese Schriftzeichen erlernen. Tony erzählte mir allerdings, dass alle Studenten die Schriftzeichen auswendig lernten, da man diese Schreibweise nicht mehr verstehen konnte. Trotz allem hatte er nach der Prüfung ein gutes Gefühl.

„Warum hast du mir gestern Abend kein SMS geschickt? Und warum nicht heute nach der Prüfung, so wie wir das vereinbart haben? Ich hab mir Sorgen um dich gemacht." „Mach dir keine Sorgen um mich, Schatzi", antwortete Tony. Immer wieder erhielt ich diese Antwort, bis eines Tages meine Sorge berechtigt sein sollte. Irgendwie hatte ich einen Sensor für Tony, ich spürte ihn immer, ich spürte, wenn er Dinge machte die er besser nicht machen sollte und ich spürte, wenn etwas schief lief.

Tony erzählte mir, dass er 18 Stunden durchgelernt und in der Nacht nicht geschlafen hätte. Ich wunderte mich ohnehin immer wieder über seine Lernmethoden, so war ich diesmal nicht erneut überrascht. Schon in sechs Tagen war die nächste Prüfung. Geprüft wurde die koptische Sprache, allerdings war diese Prüfung nur mündlich. Tony würde sie sicherlich bestehen, meinte er selbstbewusst.

Ich erzählte ihm, dass ich nun endlich meinen Mann informiert hätte, dass ich im Februar nach Hurghada fahren würde. Mein Mann sagte mir, wenn ich fahren würde, würde er vielleicht davor noch die Scheidung einreichen. Ich sagte ihm, dass es sehr wichtig wäre für mich zu fahren und dass er mich fahren lassen solle, weil ich schon gebucht hätte und fahren wolle. Sicher hatte er nicht zugestimmt und mir mitgeteilt, dass er sich das überlegen müsse. Ich hoffte, dass es nun nicht allzu viele Probleme geben würde. Ich könne nicht in die Zukunft schauen und ich wäre froh, dass ich nicht wüßte, was am nächsten Tag passieren würde. *„Was wirst du machen, wenn er nicht zustimmt?“* erkundigte sich Tony. *„Das weiß ich noch nicht, vielleicht fahre ich trotzdem, vielleicht fahre ich nicht...“ „Ich hoffe, du kommst, ich brauche dich“*, sagte Tony. *„Ich brauche dich auch, sehr, sehr, das weißt du. Ich liebe dich. Heute früh habe ich so viel geweint, weil ich nicht gewusst habe, was ich tun soll.“ „Ich bin sicher, er wird zustimmen“*, meinte Tony.

Ich erzählte weiter. *„Ich hab ihm gesagt, ich werde niemals mehr glücklich sein wenn ich dich nicht treffe. Aber es könnte passieren, dass ich sehr schnell geschieden bin, wenn ich zurückkomme. Sei bitte geduldig.“ „Das werde ich sein“*, versprach Tony, *„mach dir keine Sorgen, ich werde bei dir sein, ich kann dich nicht verlassen, sei stark.“*

Schon am folgenden Tag berichtete ich Tony, dass zu Hause wieder alles ruhig sei. Mein Mann sei sehr nett zu mir, wenngleich er auch nicht mehr neben mir schlief. Es sei für ihn auch nicht leicht, das alles so zu akzeptieren, sagte ich Tony, und ich machte ihm eine Liebeserklärung. *„I trust you“* sagte er zu mir, und *“I love you so much, I love you forever, you are very important for me.”* Tony liebte mich wirklich so sehr und ich liebte Tony so sehr.

Und erneut hielt uns Facebook in Spannung, denn Tony hatte plötzlich eine meiner Klientinnen auf seinem Account. Er hatte auch schon mit ihr gechattet. Ich wollte nicht, dass er mit meinen Bekannten aus Österreich kommunizierte, da unsere Liebe ja noch geheim war. Außerdem wollte ich nicht, dass ihn jemand über mich befragte und so zu Informationen kam, die ich nicht weitergeben wollte. *„Lösch sie"*, fordert ich ihn auf. *„Sie wird über alles reden, was du ihr erzählst, sie wird mir Schwierigkeiten machen..."*. Er versprach mir, nichts über uns zu erzählen, doch ich bestand darauf, dass der Kontakt gelöscht wurde. Tony löschte nach Nachfragen etwas widerwillig den Kontakt. Ich löschte diesen Kontakt in Folge ebenso von meinem Profil in Facebook, da Tony mit dieser Dame bereits kommuniziert hatte.

Auch sein Freund Mena, den ich zusehends mehr verabscheute, machte sich wieder einmal negativ bemerkbar. So nannte er mich in Facebook „Sweety" und schickte mir Herzen. Ich fand das ganz einfach geringschätzig, da mir vorkam, dass Mena nicht ehrlich war. Die Worte kamen nicht von Herzen, ich fühlte mich behandelt wie eine Nutte. Daraufhin löschte ich ihn ebenfalls von meinem Account. Als ich Tony davon erzählte, fand er das aber gar nicht so übel wie ich, obwohl er angeblich so eifersüchtig war. Später erzählte Tony mir dann, dass Mena behauptet hätte, dass ich verrückt sei, da ich ihn von Facebook gelöscht hätte. Und bei dieser Meinung blieb er auch, solange er irgendwie in Erscheinung trat.

Ständig machte sich Mena auch lustig darüber, dass Tony *„auf überwuzelte ältere Damen stehen würde"*. Nachdem ich das Passwort von Tonys Facebook-Account hatte, so wie er auch mein Passwort hatte, hatte ich einmal den Chat von Mena und ihm geöffnet und las diese Worte. Natürlich war ich verletzt. Immer wieder war ich danach auch misstrauisch, wenn mir Tony seine tiefe Liebe gestand. Liebte er mich wirklich oder war er nur der Meinung, dass ich eine gute Geldquelle sei, so wie mir das auch alle MEINE Bekannten versicherten. Leider war ICH ihm aber mit Haut und Haar komplett verfallen – ja, ich war schlichtweg abhängig. Langsam höhlte er mich aus und fraß meine Seele auf.

Mena hatte mittlerweile ebenfalls eine ältere Freundin aus Österreich, er liebte sie allerdings nicht, doch sie hatte ausreichend Vermögen. Ein paar Monate später sollte er sich dann gehörig ärgern, da er den Kontakt zu ihr nicht ausreichend gepflegt hatte. So verlegte sie ihren Wohnort zeitweilig nach Hurghada, kaufte sich drei Monate später dort ein Haus und bezog mit einem anderen feschen Ägypter ihr neues Domizil. Mena war über seine Dummheit und die vergebene Chance sehr verärgert.

Aufgrund unserer ständigen Facebook-Diskussionen wies mich Tony an, keinen ägyptischen Mann in Facebook als Freund zu akzeptieren, auch nicht seine Freunde. *„Ich kenne sie alle"*, sagte er, *„sie wollen nur Sex. Und ich bin eifersüchtig, wenn irgendeiner mit dir spricht."* Er sagte es nicht, doch ich fühlte es - Tony war anders, glaubte ich, war mir aber nicht sicher, ob ich auch recht hatte. Und auch die Tatsache, dass mir alle Freunde einredeten, Tony wollte nur an mein Geld kommen, belastete mich sehr.

„Habibi, kann ich dich fragen, wie kannst du denken, dass ich dein Geld liebe, daran habe ich niemals gedacht, ich war entsetzt über deine Zeilen. Wenn ich das wirklich wollte, wäre ich der Erste, der dir sagt, verlass deinen Mann und deine Familie und komm her. Hab ich dir das jemals gesagt? Jedenfalls, wenn du glaubst, dass ich dich wegen deines Geldes liebe, Schatzi, bitte vertraue mir mehr. Warum glaubst du, dass alle Ägypter Mafiosi sind? Und du weißt, dass ich dir gesagt habe, ich weiß, wie alt du bist. Du siehst heute so schön aus und so warst du arbeiten?"

„Ich bin immer schön, Tony" antwortete ich. *„Ich weiß, jaaa, wow."* War seine Reaktion. Er sah mich in der Webcam mit seinen schwarzen Augen an und betete mich förmlich an. Ich gefiel ihm so sehr. Jedes Mal wollte er auch sehen, wie ich gekleidet war und ich musste mich vor der Webcam zeigen. Und ich sah ihm in die Augen und dann war es auch um mich geschehen. Es war immer gleich. Ich sagte ihm *„Du weißt, dass ich älter bin, es stresst mich aber, weil ich so viel älter bin"*. *„Neeein, das ist alles ok, du weißt, dass das alles ok für mich ist, aber mich streßt, dass du eine Familie hast"* antwortete er, *„und deshalb kann ich mich auch nicht entscheiden."*

So wechselte ich das Thema. *„Weißt du, dass ich neue Unterwäsche für Februar gekauft habe?"* Tony fragte mich sofort, ob ich sie anhätte und er wollte sie natürlich auch sehen. *„You make me so hot, very very hot, I'm crazy for you. I miss you habibi, I miss you so much, my great princess, ur already mine."* Ich zog mich wieder schnell an und zeigte seiner Schwester und ihm den Schnee auf meiner Terrasse. *„It's fantastic, it's very cold."* Beide waren vom Schnee begeistert. Freilich, wenn man noch nie im Leben Schnee gesehen hat, fasziniert einen das schon. In Folge zeigte ich ihm immer die neueste Schneelage. Ich gab auch regelmäßig Bilder ins Facebook, damit er den Schnee in Österreich genießen konnte.

Auch Kate meldete sich wieder einmal. *„Wie geht's dir? Du fehlst mir so sehr. Ich bin wirklich sehr glücklich, wenn ich mit dir chatten kann. Ich fühle, dass ich stärker bin, wenn ich mit dir chatte."* Kate mochte mich sehr gerne. Sie war etwas älter als Tony, mein Alter verriet ich ihr nicht. Sie klagte mir ihre Sorgen. Ich schrieb ihr, sie solle stark bleiben, ich würde mich am nächsten Tag mit ihr im Chat treffen, bis dahin sandte ich ihr meine Stärke. Ich mochte Kate auch sehr gerne, sie war einfach geradlinig und ehrlich und sehr natürlich.

Tony traf mich nun regelmäßig im Netz und wir verwendeten beinahe täglich die Webcam. *„How are you? How pretty you are today... fantastic..."* Tony überschüttete mich jedes Mal mit Komplimenten. *"So gehst du zur Arbeit? Und alle Leute schauen auf dich..."* Ich erklärte Tony immer wieder, dass man in Österreich schick zur Arbeit gehen würde. Für Tony war das ungewohnt, da seine Schwester, seine Freunde und auch er im Fremdenverkehr arbeiteten und alle Ägypter, die mit Touristen arbeiteten, Dienstkleidung tragen mussten. Er arbeitete niemals mit seinem persönlichen Gewand. Er hatte fesche Kleidung, die er nur zum Ausgehen anhatte, daheim zog man sich um. *„I want always love you, you are so sexy..."*.

Ich fand mich ganz einfach nur normal, war aber von den vielen Komplimenten, mit denen mich Tony stets überschüttete, sehr beeindruckt. *„Du bist meine Frau, wir brauchen einander. Ich bin so so so so so so so so glücklich. Ich spüre dich, meine Prinzessin. Ich sehe jetzt dein hübsches Gesicht. Ich spüre dich, ich spüre, dass ich dich jetzt umarme. Du hast mir die Liebe gezeigt, ich brauche dich. Du hast mir alles gezeigt, mich auch. Ich kann mir mein Leben ohne dich nicht vorstellen. Ich brauche dich, für immer. Mein Herz tanzt jetzt gerade. Schatzi, geht's dir gut? Wow, du bist so perfekt."*

Immer wieder wollte er zu lernen aufhören, stets drängte ich ihn zum Weitermachen. Immer wieder stellte sich heraus, dass ich diejenige war, die ans Lernen dachte, um Tony möglichst schnell zum positiven Universitätsabschluss zu bringen. Ich erinnerte ihn, dass er wieder lernen musste. Er lernte gerade für die Prüfung aus Koptisch, die ja eigentlich ebenfalls schon am 17. Jänner stattfinden hätte sollen. Aber in Ägypten schlugen die Uhren anders. Universitätsprüfungen wurden verschoben, nach vorne oder nach hinten, das war alles nicht so genau. Diese Prüfung fand dann schlussendlich zwei Wochen später statt, nämlich am Nachmittag des 31. Jänners von drei bis sechs Uhr. Tony lernte wirklich sehr fleißig, was zugleich auch bedeutete, dass er wieder nicht arbeiten konnte. Mittlerweile arbeitete er schon seit vier Wochen nicht mehr, da er ja schon für 17. Jänner für die Prüfung vorbereitet war. Er lernte also weiter mit dem Effekt, dass er nun vier Wochen auch kein Einkommen hatte. Aber das war ja zu dieser Zeit wirklich kein Thema für uns beide, seine Mutter kochte für ihn mit, sie bezahlte die Wohnung, er lernte, schlief lange, ging mit Freunden aus und chattete viel mit mir. Auch für die Prüfung in Koptisch war er sehr gut vorbereitet.

Tony und ich sahen uns nun schon seit vier Monaten nicht mehr. Die Zeit kam mir unendlich lange vor, trotzdem wurde die Frage, Durchhalten ja oder nein?, nie gestellt. Wir bemerkten nur, dass fünf Monate Wartezeit unglaublich lange waren und dass wir das nächste Mal nicht so viele Monate auf ein Wiedersehen warten wollten. Ich teilte ihm daher mit, ich würde ein Wiedersehen vor Juli möglich machen. *„Ja, das ist besser“* antwortete Tony. *"Können wir öfter chatten nach deiner Prüfung?“* fragte ich ihn. *„Schatzi, ich weiß nicht, ob ich danach arbeiten werde oder nicht“*, gab er zurück. Ja, natürlich, das war auch nicht so einfach in Ägypten. Nach jeder Prüfung war der Job weg, denn Tony musste zwischen zwei und vier Wochen lernen, so lange hatte niemand Zeit, um auf seine Dienste zu warten. Damit hatte Tony aber auch lange Zeit kein Einkommen. So sollten die Prüfungen umso eher positiv beendet werden, da sie ihn nüchtern betrachtet arm machten. Er konnte nicht verdienen, nein, er zahlte auch noch Prüfungsgebühren, Kursgebühren, Inskiptionsgebühren, er zahlte den Bus zur Uni und zurück, ebenso das Taxi, das er auch benötigte, und lebte vom Geld seiner Mutter. Seine Mutter allerdings verdiente als Frau so gut wie fast gar nichts, das war genausoviel, wie auch die Schwester verdiente, und der Bruder ging noch zur Schule. Die Familie war also wirklich auf sein zusätzliches Einkommen angewiesen.

Tony wollte unbedingt die zwei Wochen nach der Prüfung bis zu meiner Ankunft im Februar am Schiff arbeiten. *„Schatzi, ich brauche das Geld, ich muss für alles bezahlen, mir gibt keiner Geld. Wir werden uns weiterhin im Chat treffen, aber vom Handy und vom Schiff aus.“* Ich hatte auch schon mit den Vorbereitungen begonnen und wollte jedem Familienmitglied eine Kleinigkeit schenken, wenn ich zum Essen in Luxor eingeladen würde. Ich erzählte Tony, dass ich Überraschungen für seine Familie eingekauft hätte. Er war sehr neugierig, aber ich verriet ihm nichts Genaues, da die Leitung wieder einmal unterbrochen wurde.

Noch in derselben Woche rief ich beim ägyptischen Konsulat in Wien an und begann, mich nach und nach über ägyptisches Recht und wesentliche Dinge zu erkundigen. *„Sie haben mir erzählt, dass wir den Vertrag beim Richter nicht machen müssten, wenn wir zu deiner Familie nach Luxor fahren. Wir sollten sagen, wir seien Freunde, ich solle den Pass und das Visum mitnehmen, und viele andere Leute würden auch im Bus mitfahren."* Tony wollte, dass ich bei den Polizeikontrollen zwischen Hurghada und Luxor vorgab, ihn nicht zu kennen. *„Warum denn, Tony?" „Ich tue alles was du willst, aber bitte, falls mich die Polizei mitnimmt, lass mich nicht zurück"*, sagte er nur. Damals verstand ich die Worte von Tony noch nicht. *„Ich war noch nie auf einer Polizeistation."*

Kapitel 5

Warten auf das zweite Wiedersehen

Das Geheimnis um Stella

Langsam bereitete ich mich auf meine Rückkehr nach Ägypten vor. Gedanklich gab es nur Tony, ich wartete ständig auf ihn und auf jeden Chat. Nach und nach lernte ich seine Familie kennen. Ich hatte ja mittlerweile seine Mutter, seine Schwester und seinen kleinen Bruder im Chat gesehen und seine Mutter kam, immer wenn sie wusste, dass er sich mit mir mit der Webcam traf, sofort in sein Zimmer, um ihm über die Schultern zu sehen, um einen Blick auf mich zu erhaschen. Tony war darüber nicht immer so glücklich, aber dadurch, dass sie uns in Englisch nicht verstand, konnten wir fast ungestört alles schreiben was wir wollten. So war sie auch am 1. Februar in der Nähe der Cam.

Ich weckte Tony mit einem Klingelton seines Telefons auf, da ich dachte, dass er um 13:07 Uhr schon munter sei. Dass ich ihn aufweckte, störte ihn nicht, ganz im Gegenteil. Er schaltete seine Webcam ein und überschüttete mich wieder einmal mit Komplimenten. *„Wow, your eyes look like falcon, they are very nice habibi, can I kiss your hand?" fragte* er mich zur Begrüßung. *"You are so sexy, your dress is so sexy, my mother is beside me."* So war sofort klar, dass ich mich nicht zu aufreizend, das bedeutete zumindest nicht mit Träger-T-Shirt, vor der Kamera zeigen durfte, auch wenn Tony das sehr begehrte. *„Can I kiss you even if your mum is near?"* fragte ich Tony während des Gespräches, *„I´m your wife." "Lol, yes, but not beside my mother"* schmunzelte er. *"I´m shy habibi. Egypt is not like Europe, not even if we are married."* Enttäuscht nahm ich den Kuss, den ich bereits mit meinen Lippen andeutete, schnell zurück. Ich wollte keinen kulturellen Fauxpas begehen. *„What are you watching now?"* fragte ich irritiert. *"I´m watching you."* antwortete Tony. Seine Augen strahlten mich an und ich liebte diese Augen. Tony erzählte mir, dass er sich wegen meines letzten SMS Sorgen gemacht hätte. Er hatte immer Angst, dass ich zu Hause Schwierigkeiten mit meinem Mann hätte. Doch da war nichts, Gott sei Dank.

Am Abend erzählte er mir, dass er um 20 Uhr in die Kirche gehen würde, ein Freund seines älteren Bruders würde heiraten. Er müsse hin, da der Freund auch bei der Hochzeit seines Bruders gewesen wäre. So chattete ich, während sich Tony herrichtete, mit seiner Schwester. Sie war stolz, dass sie nun am Computer arbeiten durfte. Mit ihren 19 Jahren hatte sie noch niemals mit jemandem im Internet gechattet, Englisch konnte sie auch nur sehr mangelhaft, aber wir hatten Spaß, da ich meine Arabischkenntnisse hervorholte und wir beide lachten und strahlten um die Wette. Sarah war schon sehr gespannt auf mich und wollte mich unbedingt kennenlernen. Als Tony sich dann von mir verabschiedete und sich auf den Weg machte, unterhielt ich mich weiter mit Sarah. Auch sie machte mir viele Komplimente - das musste wohl eine typisch arabische Verhaltensweise sein, wenn man miteinander kommuniziert. Langsam tasteten wir uns an unsere Freundschaft heran.

Und auch Kate nahm wieder Kontakt zu mir auf. Ich fehlte ihr so, ich war ihre gute Freundin, mit der sie sich über ihren sudanesischen Freund im Internet austauschen konnte. Er war noch immer nicht zurück. Ich tröstete sie stets, sagte ihr aber auch, sie solle mit wachsamen Augen unterwegs sein und beginnen, mit ihren Freunden abends auszugehen, dann würde sie sich eine neues, freieres Bild über ihre Liebe machen können. Sie solle tapfer sein, ich wäre bei ihr. Kate liebte mich sehr für meine Worte.

Ja, ich verstand es immer, andere Menschen stark zu machen, Ratschläge zu geben und sie bei Kummer zu trösten, dabei hatte ich eigentlich immer mit mir zu tun, um nicht selbst unterzugehen. Ich konnte mich nur sehr schwer öffnen und jemandem meine Sorgen anvertrauen, nur Tony hielt ich für geeignet, mein ganzes Herz auszuschütten. So hatte ich zwar Freundinnen und jede wusste irgendetwas, aber nur eine Freundin kannte die ganze wahre Geschichte. Und nur diese Freundin unterstütze mich zu diesem Zeitpunkt, alle anderen Freunde reagierten mehr oder weniger verhalten auf meine Erzählungen und so wusste ich, dass sie nicht begeistert waren.

Mir allerdings fehlte Tony immer und immer mehr. *„I hate the distance between you and me"* schrieb ich ihm, und sandte ihm unzählige SMS sowohl vom Handy als auch vom Internet, was meine Telefonrechnung mittlerweile auf knapp unter 200,- pro Monat in die Höhe trieb. Aber was sollte ich machen, ich würde ohne Kontakt zu ihm zugrunde gehen. Vielleicht waren es die Komplimente von Tony, die ich so dringend benötigte. Er vermisste mich so sehr, er wollte mich bei sich haben, er wollte mich umarmen, mir in meine Augen sehen und mich zärtlich küssen. Welche Frau wäre diesen Worten von einem Mann, den sie begehrte, nicht erlegen? Er schrieb mir so schöne Worte dass ich *rot* geworden wäre, wenn ich einer Freundin die Dialoge erzählt hätte.

Kate sandte mir erneut Nachrichten. Auch sie freute sich mit mir, dass ich Tony schon bald wieder sehen würde. Sie schrieb mir, dass es so schwer sei, seinem Herzen zu folgen, aber manchmal müsse man das machen. *„Aber sei vorsichtig, weil dein Herz ist blind, es kann gar nichts sehen... deshalb verliere nicht den Verstand",* warnte sie mich. Kate machte sich wirklich Sorgen um mich. Sie ersuchte mich, ihr ein E-Mail aus Ägypten zu senden, damit sie wisse, dass alles in Ordnung sei. Sie ihrerseits versuchte, ihren Freund zu vergessen, um sich und ihrer Familie Kummer zu ersparen. Sie müsse nun ihrem Hirn und nicht ihrem Herzen folgen.

Obwohl ich schon bald nach Ägypten reisen sollte, hatte ich viel Kummer mit Tony. Ich war nervlich bereits sehr angespannt und er war einerseits ziemlich nervös wegen der noch unbekannten Prüfungsresultate und andererseits extrem angewidert, weil er kein Einkommen hatte. Zuhause fiel ihm die Decke am Kopf. Seine Freunde kamen und gingen wie sie wollten und er konnte zu ihnen auch nicht *„Nein"* sagen. Wenn sie vorbeischauten, hatte er Zeit zu haben, das war in Ägypten normal, sonst würde das als Unhöflichkeit gewertet. So änderte er wieder einmal seine Handynummer, damit seine Freunde nicht ständig bei ihm anriefen. Unter anderem war es auch normal, noch um ein Uhr morgens oder später anzurufen, da alle wussten, dass er ja ohnehin nachts nicht schlief. Damit konnte er oft auch nicht konzentriert lernen. Ich fragte ihn, warum er seinen Freunden nicht ganz einfach sagte er sei zwei Wochen nicht erreichbar, da er für die Uni lernen müsse. Er meinte nur, dass ihnen das egal wäre. *„In Österreich macht man das so und die Freunde halten sich auch dran, weil auch ihnen wichtig ist, dass man die Uni erfolgreich abschließt",* sagte ich etwas erstaunt. So ließ er mich wieder einmal einfach sitzen, obwohl wir vereinbart hatten uns im Chat zu treffen. Er schickte mir auf Facebook eine kurze

Nachricht, dass er mit seinen Freunden ausgehen müsse, aber er liebe mich so und würde mich nicht verlassen. Er könne nicht ohne mich leben.

Da jetzt beinahe jeden Tag Dinge vorfielen, die mir nicht passten, platzte mir der Kragen. *„Viel Spaß mit deinen Freunden. Bitte verlass mich, hör auf mit mir zu spielen... ich bin nicht dein Spielzeug. Du KANNST ohne mich leben... das ist dann leichter für dich... du kannst dann für dich allein entscheiden, was wichtig ist und was nicht... Ich will nicht mehr dein Spielzeug sein... ich liebe dich zu sehr. Wenn du nicht für dich entscheiden kannst, dann entscheide ich eben für dich... leb dein Leben wieder wie du es zuvor gelebt hast."* Ich konnte nicht mehr.

Tony machte es sich auch zu Gewohnheit, in Facebook neue Kontakte mit jungen Damen zu knüpfen. Mit einer Dame chattete er nun regelmäßig, er kommentierte Bilder verschiedener Damen, und einmal schoss er geradezu den Bock ab... Er schickte an mehrere Freunde ein Bild mit *BA7BK*, was im Arabischen *„Ich liebe dich"* bedeutet. Als ich dieses Bild auf meiner Seite fand, war ich sehr beeindruckt, als ich dasselbe Bild allerdings auf der Seite einer seiner Freundinnen aus Facebook fand, blieb mir momentan fast die Luft weg. Kommentiert wurden die Bilder in Franko-Arabisch oder im arabischen Schriftzug, ich hatte also keine Chance zu lesen, was dazu geschrieben worden war. Ich überlegte mir ernsthaft, meinen bevorstehenden Flug zu stornieren.

Bald danach bekam ich von einem der beiden wirklich sehr vertrauten Freunde von Tony, Elia, ein E-Mail in Facebook, in dem er mich begrüßte und mir alles Gute in meinem zweiten Zuhause in Luxor wünschte. Er würde mich gerne kennenlernen, wenn ich in Luxor sei. Ich sagte erfreut zu.

Und wieder kam Stella Tong ins Spiel... ich hasste diese Frau bereits. Allein wenn ihr Namen auftauchte, war Ärger vorprogrammiert. Sie schrieb mir Folgendes...

Tony and I made love on the coast, when I visited Egypt. He said I'm his wife, but I don't talk to him again.
I deleted him today, because I don't like to share my lover. Don't worry.
Good luck for you.
bye

Tony und ich liebten uns an der Küste, als ich Ägypten besuchte. Er sagte mir, ich sei seine Frau, aber ich werde mit ihm nicht mehr sprechen. Ich habe ihn heute gelöscht, weil ich meinen Liebhaber nicht teilen möchte. Mach dir keine Sorgen. Viel Glück für dich. Tschüss

Ich kochte vor Wut, als ich dieses E-Mail las. Was wollte die schon wieder? Und vor allem, wer log bei dieser Geschichte und wer sagte mir die Wahrheit? Tony teilte mir mit, er kenne diese Frau nicht, kannte sie aber dann doch. Also war er nicht wirklich ehrlich... Aber war sie ehrlich? Was hatte sie davon, wenn sie mich jetzt anlog? Und was hatte sie davon, wenn sie ehrlich zu mir war? Und ich wusste dass sie eine Nilkreuzfahrt gemacht hatte, aber es gab keine Küste am Nil. War Tony ihr Liebhaber? Ich wollte es eigentlich nur deshalb wissen, weil Tony mir sagte, ich wäre seine allererste Frau in seinem Leben. War das gelogen? Dann war sicher in Folge auch noch sehr viel anderes gelogen. War es vielleicht doch mein Geld, an das er ran wollte? Fragen über Fragen wegen ein paar Zeilen einer alternden, so gar nicht attraktiven Chinesin... Ich hasste diese Frau.

Nun lag es an Tony, die Wahrheit ans Licht zu bringen, um sich wieder Glaubwürdigkeit zu verschaffen. Ich rief Tony unzählige Male an, damit er online ging, doch er meldete sich nicht. Als er dann schlussendlich zu Mittag im Internet erschien und mich fragte, wie es mir ginge, antwortete ich nur *„schlecht“.* Ich war wirklich richtig schlecht gelaunt. Ich fragte Tony gleich, warum er erst um 5 Uhr morgens schlafen ginge und warum er dann in der Nacht nicht online käme, wenn ich ihn anrufen würde. *„Es gab kein Netz“*, antwortete Tony mir ruhig. *„Du hättest mich die ganze Nacht online gefunden, ich habe nicht geschlafen“* sagte ich gereizt. Tony hatte am Vortag schon Diskussionen mit mir, weil er, während er mit mir chattete, zeitgleich anderen Damen auf seinem Facebook-Profil Kommentare abgab. Das machte mich wiederholt extrem böse. *„Wie kannst du nur, während du mit mir chattest, anderen Damen Kommentare schreiben oder gar mit ihnen chatten?“* Ich war natürlich eifersüchtig, denn wir planten auch eine gemeinsame Zukunft und ich war gerade dabei, meine Familie wegen ihm zu verlassen. Da konnte er nicht so halbherzig mit mir umgehen. Ich ließ alles zurück und er flirtete zeitgleich mit anderen??? *„Diesmal habe ich geweint im Chat und du gibst anderen Damen zeitgleich Kommentare ab. Bist du verrückt?“* stellte ich fest. *„Ich werde es jetzt alles gutmachen, ich lösche sie jetzt“* erwiderte er. *„Nein, das ist nicht der Punkt. Ich habe auch gestern im Chat geweint und du hast nebenbei mit einer anderen gechattet. Tony, du vergeudest deine Zeit mit mir. Alle sind dir wichtiger, deine Freunde, deine Tante, deine Familie, dein Nachmittagsschläfchen, das Lernen. Ich bin wie immer die Letzte in der Reihe...“*

Ich	**Tony**
If I’m not so important for you to be only with me when I cry....	No, I will delete her now.
Why you told me you don´t know Stella? She wrote me last night at 3am.	I deleted her.
I copied it for you. You can read what she wrote. She told me that you had sex with her and you told me I was first???	Noooooooo
But she wrote me that. I don’t know why?	It’s new, no, never. Which massage, where is it, show me.
It was a private mail, she doesn´t have my link.	
	I never saw Stella before, and I deleted her from my profile when you told me that.
How shall I ever believe you?	Yes, wait, I LOVE YOU, I love you, just you, I WILL NEVER LEAVE YOU, I CAN´T.
Are you here?	We must live together.
I love you as well, just 11 days more...	
Time will show us.	I will show you my love when you come here. You think and tell me in February if you will stay with me or not. Is it ok for you?
?	I can´t leave you. You took all my love. I can´t love anymore.
As you, you took my soul.	So why do you want to leave each other?
You will care about me?	You will see.
I must be sure about that. If I come to you I never can return. For me there is no way back! I must be sure about you, I must be sure about your love; I must be sure about all! I can’t return, for me it’s a one-way-ticket!	
Please don´t ruin me, think well about all!	Ok and you relax. Habibi can I hug you please;
	I need to hug you so deep. I want hear your heart.
I miss you sooooooooooooo.	Habibi relax please, I can´t see you like that,
	please, I will kill myself if I see you like that.
	Can I come beside you now?

Tony stoppte mit seinen liebevollen Worten immer wieder meine Tränen, doch wieder war das Thema Stella nicht besprochen. Und da ich von Tony keine Antwort bekam, schrieb ich Stella persönlich.

Why did you write me these lines now? I wrote you about 8 weeks before and you didn't care about it...	Warum hast du mir diese Zeilen geschrieben? Ich habe dir vor 8 Wochen geschrieben und du hast dich darum nicht gekümmert...
Did you want to hurt me or was it reality? I really love Tony and he is going to marry me.....	Wolltest du mich verletzen oder stimmt das wirklich? Ich liebe Tony wirklich und er wird mich heiraten...
Stella please answer the following questions because if you're right I will not marry him.	Stella, beantworte mir bitte die folgenden Fragen, denn ich werde Tony nicht heiraten, wenn du mir die Wahrheit gesagt hast.

Ich fragte sie, in welcher Stadt sie Tony genau getroffen hätte, in welchem Jahr und in welchem Monat sie ihn getroffen hätte und wer die vermeintliche Liebe begonnen hätte, sie oder Tony. Wenn er begonnen hätte, was hätte er zu ihr anfangs gesagt? Und sie hätte ihn wirklich an der Küste geliebt, nicht im Raum? Dann appellierte ich an Stellas Ehrgefühl und an ihr Mitgefühl, da ich keinen großen Fehler machen wollte, denn wenn ich erst einmal in Ägypten verheiratet sei, könne ich das Land nicht mehr so einfach verlassen. Danach wartete ich neugierig auf Reaktion ihrerseits.

„Was, du willst ihn heiraten? Er hat mir erzählt, du hast zwei Kinder und einen Ehemann. OH! MY GOD!!!“ Das war ja eine tolle Reaktion. Ich wusste gleich viel wie zuvor. Keine meiner Fragen wurde beantwortet, vielleicht gab es ja keine Antwort und es war Verleumdung, aber, dass sie meine private Situation kannte, hieß für mich, Tony hatte mit ihr Kontakt und das, obwohl er mir sagte, er kenne keine Stella. Diesbezüglich log mich Tony also nachweislich an. Doch irgendwie musste ich mit einem cleveren Schachzug Tony zum Reden bringen.

Doch Stella gab nicht auf. Geschickt setzte sie nach *„Ich habe einen Artikel über die Ägypter in meinem Fenster „space life“, er ist wahr, sei vorsichtig. Wenn du mit mir reden willst, füge mich in deinem MSN-Portal dazu.“* Das war ja nun die Höhe, diese Frau war eine richtige Schlange. Den Artikel wollte ich ursprünglich nicht lesen, war aber dann doch neugierig, fand ihn aber nicht, und war sofort wieder desinteressiert. Ich fügte sie nicht zu meinen Kontakten Tony und Kate dazu, niemals. Und ich traute ihr auch nicht mehr. Aber Tony musste nun mit der Wahrheit herausrücken. Ich erzählte ihm alles und Tony war ungehalten, dass ich nicht zuerst ihn fragte. *„Aber ich habe dich schon so oft gefragt, wer Stella ist. Immer wieder hast du das Thema gewechselt. Und du hast mir erzählt, du kennst sie nicht, aber du hast doch mit ihr gechattet."* Tony wollte die Sache „Stella" bereinigt haben. Er schrieb Stella, die sich mittlerweile im Internet umbenannt hatte in *Thank You Very Much!!!*

Tony	**Stella**
Why you wrote all that. Tell me, tell me.	Because you deleted me. I'm not important in your heart. So we are finished. Why do you add me now to her if she is important in your heart?
Don´t talk to her or to me again. I will go to her and please, please don´t disturb us again.	

Damit war für Tony die Geschichte um Stella erledigt. Für mich blieb allerdings wieder die Frage offen, von wo sie sich kannten und wie intim die Sache nun wirklich war. Tony erzählte mir nun endlich, dass sie im Februar letzten Jahres in Ägypten gewesen wäre und mit ihrem Mann eine Nilkreuzfahrt von Luxor nach Assuan gemacht hätte. Sie hätte sich von ihm massieren lassen, doch sie wollte mehr. Sie hätten dann ihre E-Mail-Adressen ausgetauscht. Als Tony nicht bereit war in ihre Kabine zu kommen, sei sie verärgert gewesen. In Assuan sei sie dann grußlos von Bord des Schiffes gegangen. Nun hätten sie sich im Chat wieder getroffen.

Das war seine Geschichte, doch ich nahm diese Geschichte auch nur mehr als Geschichte an, die Wahrheit diesbezüglich würde ich wahrscheinlich erst viel später durch Zufall herausfinden. So wurde mir beim Chatten mit Tony auch wirklich nie langweilig. Es gab immer genügend Themen zu besprechen.

Die Freunde in Luxor und die Familie

Zum ersten Mal wollte Tonys Mutter mit mir reden, doch leider wurde das Netz unterbrochen. Dafür konnte ich am selben Abend erstmalig mit seinem jüngeren Bruder sprechen. Er stellte sich ganz nett vor und fragte mich gleich sehr direkt *„When you come to our house?"* Ich antwortete *„In twelve days."* Er gab zurück *„Ok, please fast."* Ich war überwältigt von seiner Direktheit. Mittlerweile gab es in der Familie von Tony ja fast nur mehr ein Thema, nämlich mich. Und ich lernte auch endlich den besten Freund von Tony namens Elia näher kennen. Ich begrüßte ihn freundlich und schrieb ihm *„Happy to meet you soon."*

Auch sein Freund Elia war von mir angetan. Er besuchte Tony und wollte mich unbedingt sehen. *„Hi Elia"*, begrüßte ich ihn freundlich. Wir wechselten nur wenige Worte und Tony meinte, wir würden uns morgen wieder im Chat treffen. *„OK, schönen Abend euch beiden."* Am nächsten Tag, als ich Tony über seinen Freund fragte, meinte er, Elia habe ihm gesagt dass ich eine gute Chance sei. *„Ich weiß dass ich eine Chance für dich bin." „Ich denke nicht wie er, er denkt nur an Geld. Ich liebe dich."* erwiderte Tony. Tolle Freunde hat er, dachte ich mir insgeheim...

Am 6. Februar erhielt ich endlich mein Ticket. *„Ich werde am Sonntag um 8:45 in Hurghada ankommen. Was werden wir am Sonntag machen?" „Wir haben keine Zeit zum Schlafen... Habibi, ich liebe dich mehr als irgendjemanden. Wie könnte ich nicht meine Seele lieben?"* Tony, der Romantiker, ich zerfloss vor Bewunderung. *„Du bist immer in meinem Herzen"* schloss er ab. *„Wissen deine Freunde, dass ich kommen werde?"* fragte ich. *„Sicher." „Weiß deine Mutter, dass du mich heiraten willst?" „Ja, meiner Schwester habe ich es auch erzählt." „Wirklich?" „Ja, warum sollte ich lügen?" „Was hat deine Mutter dir gesagt, als du ihr erzählt hast, dass du mich heiraten möchtest?" „Sie sagte mir, es ist dein Leben und ich sehe, dass sie eine gute Frau ist. Und sie fragte mich, wo wir leben wollen und ich sagte ihr, in Ägypten oder in Österreich. Das werden wir uns später überlegen."*

Ich	**Tony**
Wichtig ist nur, DASS wir zusammen leben, nicht WANN und WO.	Ja, Ägypten wird seine Arme für dich öffnen.
Und ich werde mich im März um eine Wohnung umschauen und ich könnte auch im Mai wiederkommen. Und wir werden für uns Wege finden, damit wir zusammen bleiben können.	Ok, my great wife, I will be very very good to you.

Langsam bereitete ich Tony vor. *„Could you imagine to live one year in Austria?" "If you like it it's ok, why not?"* Ich war wirklich überrascht über seine prompte Antwort. *„But then go back to Egypt. I don´t want to stay in Austria always"* reagierte auch ich wieder sehr flott. *„We will talk later about that, ok?"* Und schon war das Thema wieder erledigt... *„Möchtest du, dass ich bei dir bleibe?"*, fragte ich ihn. *"Warum nicht, aber ich kann nicht weg von Ägypten vor August, solange ich nicht die Papiere vom Militär habe. Aber du bist jederzeit willkommen in deinem zweiten Zuhause. Es werden immer alle auf dich warten." „Aber du hast bezahlt für sie"*, sagte ich ihm. *„Ja, ich weiß, aber ich muss die Papiere zuerst bekommen. Und ich gehe sicherlich nicht zum Militär. Ich hab eine Bestätigung, dass ich bezahlt habe und mit dieser bekomme ich im August den Befreiungsschein." „Bist du dir sicher?"* fragte ich kleinlaut. *„Mach dir keine Sorgen"*, war wie immer seine Antwort. Doch schlussendlich war dann doch nicht alles so einfach, wie es anfänglich zu sein schien.

Erneut schwuren wir uns unsere Liebe. Beide von uns behaupteten, niemals mehr jemanden zu treffen, mit dem wir Liebe machen könnten, nur er und ich, da waren wir uns einig. *„Never ever... never with any woman... only with you, you are mine. I´m not animal, I found my love. My eyes are full of you. They can´t see any more"*, war sein Versprechen.

Wir sprachen über unser zukünftiges zuhause in Hurghada, neben dem Meer. Seine Familie wollte, dass wir in Luxor gemeinsam mit ihnen in ihrer Wohnung lebten, doch Tony wies diese Hoffnungen zurück. *„Sie will am Meer leben"*, sagte er ihnen erneut. „Und wir können sie ja dann einmal im Monat besuchen", meinte er zu mir. *„Ich liebe dich, meine großartige Prinzessin. Nächsten Sonntag werden wir zusammen sein."*

Mittlerweile wusste auch sein älterer Bruder, dass wir heiraten würden, seine Mutter hatte es ihm erzählt. *„Wenn du kommst, nehme ich dir deinen Pass weg. Ich zerschneide ihn oder ich werfe ihn ins Meer. Oder ich werde mit dir in deiner Reisetasche zurückfahren. Mit dir weiß ich, was Liebe ist. Du hast mich verrückt gemacht nach dir."* Diese Worte hörte ich immer und immer wieder. Sie waren wie Gehirnwäsche und zugleich Balsam auf meiner Seele.

Wir sprachen nun immer wieder, dass wir im Februar in Hurghada heiraten würden. Wir könnten die Papiere ohne Datum ausstellen lassen.

Wenn ich mich danach in Österreich rechtsgültig scheiden lassen würde, könnten wir die Daten in den Heiratspapieren nachtragen. Danach könnte ich die Papiere an die österreichische Botschaft weiterleiten und damit wären wir verheiratet.

Er war sich also sicher, dass wir heiraten würden. *„Ich werde sehr glücklich sein, wenn wir verheiratet sind“*, sagte er. Aber da war ja noch die Sache mit den Ringen. Leider hatte er zurzeit kein Geld für Eheringe. Und ich bekräftigte immer wieder, dass ich ohne Ringe nicht heiraten würde. *„Warum nicht? Ich verspreche dir, du bekommst sie im Mai.”* Nein, auf das stieg ich wirklich nicht ein, sicher nicht. Und ich würde ihm das Geld auch nicht borgen, schließlich wollte ich mir meinen Ehering ja nicht selbst kaufen. *„Keine Ringe, keine Heirat“*, hielt ich fest.

Und dann passierte wieder einmal Unglaubliches. Wenn es nicht so gewesen wäre, wäre es ein schlechter Scherz. Tony erzählte mir bereits einige Tage zuvor, dass er in die Kirche gehen müsse, um für uns zu beten. Nun sei er dort gewesen und hätte mit dem Mönch gesprochen. Und nun müsse er mir etwas erzählen, startete er erneut. Ich begann mich wie immer zu fürchten, wenn er seine Chats so begann.

Der Mönch habe ihm gesagt, er müsse mich verlassen. Er habe einen schweren Fehler gemacht, da ich verheiratet sei und auch zwei Kinder hätte. Wenn er mich nicht verlassen würde, würde das Unglück ihn und seine Familie ereilen. Und er müsse zum Militär, das sei sicher, es sei denn, er verlasse mich. Ich sei keine Jungfrau mehr, ich sei inakzeptabel als seine Frau. Nur durch schnelle Trennung entginge er der Strafe Gottes.

Ich war entsetzt über diese ketzerischen Worte des Mönchs und über die Angst, die aus Tonys Augen funkelten. Tony beendete seine Worte damit, dass der Mönch mit seinen Prophezeiungen immer Recht hätte und alles, was er jemals gesagt hätte, sei auch eingetroffen, schließlich sei er der verlängerte Arm Gottes.

Am folgenden Tag erzählte mir Tony, dass sein anderer Freund Mena von Qena zurückkam, wo er studierte. Tony erzählte ihm ebenfalls, dass wir heiraten würden. *„Aber sie ist verrückt“*, antwortete er. *„Ich liebe sie, und bitte sprich nie wieder über sie“*, gab Tony zurück. Er war wirklich böse auf seinen Freund. Ab diesem Zeitpunkt durften seine Freunde in seiner Anwesenheit nicht mehr über mich sprechen und er wies sie an, keinesfalls mit mir Kontakt aufzunehmen und wenn ich ihnen in Facebook schreiben würde, dürften sie keinesfalls antworten. Aber das erzählte er MIR natürlich nicht. Das bemerkte ich erst zu einem späteren Zeitpunkt. Dann aber verstand ich, was „Freund sein" in Ägypten bedeutet. In Österreich würde ich solche Menschen niemals zu meinem Freundeskreis zählen, im Gegenteil, ich würde ihnen so weit wie möglich ausweichen, um ja nicht mit ihnen kommunizieren zu müssen. Sie waren falsch, unehrlich und hinterhältig. Und sie waren eifersüchtig, wenn es Tony besser ging als ihnen. *„Wenn du meine Frau bist, werde ich dich beschützen, und alle werden dich respektieren, sonst werde ich nicht mehr mit ihnen reden." „Ich werde nie mit ihnen Kontakt suchen, sie sehen mich nur als deine Chance"*, antwortete ich verletzt. *„Schatzi, ich kümmere mich nicht um andere Leute. Wie alle Menschen in der Welt reden Ägypter soooo viel"*, versuchte er zu beschwichtigen.

„Schatzi, kann ich diesmal von dir Fotos machen?" fragte er mich. *„Sicherlich"*. Das letzte Mal im September war ich so schüchtern, dass ich mich nicht getraut hatte Tony zu fotografieren und er tat es ebenfalls nicht. So blieben uns auch nur zwei gemeinsame Fotos und zwei Fotos von mir allein. Eines dieser Fotos stellte ich auf Facebook, und schon wurde es von einem seiner Freunde kommentiert mit „so pretty". Als sein Freund erfuhr, dass ich das sei, war ihm der Kommentar sehr unangenehm. Und ich hatte wie immer das Gefühl, dass ich „die Hure" sei, die Frau, die in den Augen der Ägypter nur wegen dem Sex nach Ägypten fährt, und es sei doppelt schlimm, da ich sogar noch einmal zu Tony zurückkehrte, um mit ihm Spass zu haben. Und ich sei „die gute Chance".

Ja, nachdenken durfte ich nicht, sonst wurde mir übel. Aber das tat ich ohnehin nicht, da mein Hirn und meine Seele bereits verkauft waren.

„Ich beginne Facebook zu hassen", begann ich unseren Chat. *„Ich auch"*, erwiderte er. *„Immer wieder chattest du nebenbei mit anderen. Ich möchte dich nur mehr in Hotmail treffen"*, gab ich zurück. Und jedes Mal versicherte ich mich, dass er nicht zugleich auch in Facebook online war, um zeitgleich mit anderen Frauen zu kommunizieren. Er stritt das ab, doch warum schrieb er mir dann immer wieder zwischendurch in Arabisch? Ich war ja nicht dumm, ich merkte das.

Zu diesem Zeitpunkt hatte ich bereits das Passwort von Tony in Facebook genauso wie er meines hatte. Wenn ich misstrauisch wurde, öffnete ich dann natürlich seinen Link und stellte wieder einmal fest, dass er mit einem Mädchen chattete. Sie hieß Sara Aziz, sie war 25 Jahre alt und kam aus Alexandrien. Er fragte sie gerade nach ihrer Yahoo-Adresse. Das konnte ich mittlerweile sogar auf Arabisch lesen. Ich kam mir ziemlich verschaukelt vor. Aber Tony behauptete dann immer, sein jüngerer Bruder würde in Facebook chatten, während er sich mit mir in Hotmail traf, doch das glaubte ich ihm natürlich nicht. *„Lösch sie einfach, ich brauche sie nicht.“* hielt er fest, und *„Mein Bruder ist zu jung, um sich selbst in Facebook zu registrieren.“* Und auch das stimmte natürlich nicht. So eröffnete ich für seinen Bruder eine eigene Facebook-Adresse, legte ihm den Account an, legte ihm Tony und mich als Freunde an und gab Tony die neue E-Mail-Adresse von seinem Bruder und dessen Passwort weiter. Er solle es gleich ändern, trug ich ihm auf. Ab diesem Zeitpunkt war Tony während unserer Chats niemals mehr online zu finden, und, obwohl Tony seinen Bruder anwies sich bei mir für die neue Adresse zu bedanken, war eigenartigerweise auch dieser nie mehr online.

„Schatzi, glaubst du, ich hätte wirklich mit einem Mädchen gechattet und du hast mein Passwort? Und ich sage dir, dass du sie löschen darfst? Und du wirst sie alle immer wieder löschen und das immer wieder machen, weil du eben so bist. Und ich werde dich daran erinnern. Du vertraust mir nicht. Ich weiß das.“ Wie sollte ich ihm auch vertrauen, wenn er immer wieder dieselben Dinge machte, die mich so störten? Geringschätzigkeit würde ich das nennen, doch blind vor Liebe reagierte ich immer wieder mit Verzeihen. Und dennoch würde zu einem späteren Zeitpunkt ihm dieses „offenherzige Freundschaft schließen“ und „Freundschaft pflegen“ im Internet wie ein Damoklesschwert beinahe das Rückgrat brechen. Doch er lernte niemals aus seinen Fehlern.

Vor der Abreise zu Hause...

Die Abreise nach Hurghada näherte sich täglich, so forderte mich mein Mann dann auch eines Tages auf, ihm die Kinderbeihilfe, die ich jeden zweiten Monat vom Finanzamt überwiesen bekam, zu übertragen. *„Warum, warum jetzt?“* fragte ich. *“Du brauchst nur mehr die Scheidungspapiere zu un-*

terschreiben. Sie sind fertig." Er war sich sicher, dass ich nicht mehr aus Ägypten zurückkehren würde. Er teilte mir mit, dass er nicht wolle, dass ich mich mit dem Geld der Kinderbeihilfe mit meinem Lover in Ägypten vergnüge.

DAS war eindeutig, und DAS tat weh.

„Nein, ich werde zurückkommen. Du wirst sehen." Ich war ziemlich nervös und als ich mit Tony chattete, war er wieder einmal zeitgleich im Gespräch mit einer Dame. Ich hasste ihn dafür. Ich riskierte mein Leben, meine Familie, mein ALLES – und zugleich war ich ihm nicht einmal die Zeit wert, um mit mir im Internet allein zu sein. *„Wenn wir uns umarmen, wirst du alles vergessen. Du machst aus Kleinigkeiten immer große Sachen."* Das war die typisch ägyptische Antwort auf vieles. *„Wir werden uns in drei Tagen und zehn Stunden wiedersehen, warum sollte ich also mit anderen Frauen reden? Ich bin nicht schlecht zu dir. Ich mache alles, was du willst."* Das waren so Standardsätze, ich hörte sie tausend Mal...

Tony erzählte mir, dass er nun eine Wohnung in Hurghada gefunden hätte. Sie sei sehr schön und sehr zentral. Wir würden kein Taxi benötigen. Aber leider müsse er einen Monat Miete bezahlen, da es keine Wochenmieten gab. Irgendjemand bereicherte sich da wieder einmal an mir und insgeheim hoffte ich, dass es nicht Tony war. Tony hatte als Miete 250,- Euro ausgehandelt. Ich war nicht zufrieden. Ich rechnete ihm vor, dass ein Wochenarrangement in Hurghada um 490,- Euro all inclusive zu haben sei. Ich aber müsse 405,- Euro allein für den Flug ohne Visum und 250,- Euro für die Wohnung bezahlen. Aber es sei nur Geld. Und wir seien in einer Wohnung unabhängiger als in einem Hotel, hielt ich fest. Erst später merkte ich, dass die Buchung in einem Hotel für uns beide unmöglich war. Das war nicht einmal von Österreich aus machbar. Niemals durften ein unverheirateter Ägypter und eine Europäerin ein Zimmer miteinander teilen. Das wäre nach ägyptischer Tradition unmöglich.

In Hurghada hatte es zu dieser Zeit 27 Grad. *„Du bleibst eine Woche bei mir?"* fragte er. Wieder hatte er das vergessen. Aber wie immer blieb ich geduldig. *„Ja, ich muss am Sonntag früh zurück, mein Flugzeug geht um 9:45h." „Ich möchte, dass du länger bleibst."* sagte er. *„Wenn du möchtest, kann ich bald wieder zurückkommen. Wir können nicht wieder fünf Monate warten. So werden wir verrückt... vielleicht du nicht, aber ich zumindest."* Mittlerweile hatte Tony unsere Wohnung in Hurghada auch schon bezogen.

Fünf Stunden habe er von Luxor bis Hurghada gebraucht, so war er müde von der Busfahrt. *„Ist die Wohnung sauber?"*, fragte ich. *"Naja, aber ich werde alles putzen."* Tony musste noch drei Tage und ein paar Stunden auf mich warten. Ihm war langweilig und er vermisste mich. Er überlegte, ob er sich nicht gleich um Arbeit umsehen sollte, da wir ja bald in Hurghada wohnen würden. *„Ich könnte dann gleich anfangen, wenn du heimfliegst"*, meinte er. *„Wirst du die 300,- Euro zurückfordern?" „Welche 300,- Euro?" Die, die du mir für den Laptop geborgt hast"*, meinte er. *„Willst du sie zurückgeben?" „Ja ich möchte, aber nicht dieses Mal. Habibi, du weißt, dass ich schon so lange keine Arbeit habe wegen meiner Prüfungen."* Sicherlich, Tony war bereits seit 20. Dezember ohne Arbeit, und es war bereits Mitte Februar. Zuerst konnte er nicht arbeiten wegen der Prüfungen, danach nicht, weil ich ihn wieder treffen wollte. So verhinderte auch ich, dass er arbeiten konnte. Wir vereinbarten, dass ich die Miete zahlte, er aber für alles andere aufkam, Lebensmittel und Disco und alles andere, was wir sonst noch so brauchten. *„Wir werden alles machen, was du möchtest"*, sagte er, *„und wir werden nach Luxor fahren."* Und schon musste mir Tony wieder etwas sagen...

Wenn er so begann, wusste ich bereits, dass es nichts Gutes war. *„Wir müssen leider mit dem öffentlichen Bus nach Luxor fahren"*, sagte er mir. *„Ok, wo ist das Problem?" „Wir werden sehen. Und bitte zahl du die Fahrt nach Luxor und bitte zahl für den Vertrag. Wenn ich das Geld hätte, würde ich dich nicht fragen."* So wollte er doch tatsächlich, dass ich den Rechtsanwalt zahlte, dass er uns verheiratet, und das ohne Ringe... Ich sollte also meine eigene Hochzeit bezahlen. Soweit ich mich informiert hatte, kostet eine ägyptische Hochzeit ungefähr 5.000,- Euro, da der Ehemann eine Wohnung und Goldschmuck für die Braut beisteuern musste. Außerdem musste er die Hochzeitsfeierlichkeit bezahlen. Und ich sollte meine eigene Hochzeit bezahlen und dabei auf den Ring verzichten. Das konnte nun doch wirklich nicht sein. 40,- Euro für die Busfahrt und 60,- Euro für den Vertrag - nur dafür, dass wir geruhsam mit dem Bus nach Luxor fahren konnten? Ich kam mir vor wie ein Goldesel... Leider hatte ich keinen. Auch ich verdiente mein Geld durch harte Arbeit und reich war ich leider daher auch nicht.

„Ich bringe dafür alles vom Supermarkt, was du willst. Du kannst aussuchen, ich bezahle." sagte er mir. So rechnete ich hoch, was der Urlaub kosten würde. Unter 900,- Euro würde ich wohl wieder nicht davonkommen.

„Du wirst sehen, der Urlaub wird perfekt." Na klar, ich kam ja für beinahe alle Kosten auf. *„Was sollte da nicht perfekt sein?"* fragte ich mich.

„Und wenn wir heiraten, kannst du wirklich nie mehr heiraten? Bist du dir sicher, dass du das willst?" „Ja, sicher, warum nicht? Du weißt, dass ich dich so sehr liebe", entgegnete er mir. *„Aber ich werde nicht ohne Ringe heiraten!"* hielt ich erneut fest. *„Weißt du, ich bin nicht schlecht. Ich bin zwar nur Europäerin, aber ich bin trotzdem eine stolze Frau." „ Macht es dir was aus, wenn sie nicht aus Gold sind?"* fragte er. Daraufhin riss mir die Geduld. *„Ich muss jetzt aufhören. Wir sehen uns später."* Und schon war ich offline.

„Hast du dir das mit den Ringen überlegt?" begann ich im nächsten Chat. *„Keine Goldringe", war die Antwort. „Glaubst du nicht, dass deine Heirat zumindest Goldringe wert ist? Es ist auch deine Hochzeit, Schatzi. Tony, warum möchtest du mich unbedingt heiraten? Weil wir nach Luxor fahren? So will ich nicht heiraten!" „Was soll ich machen?"*

Damit ging er auf Tauchstation, ich schrieb im offline. Ich teilte ihm mit, ich ginge nun zu Bett. Ich würde ihn am nächsten Tag nicht kontaktieren, doch er wisse ja, wie er mich erreichen konnte. Und wenn er böse auf mich sei, solle er mir besser nicht schreiben. Und er könne die ganze Nacht im Internet surfen, und mir wäre auch egal mit wem, ich würde nicht nachfragen. Als sich Tony nicht mehr meldete, sandte ich seinem Freund Mena in Facebook Nachrichten, um Tony anzurufen und zu sehen, ob alles in Ordnung sei. Und ich sagte ihm auch, dass ich nicht verrückt sei. *„Ein bisschen vielleicht... so wie alle Menschen... oder vielleicht ein bisschen auf Drogen?"* Ich erlaubte mir einen Scherz. Das war keine gute Idee. Sofort war Tony wieder da und wir hatten ziemlich Streit, weil ich mit seinem Freund Kontakt aufgenommen hatte. *„Ich werde wieder nach Luxor zurückfahren"*, teilte er mir mit, *„noch heute Abend."*

Ich war geschockt. Was hatte ich denn so Böses gemacht? Ich entschuldigte mich wieder und wieder und bekräftigte, dass ich die ägyptische Tradition so nicht leben konnte, weil ich sie gar nicht kannte. Ich würde ihn nicht hintergehen und auch nicht mit anderen Männern betrügen.

Das Miteinander mit einem Ägypter war wirklich schwer! *„Ich bin erwachsen und ich will nicht, dass du mit mir wie mit einer Gefangenen sprichst. Dein Freund ist ein Trottel, das hat er nun zweimal bewiesen." „Er wird uns Probleme machen"*, sagte Tony. *„Er ist ein Lügner und er macht mich immer schlecht"*, war ich erschüttert. *„Ich bin wirklich ein gute*

Mensch", bekräftigte ich. Aber mittlerweile fühlte ich mich manchmal wie eine Hure, nur weil ich einen Menschen in einem fremden Land liebte... und ihm sandte ich auch Geld, also musste ich sogar für diese Liebe bezahlen. Ich fühlte mich elend. *"Ich habe so viel Stress zu Hause und mit dir auch. Ich weiß nicht mehr, wohin ich gehen soll. Auf allen Wegen, die ich gehen könnte, bin ich unerwünscht und überall werde ich nur in Schwierigkeiten gebracht. Vielleicht sehen wir uns morgen. Ich möchte jetzt alleine sein"*, und wieder weinte ich Bäche.

Am nächsten Nachmittag, als Tony mich wieder zu Gesicht bekam, meinte er schnell, dass wir reden müssten. *„Nein, ich kann nicht. Ich will nicht, dass du mich wieder schimpfst. Einerseits möchtest du, dass ich mich wie eine ägyptische Frau verhalte, nicht mit deinen Freunden spreche ohne dich vorher um Erlaubnis zu bitten und nicht meine BH-Träger unter meinem T-Shirt heraus blitzen lasse, andererseits ist dir deine eigene Hochzeit nicht einmal Goldringe oder ein Geschenk wert." „Schatzi, ich verspreche dir, wir können im Mai heiraten und ich werde Goldringe haben und für dich eine Goldkette." „Ohne Ringe werde ich dich nicht heiraten." „OK" „Und ich möchte nicht den Respekt von deiner Familie und deinen Freunden verlieren, wenn ich den Vertrag bezahle und auf den Ring verzichte." „So wirst du ihn verlieren,"* antwortete er ziemlich überraschend, *„und außerdem werde ich niemandem erzählen, dass du alles bezahlt hast."*

Wir wechselten das Thema. So erzählte mir Tony, dass er bei seinem Cousin im Hotel als Verkäufer für Tauchgänge arbeiten könnte. Er würde zwischen 350,- und 400,- Euro pro Monat verdienen. Ich riet ihm, die Stelle anzunehmen und erzählte ihm zugleich, dass ich die Open-Water-Tauchprüfung gemacht hatte und bereits einige Taucherfahrung in verschiedenen Weltmeeren besaß. Tony war nicht minder erstaunt.
„Dann werde ich dich zum Tauchen einladen." „Ja Tony, sicher..." Ich schmunzelte.

Unglücklicherweise war ich seit drei Tagen krank. Ich hatte Angina, so wie meine Tochter. Ich war sofort beim Arzt und forderte ihn auf, mir sofort ein Antibiotikum zu verschreiben, da ich am Sonntag nach Ägypten fliegen wolle. Und da ich im Krankenstand war, war mir das extrem unangenehm, braun gebrannt nach meinem Urlaub aus dem Krankenstand zurückzukehren. Aber, was sollte ich machen? Beinahe gesund, eigentlich nur nicht mehr ganz krank, trat ich dann auch am Samstagabend meinen Urlaub an und fuhr um Mitternacht nach Wien. Mein Mann fuhr tags davor weg, um mich nicht aufbrechen zu sehen und er teilte mir zugleich auch mit, er werde nicht da sein, wenn ich zurückkäme. Er wäre nicht neugierig darauf, meine strahlenden Augen zu sehen.

Bevor ich auf Urlaub fuhr, eröffnete ich noch eine zweite, geheime Facebook-Adresse, in der ich mich nur mit Tony austauschen konnte. Ich wollte nicht, dass er mir unter meinem Name postete und mir Blumen oder Herzen sandte, schließlich hatte ich auch viele Klienten unter meinen Freunden... und Getratsche konnte ich zurzeit nicht brauchen.

Ständig hatten wir Diskussionen. Tony erzählte mir, dass er am Samstag Nachmittag in die Kirche gehen wolle. Im Allgemeinen dauerte so ein Kirchenbesuch mindestens zwei bis drei Stunden und so registrierte ich zufällig sehr erstaunt, dass er gerade zu dieser Zeit online im Internet zu finden war. Ich schrieb ihm daher auch, doch er antwortete mir nicht. Nachdem ich den ganzen Nachmittag allein zu Hause war, kam er erst am Abend wieder online, prompt, als meine Familie nach Hause kam. Er erzählte mir, er wäre nur kurz in der Kirche gewesen, danach wäre er in Internetcafe gewesen, er hätte mich allerdings nicht bemerkt und hätte auch meine Nachrichten in Facebook nicht gesehen. Und wieder machte uns das Internet Probleme.

Tony wechselte rasch das Thema und er erzählte mir, dass er, wenn wir erst verheiratet wären, niemals allein ohne mich ausgehen werde. Wir würden immer gemeinsam weggehen. Ich hätte Freunde in Hurghada, aber allerdings nur Frauen. Und er erzählte mir, dass er nach ägyptischer Tradition nicht mit Frauen kommunizieren durfte, wenn es keinen Grund dafür gäbe. Das wäre nicht möglich, sie würden ihn fragen, was er von ihnen wolle. Es gäbe nur die Möglichkeit für gemeinsame Gespräche, wenn er eine Frau als Kollegin hätte, sonst nicht. In Österreich wären gemischtgeschlechtliche Freundschaften völlig normal, sagte ich ihm. Nicht aber in Ägypten, das sei nicht möglich. So erkundigte ich mich bei ihm, wie ägyptische Männer dann zu Frauen kämen. *„Das ist zu kompliziert. Ich werde dir das erzählen, wenn du bei mir in Hurghada bist“,* amüsierte er sich. Ich war doch ziemlich naiv, bemerkte ich wieder einmal. Ich verstand nun auch seine Freunde besser und stellte fest, *„they are overloaded...“* Sie brauchen ganz einfach nur Frauen, aber das ist ja in Ägypten nicht so einfach möglich, Sex gibt's eben nur mit Touristinnen, deshalb sind sie alle so anhänglich.

„Werden wir deine Freunde einmal zu uns einladen, wenn wir in Hurghada wohnen?" fragte ich wieder einmal so naiv. *„Schatzi, ich muss dir etwas sagen... Es ist deine Wohnung, wenn du nicht möchtest, dass irgendjemand zu Besuch kommt, ist das für mich in Ordnung." „Wenn wir zusammenleben, ist das unsere Wohnung,"* antwortete ich nur und wusste auch schon, wer sie finanzieren würde. Damit war auch das besprochen. Tony wollte keine Freunde in unsere zukünftige Wohnung in Hurghada einladen, weil er meinte, er kenne sie alle. Sie würden alle alles tun, nur um an Geld zu kommen. Er würde ihnen nicht trauen.

Wow, solche Worte über das eigene Volk, das war scharf. Und dann fragte er mich noch...

Tony	**Ich**
Sag mir alles, was du über mich denkst, aber ehrlich.	
	Wenn ich dir nicht vertrauen würde und dich nicht so lieben würde, glaubst du, dann würde ich mich scheiden lassen? Du bist manchmal ziemlich eigenartig und sehr unterschiedlich zu mir, deshalb frage ich dich immer so viel, um dich besser zu verstehen. Und ich versteh dich oft nicht, dass du wegen NICHTS so ärgerlich werden kannst.
Ja, ich weiß, Schatzi. Ich will dich keinesfalls verlieren.	
	Muss ich dich, wenn wir verheiratet sind, fragen, was ich tun darf?
Wie was zum Beispiel?	
	Ob ich heim fliegen darf.
Nein, musst du nicht. Aber du solltest es mir vorher sagen, wie zum Beispiel, ich werde nächste Woche fliegen. Dann werde ich auch zustimmen. Ich sollte einfach alles in deinem Leben wissen.	
	Sind Männer und Frauen in Familien Partner, sind sie gleich viel wert?
Nein.	
	Ich will aber nicht weniger wert sein als du. Ich will nicht alles tun, was mir mein Mann anschafft. Ich möchte selber denken.
Wir können später darüber sprechen.	
	Entschuldigung, dass ich dich so viel frage, aber ich bin vielleicht in einer Woche verheiratet.

Vielleicht?

Du hast mich noch nicht gefragt, ob ich dich heiraten werde. Du hast mir nicht dabei in die Augen gesehen und du hast mich nicht gefragt, ob ich zu dir nach Ägypten kommen werde.

Ich sollte dich das fragen?

In Österreich ist das zumindest so und die Frau bekommt dabei Blumen.

Ich werde das so machen und ich werde dich fragen, ob ich dich heiraten kann.

Ich weiß nicht, wie das in Ägypten üblich ist…

Der Mann geht zum Vater der Frau und sagt ihm, dass er seine Tochter will. Der Vater fragt seine Tochter dann, ob sie diesen Mann heiraten will.

Wow, ohne ihn zu kennen?

Normalerweise ja, aber jetzt kennen sich fast alle, durchs Telefon, geheim.

OK, aber du brauchst nicht meinen Vater fragen, frag einfach mich.

Das werde ich tun in Hurghada. Ich vermisse dich so.

In 51 Stunden werde ich losfahren, und 10 Stunden später bin ich in deinen Armen. Ich bin so neugierig auf diesen Moment.

Ich auch, ich werde dich so fest umarmen, ich vermisse dich so.

Wir konnten unser Wiedersehen kaum erwarten. Trotzdem lud Tony ständig Frauen in Facebook ein.

Tony

Ich

Schatzi, mir ist langweilig am Abend, niemand ist im Chat, so schaue ich mich ganz einfach um und schließe neue Kontakte.

Und warum sind es immer Frauen? Ich will nicht, dass du immer mit Frauen chattest. Lösch sie wieder. Ich will nicht, dass du in deinen Nächten mit Frauen sprichst.

Glaub mir, ich kenne sie nicht.

Dann kannst du sie ja alle löschen. Dann ist das kein Problem.

OK, Schatzi, du weißt dass ich das mache, weil ich zurzeit keine Arbeit habe.

Sicher, aber keine Frauen, schon gar nicht ,wenn du alleine bist oder traurig.

Du hast mich und du weißt, dass ich dich liebe, das sollte genug für dich sein.

Du kannst mein Facebook öffnen und alle löschen, die du löschen möchtest.

Ja, das ist genug für mich. Wirst du sie alle löschen?

Amera, Dode, Beautygirl luxor, Bosy cat, Kamelia, Marina, Mrmr, du kannst sie selber löschen. Und bitte mach keine neuen Kontakte mehr zu Frauen. Ich darf das ja auch nicht. Du wolltest auch, dass ich alle männlichen Kontakte lösche, was ich auch getan habe. Lösch sie einfach, sie können alles lesen, was du schreibst. Das will ich nicht.

Im Nachhinein weiß ich, dass Tony sie alle kannte. Und schon erzählte er mir, Amera kannte er von der Uni, sie sei verlobt. *„Warum spricht sie dann in der Nacht mit dir, wenn sie verlobt ist? Ist das normal in Ägypten? Ist das für ihren Verlobten in Ordnung? Weiß er davon?“* So kannte er dann doch einige von ihnen und natürlich löschte er keine. Aber ich hatte keine Skrupel, ich löschte sie am nächsten Tag alle. Dann waren sie weg – aber später kamen sie wieder, nach und nach tauchten Frauen in seinem Leben immer wieder auf, viele von ihnen waren wie ein Bumerang.

„Natürlich bin ich eifersüchtig. Und ich bin weit weg von dir. So will ich keine Frau, die uns stört. Kannst du damit leben, dass ich keine andere Frau in deinem Leben will?“ „In meinem Leben gibt es keine andere Frau, nur dich!“ Hoch und heilig versprach mir Tony, keine neuen Kontakte mehr zu Frauen zu suchen. Doch dieses Versprechen sollte nicht lange halten. Tony war in seinen Gedanken nicht treu und er war mir gegenüber schon damals nicht loyal. Wenn ich allerdings anderen Männern schrieb, überschlug er sich förmlich vor Eifersucht.

Noch 42 Stunden, dann würden wir uns wiedersehen. Mittlerweile langweilte sich Tony enorm. Er erzählte mir, dass er mich schon am Flughafen erwarten werde. *„Wenn dir so langweilig ist, kannst du ja die Wohnung sehr schön putzen“*, trug ich ihm auf. *„Ja, sicher.“*

Noch immer waren es 20 Stunden des Wartens. Ich hatte mittlerweile einen zweiten Facebook-Account und forderte Tony auf, die Freundschaftseinladung anzunehmen, was er auch tat. Tony musste sich zwischenzeitlich auch bei seinem neuen Arbeitgeber vorstellen und ihn von seinen Deutsch- und Russischkenntnissen überzeugen. Er solle sich wieder melden, wenn er seine Flitterwochen mit seiner Frau beendet hätte. Tony erzählte ihm, das würde in einer Woche sein.

Ich konnte meinen Abflug kaum mehr erwarten. Vor dem Haus hatten wir 60cm Schnee, in Hurghada wartete die Sonne auf mich. *„Tony, ich weiß, warum ich dich so liebe. Weil du so bist wie du bist.“* Er machte mir Komplimente und ich schmolz wie Eis. Die Ägypter haben nicht nur eine blumige Sprache, sie verstehen es auch, Frauen, die sie begehrten, wirklich hinreißende Komplimente zu machen.

Tony war am Abend vor meinem Abflug noch mit seinem Cousin unterwegs, der ebenfalls gerade in Hurghada arbeitete, doch um 22:47 sahen wir uns noch kurz. Um Mitternacht sollte ja meine Reise losgehen. Ich hatte einen so großen Koffer, dass ich befürchtete, ich könne ihn nicht mehr bewegen. Mit im Gepäck war auch ein Leintuch für ein Doppelbett. Ich hatte gelernt, dass eben nicht alles so ganz sauber in Ägypten ist. Natürlich war das Bettzeug nie gewaschen, so nahm ich zur Sicherheit frisches mit.

Knapp vor dem Abflug ersuchte ich Tony noch, die ganze Nacht das Handy eingeschaltet zu lassen, da er der einzige sei, der wisse, dass ich reisen würde. *„Und antworte bitte auch, wenn ich dich anrufe“,* ersuchte ich ihn. Falls mir etwas zustoßen würde, wolle ich ihn erreichen können. Nur mein Mann wusste, dass ich wegflog, der war aber für mich natürlich nicht erreichbar, und natürlich wussten es auch die Kinder. Meine Schwester hatte ich auch eingeweiht. Meinen Eltern hatte ich bis zu diesem Zeitpunkt meine prekäre Privatsituation erfolgreich verschwiegen. So wie Kate wollte auch meine Schwester, dass ich ihr ein E-Mail aus Hurghada schickte, damit sie wüssten, dass alles mit mir in Ordnung war. Alle hatten Angst, dass Tony mich nicht mehr ausreisen lassen würde. Und als ich meiner Schwester noch schrieb, dass ich am liebsten gleich dortbleiben würde, hatte sie auch noch Angst, dass ich ganz einfach untertauchen würde. *„Die Probleme wären – wenn du untertauchst – NICHT erledigt. Sie wären bestenfalls hinausgeschoben. Wenn du deine Ehe beenden willst, solltest du dazu auch stehen und die dazugehörenden Formalitäten erledigen. Außerdem kannst du wegen deiner zwei minderjährigen Kinder nicht untertauchen. Sie würden sich große Sorgen um dich machen, sie lieben dich, sie brauchen dich!!! Ich wünsche dir den Durchblick, eine gute Mischung aus Bauchgefühl und Ratio, aber auch eine erholsame Woche! Freu mich schon auf deine Lebenszeichen.“*

Kapitel 6

Das zweite Wiedersehen

Das Wiedersehen

Ausnahmsweise kam das Flugzeug diesmal pünktlich an. Zum ersten Mal landete ich in Hurghada und war schon gespannt auf diese Stadt. Im Vorfeld hatte ich über Hurghada nichts Gutes gehört, so erwartete ich mir auch nicht allzu viel. Doch ich kam ohnehin nur wegen Tony, so war mir das Umfeld egal.

Schon beim Landeanflug registrierte ich aber, wie schön der Anblick auf Hurghada war, so war ich voller Vorfreude und hatte Schmetterlinge im Bauch. Routiniert erledigte ich alles rund ums Einreisevisum am Schalter und brauste auch schon mit meinem Koffer aus dem Flughafengebäude. Tony konnte ich allerdings draußen nicht entdecken. Schlagartig war ich ziemlich gestresst, ich wusste ja nicht einmal, wo wir wohnten und hatte keine Ägyptischen Pfund bei mir. Taxis gab es am Flughafen keine. Während ich einige Minuten nachdachte, was ich nun tun konnte, sah ich schon ein Taxi heranbrausen. Es blieb neben mir stehen, Tony stieg aus und der Taxifahrer musterte mich mit wachsamen Augen. Tony küsste mich flüchtig und entschuldigte sich. Er hätte verschlafen, doch nun sei er ja da. Erleichtert nahm ich das zur Kenntnis.

So brauste das Taxi vom Flughafen nach Hurghada ins Zentrum und blieb in einer ziemlich holprigen Straße stehen. Wir gingen ins Haus. Tony entschuldigte sich, leider wäre die Wohnung im Parterre, Balkon gäbe es daher auch keinen. Er öffnete die Türe, schob mich hinein und küsste mich aufgeregt.

Danach sah ich mir die Wohnung an. Ich war ernüchtert. Sie war im Vergleich zu September klein, alt, schäbig und leider auch ziemlich schmutzig. Das Bad und das WC waren eine Katastrophe. Ich befürchtete, dass ich wohl eine Woche nicht auf die Toilette gehen konnte... Ich sah sie genauer an und überlegte mir, ob ich es schaffen würde sie zu putzen und entschied mich, dass das nicht möglich wäre. Sie war innen braun und die WC-Bürste war so unappetitlich, dass ich sie unmöglich angreifen konnte. Der Boden in der Wohnung war sandig und schmutzig. So packte ich diesmal meine Kleidung auch nicht aus, alles blieb im Koffer. Doch das alles war keine Überlegung wert, Tony war ja da. Endlich waren wir wieder beisammen.

Zwei Tage später reinigte ich dann doch unsere Wohnung. Es war für mich nicht möglich so ein Bad zu benutzen. Ich kaufte also im nahen Supermarkt Lappen und Putzmittel und wir schrubbten gemeinsam Bad und Boden. Ich ersuchte Tony, sich um die Toilette zu kümmern. Ich schaffte es einfach nicht sie zu reinigen. Er tat wie gebeten und ich bin mir sicher, das war seine erste Putztätigkeit in seinem Leben, die er mir zuliebe absolvierte. Als Dank glänzten danach die Böden und das Bad, und die Toilette war zumindest benutzbar.

Am Sonntagabend übergab ich Tony ein Päckchen mit dem gewünschten Rasierer und ein gutes Aftershave. Er freute sich sehr über seine Geschenke, da er es nicht gewohnt war, etwas geschenkt zu bekommen.

Wie versprochen meldete ich mich noch am Sonntag per E-Mail bei meiner Schwester und schrieb ihr, alles wäre in Ordnung. Kate allerdings schrieb ich, dass es mir mehr oder weniger gut ginge. Ich sei glücklich und werde bei jeder Entscheidung, die ich treffen würde, vorsichtig sein. Ich hatte ihr ja im Vorfeld erzählt, dass ich vielleicht heiraten würde. Und ich schrieb ihr, dass das Leben manchmal eigenartig sei und auch wenn ich glücklich sei, ich traute der Situation nicht so ganz.

Unsere Zeit in Hurghada

Wie immer, wenn ich Tony traf, kam es mir vor, als kannten wir uns schon ewig. Tony war mein Seelenverwandter, er konnte in mich hineinsehen und durch mich durchsehen. Ich glaubte, in seinen Augen stets die große Liebe und Leidenschaft nach mehr erkennen zu können. Ich fühlte mich wirklich geliebt und sicher in seinen Armen. Niemals zweifelte ich an seiner Aufrichtigkeit. Ich liebte ihn. Ich verzehrte mich nach ihm. Ich bewunderte ihn. Er war für mich ALLES. Er war mein König. Und er machte mich stets zu seiner Prinzessin, zu seiner Frau.

Das tat er auch in Hurghada. Wir lernten seinen Cousin kennen und Tony stellte mich als seine Frau vor. Und wir fanden einen schönen privaten Strandzugang, nicht gerade günstig, aber sehr gepflegt. Auch dort traten wir stets als Ehepaar in Erscheinung. Die Angestellten nahmen bald Kenntnis von mir, da ich versuchte, meine Arabischkenntnisse einzusetzen, wenn immer es möglich war. Sie schmunzelten, nahmen aber meine wiederholten Versuche erfreut zur Kenntnis.

Morgens blieben wir lang im Bett, frühstückten ausgiebig, tagsüber erholten wir uns am Strand und ich motivierte Tony, immer länger zu schwimmen, bis er schon bald zu den Bojen schwimmen konnte. Er war so stolz auch sich selbst und ich lobte ihn immer wieder, wie mutig er doch war. So war Tony einer der wenigen Ägypter, der sich ins Meer hinauszuschwimmen traute. Ich schwamm wie ein Fisch, doch ich blieb immer an seiner Seite, damit er seinen Mut nicht verlor.

Am Abend gingen wir stets durch Hurghada spazieren, wir gingen in typisch ägyptische Lokale und auch zu *Starfish,* einem wirklich guten Fischlokal im Herzen Hurghadas. Danach gingen wir meist ins gleiche Cafe, das in der Mitte der Cherry-Street war, um Wasserpfeife zu rauchen und einen Tee dazu zu trinken. Tony bevorzugte *Shesha cantalope*, das ist eine Wasserpfeife mit Melonentabak, deren Geschmack ich auch schon sehr bald bevorzugte. So rauchten wir jeden Abend und, nachdem ich Nichtraucherin bin, ließ mich die Wasserpfeife immer ruhig werden und bald auch fliegen. Dann vermittelte sie kurzfristig ein Gefühl der Leichtigkeit. Ich beobachtete den Mond und die Sterne, ich versank in Tonys Augen und wünschte mir, hier bleiben zu dürfen.

Immer wieder sahen wir große Tafeln von Notaren mitten in Hurghada. Wir konnten nicht heiraten, da ich ja noch verheiratet war und außerdem hatte Tony ja keine Ringe besorgt und auch kein Geld, noch welche zu besorgen. So bleiben wir vor jedem Juweliergeschäft stehen und betrachteten verliebt die Eheringe. Ich starrte auch immer wieder verträumt die Tafeln an und meinte nur: *„Ich wäre so gern mit dir verheiratet.“ „Ich auch“*, sagte er, *„und wenn du möchtest, können wir jetzt sofort heiraten.“ „Du weißt ja, dass das nicht möglich ist. Ich bin ja verheiratet. Aber ich werde mich bald scheiden lassen. Dann können wir im Mai heiraten. Weißt du, ich will nicht mit einer Lüge oder mit falschen Papieren anfangen. Ich möchte meine Zukunft neu anfangen und dann glücklich sein.“* So ließen wir auch den Ehevertrag bleiben, wenngleich Tony schon Angst vor der bevorstehenden Busfahrt hatte.

Am Donnerstag war es dann so weit, wir wollten seine Familie in Luxor besuchen, so machte ich am Mittwoch noch alle Geschenke fertig, die ich vorab in Österreich gekauft hatte. Alles war nett verpackt, es kamen nur noch die Geschenkbänder drauf. Danach verstaute ich alles sorgfältig in meinem Rucksack und legte meine Kleidung für den nächsten Tag zurecht.

Meine zukünftige zweite Familie

Am Donnerstag läutete unser Wecker schon um 5:30 Uhr morgens, um 6:30 Uhr starteten wir dann mit dem Sammeltaxi Richtung Busbahnhof. Wir waren zwei der ersten Fahrgäste. Nur einige Frauen mit mehreren Kindern und großen Gepäckstücken warteten bei Sonnenaufgang auf den Augenblick, an dem der Schalter öffnete und die Tickets verkauft wurden. Auch wir warteten, in Korbsesseln sitzend und einen kleinen Kaffee trinkend, auf den Schalterbeamten.

Um 7:30 kam ein gemütlich dahin schlendernder Beamter und schon sprangen die Menschen von ihren Sitzgelegenheiten und stellten sich alle um ein Ticket an. Tony ersuchte mich, im Korbsessel auf ihn zu warten, stellte sich an und hoffte, dass noch zwei Plätze für uns frei wären. Er buchte um 8:00 Uhr die Hinfahrt und für 20:00 Uhr die Rückfahrt. Was mich etwas verwunderte, war, dass sein Ticket nur 35 Ägyptische Pfund kostete, ich allerdings musste 45 Ägyptische Pfund pro Fahrt bezahlen. Alle wartenden Personen starrten mich aus den Augenwinkeln heraus an, so kam ich mir vor wie eine Außerirdische.

Knapp vor 8 Uhr kam ein wunderschöner Fernreisebus mit Klimaanlage. Ich war überrascht, wie sauber der Bus war. Wir saßen sehr weit vorne im Bus. Bald startete der Fahrer, neben ihm eine Dame, die die Tickets kontrollierte und den Bus begleitete. Die Fahrtzeit sollte etwa 5 Stunden betragen, Tony hatte uns bereits für 1 Uhr zum Mittagessen angekündigt. Aufgeregt saugte ich die Umgebung in mich ein. Tony war müde, doch ich war sehr aufgeregt, ich konnte jetzt nicht schlafen.

Nach einiger Zeit verließen wir auch schon die Küstenstraße und fuhren durch die Wüste Richtung Luxor. Umzäunt von hohen Gebirgsketten links und rechts der Straße brauste unser Bus einsam durchs Tal. Ich kannte die Route bereits, da ich zwei Jahre zuvor das Tal der Könige in Luxor besucht hatte und, gemeinsam mit meinem Mann, damals den Karnak-Tempel und den Tempel von Luxor besichtigt hatte. Damals fuhren mindestens 30 Busse im Konvoi hintereinander durch das Tal, begleitet von Polizeiautos, eines vorne, eines in der Mitte und eines am Schluss. Man konnte niemals sehen, wie lange der Konvoi tatsächlich war, da so viele Busse auf der kurvigen Straße sehr dicht hintereinander unterwegs waren. Nun war unser Bus allein unterwegs, doch ich hatte keine Angst. Wer sollte schon Einheimische überfallen?

So passierten auch wir die Straßensperren, deren an der Zahl es drei gab. Bei der ersten Sperre durften wir anstandslos passieren, was der Busfahrer offensichtlich wusste. Auch bei der zweiten Sperre gab es kein Problem. Gerade davor hatte sich ja Tony im Vorhinein so gefürchtet. Er sagte mir auch, er hätte noch nie mit der Polizei zu tun gehabt, wenn sie ihn allerdings jetzt festnahmen, sollte ich ihn nicht alleine lassen. Ich müsse ihn wieder aus dem Gefängnis holen, was ich auch versprach. Als ich seinen Gesichtsausdruck dabei sah, wusste ich, dass er nicht spaßte. Doch ich konnte hier wirklich kein Problem erkennen. Plötzlich setzte sich die Busbegleiterin Richtung Tony in Bewegung und er folgte ihr zum Chauffeur. Sie unterhielten sich einige Zeit in Arabisch, dann kam er aufgeregt zurück und teilte mir mit, ich solle mich unverzüglich auf die Bustoilette begeben. *„Ich muss aber nicht“*, sagte ich nur. *„Geh bitte“ „Ich will aber nicht aufs Clo gehen, Tony.“ „Geh jetzt“* sagte er und zog verärgert seine schwarzen Augenbrauen zusammen. Er begleitete mich, so ging ich. *„Ich werde dich wieder holen, wenn du zurückkommen kannst. Dann werde ich dir alles erklären.“*

Damit schloss ich mich in der grauenvoll stinkenden, vor Fliegen wimmelnden Toilette ein. Mir graute fürchterlich. Zuerst stand ich in der Mitte und versuchte nirgends anzustoßen. Dann merkte ich, dass ich keine Chance hatte herauszukommen, so setzte ich mich ekelverzerrt hin. Ich beherrschte mich, damit ich mich nicht gleich auch übergeben musste. Es dauerte ewig, bis ich ein Klopfen an der Tür hörte.

Ich war bereits komplett verschwitzt und meiner Meinung nach stank ich elendig. Ich sperrte die Tür auf, sah Tony, und begann sofort zu weinen. Die anderen Fahrgäste beobachteten mich. Ich schämte mich so. *„Warum hast du von mir verlangt, dass ich mich auf der Toilette einsperre?“*, fragte ich ihn aus tränenverschmierten Augen. *„Es war eine Straßensperre da und der Busfahrer muss dort immer anhalten. Er wusste das und er wollte, dass dich keiner sieht.“ „Aber ich habe doch den Pass mit und ich habe ein gültiges Visum.“* entgegnete ich. *„Aber das ist kein Touristenbus, er ist unbewacht. Er sollte dich nicht mitnehmen. Er wollte keinen Ärger wegen dir bekommen und er wollte auch nicht, dass ich Ärger wegen dir bekomme. Aber jetzt ist alles wieder in Ordnung, es gibt keine Straßensperre mehr.“* Ich sagte Tony nur, wie enttäuscht ich von ihm wäre. Einerseits würde er allen erzählen, ich sei seine Frau und andererseits würde er mich zwingen, obwohl ich auch laut Ägyptischem Konsulat alle notwendigen Papiere mit mir führte und ich laut Konsulat mich mit diesem Bus auch als Touristin bewegen dürfte, mich in der Bustoilette einzusperren. Das würde ich nicht mehr für ihn tun. *„Sag mir bitte nicht mehr, dass ich mich noch einmal in der Toilette einsperren soll. Das werde ich nicht mehr tun, sicher nicht.“* Danach sprach ich lange nicht mehr mit Tony. Und er entschuldigte sich beschämt bei mir.

Wir näherten uns Luxor, ich war wieder bei besserer Laune und filmte aufgeregt. Tony wohnte sehr nahe beim Busbahnhof. Wir gingen Seite an Seite durch die Straßen, ohne uns zu berühren. Kinder blieben stehen und winkten mir zu. Ich kam mir erneut sehr eigenartig vor.

Wir erreichten das Lehmhaus, in dem Tony wohnte, gingen durch den engen Gang die hohen Stiegen hinauf in den dritten Stock und läuteten. Seine Schwester öffnete. Ich konnte mich vor Aufregung kaum verständigen. Ich versteckte mich hinter Tony. Ich hatte doch tatsächlich Angst bekommen.

Sarah war freundlich zu mir, sie nahm mich sofort in die Arme und sprach in Arabisch mit mir. Ich lächelte schüchtern zurück. Tony hatte keinen Vater mehr, so holte er seine Mutter aus der Küche. Sie musterte mich sogleich, doch auch sie war freundlich. Alle drei unterhielten sich in Arabisch, ich verstand kein Wort. Danach entfernten sich Mutter und Schwester wieder in die Küche und wir waren kurz allein im Zimmer. Ich sprach kaum. Tonys Hund sprang vergnügt an mir hoch, allerdings hatte ich Angst vor Hunden. Im Vorfeld hatte mir Tony aber versichert, dass sein Hund wirklich lieb war und sicher nicht zubiss. Doch der Hund machte mich nicht gerade entspannter. Danach ging Tony noch schnell zum nahe gelegenen Geschäft, um eine Cola zu kaufen, so war ich allein. Verunsichert saß ich im Zimmer. Innerhalb kürzester Zeit war Tony zurück und das Essen war fertig. Ich wünschte mir Fisch, also gab es Fisch. Ein Klapptisch wurde hergebracht, mit Zeitungspapier abgedeckt, darauf kam eine Schüssel Suppe, Reis, Salat und Fisch, alles wurde zugleich angerichtet. Und speziell für mich gab es auch Besteck. Das war mir unglaublich peinlich. Tony und seine Familie aßen zeitgleich Suppe, Reis, Fisch und Salat mit dem Löffel, was mich sehr erstaunte. Da muss ich mich wohl ziemlich umstellen, dachte ich mir.

Das Essen schmeckte ausgezeichnet. Gleich danach gab es Obst und daraufhin Tee. Ich verteilte die Geschenke. Sarah bekam ein Parfüm, seine Mutter Haarpflegeprodukte, für Tonys jüngeren Bruder besorgte ich ebenfalls einen Duft. Tonys Bruder kam nach dem Essen. Er freute sich ebenfalls sehr über sein Packerl, wickelte es erfreut aus und konnte sich von seinem Duft nicht mehr lösen. Ich war froh ihre glänzenden Augen zu sehen. Ich hatte also gut geraten.

Während der kurzen Gespräche in Englisch und Arabisch, bei denen wir sehr lachten, da wir natürlich große Sprachprobleme hatten, fungierte Tony als Dolmetscher. Er war sichtlich stolz über seine Funktion. Danach verabschiedeten wir uns auch schon wieder, schließlich wollten wir noch entlang des Nils spazieren gehen. Tony lud mich auf eine kurze Bootsfahrt ein und so überquerten wir den Nil bei Sonnenuntergang. Es war sehr romantisch auf dem Schiff und ich bin mir sicher, dass ich dort die einzige Ausländerin war. Danach zeigte mir Tony noch ein schönes kleines Lokal über den Dächern Luxors, wo wir auf einen wunderschönen Platz hinuntersehen konnten und zugleich den Sonnenuntergang beobachten konnten. Dabei rauchten wir Wasserpfeife. Elia rief Tony an und fragte, wo wir seien. Er wollte mich unbedingt kennen lernen, so kam er zu uns, rauchte mit uns und lud uns auf Getränke ein, die er, wie sich später herausstellte, ein paar Tage später wieder von Tony zurückfordern wollte. Leider hatten wir es eilig, wir wollten unseren Bus nicht versäumen. Elia umarmte mich freundschaftlich. Daraufhin hatte ich Diskussionen mit Tony, da er doch tatsächlich eifersüchtig war.

Zurück bei seiner Familie versuchte seine Mutter, uns zum Bleiben zu überreden. Sie wollte, dass ich die restliche Woche bei ihnen blieb, aber wenigstens eine Nacht sollten wir bleiben. Glücklicherweise hatten wir den Bus bereits bezahlt, so mussten wir gehen. Ich war nämlich auf eine Übernachtung nicht eingestellt, ich war verschwitzt, ich wollte mit Tony allein sein, ich wollte mit ihm reden und ich wusste nicht, wann wir uns das nächste Mal wiedersehen würden. Sieben Tage waren kurz, so war mir jede Minute wichtig. Tonys Mutter fragte ihn, ob wir schon verheiratet wären, und er verneinte. Obwohl ich mit seiner Mutter kaum gesprochen hatte, umarmte sie mich warmherzig und schenkte mir einen Silberring. Sarah umarmte mich ebenfalls sehr innig und schenkte mir eine Glasperlenkette. Danach gingen wir zurück zum Busbahnhof. Dort wartete bereits sein Bruder auf uns und er verabschiedete sich besonders warmherzig und freundlich von mir.

Der Bus kam mit 45 Minuten Verspätung aber er kam. Nachdem wir laut unserer Platzkarten in der ersten Reihe sitzen sollten, wechselten wir mit zwei Personen in einer hinteren Reihe die Sitzplätze, um nicht wieder Ärger zu bekommen. Auf der Rückfahrt schliefen wir beide im Bus. Und diesmal musste ich mich auch nicht verstecken, da ich mich schlafend stellte. Von den Strapazen sehr erschöpft kamen wir um 1 Uhr morgens wieder in Hurghada am Busbahnhof an. Wir waren froh, dass wir ohne Probleme zurückwaren.

Der Urlaub neigt sich dem Ende zu

Am Freitag erholten wir uns am Strand von unseren Strapazen. Vor dem Abendessen meldete ich mich noch einmal bei Kate. Ich schickte ihr eine kurze Nachricht, dass ich nicht geheiratet hätte. Wir hätten seine Familie besucht, die mich sehr nett empfangen hätte und wir würden voraussichtlich im Mai heiraten. Aber das würde die Zeit uns zeigen... Sie schrieb sofort zurück: *„Ich freue mich zu hören, dass in Ägypten alles in Ordnung ist, aber sei vorsichtig. Und ich bin froh, dass Tony ehrlich zu dir war. So genieß deinen Urlaub, aber pass gut auf auf dich. Deine Kate“*

Am Abend gingen wir wie immer in einen Coffee-Shop, um Wasserpfeife zu rauchen. Tony fragte mich, nachdem er vorher lange nachdenklich auf mich gewirkt hatte, plötzlich: *„Ich weiß, du sagst nein. Aber kann ich dich etwas fragen?“* Ich sah ihn aus meinen Augenwinkeln misstrauisch an und sagte sofort *„Tony, du kennst meine Antwort. Aber natürlich kannst du mich fragen.“* Ich wusste, er wollte Geld von mir. Er fragte mich nach kurzer Überlegung um 150 Euro. *„Tony, du weißt, dass ich dir das Geld nicht geben werde. Du musst lernen mit deinem Geld auszukommen. Auch wenn du mich jetzt nicht mehr magst, ich kann dir jetzt nichts geben. Ich bezahle die Woh-*

nung und ich habe die Fahrt nach Luxor bezahlt. Verdiene bitte selbst alles, was du zum Leben brauchst." „Ich bin dir nicht böse und ich bin nicht enttäuscht, aber ich konnte so lange nicht arbeiten wegen der Prüfungen. Und ich muss noch nach Luxor zurückfahren." sagte er. Ich war enttäuscht von seiner Dreistigkeit. Es war bereits das dritte Mal, dass ich ihm Geld gab oder geben sollte. Doch wir sprachen dann nicht mehr darüber.

Der Samstag diente ebenfalls ausschließlich der Erholung. Tony kaufte für die Kinder kleine Mitbringsel, kleine Gefäße mit buntem Sand, in welchen die Namen der Kinder geschrieben waren. Auch ich bekam so eine Glaskaraffe. Für meine Tochter kaufte ich noch nachgemachte Markenschuhe, meinem Sohn brachte ich fesche Boxershorts mit.

Gegen Urlaubende wurde ich zusehends nervöser. Die Nacht von Samstag auf Sonntag war tränenreich. Wir sprachen unsere gemeinsame Zukunft an. Obwohl wir uns beide wiedersehen wollten, wusste ich nie, ob es nicht zugleich auch das letzte Treffen mit Tony gewesen wäre. Außerdem hatte ich solche Angst vor der Zukunft, weil ich gerade dabei war, mein ganzes Leben über Bord zu werfen, wobei ich aber nicht wusste, ob Tony jemals in dieses Schiff einsteigen würde.

Ich musste also alles auf eine Karte setzen, mit Ausgang ungewiss... Ich riskierte alles, ich liebte ihn. Ich glaube, ich war ihm hörig.

Am Sonntag in der Früh rief Tony ein Taxi, wir wurden abgeholt und schon waren wir am Flughafen zurück. Ich durfte Tony dort nicht mehr in aller Öffentlichkeit umarmen und schon gar nicht auf den Mund oder die Wange küssen. So gingen wir mit Handschlag auseinander wie Freunde, und wieder einmal flossen meine Tränen in Bächen herunter.

Eigentlich hatte ich meinem Mann versprochen mich von Tony zu trennen, doch ich tat es nicht.

Ich war irgendwer, ich war irgendwo, und ich wollte irgendwohin... ich wartete und hoffte, dass mich die Welle nicht zurück auf den Boden riss.

Kapitel 7

Mein Leben gerät aus den Fugen

Zurück zu Hause - Februar 2010

Noch in Hurghada schrieb mir Tony in einer netten SMS, dass er für immer auf mich warten würde und, dass er verrückt nach mir wäre. Ich antwortete ihm sofort *„Ich weiß, dass das Bett ohne mich leer ist. Im Mai werden wir heiraten, dann werden wir für immer zusammen sein. Schau dich das nächste Mal um eine nette Wohnung um. Sei jetzt nicht traurig, sei stark, warte auf mich bis Mai."*

Gerade erst am Flughafen in Wien gelandet, erreichte mich schon ein nicht so erfreuliches SMS. *„Habibi, my mother is very sick and she is in hospital. I must go now to Luxor. I hope meet you in chat today and I will explain for you all. Hope you have nice travel. See you later."* Nachdem ich in Hurghada noch liebevolle Worte gehört hatte, war ich einigermaßen nervös. Außerdem wollte ja Tony morgen in Hurghada zu arbeiten beginnen, daraus wurde nun natürlich auch nichts. So beeilte ich mich, rasch mit dem Auto von Wien nach Hause zu fahren, um mich zu erkundigen, was passiert sei.

Um 17:30 Uhr trafen wir uns endlich wieder online. Ich meinte nur *„12 Wochen, 6 Tage und 14 Stunden noch, dann werden wir uns wiedersehen. Wirst du auf mich bis Mai warten?"* Doch dann war das Internet auch schon wieder weg, so schickte ich ein SMS, dass er seiner Mutter alles Gute wünschen sollte.

Diese Nacht fühlte ich mich so allein, so ersuchte ich kurzerhand meine Tochter, neben mir zu schlafen. In der Früh hätte ich sie beinahe auf Englisch angesprochen, doch noch rechtzeitig konnte ich mich ausbessern, so fiel ihr das nicht auf.

Im Mai könnte ich Tony wiederbesuchen, das hatte ich ebenfalls bereits recherchiert. Er war wieder 3.000 km von mir entfernt – und die Entfernung fraß mich auf.

Um zwei Uhr nachmittags erhielt ich von Tony eine kurze Mitteilung in Facebook, dass seine Mutter nicht mehr atmen könnte, doch alle von seiner Familie wären bei ihr. Sie würde sofort eine Operation benötigen und er wisse nicht, was er nun tun solle. Er wünschte sich zu sterben. Er wüsste nicht, warum Gott das alles mit ihm machen würde. Er hoffe mich bald im Internet in der Webcam zu sehen, er bräuchte mich jetzt, er würde mich sein ganzes Leben lieben. Ich schrieb sofort zurück und machte ihm Mut, dass es seiner Mutter von Tag zu Tag wieder besser gehen würde. Und ich informierte mich in meinem elektronischen Postfach, da ich meine ersten Bewerbungen für Hurghada bereits online abgesandt hatte. Ich machte wirklich Ernst, ich wollte zu ihm.

Am Abend lernte ich seinen älteren Bruder im Internet kennen sowie dessen 18 Monate alten Sohn. Das Kind war entzückend. Und schon wollte Tony auch wieder aufhören mit mir zu chatten, da ja sein Bruder bei ihm war und Tony in einer nicht so guten Verfassung war. Und er wolle nun ins Krankenhaus gehen, um bei seiner Mutter zu sein. Doch vorher bezauberte er mich noch mit Liebesschwüren.

Tony	**Ich**
Hallo, bist du da?	Schön dich zu treffen, ich bin bei der Arbeit. Wie geht's dir?
Ich mach mir Sorgen um meine Mutter.	Warst du gestern noch im Krankenhaus?
Ja, und es geht ihr besser, aber sie braucht eine Operation.	Welche Operation?
Herzoperation, sie braucht 3 Stents.	

Es war sehr kompliziert, was mir Tony erzählte und vieles verstand ich nicht, da ich keine Ahnung von Herzproblemen hatte und auch keine medizinischen Kenntnisse besaß. Doch die Operation sei sehr gefährlich, teilte mir Tony mit.

Tony	**Ich**
	Wann wird sie operiert?
Schatzi, bitte, ich möchte etwas von dir. Ich kann dein Diener sein. Ich hab so lange gezögert, dir das zu erzählen. Bitte Schatzi...	Was ist los, sag´s mir.
Kannst du mir 2.100,- Euro für die Operation borgen? Bitte. Du bist die Einzige, die das machen kann.	2.100,- Euro ist viel Geld.

Meine Mutter wird sterben, wenn sie die Operation nicht macht.

Von wo soll ich das Geld hernehmen?

Ich kann nicht ohne Vater und Mutter leben.

Das ist aber wirklich viel Geld!

Bitte Schatzi, ich werde sterben, wenn irgendetwas mit meiner Mutter geschieht. Schatzi, ich kann mein ganzes Leben als dein Diener leben, wenn du das für mich machst.

Ich weiß nicht, ob ich so viel Geld auf meinem Konto habe. Und ich brauche eine Wohnung. Und ich werde meine Familie und mein Haus zurücklassen. Das ist wirklich viel Geld!

Bitte Schatzi, sie muss diese Operation machen. Bitte.

Aber natürlich muss ich auch meine finanziellen Möglichkeiten berücksichtigen. Und du weißt, dass ich nicht reich bin und dass es wirklich für mich auch sehr sehr viel Geld ist... Ich muss zuerst meinen Kontostand anschauen...

Ok. Es tut mir leid, dass ich dich gefragt habe.

Und dein Bruder hat keine Möglichkeit, zumindest einen Teil der Kosten zu übernehmen?

Mein Bruder hat nichts.

Aber er arbeitet, und DEINE Mutter ist auch SEINE Mutter...

Mein Bruder hat Frau und Kind.

Ich habe auch eine Familie, und ich brauche eine Wohnung, und ich möchte wieder zu dir kommen, noch vier Mal dieses Jahr, hin und zurück...

Wenn meine Mutter stirbt, kann ich nirgends mehr hingehen.

Ich weiß, ich hab auch schon an das gedacht. Und die Operation ist gefährlich und es ist nicht sicher, ob sie erfolgreich sein wird. Wenn irgendetwas schief geht wirst du zu Hause bleiben, dann werden wir nicht mehr zusammenleben.
... ich werde dich ebenfalls verlieren...

Ein Arzt aus Deutschland wird operieren...
Der Arzt hat mir gesagt, sie muss diese Operation bald machen.

Sicher, aber ich kann dir das Geld jetzt nicht schicken, ich bin in der Arbeit. Und du musst 8 Tage warten, bis das Geld bei dir ankommt.

Ich kann dem Krankenhaus einen Scheck geben und das Geld zahlen, wenn es ankommt. Bitte, Schatzi, nur du kannst mir helfen, bitte. Ich möchte meine Mutter nicht verlieren.

Schatzi, bitte lass mich darüber nachdenken. Und ich weiß, ich werde er nie mehr zurückbekommen.

Ok Schatzi, ich verspreche dir, dass ich alles tun werde, um es zurückzugeben.

Ich habe auch so hart dafür gearbeitet und ich werde in Zukunft auch so viel Geld brauchen. Wie soll ich mich um eine Wohnung umsehen, wenn ich kein Geld mehr habe?

Warum, Schatzi? Denk einfach nur darüber nach. Wenn du Geld senden kannst, dann ist das ok, wenn nicht – ist es auch ok.

Du wirst mich hassen, wenn ich dir nicht helfe.
Aber es ist wirklich auch für mich so so viel Geld....

Nein.

Ich werde dich nicht hassen, ich weiß, dass es viel Geld für dich ist.

Und ich werde es nie mehr zurückbkommen.
Dann sind es bereits 3.360,- Euro, die ich dir geschickt habe... so viel Geld... so viele Monate, um es wegzusparen... lass mich darüber nachdenken...
... ich fühle, ich werde dich jetzt verlieren...

Es tut mir leid.

Ok

Neiiiiiiiiiiiiiiiiiiiiiiiiiinnnnnnnnnnn. Warum sagst du das. Wenn meine Mutter wieder gesund wird, warum sollte ich dann in Luxor bleiben?
Ich muss nächste Woche nach Hurghada fahren. Wir werden in Hurghada leben. Wenn meine Mutter noch lebt, ja.
Ich verspreche dir, wir werden gemeinsam in Hurghada leben. Jedenfalls wird meine Schwägerin herkommen und mit uns leben und sich um meine Mutter, um meine Schwester und um meinen kleinen Bruder kümmern.

Wirst du sicher nach Hurghada fahren? Und wenn nicht?

Zwei Stunden später schrieb mir Tony, dass er wisse, dass das alles sehr viel für mich wäre. Zugleich versprach er mir, dass das das letzte Geld wäre, das er von mir brauchen würde. *„Ich kann nicht ohne Vater und Mutter leben“*, schrieb er mir. *„Bitte, lass mich nicht auch meine Mutter verlieren. Und mach dir keine Sorge, wir werden in jedem Fall gemeinsam in Hurghada leben. Ich hoffe, du hilfst mir diesmal, weil ich nicht weiß, was ich sonst tun könnte. Es tut mir so so leid.“*

Am selben Tag schickte ich ihm das Geld. Ich sandte es online, dafür musste ich den Help-Service meines Kreditinstitutes anrufen, da es nicht möglich war, mehr als 1.000,- Euro ins Ausland zu versenden. Ich wollte nicht zwei Überweisungen tätigen, da ja pro Transaktion noch 20 Euro an Transaktionsgebühren anfielen. Ich schickte allerdings nur 1.800,- Euro, da Tony ja eine Goldkette hatte, die einen Wert von 500,- Euro hatte, wie er mir einmal erzählte. Ich teilte ihm mit, dass er sie ebenfalls verkaufen müsse, um seiner Mutter die Operation zu ermöglichen. Er bedankte sich bei mir für die Überweisung. *„Du hast meine Mutter gerettet. Ich weiß nicht, was ich jetzt für dich tun werde. Du kannst mir sagen, was du willst, ich werde alles für dich tun.“ „Ich hoffe, sie wird die Operation überleben“*, sagte ich nur. Ich war getrieben von meinem Gewissen. Hätte ich ihm das Geld nicht geschickt und sie wäre gestorben, dann hätte ich mir immer die Schuld dafür gegeben. Und ich hatte das Geld ja, ich konnte es senden! Allerdings würde es mir ebenfalls bitter fehlen. Geld für den Ausstieg und für die Zeit nach der Scheidung hatte ich nun bereits kaum mehr. Ich wusste nicht, wie ich das alles finanziell überstehen würde. Aber ich war mir sicher, dass mit der Scheidung eine Kostenlawine auf mich zukommen würde.
Tony versprach mir, den Arzt noch am selben Tag zu informieren und ihn aufzufordern, dass er am folgenden Tag operieren sollte. Er würde mich nach der Operation anrufen und mich informieren, wie sie gelaufen sei. Der versprochene Anruf erfolgte jedoch nicht.

Am nächsten Tag war ich in schlechtem Zustand. Ich war so gestresst darüber, dass ich wieder Geld gesandt hatte... Wieder hatte ich es getan, obwohl ich einer Freundin zuvor versprochen hatte das nicht noch einmal zu tun. Und ich fragte mich *„War diese Operation echt?“* und *„Warum benötigte*

Tony jedes Mal, wenn ich ihn in Ägypten traf, sofort anschließend für irgendetwas Geld von mir?"

Diese Fragen stellte ich mir immer und immer wieder. Es war nun das dritte Mal, dass ich Geld geschickt hatte... und bestimmt auch das letzte Mal, nahm ich mir fest vor. Außerdem machte ich mir Sorgen wegen meiner bevorstehenden Scheidung.

„Ich habe registriert, dass ich Ärger bekommen werde, wenn ich mich scheiden lasse, weil ich dann vielleicht mein Konto herzeigen muss und dann erklären muss, wohin das Geld überwiesen wurde.... wir werden sehen... sich scheiden zu lassen ist schlimm, damit ist es eigentlich egal, ob schlimm oder noch schlimmer... „

Tony	**Ich**
Kannst du dich bitte ein bisschen entspannen?	Sehr lustig. Wie??? Ich muss mir eine Wohnung suchen, aus meinem Haus ausziehen, über so viele Dinge nachdenken, zurzeit so viel arbeiten, wie soll ich mich entspannen???
Hat dein Mann mit dir gesprochen und dir gesagt, dass du ausziehen musst?	Nein, aber ich muss gehen... ich werde eine sehr kleine Wohnung finden und die Waschmaschine meiner Eltern benutzen, aber ich habe so Angst vor der Scheidung. Ich werde alles verlieren, wofür ich die letzten 15 Jahre gearbeitet habe.
Ich kann dich so nicht sehen.	Ich bin ok. Ich bin nur sehr gestresst.
Deshalb solltest du dich hinlegen und ein bisschen schlafen.	Wie soll ich tagsüber schlafen? Ich muss arbeiten. Habibi, ich kann jetzt nicht schlafen!
Ich werde nächste Woche nach Hurghada fahren. Sie haben mich angerufen, dass alles in Ordnung ist.	Heute stresse ich dich nicht, sondern DU mich.
Ich weiß. Wann wirst du dich scheiden lassen?	Wenn ich eine Wohnung habe.
Habibi, du hast mir erzählt, dass du in 4 oder 5 Wochen ausziehen wirst.	Und ich brauche einen Rechtsanwalt...
Und jetzt willst du sofort ausziehen....	Ich kann nicht mehr, ich brauche jetzt eine Wohnung... und der Rechtsanwalt wird auch wieder 2.000,- Euro kosten.
Warum?	Ohne Rechtsanwalt werde ich bei der Scheidung alles verlieren. Dann werde ich im Mai

nicht mehr wiederkommen können...

Schade, Habibi, aber ich möchte, dass du einen Moment ruhig bist. Schreib nicht. Vergiss. Bleib ruhig, alles wird gut werden...

Ich hab so Angst vor der Zukunft....
Ich hoffe, ich werde eine Wohnung finden und ich hoffe, ich kann sie auch bezahlen...

Ich weinte in Strömen. Immer wenn ich versuchte, mein Leben unter Kontrolle zu bringen, geschah wieder irgendetwas Böses, was ich nicht einkalkuliert hatte, was ich aber auch nicht ändern konnte. Und immer wieder musste ich meine Pläne ändern. Und ich wusste wirklich nicht, ob ich mir den Flug zu Tony im Mai noch leisten konnte. Ich teilte ihm auch mit, dass ich zurzeit nicht buchen könnte, da ich nicht wisse, ob ich den Flug noch bezahlen konnte.

Noch am selben Tag spitzte sich die Situation zu Hause zu. Mein Mann war rasend vor Eifersucht. Er suchte meinen Facebook-Link und fand mich auch, doch er war geschlossen. Über meine Freudesliste fand er dann auch Tony, der seinen Link für alle zugänglich gemacht hatte. Jeder konnte sein Profil sehen und jeder konnte lesen, was ich ihm alles gepostet hatte. Doch das wusste ich natürlich damals auch nicht. Mein Mann sagte mir ernüchtert *„Mit dir bin ich fertig. Zieh bitte aus bis Samstag nächste Woche. Je früher, umso besser... Und erzähl den Kindern alles, andernfalls werde ich ihnen alles erzählen."* Ich müsse alles mitnehmen, was ich bräuchte, es gäbe dann kein Zurück mehr für mich. Die Schlüssel müsste ich ihm alle aushändigen.

Ich wusste, dass das so kommen würde. Und ich hatte solche Angst. Nun musste ich alles den Kindern erzählen, sonst würde mein Mann ihnen alles berichten.

Nun war es Tony, der mir sagte, was ich meiner Tochter sagen sollte. Ich solle ihr sagen, wie sehr ich sie liebe, aber dass ich nicht mehr zu Hause leben könne. Dass ich ihr sagen sollte, dass mein Heim immer für sie offen wäre. Aber ich solle zuerst alleine sein und mir selbst überlegen, was ICH wolle, weil ich das ja selbst nicht wisse. *„Schatzi bitte, weine nicht."* Mir war das alles zu viel. Ich war dem Ende nahe. Am liebsten wäre ich von einer

Brücke gesprungen, um allem ein Ende zu bereiten. Dann wäre alles schlagartig gelöst gewesen.

„Ich hab eine Idee. Kannst du nicht ab März schon für ein Jahr nach Ägypten kommen?“, schlug mir Tony vor. Aber das konnte ich nicht, leider. *„Wo ist deine Schwester?“ „Sie lebt zu weit weg, aber ich hoffe, meine Eltern helfen mir... sie lieben meinen Mann so, aber ich bin trotzdem froh bald geschieden zu sein. Ich hoffe nur, dass ich das alles überlebe“*, sagte ich. *„Du wirst alles überleben, aber du musst dich beruhigen, sonst kannst du keine Entscheidung treffen. Und du musst dir überlegen, was du tun willst.“*
Tony gab mir wirklich gute Ratschläge, und er gab mir jetzt Halt. Ich hatte ja nur ihn.
“Du bist so nervös, du kannst jetzt keine Entscheidungen treffen”, riet er mir.
„Ich wollte meinen Mann ja verlassen, aber nicht so schnell.“

Ich kam mir vor wie im Eiskanal. Der Bob fuhr los und gewann zusehends an Geschwindigkeit. Er hatte viele Kurven und die Bremsen versagten. Und mittendrin saß ich, mit weit aufgerissenen Augen, keine Chance irgendwie einzugreifen. Ich erwischte die Bremsen nicht mehr. Und der Bob raste unaufhörbar weiter.

Ich hatte solche Angst.

„Ich weiß nicht, wo ich nächste Woche wohnen werde, aber sicher nicht auf der Straße. Ich habe Freunde.“ Ich hatte solchen Druck. *„Beruhige dich, dann sprich mit deiner Tochter“*, riet mir Tony. Ich antwortete ihm *„Ich bin zu alt für dich. In 10 Jahren wirst du mich nicht mehr lieben.“* Ich hatte Druck von vielen Seiten. Auch unser Altersunterschied belastete mich so sehr. *„Warum sagst du das?“ „Weil ich auch davor Angst habe. Was soll ich dann machen?“ “Hab keine Angst. Ich liebe dich wirklich. Ich werde keine wie dich mehr finden.” „Ja, da bin ich mir auch sicher.“* Und wieder weinte ich aus tiefster Seele.

Ich	**Tony**
Ich hoffe, du wirst immer an meiner Seite sein und mich nicht verlassen.	Ich werde an deiner Seite sein.
Ich hoffe, du wirst auch in einem Jahr noch an meiner Seite sein. Ich hab so Angst vor allem.	Ich werde bei dir sein, für immer. Du warst an

meiner Seite, als ich dich brauchte, um meiner Mutter zu helfen, ich werde für immer bei dir bleiben.

Ich nahm all meinen Mut zusammen und sprach mit meiner Tochter. Wir waren im Schlafzimmer, am Ehebett. Ich war verweint. Ich erzählte ihr von Tony. Ich informierte sie, dass ich ausziehen müsse. Ich machte meinen Mann vor ihr nicht schlecht. Ich sagte ihr, dass ich ihren Vater sehr schätzte, aber dass unsere Liebe nicht mehr ausreichend sei. Plötzlich begann sie zu weinen. Sie weinte und weinte und weinte. Sie flehte mich an nicht zu gehen. Wir weinten gemeinsam weiter. SIE war der Grund, dass ich wusste, ich musste weiterleben. Wenn SIE nicht gewesen wäre, wäre ich auch nicht mehr am Leben. SIE war mein Anker, und trotzdem verließ ich sie. Wie konnte ich ihr das antun?
Aber ich konnte ganz einfach nicht mehr, ich fand keinen Ausweg mehr und keine Lösung für all mein Dilemma... Ich wünschte mir den Tod, aber SIE war meine Rettung.

Später sprach ich mit meinem Sohn. Auch er weinte sehr sehr viel. Damals wusste ich gar nicht, dass mein Sohn weinen konnte. Und ich dachte immer, er würde mich nicht mögen. Als er mich vor Jahren vor die Entscheidung stellte und mir mitteilte, dass einer von uns beiden gehen müsse – entweder DU oder ICH - war ich so gebrochen, dass ich nach dieser Aussage nicht mehr mit meinem Herzen zu ihm zurückfand. Und mein Sohn ließ mich spüren, dass ich ihm nichts wert war. Ich kam mir wie Luft neben ihm vor, und jetzt plötzlich weinte er über mein Fortgehen. Ich konnte es nicht fassen.

Und mein Ehemann schimpfte mich mit sehr bösen Worten, so wie ich sie von ihm noch nie gehört hatte. Doch dann teilte er mir mit, dass es noch immer eine Chance für ein gemeinsames Miteinander geben würde. Ich müsse nur die Liebe mit Tony beenden. Er wollte mich auf keinen Fall verlieren. Er würde mir alles geben, was ich mir wünschte.

Doch ich konnte nicht mehr. Ich wollte nicht mehr. Ich wusste nichts mehr. Ich war nirgendwo zuhause. Ich wurde schon seit langer Zeit zu Hause von niemandem mehr in den Arm genommen. Mein Herz vermisste Wärme. Alles war aussichtslos... Ich war ins Eck gedrängt. Ich wollte sterben.

Eine Freundin von mir verschaffte mir eine günstige kleine Wohnung. Ich besuchte sie, ich erzählte ihr alles. Ich schaute mir die Wohnung an, sie war alt, kalt und klein, aber erschwinglich. Ich unterschieb sofort den Mietvertrag.

Währenddessen schrieb mir Tony, *„Schatzi, ich denke immer an dich. Ich verspreche dir, dass ich dir alle Liebe zurückgeben werde durch meine Liebe. Ich möchte dich jetzt umarmen, um dich zu beruhigen."* Und später erhielt ich noch ein SMS mit den Worten, dass er nicht so sei wie ich denken würde. Wir würden morgen wieder miteinander sprechen.

Seine Mutter erholte sich zusehends von der Operation. Sie konnte sich zwar noch nicht bewegen, aber sie konnte bereits essen. Er erzählte ihr, dass das Geld für ihre Operation von mir kam. Sie wollte sich selbst bei mir bedanken. Und er machte sich Sorgen um mich. Ich sah wirklich aus wie das heulende Elend. Doch als sein Freund Mena, der mich für verrückt hielt, ihn plötzlich besuchte, musste er Schluss machen. Aber vorab wünschte Mena noch *„alles Gute für Tony und Dich und eure Zukunft".* Ich verabscheute ihn für diese Worte.

Ich begann bereits zu siedeln, aber nur wenn ich alleine war und so dass mich dabei niemand sah, auch nicht die Nachbarn. Ich brauchte ja nicht viel, ich hatte ja auch gar keinen Platz für all meine Sachen. So kaufte ich mir bei einem Baumarkt 20 Siedlungskartons, verstaute meine Kleidung, ein wenig Geschirr, natürlich alle meine Arbeitsutensilien und meine persönlichen Gegenstände. Klein bei klein füllten sich die Kartons und wenn fünf voll waren und kein Beobachter in der Nähe war, brachte ich sie rasch zu meinem Auto, um zu meiner neuen, alten, kleinen, kalten Wohnung zu fahren. Dann musste ich alles in die Wohnung hinauftragen und fuhr auch schon wieder zurück.

Ich hoffte, dass meine neue Wohnung bald wärmer würde. Sie war wirklich eiskalt. Ich konnte unmöglich bei dieser Kälte schlafen. Und das Wasser wurde erst nach einer Woche warm, da der Boiler, wie ich erst später merkte, nicht eingeschaltet war. Deshalb duschte ich, nachdem nach drei Tagen der Haustechniker kam, anfangs kalt. Damit war das Haarewaschen aufgrund meiner Haarlänge stets eine Mutprobe.

Tony war mit seinen Freunden unterwegs, während seine Mutter im Krankenhaus lag und ich seine mentale Unterstützung benötigt hätte. *„Du musst selbst entscheiden, was dir wichtiger ist“,* sagte ich genervt. Nachdem er aber am nächsten Tag nach Hurghada fahren wollte, waren natürlich die Freunde wichtiger.

Offline schrieb ich ihm, dass ich froh sei, dass nun endlich eine Entscheidung gefallen sei. Ich wusste, wohin mein Weg in der Zukunft führen würde, es sei jetzt viel leichter vorwärts zu blicken. Ich hätte meiner Schwester alles erzählt und morgen würde ich alles meiner Mutter erzählen.

Tony sorgte sich sehr um mich. Da ich auszog, hatte ich auch nicht mehr jederzeit Zugang zum Internet, so war nun nicht ICH die, die auf ihn wartete sondern ER wartete auf mich.

Meine Scheidung – März 2010

Im März arbeitete Tony endlich wieder, allerdings nicht wie vereinbart in Hurghada, sondern wieder in Luxor am Schiff. Da seine Mutter ja nicht gesund war, wollte er nicht wieder wegfahren. So musste er diesmal Massagen verkaufen und auch gleich massieren. Kontakt nahm er mit mir auf über sein internettaugliches Handy, wenn immer ihm das möglich war. Ich teilte ihm Anfang März mit, dass ich in drei Tagen geschieden sei und dass ich mich gut dabei fühlte - und ich wäre froh ihn in 81 Tagen wiederzusehen.

Ich ersuchte ihn, nicht zu viel den Frauen nachzuschauen und nicht zu viel mit ihnen zu reden. Ich war erneut eifersüchtig. Er sprach noch immer davon, dass wir im September zusammenleben würden und ich glaubte auch fest daran. Und ich erzählte meinen Eltern alles von Tony und mir und weihte sie auch in meine Pläne ein, nach Ägypten zu übersiedeln und dort noch einmal von vorne anzufangen. Und ich buchte nach Rücksprache mit Tony für Mai den Flug. Irgendwie würde ich schon alles finanziell schaffen. Für Tony war der Maitermin in Ordnung.

Anfang März war meine Scheidung. Am Vortag bekam Tony kalte Füße und so verlangte er von mir, ich solle die Scheidung stoppen und bei meiner Familie bleiben. Ich teilte ihm mit, dazu sei es jetzt zu spät. Ich hatte ja schon eine Wohnung und die Anwältin für den nächsten Tag bestellt. Ich weinte fürchterlich und war – ohnehin schon mit sehr dünnem Nervenkostüm – dem Kreislaufkollaps nahe. So hatte er mir doch tatsächlich gerade mitgeteilt, dass er nicht mehr bei mir bleiben würde – es sei AUS...

Zu meiner Scheidung fuhr ich am nächsten Tag gemeinsam mit meinem Mann, der das Auto lenkte. Ich war unsicher, was ich machen sollte. Vor dem Scheidungstermin erzählte ich meiner Anwältin, dass mich jener Mann, wegen dem ich mich scheiden lassen wollte, am Vortag verlassen hätte. Ich fragte sie, was ich nun tun sollte und sie fragte mich, warum ich sie engagiert hätte, wenn ich mir nicht sicher sei, dass ich die Scheidung überhaupt wollte. Sie gab mir den Rat, mir Bedenkzeit von 14 Tagen bis zum Eintritt der Rechtskraft des Scheidungsurteils zu erbitten. Der Richter willigte verwundert ein, mein Mann sah mich entsetzt an und registrierte, dass es nun wieder nicht vorbei wäre. Und ich unterschrieb den Rechtsakt zitternd und heulend. Ich hatte mir wieder 14 Tage ausbedungen bis zur Entscheidung.

Mit meinem Mann ging ich anschließend auf ein Glas Wein und er brachte mich wieder nach Hause. Ich heulte so sehr, dass ich kein Bild mehr vor den Augen hatte, meine Augen konnten nur mehr graue Schatten erkennen. Nun hatte ich tatsächlich mein Leben weggeworfen... 20 gemeinsame Jahre schwammen davon und ich verlor alles, was ich mir bis dahin aufgebaut hatte. Und ich gab die Erziehungsberechtigung meiner beiden Kinder auf – sie würden in Zukunft beim Vater leben. Das war die Bedingung meines Mannes, da ich ja ohnehin nach Ägypten ziehen würde. Nicht einmal Mitspracherecht hatte ich bei der Erziehung.

Alles lief wie im Film vor meinen Augen ab, doch ich sah nichts mehr. Zu Hause angekommen führte mich mein Noch-Ehemann ins Schlafzimmer und half mir ins Bett. Ich hatte einen Nervenzusammenbruch und konnte bis am nächsten Tag das Zimmer nicht mehr verlassen. Ich weinte mehrere Stunden zuerst laut und das lautlos... die Tränen durchnässten meinen Polster.

Am nächsten Tag kontaktierte ich Stella Tong erneut. Ich fragte sie, ob auch sie ihm Geld gegeben hatte, doch das hatte sie nicht. Sie hätte ihm einen Laptop geschenkt, doch das stritt Tony später ab. Das Geheimnis von Stella Tong ist bis zum Ende niemals gelüftet worden, genauer gesagt, ich hörte so viele Varianten, dass ich bis heute nicht weiß, welche nun gestimmt hatte.

Erneut schrieb ich Tony einen Liebesbrief. Schließlich hatte ich nun alles getan, um die Hochzeit, um die er mich im Februar schon gebeten hatte, realisieren zu können. Ich verließ meinen Mann, meine Kinder, mein Haus, meine Katzen, schickte ihm Geld, wenn er wieder welches brauchte und war bereit, auch meine Heimat für ihn zu verlassen... und jetzt, nachdem ich alle meine Versprechen alle eingelöst hatte, wollte er mich verlassen – oder hatte er mich verlassen.

Ich schrieb ihm wirklich einen netten Liebesbrief und dankte ihm für die schöne Zeit mit ihm gemeinsam, für die vielen erfüllten Stunden. Ich schrieb ihm, dass ich noch niemals so glücklich gewesen wäre und dass ich niemals mehr so glücklich sein würde. In meinem Kopf gab es nur ihn. Egal was er mir antun würde, ich betete ihn an. Ich schrieb ihm, dass nicht ich IHN sondern dass er MICH gefunden hätte. Für mich wäre das wie ein Erdbeben gewesen. Er hätte mein Herz und meine Seele genommen. Wie sollte ich nun ohne mein Herz und meine Seele leben? Ich würde alles tun, um ihn wieder in mein Leben zurückzuholen. Wir beide hätten Fehler gemacht, doch er hätte mir den Weg in mein Glück gezeigt. Ich hätte mit meiner Tochter gesprochen, die mich natürlich nicht gehen lassen wollte. Sie wolle aber auch, dass ich glücklich sei, und wenn ich glaubte, ich wäre mit ihm glücklicher, müsse ich eben gehen. Auch sie wolle, dass ich glücklich sei.

So war mein Leben verhext. Ich hängte an Tony. Er war wie ein goldener Faden, um den sich alles drehte. Er spielte mit mir und ich ließ es zu. Er gab den Schritt vor und ich trabte hinten nach. Er war das Segel und ich war das Schiff. Er war der Sturm und ich war die Woge. Er war die Katze und ich war die Maus.

Ich schrieb ihm, dass er der Mann wäre, von dem ich ab meiner Kindheit geträumt hätte. Ich war ihm so hörig, ich war seinem Charme erlegen. Ich schrieb ihm, ich wolle ihn nicht gehen lassen. Und ich schrieb ihm, dass ich ihn brauchen würde. Und ich schrieb ihm, dass ich bald frei wäre...

Und Kate schrieb mir, ich solle nicht verzweifeln, die Vergangenheit würde bald zurückliegen und das Glück werde zu mir zurückkommen. Alles würde bald gut werden für mich.

Am nächsten Tag, als ich Tony traf, flehte ich ihn erneut an, sich im Mai mit mir zu treffen. Er meinte nur, ich solle ein Hotel buchen, das wäre billiger für mich. Ich teilte ihm mit, dass alle Leute nun über mich lachen würden. Alle hätten mir gesagt, er würde nur mein Geld brauchen und mich dann verlassen, und das sei tatsächlich jetzt auch so wahr geworden. *„Habibi, ich hab dir gesagt, ich werde dir dein Geld zurückgeben.“ „Wann?“ „In zwei Monaten“*, sagte er und ich wusste sofort, dass das nicht wahr wäre. Er konnte unmöglich so viel Geld in zwei Monaten auftreiben, das wären ja 14 Monatsgehälter für ihn unter der Annahme, dass er die nächste 14 Monate keinen Cent davon verbrauchen würde... Wie sollte das funktionieren?

Tony	**Ich**
Ist das in Ordnung für dich?	Nein, ich will dich.
Nein, du willst nur dein Geld zurück. Du willst nicht mich.	
Hast du deinen Freunden erzählt, dass du mir Geld gegeben hast für das Militär und für meine Mutter?	Sicher.
Und für den Computer?	Sicher.
OK, die Liebe ist vorbei. Ich gebe dir dein Geld zurück. Gib mir deine Kontonummer und wir können Freunde sein.	Warum? Weil ich dir zu alt bin?
Nein, weil du glaubst, dass ich dich deines Geldes wegen liebe. Ich bin mir sicher, wenn du nach Ägypten kommst, wirst du einen anderen, besseren Mann finden als mich.	Neiiiiiiiiiiiiiiiiiiiiiiiiii. Ich will keinen anderen. Ich habe meine Liebe gefunden. Tony ist sein Name. Ich war mir sicher, dass wir im Mai heiraten würden!
Ich mir auch. Aber ich habe deiner Scheidung nicht zugestimmt.	Aber ich kann nicht heiraten, wenn ich verheiratet bin! Willst du eine Ägypterin heiraten?
Niemals. Ich möchte nur, dass du zu deinem Sohn zurückgehst. Ich habe vielen Leuten über uns erzählt und alle haben gesagt, wenn du sie dazu bringst, dass sie sich scheiden lässt, bist du ein sehr schlechter Mann.	Aber jetzt bin ich geschieden...

Sie habe mir gesagt, ich hätte dich deiner Familie weggenommen, damit du in Ägypten leben könntest. Aber Ägypten ist ein sehr armes Land. Bitte bleib zu Hause.
Ich weiß, du wirst kommen. Aber ich weiß nicht, ob ich im Mai für dich Zeit haben werde. Ich habe noch eine Prüfung im Mai und ich muss mich dafür vorbereiten. Und ich muss davor in Luxor einen Kurs belegen.

Wir können uns in Luxor treffen.

Es ist so so heiß hier im Mai. Und hier gibt es kein Meer.

Hast du deiner Mutter davon erzählt, dass du mich verlassen willst?

Wenn sie gewusst hätte, dass du verheiratet bist, hätte sie nie zugestimmt.

Sie würde dir sagen, dass du ein Lügner bist. Und du hast ihr auch meine Kinder verheimlicht. So, was willst du ihr jetzt erzählen?

Ich weiß nicht.

Du hast Angst deine Freiheit aufzugeben...

Meine Freiheit ist mir egal.

Wir würden gut leben, jeder verdient sein eigenes Geld.

Ich kümmere mich nicht um Geld.

Endlich löschte Tony auch das kurze Video, das er im September heimlich von mir im Schlafzimmer gedreht hatte. Ich war gerade aufgewacht und bin aufgestanden, nichts Besonderes also, aber trotzdem war ich nicht bekleidet und ich hatte Angst, dass er das Video von mir ins Internet stellte. Zwischendurch drohte er mir einmal damit, dass ich nicht vergessen sollte, dass er ein Video von mir hätte, in dem ich unbekleidet war. Ich fiel aus allen Wolken über diese Feststellung. Ich war fassungslos über diese Aussage, teilte ihm jedoch mit, dass absolut nichts Schlimmes zu sehen sei. In Europa sei man nicht so prüde. Damit war das Thema auch sofort vom Tisch.

Tony

Ich

Ich muss jetzt aufhören. Ich muss bald aufs Schiff? Wann sehen wir uns wieder?

Um 9 Uhr.

OK. Erinnerst du dich noch an unsere Abende in Hurghada?

Sicher. Und ich möchte dich im Mai wiedersehen.

Du bist verrückt!

Lass uns unsere verrückte Woche von Hurghada wiederholen. Nur noch 76 Tage.

Weißt du, Mai und September sind die besten Monate fürs Meer hier in Hurghada.

Dann lass uns doch wiedersehen.

Habibi, ich habe mich für die Zukunft entschieden! Ich werde nicht zustimmen, dass du nach Ägypten kommst. Bitte mach das nicht.

Warum nicht?

Ich kenne die Ägypter! Sie werden so viel mit dir reden. Sie werden sich an dich heranmachen. Ich sorge mich um dich. Sie werden dich stehlen, wenn du allein hier bist. Und es gibt auch so viele Leute, die die Touristen um ihr Geld betrügen wollen.
Und du bist so hübsch. So viele Leute schauen mir nach, wenn wir spazieren gehen oder am Strand sind.

Und was ist so schlimm, wenn sie dir nachschauen?

Sie sagen *„Was für eine schöne Frau mit diesem Mann da...?"*

Ich liebe dich. Ich brauche dich. Wir sind gleich, du und ich. Eine Seele.

Ich weiß.
Du bist so hübsch. Du hast wunderschöne Augen und so weiches Haar....

Ich konnte Tony nicht verstehen. Er wollte mich verlassen und fragte mich zugleich, wann wir uns wiedersehen könnten. Nur im Chat, nicht in Ägypten. Er streute mir Rosen, doch sie waren mit Dornen gespickt. Und er erzählte mir, dass er das Duschgel, das ich ihm im Februar zurück gelassen hatte, nie mehr verbrauchen würde. Er würde es ewig als Andenken an mich aufheben.

„So, werden wir uns im Mai wiedersehen?" fragte ich abschließend. *„Ich weiß nicht, Habibi."* Er war sich also noch immer nicht sicher, was er wollte. *„Werden wir uns also wiedersehen?"* fragte ich nach. *„Habibi, wir werden uns heute Abend darüber unterhalten. Ich muss jetzt aufhören."* In mir keimte Hoffnung auf – es war noch nicht vorbei. Es wäre ja sonst von meiner Seite alles vergebens gewesen. Ich hätte ALLES gegeben für NICHTS... Und er würde mir auch später ein SMS senden, versprach er mir noch... *„Ich liebe dich"*, bestätigte ich ihm zum Abschied.

Am späteren Vormittag fuhr ich auf eine dreiwöchige Kur.

Mein kurzes Time-out fern von zu Hause – Kuraufenthalt

Kurz nach der Scheidung, genau gesagt drei Tage später, hatte ich das Glück, durch Zufall auf Kur fahren zu dürfen. Das war ja eigentlich meine Kur, um die ich ein Jahr zuvor angesucht hatte, nachdem ich am Knie operiert worden war. Mein Arzt hatte mir zur Rehabilitation die Kur empfohlen, doch die Mühlen der Sozialversicherungen mahlen langsam in Österreich, so die späte Einteilung. Doch für mich kam sie gerade rechtzeitig. Früh genug, um nicht komplett den Verstand zu verlieren.

Ich wusste nicht, was ich sollte, ich hielt dem Druck schlichtweg nicht mehr stand. Ich wollte Tony haben. Ich wollte meine Kinder haben. Ich wollte mein Haus und meine Katzen und meinen Garten haben. Und ich glaube sogar, dass ich meinen Mann haben wollte. Er war immer gut zu mir. Dass eine Liebe nach 20 Jahren nicht so aussieht wie eine nach ein paar Monaten, war sogar mir klar. Doch es ging nicht mehr. Ich stand so sehr unter Druck, dass ich nicht mehr klar denken konnte. Und ich war vernarrt in Tony. Immerhin hatte ich ihn ja mittlerweile schon dreimal, also zwei Wochen beim Kennenlernen gesehen und zwei gemeinsame Wochen mit ihm verbracht.

Und all das warf ich in die Waagschale mit meinem sonst so ganz normalen Familienleben, das wohl ziemlich unter Diskrepanzen mit meinem Ehemann litt und dem die pubertierenden Kinder auch mächtig zusetzten, dennoch waren wir, zumindest nach außen hin, eine gut situierte, nette, intakte Familie.

Nach kurzer Anreise bekam ich ein nettes Einzelzimmer zugeteilt. Es war warm, ich war allein und ich konnte Klarheit in mein Leben bringen. Ich hatte keine Knieprobleme mehr, aber ich hatte Herzschmerzen. Ich weinte viel. Ich war frisch geschieden, mein Liebhaber hatte mich am Tag vor der Scheidung verlassen oder auch nicht, das wusste keiner so genau. Ich wusste nicht, was ich machen sollte. Es gab noch immer ein Zurück in meiner Ehe – mein Mann hätte mich sofort wieder zurückhaben wollen, und ich wusste das. Er hatte mir einen Traumurlaub versprochen, wenn ich doch endlich mit Tony Schluss machte. Er liebte mich noch immer und ich war auch die Mutter seiner beiden Kinder. Und Tony, den ich so zu lieben schien, wollte mich abservieren. Was nun? Was tun?

Ich hatte mir eigens für ihn einen Internetstick gekauft und war am Computer immer online. Es konnte ja sein, dass er auch online käme, und tatsächlich... am Sonntag gleich nach Mitternacht um 1:45 Uhr war er auch schon da... Mir fielen bereits die Augen zu, doch ich las ein Buch, um ja nicht einzuschlafen und schwups... da hörte ich ihn auch schon.

Er traf sich abends mit seinem Freund und kaufte Öle und Cremen für die Massage am Schiff. Er machte mir ein Kompliment nach dem anderen und brachte mich dazu, meinen Verstand wieder komplett zu verlieren. *„Ich fühle, dass ich so glücklich bin mit dir. Wirklich."* versicherte er mir. Wir sprachen darüber, dass ich im Sommer mit meinem Auto nach Ägypten fahren könnte. Ich hatte mich ja schon genau erkundigt, wie dies möglich wäre. Und er wollte unbedingt ein Auto haben und später natürlich auch den Führerschein machen. *„Aber wenn du mich wirklich so lieben würdest, würdest du niemals darüber nachdenken, ob du mich im Mai wiedersehen möchtest oder nicht.",* stellte ich fest. Ich war verwirrt ob seiner Worte.

Am folgenden Tag bei der Erstuntersuchung sprach ich sehr lange mit einer Ärztin über meine Beschwerden. Ich erzählte ihr über meine momentane Privatsituation und stellte mir selbst die Diagnose BURN-OUT, dazu passend wurden mir von ihr auch Behandlungen verschrieben. Alles war nun gut, was meinen verwirrten Geist und meine zerschundene Seele heilen würde. Schließlich sollte ich gestärkt und voller Tatendrang nach drei Wochen wieder meine Arbeit antreten können.

Mein Mann mischte sich wie besprochen nicht in mein Leben und meinen Kurerfolg ein. Ich könnte immer anrufen, doch er ließe mich ins Reine kommen. Er würde mich nicht anrufen, teilte er mir mit. Und er ersuchte mich auch, nicht mit Tony zu chatten, damit ich für meine endgültige Entscheidung mental stark und nicht unter Druck sei.

Doch natürlich konnte ich nicht auf Tony verzichten. Er erkundigte sich verwundert, wo ich war und ich versuchte, ihm den Sinn einer Kur in englischer Sprache zu erklären. Natürlich gab es nicht annähernd so etwas Ähnliches in

Ägypten. Ich erzählte ihm, wie erholsam die Tage hier seien. Doch eigentlich stimmte das ja gar nicht wirklich. Meine Gedanken waren so belastet, dass ich bei den Massagen häufig zu weinen anfing. Sobald ich mich entspannte, rannen die Tränen. So ging ich zum Yoga, doch bei der anschließenden Traumreise weinte ich so laut, dass das bald in Schluchzen überging und ich alle Taschentücher aufbrauchte, die die Yogalehrerin bei sich hatte. Ich schämte mich sehr. Daraufhin besuchte ich Yoga ein paar Tage nicht mehr.

Ich schwamm viel und ging viel spazieren. Und jeden Tag zählte ich einen Tag herunter, beginnend von der Scheidung, da ich ja noch eine Einspruchsfrist von 14 Tagen hatte und die Scheidung zurückziehen konnte. Ich telefonierte mehrmals mit meiner Anwältin, die mir schlussendlich zur Scheidung riet. Sie machte mich darauf aufmerksam, dass alles in einem Rosenkrieg enden könnte, und das wollte ich auf gar keinen Fall. Das hatte niemand verdient, nicht mein Mann, ich auch nicht, und die Kinder schon gar nicht.

Ich kontaktierte eine Lebensberaterin und suchte alle Pros und Contras für jede mögliche zukünftige Entscheidung. Ich buchte Shiatsu bei einer sehr netten jungen Dame. Ich ging zur Gesichtsbehandlung und zur Pediküre. Ich buchte Ganzkörper-Energie-Massagen. Alles war erholsam – aber nichts brachte mich zur Entscheidung. Ich ließ die Zeit ganz einfach verstreichen und machte mich klein, damit mich niemand erwischen und schimpfen konnte.

Währenddessen schickte Tony meinem Mann mehrmals ein SMS. Er sagte ihm, wenn er mich lieben würde, würde er um mich kämpfen. Er wolle mich nicht mehr. Sowohl mein Mann als auch meine Eltern waren fassungslos. Mein Mann besuchte mich mit einem Strauß Blumen, und er zeigte mir die SMS. Ich las sie, aber ich nahm sie nicht zur Kenntnis. Ich weinte ganz einfach. So wie ich auch meist bei Tisch beim gemeinsamen Abendessen mit meinen drei Tischdamen weinte. Ich lernte bei der Kur niemanden kennen, nur meine drei Tischdamen. Ich kapselte mich ab und verschwand immer so schnell wie möglich in mein Zimmer. Ich ließ die Tage ziehen. Die erste Woche war ich stets verheult, die zweite Woche war ich manchmal entspannt und die dritte Woche lächelte ich mitunter auch. Aber mit Tony chattete ich immer.

Tony registrierte, wie elend ich aussah doch er meinte, ich sei auch ohne ihn stark. Aber ich war schwach und eifersüchtig. So löschte ich eines Abends erneut alle jene Damen, mit denen er regelmäßig im Internet Kontakt hatte. Er bemerkte es nicht sofort, doch als er es registrierte, war er ziemlich ungehalten. Ich teilte ihm mit, ich hätte sie alle gelöscht zu der Zeit meiner Scheidung, weil er in diesen Tagen auch immer wieder so oft Kontakt zu anderen Frauen suchte und ich ihn aber wirklich benötigte. Ich entschuldigte mich dafür bei ihm, obwohl er mir zuvor schon einmal versprochen hatte, keinen Kontakt mehr zu anderen Damen anzubahnen und zu pflegen. Eine Dame schickte ihm dann auch noch eine Nachricht und bedankte sich über den netten Umgang mit ihr, sie einfach aus Facebook zu löschen. Sie war ihm offensichtlich doch nicht ganz unwichtig, obwohl er sie nicht persönlich kannte, sonst wäre er nicht so böse auf mich gewesen. *„Warum löscht du Leute aus meinem Account, ohne mir das zu sagen?“ „Weil du mit diesen Damen chattest, während du auch mit mir chattest! Und weil ich mich gerade erst scheiden ließ, um mit dir zusammen zu leben. Aber sie sind dir nun alle so wichtig, dass du dich nicht allein auf deine Frau konzentrieren kannst, und das finde ich nicht fair. Ich habe dich immer wieder gebeten während unserer Chats nur bei mir zu sein.“*

Er würde mir nach meinem Ausstieg nach Ägypten mit meinen Papieren und dem Visum helfen. Man würde das so machen in Ägypten, wenn Ausländer ins Land kämen. Das war wieder ein gewaltiger Tiefschlag für meine Seele. Und dennoch... ich lernte nichts daraus. Vielleicht wollte ich nur meinen Kopf durchsetzten, mein Hirn ließ ich dabei aber auch links liegen. Warum war ich nur so vernarrt in ihn und so naiv?

Ich	**Tony**
Ich glaube, wir werden im Mai nicht heiraten...	
	Nein, sicher nicht. Und ich werde nicht auf dich warten, ich werde in Luxor bleiben.
Und wenn ich nach Luxor komme?	Ich werde dir helfen, aber ich werde nicht bei dir wohnen. Ich habe dir gestern gesagt, du sollst mich vergessen.
Du möchtest es komplett beenden?	Ja. Und ich schick dir dein Geld zurück, in 3 Monaten. Ich schick dir alles zurück, du wirst es brauchen.

Du schickst mir 3.360,- Euro zurück?
Ist auch recht.

Du hast mir gesagt 2.000,-
Aber frühestens in 3 Monaten, vorher hab ich es nicht.

Ich hätte dir niemals so viel gegeben, wenn ich gewusst hätte, dass du mich verlassen wirst.

Du denkst immer nur an dein Geld. Du kannst mich ja ins Gefängnis stecken.

Ich habe niemals daran gedacht, dass du es zurückgeben musst, weil wir ja heiraten wollten. Ich hätte dich niemals mehr darum gebeten. Meins ist dann deins, aber Pech - ich habe mich geirrt.

Ich möchte dich um etwas bitten. Denk bitte niemals, nach Ägypten zu kommen und Österreich zu verlassen. Ich war immer sehr nett zu dir. Aber vielleicht triffst du einen gemeinen Mann, der dir all dein Geld wegnimmt und dich dann noch schlägt.

Ich würde niemals mehr Geld hergeben. Ich habe jetzt daraus gelernt. Ich habe dir immer vertraut.

Ich wollte niemals dein Geld, sonst hätte ich dich um ein Auto und um eine Wohnung gebeten.

Naja, wahrscheinlich bist du jetzt doch zu jung oder ich zu alt....

Du wirst nach Ägypten kommen, ich weiß. Ich fühle das. Aber bitte, versuche zu deiner Familie zurückzugehen. Bitte.
Es ist das letzte Mal, dass ich dich vom Internet-Cafe getroffen habe. Es ist alles meine Schuld, dass du geschieden bist. Ich bin verantwortlich für das alles.

Wenn du mich wirklich liebst, verlässt du mich jetzt nicht. Aber ich glaube, du bist zu jung zum Heiraten.
Du bist der Mann, den ich liebe.

Vergib mir, bitte.
Gerade das ist das, was mich jeden Tag erneut umbringt.

Du fehlst mir.
Ich liebe dich.

Ich wünschte mir, du würdest mich hassen.
Wenn du mich hassen würdest, wäre das in Ordnung für mich.

Nein, niemals.

Wenn ich daran denke, dass du mich liebst, dann fühle ich mich wie.... ich weiß nicht, ich kann es nicht beschreiben.

Ich werde dich lieben so lange bis ich sterbe.

Du bist eine Prinzessin, du verdienst einen

König. Bitte bleib zu Hause.
Ich brauche die E-Mail-Adresse von deinem Mann und deiner Schwester... bitte. Ich muss mit beiden sprechen.
Ich schicke dir ein SMS, bevor ich schlafen gehe.

Ich küsse dich. Versuch deine Probleme zu vergessen, ich bin bei dir.

Ich wünschte mir das. Bis bald.

Tony konnte mit der Belastung meiner Scheidung auch nicht umgehen. Und er sah in meine Augen und er sah eine gebrochene Frau, deren zerschundene Seele Hilfe suchte. Er sah, was er in meinem Leben ausgelöst hatte. Er hatte meine Familie ruiniert. Obwohl ich ihn bis dahin niemals dafür verantwortlich gemacht hatte, war er der Auslöser dieser Trennung. Und er sah, dass durch ihn zwei Kinder ihre Mutter verloren.

Tony	**Ich**
Du solltest mich endlich vergessen. Ich liebe dich nicht mehr.	
	Zwei Wochen, nachdem du mich heiraten wolltest?
Vergiss mich!	Du wolltest mich gar nie heiraten.
Vergiss mich! Niemals!	Ich fühle, dass du mich wirklich niemals heiraten wolltest.
Ja, du hast Recht.	Warum hast du mir das dann gesagt?
Das war falsch. Ich habe einen Fehler gemacht.	
	Du hast also einen Fehler gemacht??? Sehr interessant. Nur Bett und Spaß?
Ich hab dir gesagt, vergiss es. Starte dein Leben mit einem anderen.	
	Ich habe gerade meine Familie verlassen, bin um mehr als 3.000,- Euro ärmer, habe keine Wohnung mehr, habe deine Sprache gelernt...
Vergiss das alles.	Jeder hat mir gesagt, dass du ein Lügner bist, aber ich, ich habs ja nicht geglaubt.
Ja, ich bin ein Lügner. Vergiss mich. Vergiss mich einfach. Ich habe dich angelogen.	
	Warum hast du das mit mir gemacht? Hast du das mit anderen Frauen auch gemacht?
Nein.	Ich glaub dir das nicht, Tony. Ich muss dich im Mai wiedersehen.
Nein, ich glaube nicht, dass wir uns wiedersehen werden.	

Obwohl mich Tony verlassen hatte, blieb er ständig mit mir in Kontakt. Er erzählte mir, wie viel Angst er hätte, weil die Prüfungsergebnisse bereits veröffentlicht wären, er aber seines noch nicht wüsste. Er müsse erst zur Uni fahren, um sich zu vergewissern. In der Uni anzurufen und das Ergebnis zu erfragen sei nicht möglich. Und er erzählte mir von einer Frau, die ihn am Schiff um 15 Minuten zusätzliche Massage bat und als er bejahte, packte sie seine Hände und drückte sie auf ihren Busen. Sie wollte, dass er ihr aufs Zimmer folgte, aber er antwortete, er sei schwul. Ich war erleichtert, aber als er mir erzählte, dass er, wenn ihn jemand sehen würde, seine Arbeit verlieren würde, war ich enttäuscht von diesen Worten.

Wiederum ersuchte er mich um die E-Mail-Adresse von meinem Mann und meiner Schwester. Ich sagte ihm zu, dass er sie bekommen würde, wenn er mir alles, was er ihnen senden würde, ebenso zusenden würde. *„Ich werde dir keine Probleme machen“,* antwortete er und versicherte mir, dass ich alle E-Mails ebenso bekommen würde. Doch wie so oft stimmte das nicht, was er mir versprach. Er sandte alles E-Mails weg, ohne mich über den Inhalt zu informieren. Jetzt hatte ich niemanden mehr, der ehrlich zu mir war, nicht mein Ex-Mann und schon gar nicht mehr Tony. Ich war durch beide Sessel durchgefallen...

Auch seine Freunde wurden wieder aktiv. Einer seiner Freunde, Micky, kommentierte in Facebook unser Foto mit *„wow, such a pretty girl“.* Und als ich mich freute und als ich ihm sagte, dass ich das wäre, sagte er mir, ich solle meine Hände von Tony lassen. Er hätte seit zwei Jahren in Luxor eine Freundin. Natürlich stritt Tony das vehement ab. Es war unglaublich... ich geriet in einen Sumpf voller Lügengeschichten.

Und Tony sandte meinem Ex-Mann tatsächlich ein SMS. Was er schrieb, erzählte er mir nicht, aber was mein Ex-Mann zurückschrieb, schrieb er mir dann doch. *„Es tut mir leid. Du hast unser Leben zerstört. DU hast meine Frau getötet, falls sie Selbstmord begeht. Es ist zu spät.“* Wow, das war eine Antwort... Tatsächlich hatte ich so oft daran gedacht mir das Leben zu nehmen, aber ich habe immer wieder durchgetaucht, weil ich wusste, dass ich Tony wiedersehen würde. Und außerdem war ich nicht mutig genug, meinem Leben ein Ende zu bereiten. Ich dachte an die verschiedenen Möglichkeiten, aber unterm Strich blieben immer nur zwei übrig. Ich hatte es nicht getan, weil in diesen besonderen Momenten, wo es geschehen hätte können, immer etwas Unvorhergesehenes geschah oder plötzlich Menschen auf mich zu kamen.

Mein Ex-Mann besuchte mich in der Kur und wieder sprachen wir über Tony. Ich sei nicht die erste Frau, mit der Tony dieses Spiel gemacht hätte. Er würde allen die große Liebe versprechen und ihnen dabei Geld aus der Tasche ziehen. Es solle mir nicht peinlich sein, das wäre schon vielen Frauen passiert, doch ich solle aufwachen und wieder vernünftig werden. Ich hätte ja nun gemerkt, dass er mich nicht haben wollte. *„Er will dich ganz einfach nicht. Er will nur dein Geld! Glaub das nun endlich."* Trotz unserer Scheidung war mein Ex-Mann oder Mann, wir waren eigentlich ja noch immer nicht geschieden, noch sehr nett zu mir. Er machte sich tatsächlich sehr große Sorgen, dass die Mutter seiner beiden Kinder freiwillig aus dem Leben scheiden würde. Und dabei war er nicht der Einzige...

Ein paar Tage später trafen wir uns wieder online. Tony lüftete das Geheimnis. Er hatte eine seiner Prüfungen nicht geschafft, er war der einzige, der durchgefallen war. Er hielt das für die Strafe Gottes. Deshalb hätte er meinem Mann mitgeteilt, dass er mich nicht mehr wolle. Gott würde ihn immer dafür bestrafen, dass er die Scheidung nicht verhindert hätte. Er hätte entschieden nicht in Kontakt mit mir zu bleiben.

Was war das für Glauben? Und – war ich eine Sache, die man wollte oder eben nicht wollte?

Ich dachte damals wirklich daran, weiterhin verheiratet zu bleiben. *„Warte vier Jahre auf mich"*, bat ich ihn. *„Ich werde nicht heiraten, sicher nicht. Eine Hochzeit kostet mich ungefähr 5.000,- Euro, um eine Wohnung zu kaufen und Gold für meine Frau. Ich werde niemals mehr jemanden lieben."* Er schrieb mir auch, dass er weder mit mir noch mit meinem Ehemann Schwierigkeiten wolle. Eigentlich war alles unklar, was er schrieb. Niemals legte er sich fest. Mit ihm konnte man nicht planen, sein Wort hatte keinen Wert. Er kümmerte sich um nichts mehr. Zwei Prüfungen fehlten ihm noch zum erfolgreichen Studienabschluss, doch er war nicht mehr motiviert. Und ob er Geld verdiente oder nicht, war ihm auch egal. So brauchte er mir auch nichts zurückgeben, nachdem er ja nichts verdiente. Und Tony kam wieder ins Netz und säuselte mich vor der Webcam ein. Wenn er mich mit seinen dunklen

Augen ansah, kam ich mir vor wie Mogli, der von der Schlange Kaa durch deren Augenrollen in Ohnmacht fiel.

Zuhause würden alle versuchen mich glücklich zu machen, wenn ich wieder zurück kehren würde. Und Tony würde später eine ägyptische Frau heiraten. Ich versuchte mich damit abzufinden. Ich wollte wirklich stark sein, aber wenn wir uns wiedersahen, geriet ich immer wieder ins Schwanken. Die Kinder würden ihm dankbar sein, schrieb ich ihm... und ich würde ihn nie vergessen. Wenn wir zusammenbleiben würden, würden wir nicht glücklich sein, mahnte er mich. Als ich das nicht akzeptierte, schrieb er mir *„weil ich dich von deinem Zuhause gestohlen habe. Und Gott wird mich dafür strafen.“ Er* war sich sicher, dass er bald sterben würde. Er fühlte sich so schlecht und er hatte all seine Energie verloren. Doch ich baute ihn wieder auf. Auch er hatte so viel Druck durch seine Freunde. Alle rieten ihm mich zu verlassen. Er war ebenso zerrissen wie ich. Ich wusste nicht, ob seine Liebe ehrlich war oder ob er ein großartiger Schauspieler war... alles war möglich.

Ich schrieb ihm, dass ich alles von ihm sehr sehr behutsam in meinem Herzen aufbewahren würde, damit nichts von Tony verloren gehen würde. Er begann zu weinen. *„Du musst mich vergessen, wegen deiner Familie“,* bat er mich. *„Ich will, dass du wieder nach Hause zurückgehst. “*

Obwohl Tony mich offiziell schon verlassen hatte, wendete er sich mit all seinen Sorgen an mich. So erzählte er mir, dass er am Schiff ein anderes Zimmer bekommen sollte. Er sollte nicht wie bisher nur mit 6 Personen aus dem Head Department die Kabine teilen, sondern mit 16 Personen vom Staff, da in den kleinen Zimmern ein Bett fehlte. Er war sehr verärgert und weigerte sich, das Zimmer zu verlassen, mit der Feststellung, es wäre nicht sein Problem, wenn ein Bett fehlte. Sein Chef akzeptierte seine sture Haltung.

Ich bombardierte ihn währenddessen mit vielen Anrufen, da ich nach diesen vielen Monaten endlich gehört hatte, dass es eine günstige Calling-Card bei der Post zu kaufen gäbe. So musste ich nur mehr 10 Euro für meine Anrufe zahlen und hatte damit ein Gesprächskontingent von 28 Minuten gekauft. Das war bedeutend günstiger, als vom Handy aus zu telefonieren.

Eines Tages erzählte er mir, er hätte angefangen Zigaretten zu rauchen. Er hätte bereits Kopfschmerzen davon. Er wusste, wie mich das ärgern würde. Ich ersuchte ihn sofort wieder damit aufzuhören. Und schon fragte er mich direkt

Tony	**Ich**
Hast du heute mit Elia gesprochen?	Ja.
Das macht mich keine Luft zu bekommen.	
Habibi erzähl mir.	Ich muss dir auch was erzählen. Sei bitte nicht böse. Ich bin jetzt geschieden.
Was?	Ich bin seit heute geschieden. Ich habe gestern mit meiner Anwältin gesprochen und habe sie informiert, dass ich mich nicht scheiden lassen möchte und sie hat mir gesagt, dass das nicht so einfach wäre. Das nächste Mal würde eine Scheidung viel teurer werden und wir könnten im Streitfall das Haus an die Anwälte verlieren. Es war jetzt ganz allein meine Entscheidung.
Wirst du nach Hause zurückgehen?	Ja. Und wenn es gut geht, dann ist es ok. Ansonsten habe ich ja meine eigene Wohnung. Ich wollte es dir nicht vorher erzählen. Bist du jetzt böse?
Nein. Du wirst nach Hause gehen. Das war mir wichtig.	Ich bin jetzt frei und in der Nähe der Kinder. Und wenn du willst, kannst du nach Österreich kommen. Du hast mich das ja gefragt. Denkst du wirklich darüber nach?
Ja, aber es ist zu früh jetzt darüber zu sprechen. Ich muss zuerst die Uni abschließen. Warum hast du Elia erzählt, dass du mir Geld gegeben hast?	Er wusste bereits, dass du den Computer von mir bekommen hast. Und ich hab ihm nicht gesagt, wie viel Geld ich dir gegeben habe.
Warum erzählst du anderen Leuten über unsere privaten Dinge?	Schatzi, du hast mir gerade erst geschrieben, dass du nicht mehr mit mir sprechen willst... Ich war schockiert, so hab ich mich an ihn gewandt und ihn um Hilfe gebeten, dass du

zu mir zurückkommst. Es kann nicht mehr schlimmer werden...

So wirst du mich verlieren. Warum hast du ihm erzählt, dass du mir Geld gegeben hast? Er sagt mir immer, du wärst meine Chance und ich sagte ihm, ich kümmere mich nicht um dein Geld.

Schatzi, ich weiß, ich bin deine Chance in allem, aber ICH liebe dich ganz einfach nur.

Als du ihm das erzählt hast, sagte er zu mir *„Ahh, du willst nur ihr Geld..."* Ich werde jetzt gehen. Wir sehen uns morgen, falls ich Zeit habe. Du denkst ja nur an dein Geld.

Tu ich nicht, aber ich hab dir ja eins geborgt, das stimmt ja.
Du bist immer böse mit mir...

Warum erzählst du´s aber jemandem?
Ja, heute ist der letzte Tag für uns zwei. Wir werden uns nicht mehr wiedertreffen...
Es ist einfach so. Du sprichst über unsere privaten Sachen – ja, du bist einfach so.

Wegen Elia?

Du sagst mir, dass du mich heiraten willst, dann lasse ich mich scheiden und dann willst du mich nicht mehr... Warum machst du das mit mir?

Wir werden niemals zusammenleben. Gute Nacht.

Wieder versicherte Tony mir, dass er mir mein Geld zurücksenden würde. Ich hatte ihm bestätigt, dass ich mir das so nicht gefallen lassen würde. Er hätte mich im Februar zur Scheidung bestärkt und jetzt sei ich eben geschieden. Wenn das nur ein Spiel für ihn gewesen wäre, könne er sich nur befreien von mir, indem er mir das geliehene Geld zurücksandte. Vorher würde ich ihn nicht in Ruhe lassen. Ich sei keine dämliche Europäerin, der man so zum Spaß das Geld aus der Tasche zieht und sie anschließend kalt abserviert. *„Du kannst dich ganz einfach wieder von mir freikaufen. Du hattest guten Sex mit mir, du hast jetzt einen neuen Computer und ein neues Handy, deine Mutter lebt noch, du schickst mir 2.100,- zurück und hast noch immer einen Profit gemacht. Vorher werde ich dich nicht in Ruhe lassen."*

Tony war sehr nervös, weil nun einer seiner Freunde Bescheid über ihn wusste. Wenn er ehrlich war war das sicherlich kein Problem, wenn er aber unehrlich war, würden ihm seine Freunde sicherlich zusetzten. Das war mein Joker. Tony war so verärgert, dass ich Angst vor ihm bekam. Ich teilte ihm das auch mit und sagte ihm, ich könne nie mit ihm leben, weil ich mich fürchten würde. *„Du und Elia, ihr seid ein schönes Paar. Leb mit ihm. Er hat mich bereits gefragt, ob er dich haben kann, wenn ich dich nicht mehr brauche. Er will auch Geld von dir.“* Das war ja nun wirklich unglaublich. Es wurde bereits um mich geschachert. *„Niemals, ich brauche keinen Mann außer dir, und einen Ägypter schon gar nicht. Und man kann nicht handeln um mich, ich bin nicht zu haben.“* Nun war auch ich ungehalten. Ich war mir sicher, dass er mich nur betrogen hatte. Grußlos ging er offline.

Ich konnte seine Beschuldigungen nicht ertragen, so sandte ich ihm offline meine E-Mail-Adresse und mein Passwort für Facebook und ersuchte ihn, den Brief, den ich an Elia geschrieben hatte, zu lesen. *„Ich war in meinem ganzen Leben noch nie so verliebt wie ich in dich war, und ich wurde noch nie so verletzt wie von dir. Und du hast meinem Mann geschrieben – take her back… I don’t want her anymore… Du hast mich wie ein Tier behandelt, das hat mich so verletzt.“* Ich schickte ihm Küsse und versicherte ihm, dass sich alles in unserem Leben ändern würde und wieder gut werden würde, er solle nur geduldig sein.

Ende März machte ich ihm folgenden Vorschlag. Er solle im Oktober seine letzte Prüfung ablegen und sein Militär organisieren. Ich hoffte, er würde befreit. Ich würde weiterhin fleißig arbeiten und mir eine Wohnung kaufen. Ich würde bei den Kindern bleiben und die beste Mutter aller Zeiten sein. Ich würde ihm helfen, ein Visum zu bekommen, eine Arbeitsgenehmigung und eine Arbeit. Ich würde zu ihm kommen und wir könnten gemeinsam zurückfliegen. Er könne den Führerschein machen und wäre dann unabhängig. Und wir würden beide in Österreich arbeiten und zusammenleben. Er würde fünf Mal in der Woche acht Stunden arbeiten und hätte zwei Tage frei. Ich würde ihm in allem helfen, wenn er die folgenden Dinge machte:

- Du bist dir sicher, dass du mich liebst, sonst kannst du´s gleich wieder vergessen.
- Du arbeitest immer und verdienst dein eigenes Geld.
- Du hast keine Kontakte zu anderen Frauen oder machst ihnen Komplimente.
- Du bist zuvorkommend und ehrlich mit mir.
- Und ich will keine Kinder mehr.

In Österreich würde ihn niemand umbringen, weil ich nun geschieden sei. Ich gab ihm drei Wochen Zeit für die Entscheidung. Und ich würde ihn in Österreich nicht sofort heiraten, ich wolle mich zuerst vergewissern ob er auch fleißig arbeiten würde. Und ich wolle zuerst sehen, dass er mich wirklich liebt und dass er ehrlich war zu mir.

Wenn er nicht zustimmen würde, wäre ich fertig mit ihm. Ich würde mir einen anderen Mann suchen denn ich würde nicht alleine bleiben wollen. Spätestens in einem Jahr sei ein anderer Mann an meiner Seite und ich wäre wieder glücklich. Der von mir vorgeschlagene Weg würde aber nur funktionieren, wenn er mich wirklich lieben würde.

Unbelehrbar wie ich war, schrieb ich ihm bereits drei Tage später wieder, wie sehr er mir fehlen würde. Ich ihm auch, schrieb er zurück. Er war in Assuan und alleine, natürlich fehlte ihm dann ein Gesprächspartner.

Obwohl ich während meiner Kur sehr viel Kontakt mit Tony hatte, war sie erfolgreich. Zumindest hatte ich die Bürde meiner Arbeit nicht zu tragen. Ich war nach der Kur durch Fristenablauf mittels Bescheid geschieden. Ich hatte nun, wenngleich unsichere, aber doch klare Verhältnisse in meinem Leben. Ich konnte einen Neustart beginnen. Und ich hatte neue Hoffnung geschöpft und auch ein bisschen an mentaler Stärke gewonnen. Und ich nahm mir fest vor, einen Nervenarzt zu kontaktieren, um meinem zarten Nervenkostüm weitere Stärke zu geben. Das war mir sehr unangenehm, doch ich hielt mein Versprechen und ließ mir tatsächlich einen Termin beim Seelenklemptner geben.

In diesem März brachte mich die Unsicherheit in meinem Leben beinahe um. Mein Leben war ein Hin und Her, ein Ja und Nein, ich konnte kaum atmen. Ich wollte zurück nach Hause, zu meiner Familie, zu meinen Kindern, zu meinen Katzen. Ich wollte meine Sicherheit zurück. Ich wollte Geborgenheit. Ich trennte mich von allem und fand einen jungen Mann am anderen Ende der Welt, der sich nicht entscheiden konnte, der mir jeden Tag andere Entscheidungen bekanntgab, der für mich manchmal erreichbar war, dann aber oft auch tagelang wieder unerreichbar. Er war böse zu mir und zugleich der Balsam auf meiner Seele. Er war mein Ziel und zugleich mein Zerstörer. Ich konnte von ihm nicht lassen. Er war meine Sucht.

Schon wieder oder noch immer zu Hause - April 2010

Geduldig wartete ich auf Antwort auf eine meiner unzähligen Bewerbungen, die ich im März nach Ägypten versandt hatte. Viele Adressen ägyptischer Unternehmen hatte ich aus dem Internet, zusätzlich versuchte ich mein Glück bei Reisebüros und Reiseagenturen. Ich bewarb mich als Gästebetreuung, generell im Tourismus, für die Rezeption oder fürs Büro direkt in Hotels, am Schiff oder in den Niederlassungen der Reisebüros. Doch nichts, fast nichts kam zurück. Nur eine österreichische Hotelkette bedankte sich für mein Interesse, benötigte aber momentan keine Verstärkung.

Ich war wieder zurück von meinem Kuraufenthalt. Nachdem ich mich in meinem neuen Zuhause nicht wirklich einleben konnte, schlug mir mein nun geschiedener Mann vor, einstweilen bei ihm die neu ausgebaute, helle und freundliche Kelleretage zu beziehen. Das Haus war ja groß genug. So verstrichen auch die Osterferien. Beim jährlichen Osterfeuer wandte ich mich an den Pfarrer und erzählte ihm meine private Misere. Er sprach mir Mut zu. Trotzdem fühlte ich mich sehr allein. Mein Ex-Mann ging mir aus dem Weg und auch die Kinder sprachen kaum mit mir. Meine Tochter schien nun einen Freund zu haben, da sie sehr viel auswärts war und ich machte mir gehörig Sorgen um sie. Auch mein Sohn knüpfte zarte Bande mit einem Mädchen, das er im Internet kennengelernt hatte. Und Tony zeigte sich als aufmerksamer Gesprächspartner und war wieder wie ausgewechselt. Er bestätigte mir, dass auch er hoffte, dass wir uns bald wiedersehen würden.

Währenddessen schickte mir Tony wieder einmal eine kleine Aufmerksamkeit mit einem österreichischen Gast mit. Ich wusste nicht, was es war, doch ich vereinbarte mit dem Herrn, der mir das Geschenk brachte, dass er zu mir in meine Stadt käme. Wir trafen uns in einem Eissalon, dort überreichte er mir eine Papiertasche mit einem großen roten Plüschherz drinnen, das wunderbar duftete. Daneben war ein unbeschriebenes Billet von Tony. Es stellte sich heraus, dass der Herr ein Polizist in Rente war, der in seiner aktiven Berufszeit einer internationalen Polizeieinheit angehört hatte. Doch das erzählte er Tony nicht. So war er auch mutig genug, um das Herz mitzunehmen, denn, falls er Probleme am Zoll oder bei einer Drogenkontrolle gehabt hätte, hätte er den Ausweis zeigen können und das Geschenk kurzerhand zurückgelassen. Natürlich machte er sich Gedanken über das ungewöhnliche Präsent, und er wollte mich nach den Erzählungen von Tony unbedingt persönlich kennenlernen. Er war von der Freundlichkeit von Tony sehr angetan und er erzählte mir, wie nett und positiv Tony immer über mich gesprochen hätte. Ich freute mich vor allem über das Symbol, weil mir Tony ein Herz schenkte.

In einem Monat würden wir uns ja bereits wiedersehen. Und dennoch zauderte Tony noch immer. *„Du lebst nur einmal. Du musst tun was dein Herz von dir verlangt. Mach es einfach. Nur so wirst du glücklich werden,“* empfahl ich ihm. Zu dieser Zeit reagierte ich oft so gedankenverloren, dass ich mit meinem Auto beim Einparken am Randstein anfuhr und dabei die Verkleidung unter der Stoßstange meines Autos hinten herunterriss. Sofort eilte mir ein kroatisch sprechender Mann zur Hilfe und nannte mir eine günstige Werkstätte in der Nähe. Natürlich musste ich den Schaden reparieren lassen. Überdies war ich froh, dass niemand in der Nähe stand. Ich hätte auch Personen übersehen, war ich überzeugt.

Während ich so unrund war, erzählte mir Tony immer recht munter, dass er seine Freunde treffen würde. Sofern ich ihm nichts über meine Scheidung erzählte und nicht über seine Zukunft nachfragte, war nun er immer gut gelaunt und motiviert. Er sandte mir nette Worte, viele Komplimente und schrieb mir immer wieder, wie sehr er mich vermisse.

Und er erzählte mir, wie stolz er auf die Umhängetasche wäre, die ich ihm im Februar mitgebracht hatte. Eigentlich war die Tasche ganz normal, aber ich ließ an der Vorderseite schräg über den Umschlag den Namen *Tony* einnähen, so hatte die Tasche eine persönliche Note. Leider konnte ich sie nicht wie geplant zu Weihnachten versenden, so bekam er sein Weihnachtsgeschenk eben im Februar. Und endlich verwendete er die Tasche auch. Seine Kollegen am Schiff fragten sofort, woher er die Tasche hätte, und Tony antwortete stolz *„from my wife.“* Und das machte mich wieder stolz.

Die Arbeit am Schiff machte ihn zusehends unzufriedener, da seit mehreren Wochen beinahe ausschließlich französische Gäste anwesend waren. Tony machte sich Sorgen, seine Deutschkenntnisse zu vergessen. *„Ich habe die netteste Frau von der Welt. Und die wunderschönste. Habibi. Ich möchte dich jetzt spüren und deine Seele fühlen.“* Und während wir zärtlich chatteten, vergaß Tony beinahe, dass sein Schiff bald auslief. *„Ich muss gehen. Wir werden in 15 Minuten ausfahren. Und der Hafen ist so weit weg von da"*, erschrak er.

Ich
Nur mehr sechs Wochen und fünf Tage.

Tony
Waaas? Hast du gebucht?

Ich
Nein, noch nicht. Natürlich frag ich dich vorher.

Tony
Wenn ich Prüfung habe, werde ich nicht nach Hurghada kommen können.

Ich
Sicher, ich weiß. Frag bitte nächste Woche, wann die Prüfung ist.

Tony
Mach ich.

Und schon rannte Tony hastig davon. Im letzten Moment erreichte er sein Schiff noch.

Tony wurde einfach nicht klüger. Immer wieder machte er dieselben Dinge. Wieder chattete er mit einer seiner Freundinnen und zugleich mit mir. Er wusste bereits, dass ich das nicht akzeptieren würde. Ich fragte ihn, ob er nebenbei mit jemandem reden würde und er bestätigte mir *„Ja, mit Amera."* Die hatte ich in meinem Ärger schon einmal von seinem Facebook-Profil gelöscht, aber seine Freundinnen waren wie Bumerangs, immer waren sie dann plötzlich wieder da. Ja, sie kamen schlichtweg von selbst, Tony versicherte mir, er hätte keine Ahnung, wie die plötzlich wieder in seine Freundesliste kamen. So teilte ich ihm freundlich mit, wenn er das Gespräch mit Amera beendet hätte, solle er sich wieder bei mir melden, doch Tony meldete sich nicht. Daher versuchte ich es nach einer Stunde noch einmal und tatsächlich unterhielt er sich noch immer mit der Dame. *„Bist du eifersüchtig?"*, machte er sich lustig über mich. *„Sicher bin ich das, aber das ist normal, glaube ich. Ich liebe dich."* *„Sie ist verlobt und wird bald heiraten."* Trotz ihrer privaten fixen Bindung erzählte sie Tony von ihrem Verlobten und sehr viele privaten Dinge. Mich irritierte das immer sehr, nachdem mir Tony mehrmals erzählt hatte, dass sich junge Herrn und Damen auf der Straße nicht einmal normal grüßen durften, nicht Hand in Hand gehen durften und sich nicht im selben Raum alleine aufhalten durften, und dann diese Vertrautheit – irgend etwas stimmte da nicht. Nachdem ich wieder einmal in meinem Facebook-Profil seine Kommentare gesehen hatte und dabei auch einen Kommentar für Amera entdeckte, schrieb ich ihm verärgert einen kurzen digitalen Brief. *„Ich habe dich einmal gefragt, ob du ihr Komplimente machst. Du hast verneint, aber du hast ihr geschrieben, dass du sie liebst. Wie kann das sein? Zuerst sendest du mir Ba7bk (Anmerkung: „Ich liebe dich“ in franko-arabischer Sprache) und ich habe mich sehr darüber gefreut, aber du hast ihr daraufhin dieselben Worte geschickt. Wie kannst du das nur machen? Du brauchst dich nicht zu wundern, wenn sie dir ständig offline-Nachrichten zukommen lässt. Du bist selbst schuld, dass ich diese Freundschaft nun nicht mehr akzeptiere. Lösch´sie in Facebook und lösch´sie auch in Yahoo. Du gehörst mir, NUR mir, so wie auch ich nur dir gehöre. Wenn du nicht nur mir gehören kannst, such´ dir bitte eine andere Frau... ich akzeptiere keine anderen Frauen um uns!!!“*

„Bist du eifersüchtig, wenn ich mit einem ägyptischen Mann chatte?“ fragte ich ihn das nächste Mal im Chat. „Sicher“, reagierte er empört. Naja, da hätten wir das ja wieder einmal. Daraufhin machte ich ihn durch meine Worte so heiß, dass er Amera vergaß. Doch dieser Tag sollte für mich tränenreich enden. Ich machte einen schweren Fehler – ich machte ihn heißhungrig, aber ich war nicht bei ihm.

Am Abend kam er wie ein geprügelter Hund vor die Webcam und ich sah in seinen Augen sofort, dass etwas nicht stimmte.

Tony	**Ich**
Habibi, ich muss dir etwas erzählen.	Ja, erzähl mir.
Es ist sehr schlimm.	Erzähl´s mir...
Es tut mir sehr leid, ich habe einen großen Fehler gemacht.	Erzähl´s mir.
Ich hatte heute Sex mit einer Französin.	Neiiiin, erzähl´s mir Schatzi. Das glaub ich dir nicht.ht. Erzähl´s mir schon.
Ich habe es heute gemacht. Am Vormittag.	Nein, da hast du geschlafen. Erzähl mir bitte, was du mir erzählen wolltest.
Ich habe mehrmals gezögert, dir das zu erzählen. Ich hab's getan.	

Sie war ungefähr 28 Jahre, hieß Katrin, aber so sicher war er sich dabei gar nicht, und er machte Sex mit ihr in seinem Massagezimmer. Sie nahm seine Hand und drückte sie so fest an ihre Brust und steckte sie in ihren Geschlechtsteil und er reagierte „mutig“ mit *„nein, das ist nicht erlaubt.“* Da-

nach versperrte sie die Türe. Sie forderte ihn auf, Sex mit ihr zu machen, und er tat es auch.

Ich	**Tony**
Aber du hast mir erzählt, dass du nicht Augen für andere Frauen hast. Du hast deine Prinzessin schon gefunden. Warum hast du das getan? Oder glaubst du, du musst die Frauen beglücken, nur weil sie dich darum fragen? Liebst du sie?	Lieben? Ich hab sie zum ersten Mal gesehen.
Warum hast du das gemacht? Du hast mich. Ich liebe dich.	Ich weiß nicht.

Ich erkundigte mich, warum er mich so verletzte und ob er sich nun gut und entspannt fühlen würde.

Tony	**Ich**
Ich fühle mich sehr schlecht.	Ich hoffe das. Und ich hoffe, sie war nicht krank. Und ich hoffe, sie hatte kein Aids. Und wirst du sie wiedersehen?
Nein, sie reist schon wieder ab.	Und warum konntest du nicht sagen *„Nein, ich will das nicht!"*
Das hab ich ihr gesagt. Aber sie...	Aber du hast es trotzdem getan. Bist du ein Spielzeug oder ein Mann, Tony? Kannst du mir versprechen, dass das nur ein einmaliger Fehler war oder wirst du auch die nächste Touristin beglücken?
Ich werde das nie mehr wieder machen. Aber ich bin sehr traurig. Ich fühle mich sehr schlecht. Ich habe einen großen Fehler gemacht.	

Gerade diesen Vormittag wollte ich Tony anrufen, aber ich dachte, so gegen 10 Uhr würde er schon arbeiten, also unterließ ich es. Ich konnte Tony immer spüren, obwohl er 3.000 km entfernt von mir war. Immer und bei allem was er tat wusste ich es, auch wenn er mir etwas verheimlichte. Und ich sah in seinen Augen sofort, wenn er mich anlog. Ich SAH ihn einfach, und ich spürte ihn. Manchmal machte ich mir Sorgen über diese Fähigkeit, einen Menschen zu sehen, auch wenn er so weit entfernt war.

Ich verlangte von ihm, dass er seine Arbeit wechselte und ich wollte, dass er endlich sein Studium beendete und als Fremdenführer oder wieder in einem Hotel arbeitete. Noch immer haderte er damit, dass er sich selbst nicht vergeben könne. Ich trug ihm auf sofort damit aufzuhören und mir zu versprechen, dass das nie wieder geschehen würde. Er versprach mir das. Die restliche Woche arbeitete er nicht mehr und sprach auch keine Touristinnen mehr an. Dadurch verdiente er diese Woche natürlich auch nichts mehr.

Am nächsten Tag hatte ich diese Tat von Tony natürlich noch nicht verkraftet. So ätzte ich erneut *„War es schön gestern um 10 Uhr?“ „Nein, überhaupt nicht.“ „Du weißt jetzt, warum viele Frauen Sex hassen, ohne Liebe ist das überhaupt nichts, es ist nur Sex, es ist NICHTS. Jetzt weißt DU das auch. Hast du das bemerkt?“ „Ja“*, gab er kleinlaut zurück. Ich war so zerstört. Ich dachte an seine Worte, die er mir einst sagte, dass er ja kein Tier sei. Tiere würde auch niemals NEIN sagen, sie würden nur ihre Chance ergreifen. Obwohl er mir versprach, dass das nie wieder geschehen würde, war ich unsagbar traurig. Kein Lächeln mehr huschte über meine Lippen. Ich wollte nicht darüber sprechen, doch er begann wieder *„Einmal habe ich gesagt, ich habe eine Frau, das nächste Mal hab ich gesagt, ich sei schwul, aber diese hier konnte ich nicht stoppen.“ „DU KANNST SIE NICHT STOPPEN??? Dann tu´s einfach nicht. DU kannst es immer stoppen!!! Sag ihr, du bist schwul und du kannst nicht mit Frauen und bitte – wechsle deine Arbeit.”*

Meine Schwester machte mich damals schon darauf aufmerksam mit den Worten *„Weißt du, wie viele Frauen er jede Woche massiert und du glaubst, da gibt es keine Chance für ihn???“* Damals antwortete ich ihr noch *„Das würde er niemals machen…“* Doch so schnell änderten sich die Umstände…

Tony bemühte sich um eine Arbeit als Verkäufer, aber er sollte auch nächste Woche am Schiff arbeiten. Bereitwillig stimmte er zu. *„Nein, versuch deine Arbeit zu wechseln. Und keine Frau mehr allein mit dir. Du bist nicht stark genug um NEIN zu sagen. Ich mache mir Sorgen um dich.“* wandte ich ein. *„Habibi ich schwöre, ich werde das nie mehr wieder tun.“ „Ich möchte, dass du deinen Job wechselst“*, wiederholte ich mich. Trotz allem wünschte ich mir insgeheim, seine Ehefrau zu sein.

Zurzeit verdiente er 30,- Euro jede Woche. Ich schlug ihm vor, es ein oder zwei Jahre in Österreich zu versuchen. 800,- Euro würde er mindestens verdienen. Von einem Ägypter, der in Italien in einem Restaurant im Service arbeitete, wusste ich, dass er 1.300,- Euro verdiente. *„Für mich ist es nicht wichtig, was ich verdiene..."* antwortete er, obwohl ich bemerkte, dass er sehr wohl sehr angetan war über die hohen Löhne. Allerdings sei auch das Leben viel teurer in Österreich hielt ich fest. *„Wann werden wir nach Österreich gehen?"* fragte er mich. *„Wir können erst dann gehen, wenn du die Uni abgeschlossen hast und dein Militär absolviert hast. Du hast nur mehr zwei Prüfungen. Du kannst jetzt nicht aufhören." „Wenn wir heiraten, muss ich nicht zum Militär"*, hielt Tony für mich überraschend fest. *„Dann heiraten wir. Aber nicht wegen dem Militär, sondern weil du mich liebst. Ich kann mir ja für sechs Monate ein Time-out nehmen, ich kann das selbst bestimmen. Aber ich möchte arbeiten. Wir können nicht von deinem Gehalt leben, das ist nicht genug. Wenn wir dann zurück nach Österreich gehen, müssen wir ohnehin verheiratet sein, sonst kannst du nicht bleiben. Und du darfst sonst hier auch nicht arbeiten. Wir können dann ja nach zwei Jahren wieder zurück nach Ägypten gehen. Es gibt so viele Möglichkeiten für uns."*

„Du hast nur eins zu tun..." sprach ich weiter, „Lern genug und kauf die Ringe. Ich werde nicht ohne Ringe heiraten." „Ok, ich versprech´ dir das." So sahen seine Versprechungen aus... und schon waren sie wieder vergessen.

Am nächsten Tag überschüttete Tony mich wieder einmal mit Komplimenten und er hielt auch fest, dass er es sehr an mir schätzen würde, dass ich immer so fleißig arbeitete. Und er fragte mich, ob ich vor meinem Mann eine andere Beziehung hatte und ob meine Eltern das auch gewusst hätten. *„In Ägypten wäre das alles ganz anders"*, erzählte er mir. Natürlich wusste ich das. Es gab keine Berührungen vor der Ehe. Hier sei das aber normal, erzählte ich ihm, und jeder mache das so. Und jeder wisse davon Bescheid, natürlich auch die Eltern. Und es wäre auch in Ordnung für sie.

Er fragte so viel über mein Vorleben und behutsam erzählte ich ihm die Dinge, die er meiner Meinung nach wissen durfte. Immer wieder entschuldigte er sich für seine Fragen und meinte, dass wir so gut wie verlobt wären und er daher nachfragen würde. Aber er hielt andererseits auch fest, dass mein Vorleben für ihn in der Vergangenheit lag und daher nicht mehr interessant für ihn sei. *„Wir müssen alles voneinander wissen“,* meinte er.

Was musste ich doch in seinen Augen für verruchte Person sein, dass ich sogar vor meiner Ehe schon einen Freund hatte... und alle wussten das auch noch. Wieder einmal machte sich der kulturelle Unterschied ganz sichtbar deutlich. Er fragte mich sogar, ob ich zu anderen Männern ginge, wenn ich zuhause mit meinem Mann Schwierigkeiten gehabt hätte und ihn hasste. *„Wie bitte???“* Ich war entsetzt über seine Frage. *„Warum hätte ich das tun sollen? Ich habe Freunde, um mit ihnen zu reden. Und ich habe meinen Mann nie gehasst. Ich war nur nicht mehr glücklich. Ich war ganz einfach nicht mehr zufrieden. Er ist der Vater meiner Kinder, ich hasse ihn nicht. Er ist wie mein Bruder.“ „Wir chatten ja nur, es war nur eine Frage.“* Tony hängte sich mit seinen Fragen ganz schön weit aus dem Fenster hinaus. *„Ich weiß, und es ist in Ordnung. Frag mich weiter, wenn du noch etwas wissen möchtest.“ „Wirklich?“* war seine überraschte Reaktion. So fragte er weiter und ich erzählte ihm vieles über meine Jugendzeit, meine Freundschaften und über meine Hobbies.

Meine monatliche Telefonrechnung erreichte wieder einmal stattliche 176,- Euro. Denn wenn ich Tony im Internet nicht erreicht hatte, hatte ich ihn einfach angerufen nach dem Motto, koste es was es wolle. Die Telefonrechnung war dann die Antwort für mein unmäßiges Verhalten.

Und auch zu Hause tat sich einiges. Zwischen dem 5. und dem 7. Mai musste ich nun tatsächlich das Haus verlassen, teilte mir mein geschiedener Mann mit. Er konnte nicht mehr, er hielt die Situation einfach nicht mehr aus. Ich verstand ihn nur zu gut. Ich lebte im Keller unseres Hauses, chattete mit meinem Geliebten, dem ich im Sommer in seine Heimat folgen wollte und ich war es, die die Familie im Stich lassen wollte. Dennoch konnte ich es nicht tun. Auch wenn zu Hause meiner Meinung nach unüberbrückbare Probleme da waren und ich mich vor allem mit meinem Sohn in einer Patt-Stellung befand, konnte ich es nicht übers Herz bringen, meinen Mann und die Kinder zu verlassen. Ich war so zerrissen, dass ich selbst nicht mehr wusste was ich tun sollte.

Mein Mann wünschte sich von mir, dass ich bliebe. Tony erzählte mir, wie sehr er mich lieben würde und nannte mich seine Prinzessin. Er überschüttete mich mit Komplimenten. Er schätzte es so sehr, dass ich so fleißig war. Er sandte mit stets wunderschöne Worte, nach denen ich lechzte wie nach einem Stück Brot. Und ich über mich: Ich wusste zu dieser Zeit gar nichts mehr...

Ich hatte auf Anraten einer Psychotherapeutin, bei der ich schon seit Jänner regelmäßig ein und aus ging, endlich einen Termin mit einem Nervenarzt vereinbart. Auch die Lebensberaterin und die Yoga-Trainerin in meiner Kur rieten mir, einen Spezialisten aufzusuchen. So landete ich also beim Seelenklemptner. Es war mir richtiggehend peinlich, beim Nervenarzt vorstellig zu werden. Ich schämte mich in Grund und Boden. Mein Ex-Mann bestärkte mich in dieser Entscheidung, mir professionelle Hilfe zu suchen, nachdem er meinen psychischen Verfall mit beobachten musste.

Ich erzählte dem Arzt meines Vertrauens meine Geschichte von Tony und mir, von meiner gescheiterten Ehe, von den Kindern, der Arbeit und von meinen Bestrebungen einfach fortzugehen. Während meiner Erzählungen weinte ich so sehr, dass er mir eine Box mit Taschentüchern brachte. Der Arzt fragte mich, warum ich nicht schon im Dezember gekommen sei. Nun diagnostizierte auch er ein Burn-Out und riet mir, zumindest bis Juli zu Hause zu bleiben. Ich wäre nicht arbeitsfähig, wenn ich psychisch so belastet sei. *„Bleiben Sie doch zu Hause. Versuchen Sie, Ihr Leben wieder in den Griff zu bekommen."*

Das Problem an der Sache war nur – Ich hatte kein Zuhause mehr...
Ich teilte ihm mit, dass die Arbeit mein Anker wäre. Ich könne nicht auf meine Arbeit verzichten, weil sie das Einzige wäre, was mein Leben zurzeit noch zusammenhielt und in geordneten Bahnen verlaufen ließe. *„Ich brauche meine Arbeit. Sie ist meine Therapie."* Trotz allem verschrieb mir der Arzt verschiedene die Psyche stabilisierende Medikamente, er verschrieb mir weitere Einheiten bei einer Gesprächstherapeutin und er wollte mich in spätestens vier Wochen wiedersehen.

Und parallel dazu plante ich mit Tony meinen Aufenthalt in Hurgharda im Mai. Ich würde ein Hotel buchen und für drei Tage mit dem Bus nach Luxor fahren. *„Kann ich zweimal bei dir schlafen?" fragte ich. „Wann wirst du kommen?"* In der letzten Maiwoche, erzählte ich erfreut. *„Schatzi, bitte, zu dieser Zeit muss ich lernen. Wenn du kommst, werde ich nicht lernen, dann* *werde ich die Prüfung nicht bestehen.“ „Aber es sind doch nur zwei Tage und Nächte.“* Ich konnte es nicht glauben. Ich teilte ihm mit, dass er eben zwei Tage vorher zu lernen anfangen sollte und sich seine Zeit besser einteilen sollte. *„Denk darüber nach und sag´s mir am Abend. Ich muss jetzt aufhören.“* Damit war diese Unterhaltung für mich beendet. Allerdings stellte ich mir wieder einmal die Frage, ob Tony mich wirklich liebte. Jeder Mann, der eine Frau wirklich liebt, würde sich freuen, wenn seine Angebetete mehr als 3.000 km reisen würde, nur um ihn zwei Tage zu sehen.

Eigentlich war Tony eigenartig. Immer wieder fiel mir das auf. So fragte er mich doch tatsächlich am nächsten Tag, ob wir im Mai, wenn ich wieder nach Hurgharda kommen würde, heiraten könnten.

Ich	**Tony**
Im Mai??? In einem Tag?	Und ich besorge die Ringe im Juli.
Wie willst du das organisieren?	
Bist du dir sicher, dass du das willst?	
Ich denke, das ist eine gute Idee, aber ich werde nicht ohne Ringe heiraten.	

Er schlug mir Hotels vor, in denen ich buchen könnte. Nachdem ich mich über die Preise erkundigt hatte und Tony fragte, ob ich nun buchen sollte, antwortete er *„Wenn die Preise für dich o.k. sind, kannst du buchen. Es ist dein Geld.“* Er wies mich auch darauf hin, dass alle Ägypter im Mai mit mir Kontakt aufnehmen würden. Ich solle vorsichtig sein wenn ich allein im Hotel wäre, und er beendete dieses Gespräch mit *„I love you my wife.“*

Irgendetwas war plötzlich anders. Tony erzählte mir von einer Frau, die an diesem Tag von ihm eine Massage buchte und eine weibliche Masseurin verlangte. Das war natürlich nicht möglich, da er allein arbeitete. *„Ich bin ein ehrenwerter Mann“* antwortete er *„und ich bin verheiratet.“* Daraufhin fragte ihn die Dame nach dem Ehering. *„Der ist zu Hause, da ich nicht mit einem Ring massieren kann.“* antwortete er schlagfertig. Er ersuchte mich, mich mit der Botschaft in Verbindung zu setzten, um mich zu erkundigen was man tun müsse, dass unsere Hochzeit auch in Österreich anerkannt werden würde. *„Aber zuerst brauchen wir die Ringe.“* In dieser Frage ließ ich nicht locker. *„In Österreich ist eine Hochzeit ohne Ringe gar nicht möglich, und du*

musst ihn auch während der Arbeit tragen. In Österreich sind die Menschen stolz darauf, wenn sie verheiratet sind. Ist das in Ägypten auch so?" „Ja."
Tony schrieb mir erneut, wie sehr er mich vermisste.

Auch mein kleines Päckchen kam in der Zwischenzeit in Luxor an. Eigentlich war der Inhalt beinahe wertlos. Ich schickte einen Brief, einige Fotos, einen netten Bilderrahmen mit einem Foto von Tony und mir und 20,- Euro als Telefonwertkartenzuschuss. Tony war in Assuan, als das Päckchen ankam. Er wurde von der Post angerufen und musste unverzüglich eine Kopie von seiner ID-Karte (Identitätskarte, sie hat in Ägypten die Funktion eines Personalausweises) an die Post senden, da Geld im Päckchen war. Dass das Probleme machen würde, wusste ich nicht.

Tony	**Ich**
Was hast du geschickt?	Das wirst du schon sehen, wenn du in Luxor bist.
Nein, sag´s mir. Hast du Geld geschickt?	Ja, aber nur 20,- Euro, ich wollte, dass du es für den Aufladebon fürs Internet für dein Telefon verwendest.
Warum hast du das getan?	Ist das ein Problem für dich? Entschuldigung. Alles was ich mache ist falsch. Ich weiß.
Nein, es ist nett. Ich wollte nur wissen ob das stimmt, was ich von der Post gehört habe.	Ich bin keine Ägypterin, ich bin aus Europa. Das Leben ist anders hier und die Menschen sind auch anders.
War heute irgendetwas mit dir?	Nein, aber ich sehe, dass du von mir erwartest, anders zu sein, aber ich bin nicht anders.
Nein, es war alles in Ordnung was du gemacht hast.	

Auch dass ich mich mit seinem Freund Elia im Internet unterhielt, wurde wieder zum Problem. Obwohl ich Elia nicht mochte, übersetzte ich für ihn einen Brief von einer deutschen Touristin, als er mich darum bat. Tony hatte ich das nicht erzählt, da das für mich völlig unwichtig war. Doch Elia erzählte es ihm. So fühlte sich Tony hintergangen und war verärgert. Ich löschte Elia aus meiner Freundesliste, das war ja wirklich kein Verlust für mich.

Tony	**Ich**
Meine Freunde glauben, dass du eine H... bist.	Waaaaas?
Nichts...	Was habe sie dir erzählt? Was denken sie über mich, wenn ich mich mit ihnen unterhalte? Ich werde dich nie verstehen, wenn du mir das jetzt nicht erzählst.
Meine Freunde glauben, dass ich allein nicht genug für dich bin.	Du bist alles für mich. Sprechen ägyptische Frauen nie mit anderen Männern? Nur mit ihrem Ehemann?
Ja, das habe ich dir bereits erzählt.	Was hat Elia dir alles erzählt?
Ich glaube dir, nicht ihm.	Ich weiß nicht, was er dir erzählt hat, aber ich glaube, es war schlecht, aber du kannst sicher sein, ich habe ihm nichts erzählt, nur, dass ich mir wünschte, dass wir bald heiraten würden.
Ich vertraue dir.	Du bist meine Welt. Und er hat mir keine Komplimente gemacht, ich hätte den Chat dann sofort beendet.
Ich weiß das.	Er hat mit dem Chat begonnen...
Und warum hast du geantwortet? Wenn du mit irgendwem und irgendwann mit jemandem sprichst, muss ich das wissen.	Mit einer Frau auch???
Nein, nur mit einem ägyptischen Mann.	

Tony war mit seiner Beurteilung immer auf der Seite seiner Freunde, wenngleich er das niemals zugab. Ich war eben anders...

Ich fragte ihn, ob er mich wirklich heiraten wolle, denn dann solle er sich besser nur auf sein Studium konzentrieren und darauf, die Ringe zu verdienen. Er solle nicht versuchen Probleme zu machen dort, wo gar keine wären. Tony war ziemlich griesgrämig zu dieser Zeit. Er war manchmal extrem unfreundlich, zugleich konnte er aber schauen wie ein Engel und mir hinreißende Liebeserklärungen machen.

Mitte April buchte ich meinen Aufenthalt im Mai und entschied mich, ein Mittelklassehotel zu buchen. *„Dann werden wir einen Tag gemeinsam verbringen. Und wir werden heiraten, wenn du möchtest.“ „Nicht im Mai, Schatzi. Nicht, wenn wir uns nur einen Tag sehen und nicht ohne Ringe.“ „Ok, wie* *du willst.“* Offensichtlich war für Tony seine eigene Hochzeit nichts wert, doch für mich war meine Hochzeit etwas ganz besonderes.

Tony	**Ich**
Und wenn ich heirate, muss ich auch nicht zum Militär...	
	Zum Militär? Sag mir, was gibt es Neues? Du meinst, wir müssen vor August heiraten... Warum Februar?
Nein, vor Februar nächsten Jahres. Ich hab dir doch erzählt, dass ich in einem Gegenstand auf der Uni nicht bestanden habe. Ich werde die Prüfung im Oktober wiederholen müssen und muss dann im Februar zum Militär.	
	Aber du hast 2.000,- Euro bezahlt, um befreit zu werden.
Das war für August... Deshalb war ich auch so zerstört, als ich erfahren habe, dass ich nicht bestanden habe...	
	Und so hat der Mann 2.000,- Euro für nichts kassiert?
Ja, und ich habe alles verloren... Vergiss es jetzt.	

Und so hatte ich erneut 2.000,- Euro für NICHTS Geld investiert. Ich musste Tony also vor Februar heiraten, bevor er zum Militärdienst musste. Dann konnte er mit mir nach Österreich kommen, aber es würde nicht leicht werden. Ich musste unterschreiben, dass ich alle Kosten für ihn übernehmen würde, für den Flug, das Visum, für alle Papiere, seinen Aufenthalt in Österreich und für seine Versicherung. Ich wäre für alles rund um ihn verantwortlich, für seine Unterkunft, seine Versorgung und für alle Kosten, die in Österreich durch ihn entstehen würden. *„Wir werden das später alles sehen“*, antwortete Tony geduldig.
„Eine Bekannte von mir ist verheiratet mit einem Mann aus Sri Lanka und sie musste neun Monate auf seine Einreisegenehmigung warten...“ teilte ich Tony mit. Ich wünschte mir nichts sehnlicher als eine wirklich schöne, romantische kleine Hochzeit.

Im April dieses Jahres gab es in Island gerade mehrere Eruptionen des dort wieder einmal aktiven Vulkans, woraufhin in vielen Ländern Europas die Flughäfen stillgelegt wurden. Etliche Tage hindurch gab es so gut wie gar keine Flüge Richtung Süden, was bedeutete, dass in Ägypten praktisch keine

Touristen anzutreffen waren. Nur einige wenige Russen waren vor Ort. Daraufhin wurden beinahe alle Schiffe am Nil in Luxor vor Anker gelegt, nur wenige Nilkreuzfahrten wurden durchgeführt. Tony hatte Glück, sein Schiff war noch in Betrieb, allerdings nur mit 30 Touristen an Bord. Diese Woche sollte er nur 2,- Euro verdienen. Bei freier Kost und Logis hatte er also keine Arbeit.

Unsere Chats verliefen dennoch ziemlich harmonisch und aufregend, doch dann postete sein Freund Elia wieder einmal unverhohlen in Facebook *„Wenn du sie verlässt, werde ich diese Chance ergreifen".* Er meinte damit, dass er mich nach Tony als Freundin haben würde. Natürlich war ich wieder einmal verärgert und reagierte erbost, dass ich keine Chance sei, und schon gar nicht würde ich jemals mit Elia befreundet sein weil ich ihn gar nicht lieben würde. *„Du bist keine Chance für mich"*, versuchte Tony mich zu beruhigen. *„Warum solltest du für mich eine Chance sein?" „Liebst du mich wirklich? Sag's mir bitte. Ich möchte es jetzt einfach nur hören. Ich liebe dich nämlich wirklich..."* Die Antwort auf diese Frage blieb mir Tony damals schuldig, da plötzlich das Internet Probleme machte und seine Antwort daher bei mir nicht mehr ankam...

Trotz allem schrieb ich Tony jedes Mal im Chat, dass ich nicht überleben würde, wenn ich ihn nicht kurz sehen und fühlen könnte. Ich müsse meine Batterien aufladen, schrieb ich ihm. Auch er schrieb mir hinreißende Worte zurück. Diese Beziehung war wirklich seltsam, und sie war auch vor allem eines... kräfteraubend.

Es begann die Zeit, wo sein Handy während unseres Chats ständig läutete. So ersuchte ich ihn, das Handy während unserer Meetings auf lautlos zu stellen. Doch dann kamen immer wieder Freunde zu ihm. Ehrlich gesagt chatteten wir natürlich auch viel, aber dennoch waren diese Unterbrechungen für mich immer demütigend. Er sagte mir *„Du, es läutet an der Tür. Es ist einer meiner Freunde. Warte kurz, ich bin sofort wieder da."* Natürlich wartete ich brav, so wie es mir aufgetragen war, da ich ihn sehr liebte. Ich war mir sicher, wenn er nicht diese Minute zurückkam, würde es eben die nächste sein. Tony lehrte mich Geduld und er lehrte mich zu warten. Diese Fähigkeiten hatte ich vor ihm eindeutig nicht besessen. Und nach 40 Minuten kam Tony dann auch schon wieder zurück. Diesmal aber war ich sehr verärgert und empfing ihn ziemlich schroff mit *„Du bist ein Idiot."* Ich war ziemlich aufgebracht, ich wollte ganz einfach einmal kurz und ungestört mit ihm reden. Immer waren meine Kinder in der Nähe, oder seine Mutter oder Schwester oder seine Freunde, und wenn niemand da war, läutete ständig sein Telefon. Ich fühlte mich so gedemütigt. Tony antwortete kurz, aber bestimmt mit *„Beruhige dich. Wir können uns morgen wieder treffen."* Ich ersuchte ihn mich nicht so zurückzulassen. Wieder einmal sprachen meine Kinder nicht mit mir. Ich war gekränkt und zutiefst verletzt. Und Tony teilte mir nun obendrein mit, dass er mich verlassen wolle... wieder einmal. *„Ich möchte später nicht in der Hölle leben. Ich kann alleine bleiben, das ist besser für mich. Und ich kann ein ägyptisches Mädchen finden." „Aber wir wollten doch heiraten. Ich liebe dich. Ich will NUR dich. Ich will nicht einen Ägypter, ich will TONY."* flehte ich ihn an. *„Ich werde meine Meinung nicht ändern."* gab er zurück. *„Was kann ich tun für dich um dich zu entspannen und dich glücklicher zu machen?" „Verlass mich einfach."* antwortete er nüchtern. *„Es ist vorbei..."* Ich bettelte ihn an seine Meinung zu ändern, ich entschuldigte mich tausend Mal, ich versprach mein Verhalten zu ändern und Tony verabschiedete sich mit *„Wir hören uns morgen."* Ich entschuldigte mich weitere tausendmal und er vergab mir. Daraufhin schrieben wir uns noch eine Zeit lang in Arabisch, bis wir den Chat harmonisch beendeten mit den Worten *„weitere 26 Tage bis zum Wiedersehen".* Glücklich legte ich mich ins Bett und schlief wie ein Felsen.

Am nächsten Tag bekam ich in Facebook eine Nachricht von Tony, die lautete *„Der Tag, an dem ich dich nicht mehr liebe, ist jener Tag, an dem ich meine Augen für immer schließen werde."* Dieser Satz hinterließ in mir eine bleibende Erinnerung. Für mich galt dasselbe. Ich konnte mir ein Leben ohne ihn nicht vorstellen, obwohl mir bewusst war, dass ein Leben mit ihm nicht einfach werden würde. Seit langem nannte mich Tony wieder einmal seinen Engel. Diese Worte waren für meine Seele wie Balsam. Trotz allem war Tony wie zu Beginn wieder unzuverlässig. Er fixierte mit mir Zeiten zum Chatten um 0:30, ich akzeptierte sie, da ich mir ja den Wecker stellen konnte, doch er war dann oft nicht da. Manchmal kam er auch früher, um mir zu schreiben, dass er um Mitternacht wieder weggehen würde. Er schlug sich die Nächte von Freitag bis Montag um die Ohren, er war ja in Luxor und arbeitete zu dieser Zeit nicht. Touristen waren noch immer keine da, obwohl sich der Vulkan langsam wieder beruhigte. Seine Freunde hatte mir gegenüber eindeutig Vorrang, wenn einer von ihnen anrief, war Tony stets zur Stelle.

Ohne weitere Nachrichten ließ er mich oft stundenlang warten. Wenn ich nachfragte, war dann oft ganz einfach die Internetverbindung unterbrochen, so war die Diskussion, warum er mich wieder versetzte, auch schon im Keim erstickt. Außerdem erklärte er mir, dass ICH ja nicht in Luxor wäre, seine Freunde aber schon.

Mittlerweile postete Tony schon Eheringe auf meinem Facebook-Profil und schrieb *„Im Juli wird es wahr werden“* dazu. Ich freute mich enorm über diesen Kommentar. Und da ich zwischenzeitlich immer wieder Zeit in meiner neuen Wohnung verbrachte, beschloss ich, ihm diese nun, da wir beide eine Webcam hatten, zu zeigen. *„Die Wohnung ist so wie die in Hurghada, genauso alt, aber es ist nichts kaputt und alles sauber.“ „Für mich ist das in Ordnung, für mich wird es mein Schloss sein. Hauptsache ist, wir sind zusammen.“* Manchmal war ich für Tony alles. Er nannte mich seine Frau, seine Prinzessin, seine Freundin, seinen Engel, seine Königin. Und ich schmolz in seinen Worten dahin. Ich konnte unser Wiedersehen kaum mehr erwarten.

KAPITEL 8

DAS DRITTE WIEDERSEHEN

SEHNSUCHT VOR DEM DRITTEN WIEDERSEHEN

Endlich war der Mai nun da, der für mich bedeutete, dass ich nur mehr drei Wochen auf unser Wiedersehen warten musste. Tony hatte wieder zu lernen. Er bereitete sich für jene Prüfung vor, von der wir erhofften, dass es die letzte sei. Doch die nun letzte Prüfung war ja jene im Oktober, nachdem er die Jänner-Prüfung nicht bestanden hatte. Tony lebte daher recht unbeschwert in den Tag hinein. Tagsüber schlief er oft bis ein Uhr nachmittags, dafür ging er abends mit seinen Freunden weg. Für mich zum Chatten fand er meist um Mitternacht Zeit, was für mich bedeutete, dass ich wochenlang nicht den Schlaf bekam, den ich benötigte. Oft unterhielten wir uns über die Webcam bis 2 Uhr morgens, und da ich um 6 Uhr wieder aufstehen musste, setzte mir dieser Lebenswandel nervlich natürlich zusätzlich gehörig zu. Ich sagte ihm das auch, doch er war zu keinen anderen Zeiten für mich erreichbar. Tony erwies sich in diesem Punkt als besonders unkooperativ und behauptete, dass er nur in der Nacht lernen könne, da seine Familie tagsüber extrem laut wäre, was auch tatsächlich der Fall war. Also lernte er von 2 Uhr bis 6 Uhr nachts und natürlich war dann Schlaf bis mittags angebracht. Manchmal war ihm allerdings ganz einfach nur langweilig, so sah er bis morgens fern. Oft legte er sich auch am Nachmittag noch einmal hin, schließlich hatte es zu dieser Zeit in Luxor schon an die 40° Grad. Also musste ich mich wohl um eine Umstellung meines Tagesplanes kümmern...

Ich ersuchte Tony, jede mögliche Arbeit, die er bekommen könnte, anzunehmen – nur nicht am Schiff als Masseur. Seine Freunde belagerten ihn nun nicht nur nachts, indem sie sich die Nächte gemeinsam um die Ohren schlugen, denn praktisch niemand, der zuvor im Tourismus gearbeitet hatte, hatte nach dem Vulkanausbruch noch Arbeit. So schliefen auch seine Freunde nachmittags und kamen danach sofort wieder zu Besuch. Also konnten wir kaum mehr chatten. Er respektierte meinen Wunsch einfach nicht, sich tagsüber für mich Zeit zu nehmen. Er kommentierte dies nur mit den Worten *„Du kannst mich ja immer verstehen und mir alles verzeihen, weil du meine Frau bist."* Nachdem ich verärgert war, schickte er kurzerhand seinen Freund nach Hause mit den Worten *„Meine Frau möchte sich nun mit mir unterhalten."* Und schon war die Sache für ihn erledigt. Ich fühlte, dass er mich zum Gespött seiner Freunde machte. Ich fühlte mich danach wirklich schlecht. Und ich wusste wieder einmal, dass seine Freunde wichtiger waren als ich, sonst hätte er seinem Freund ganz einfach gesagt, dass ER sich nach mir sehnte und ich würde eben genau jetzt online sein.

Diesmal traute er sich nicht so einfach wegzugehen wie er das am Vortag getan hatte. Da ließ er mich, nachdem ich drei Stunden auf ihn im Internet gewartet hatte und wir uns endlich begrüßten, einfach mit den Worten zurück *„Meine Freunde sind da. Ich muss jetzt gehen."* Und schon war er offline. Da war ich wirklich verärgert.

Ich warf ihm vor, dass ich nur gut genug für ihn wäre, wenn ihm langweilig wäre. Immer würde er allen seinen Freunden und seiner Familie den Vorzug geben. Ich registrierte allerdings auch, dass sie alle rund um ihn in Luxor waren, und ich war nur die ferne Liebe, für ihn unerreichbar, in einem anderen Land. Auch das schmerzte mich so sehr. Ich weinte. Tony wollte mein Gesicht in der Webcam sehen. Er entschuldigte sich bei mir. *„Du bist wichtiger als sie alle, wirklich",* bestätigte er mir mit ernstem Gesicht. Er bemerkte, wie enttäuscht ich war. Er beruhigte mich mit sanften Worten und gab mir etwas von meinem gerade eben verlorenen Selbstvertrauen wieder zurück. Daher begann ich auch, ihm das zu erzählen, was mir wirklich am Herzen lag. An diesem Tag erzählte ich meinen Kindern, dass ich die darauffolgende Woche tatsächlich in meine eben erst angemietete neue, alte Wohnung siedeln würde und ich hätte auch wieder drei Siedlungskartons hingebracht. Dabei weinte ich, weil ich mich so alleingelassen fühlte. Ich bräuchte ihn ganz einfach jetzt. Die Kartons waren so schwer, aber die Last in meinem Herzen wäre weitaus schwerer gewesen. Geduldig hörte Tony mir zu. Als ich ihm alles, was mich belastete, erzählt hatte fragte er mich, ob ich ihm vergeben würde? Es tat ihm wirklich leid, dass ich geweint hatte und er mir nicht besser beistehen konnte.

Tony besuchte nun wieder regelmäßig die Universität, um sich auf seine nächste Prüfung vorzubereiten, auch sonntags, da ja freitags immer frei war. Wir konnten uns nun also sonntags erst am Abend treffen. Und meine Zeit bei meiner Familie näherte sich dem Ende. Mein Sohn kam zum ersten Mal in die Berufsschule und ich wusste, ich würde ihn zum letzten Mal in seinem Haus in den Arm nehmen, denn wenn diese Berufsschulwoche enden sollte, wäre ich bereits ausgezogen. Dieser Gedanke schmerzte sehr. So sehr ich auch unter unserer persönlichen privaten Spannung litt, liebte ich ihn dennoch ziemlich tief. Er war mein Sohn, mein Wunschkind, auf das ich so viele Jahre gewartet hatte, und nun dieses jähe Ende einer liebevollen Mutterschaft. Als er mich damals vor die Alternative gestellt hatte, dass einer von uns beiden gehen müsste, hatte ich mich für mich entschieden... er dürfe bleiben. Ich sagte ihm auch sofort, dass ICH das Haus verlassen würde. Damals lachte er noch und glaubte mir nicht. Das liegt jetzt zirka zwei Jahre zurück. Damals wusste ich noch nicht, dass ich aus diesem Grund die Familie verlassen würde, aber schon damals war mir klar, dass ich eines Tages gehen würde. Und damals beschlossen sein Vater und ich auch, unser Haus um eine weitere Etage auszubauen, um unserem Sohn eine große und sehr komfortable Rückzugsmöglichkeit in unserem Haus zu verschaffen, um diese Spannungen zwischen ihm und mir in den Griff zu bekommen.

So hatte mein Sohn mit fünfzehn Jahren seine eigene Wohnung in unserem Haus. Er bewohnte die gesamte Kelleretage. Bis auf eine eigene Küche war sie komplett, mit eigenem Eingang, sonnig und wunderschön. Natürlich belasteten die Kosten für den Ausbau das Familienbudget enorm.

Trotz allem musste ich nun tatsächlich raus aus dem Haus. Mein Mann wollte endlich ein Ende unserer über zwanzig Jahre andauernden Beziehung, da ich nicht bereit war den Kontakt zu Tony abzubrechen. Ich musste also gehen. *„Für dich ist alles leicht, weil du einfach weggehen wirst... aber ich muss mit den Kindern hier bleiben.“* Seine Worte stimmten mich nachdenklich, weil ich wusste, dass er Recht hatte. Mein geschiedener Mann sah gut aus, er war sportlich, beherrschte alle Arbeiten im Haushalt, kochte ausgezeichnet, verdiente sehr gut, ermöglichte mir alles, was ich wollte und war außerdem ein guter Vater. Und trotzdem verließ ich ihn. Die Luft aus unserer Beziehung war einfach raus, da wir uns in den letzten Jahren zusehends immer wieder wegen Nichtigkeiten in die Haare gerieten. Und dann kam ein anderer Mann, ohne Lebenserfahrung, jung, fesch, sportliches Aussehen, oft ohne Einkommen oder ansonsten mit einem Einkommen unter der Existenzgrenze... aber er umgarnte mich, wie eine Spinne eine Blüte umgarnt... und ich war seine Gefangene.

Und so begannen Tony und ich auch bereits unserer Zukunft zu planen. Ihm war klar, dass er in Ägypten für mich verantwortlich war und dass er auf mich auch immer gut aufpassen musste, damit mir nichts zustieß. Obwohl ich eine im Charakter und im Geist sehr starke Frau war, kannte ich dennoch die vielen Gefahren, die in Ägypten an vielen Orten lauerten, noch nicht. So erzählte er mir zum Beispiel einmal, dass, wenn in Ägypten jemand an der Türe läutete, ausschließlich der Mann des Hauses öffnen würde. Als ich nachfragte, warum, erzählte er mir, dass es schon vorkommen könnte, dass, falls eine Frau die Türe öffnen würde und der Mann, der angeläutet hätte, bemerken würde, dass sie alleine war, er sie zu Sex zwingen würde. Das sei schon oft vorgekommen. Und wenn so etwas geschehen würde, würde niemand der Frau helfen – und es gebe kein Recht für sie und keine Gerechtigkeit. Ich dürfe also niemals öffnen, wenn ich alleine wäre.

Ich war schockiert. Natürlich konnte ich solche Dinge nicht wissen oder auch nur erahnen.

Wir planten, wie wir leben würden, wie wir unsere gemeinsamen Abende verbringen würden und dass wir uns später auch ein Auto kaufen würden. Und wir planten, dass wir uns die Pyramiden in Gizeh ansehen wollten. Auch Tony kannte sie nicht und wollte sie besichtigen. Und wir würden mit einer Flukka den Nil entlang bis Aswan fahren. Ich schrieb ihm im Spaß *„Ich werde im Mai etwas Gift mitbringen und wenn du mir erzählst, dass wir uns nun das letzte Mal getroffen haben, dann werde ich es vor deinen Augen trinken.“* Tony antwortete schmunzelnd: *„Dann werde ich mit dir mittrinken. Ich muss bei dir bleiben, auch wenn du stirbst. Ich werde mit dir sterben.“* Für beide von uns war es eher ein Scherz als eine Drohung. Doch, schon damals wusste ich, dass, dass ich ihn niemals mehr in meinem Leben verlassen würde. Nur mehr der Tod würde mich von ihm trennen. Wir beide wussten das.

Tony
Bitte bleib bei mir. Fahr nicht mehr nach Hause zurück.

Ich

Wow, ich werde dir die Antwort in Hurghard geben.

Gut. Es wird eine schöne Antwort sein, da bin ich mir sicher.

Ich liebte Tony abgöttisch. Ich himmelte ihn an, er war mein König, mein Retter, mein Erlöser. *„Ich vermisse dich sooooo sehr“* fuhr er fort, *„Ich vermisse alles an dir, alles. Ich bin verrückt nach dir... Im Mai werde ich dich essen, dann bist du immer bei mir. Dann kannst du nicht mehr nach Hause fahren. Und ich werde dir deinen Pass wegnehmen. I LOVE YOU, du bist meine große Liebe. Du bist mein Engel.“*
So viele netten Worte, ich war hingerissen. Tony schaffte es immer wieder, dass ich mit meinen Gedanken in meinen Träumen versank. *„Du hast mir oftmals geholfen und du hast mich so oft beschützt, also bist du mein Engel.“ „Ich werde dir immer helfen – weil ich dich liebe.“ „Da kann ich nicht widersprechen“*, hielt Tony fest und bestätigte mir erneut *„I love you everyday more than the day before. “* Er schrieb mir, dass er nächstens nicht mehr schlafen könne vor Sehnsucht nach mir. *„Ich liebe dich, meine Frau“* schrieb er mir in Arabisch, da ich zu dieser Zeit seine arabischen Worte schon recht gut verstehen konnte. *„Du brauchst nur mehr 19 Tage auf mich warten, dann bin ich wieder bei dir“*, und mein Herz sprang vor Vorfreude in meinem Körper wild auf und ab.

Zu dieser Zeit schrieben wir uns häufig in Arabisch, da ich seine Sprache nun lernen musste. Schließlich würde ich ab Juli in seinem Land leben. Doch wir schrieben phasenweise auch deutsch, da er meine Sprache ebenso verbessern wollte. Und Tony erkundigte sich auch zum ersten Mal, was man tun müsse, um die österreichische Staatsbürgerschaft verliehen zu bekommen. *„Warum ist das jetzt wichtig für dich?“* fragte ich ihn. Natürlich wollte er so vieles wissen, so wie auch ich alles von Ägypten wissen wollte. *„Wie könnte ich nur leben ohne dich? Ich würde sofort sterben“*, schrieb er mir. *„Natürlich könntest du ohne mich leben. Du hast so viele Freunde und alle würden für dich da sein...“ „Ja“*, antwortete er, *„aber ich habe nur eine Lisa. DU bist meine Prinzessin. Ich möchte dich auf Händen tragen.“*

Tony lernte damals wieder regelmäßig und viel, was mich beruhigte da ich wollte, dass er seine vorletzte Prüfung bestand. Wann sein Prüfungstermin tatsächlich sein sollte, wusste er am 7. Mai noch immer nicht. Frühestens in 16 Tagen konnte sie allerdings stattfinden, da dann die allgemeinen Prüfungen an der Universität losgingen. Also trieb ich ihn an fleißig zu sein. Er ging oft erst um 5 Uhr morgens zu Bett, ich stand schon um 6 Uhr auf. Das war für ihn unfassbar. Wir takteten bei unseren Schlafgewohnheiten sehr unterschiedlich. Ich schrieb ihm oft, dass wir uns in Zukunft in diesem Punkt beide stark verändern müssten, sonst würden wir niemals etwas miteinander unternehmen können...

Ich siedelte die letzten Siedlungskartons und war kurz davor, die letzten Spuren von mir in meinem damals 16 Jahre bewohnten Haus zu verwischen. Und Tony wurde zusehends nachdenklicher. Einerseits war ihm langweilig, weil er nicht arbeitete und er so auch kein Geld verdienen konnte. Andererseits belastete ihn die Tatsache, dass ich nun meine Familie wegen ihm verlassen hatte und er hatte auch Angst vor seiner Prüfung, da er aus Erfahrung wusste, dass nicht die Leistung für die Benotung zählen würde, sondern oft die Laune des Professors. So konnte eigentlich jeder mit jeder Leistung bei den Prüfungen bestehen, ebenso aber konnte jeder mit jeder Leistung bei den Prüfungen durchfallen. Das zu wissen war nicht gerade förderlich für die Motivation zu lernen.

Ich war im Mai manchmal recht depressiv. Diese Phasen kamen mit dem Tragen der Siedlungskartons und auch dann, wenn ich fühlte, dass Tony über manches viel zu lange nachdachte. Manchmal überlegte ich, einfach mit dem Auto gegen einen Baum zu fahren, denn dann müsste ich nicht mehr siedeln und ich müsste mir auch nicht mehr Sorgen über meine oft so ungewisse Zukunft machen. Diese Phasen kamen manchmal rasch und vergingen aber wieder. Als ich Tony einmal über diese Gedanken informierte, antwortete er entsetzt *„Neiiiin“*. *„Würdest du meine Kinder fragen, was mit mir los sei, wenn ich mich nicht mehr im Internet bei dir melden würde?“* fragte ich ihn dann. *„Stell mir diese Frage bitte nieeee wieder“*, und er war tatsächlich ungehalten. Und wieder schrieb er mir, dass ich sehr wichtig für ihn sei und dass ich gut achtgeben müsse auf mich. *„Ich muss dich in zwei Wochen wiedersehen, bitte pass auf dich auf.“*

Meine Mutter hatte Mitte Mai Geburtstag. Als ich Tony darüber informierte, schrieb er zu meinem Erstaunen, dass er sie so sehr liebe. *„Warum?“* fragte ich überrascht. *“Weil sie eine wunderbare Tochter geboren hat – dich. Ich wünschte mir, dass ich sie einmal kennen lernen würde. Sie ist wie meine Mutter.“* Ich schrieb Tony, wie entsetzt mein Vater sei, dass ich mich von meinem Mann scheiden gelassen hätte, obwohl meine Eltern bereits ahnen hätten können, dass das eines Tages passieren würde. Aber wichtig sei für sie, mich vor allem glücklich zu sehen.

Während es in Luxor so heiß war, dass das Internet tagsüber kaum mehr funktionierte, regnete es bei uns unaufhörlich, dass ich manchmal dachte, zum Fisch oder zum Frosch zu mutieren. Das Wetter verstärkte meine Sehnsucht nach Ägypten zusehends. Ich hatte mich mittlerweile sogar erkundigt, ob es möglich wäre, im Sommer mit meinem Auto nach Ägypten zu fahren, damit ich möglichst viele Utensilien mitnehmen könnte, die ich ja mit dem Flugzeug nicht transportieren konnte. Ein Schiff, das mein Auto übers Mittelmeer zustellen konnte, hatte ich bereits gefunden. Ich nahm mit der ägyptischen Botschaft und mit der Reederei diesbezüglich Kontakt auf, um alle benötigten Informationen zu erhalten. Das Ergebnis war ernüchternd. Beim Einführen meines Autos in Ägypten würden 20.000,- Euro an Kaution in Kairo zu bezahlen sein, die ich allerdings beim Ausführen wieder zurückbekommen würde. Sollte das Auto allerdings nicht mehr ausgeführt werden, würde diese Kaution natürlich nicht mehr retourniert. Das bedeutete für mich, falls mein Auto, das nun schon zehn Jahre alt war, beschädigt würde, müsste ich trotzdem die teure Verschiffung nach Österreich bezahlen, um wieder an die Kaution zu kommen und, hätte ich einen Unfall in Ägypten, würde mich das teuer zu stehen bekommen. An eine Mitnahme meines Autos war also nicht mehr zu denken, das wäre finanziell untragbar gewesen.

Mittlerweile hatten auch meine Klienten schon bemerkt, dass ich dreimal hintereinander in Ägypten auf Urlaub war. Sie alle wussten, dass ich Reisen über alles liebte, doch natürlich fragten sie nach, da ich normalerweise niemals zweimal dieselbe Destination buchte. Als ich ihnen einmal erzählte, dass ich Arabisch lernen würde, fragten sie mich direkt *„Warum?“* Sprachen bilden. Egal, was man lernt, es bringt einen persönlich immer voran“, antwortete ich damals. Mit dieser Antwort gaben sie sich auch zufrieden und hörten auf, nachzufragen.

Die Tage, an denen wir uns vier oder fünfmal im Internet trafen, vermehrten sich nun zusehends. Manchmal hatte ich das Gefühl den ganzen Tag nichts anderes tun zu wollen als Tony zu sehen, ihn zu fühlen und ihm zu schreiben. Wir wussten, dass wir uns bald wiedersehen würden und unsere Körper drohten zu explodieren. *„Ich brauche dich, meine Frau. Ich muss dich umarmen, ich muss dich spüren. Du kannst dir nicht vorstellen wie sehr ich dich liebe."* schrieb mir Tony sehnsüchtig. *„Ich möchte deine Frau sein."* Ich wünschte mir nichts sehnlicher, als Tony endlich zu heiraten. *„In einer Woche werden wir uns wiedersehen".* Ich zählte nicht nur die Tage, ich zählte auch die Stunden. Ich konnte es kaum erwarten ihn wiederzusehen.

Das dritte Wiedersehen

Nichts war anders als je zuvor. Samstagnachts konnte ich nicht schlafen. Ich wohnte ja schon in meiner neuen alten Studentenwohnung. Ich packte bis Mitternacht und setzte mich dann wieder einmal in Bewegung Richtung Ägypten. Ich schleppte meinen schweren Koffer den engen Gang hinunter durchs Stiegenhaus und rumpelte mit ihm durch den langen Gang und weiter zu meinem Auto. Etwas übermüdet fuhr ich Richtung Wien zum Flughafen. Das Fenster machte ich zeitweise auf, damit die kalte Luft mich munter hielt, dann wieder zu, da es nachts wirklich noch frisch war. Natürlich war ich wie immer viel zu früh in Wien und wartete geduldig auf meinen Flug. Um 4:55 Uhr morgens hob die Maschine ab, die geplante Ankunftszeit war um 8:45.

Doch da war DOCH ein Unterschied. Diesmal wartete NIEMAND auf mich. Ich holte meinen Koffer vom Band, erkundigte mich nach meinem Bus und hatte das Gefühl, dass mich alle im Bus musterten, da ich alleine unterwegs war. Ich verließ den Bus und checkte erwartungsvoll im Hotel ein. Ich hatte im Zentrum Hurghardas gebucht, aber doch direkt neben dem Meer. Mein Zimmer war erwartungsgemäß noch nicht zu beziehen, da ich sehr zeitig im Hotel war, so holte ich meine Badesachen aus dem Koffer, kleidete mich in der Hoteltoilette um und ging zum Strand. Ich organisierte mir selbst eine Liege und versuchte mich zu entspannen.

Schon kam ein sehr unsympathischer Masseur auf mich zu und wollte mir eine Massage verkaufen. Etwas übermüdet und angewidert, aber doch freundlich, lehnte ich ab. Und als ich gerade wieder am Einschlafen wa,r kam ein Mann zu mir, der mir einen Tauchgang verkaufen wollte. Ich war leicht genervt und versuchte, ihn in arabischer Sprache abzuwimmeln. Er war total überrascht. Er antwortete in Arabisch, doch ich verstand ihn nicht. Er lächelte verschmitzt. Natürlich wollte er wissen, warum ich Arabisch sprach. Als ich ihm erzählte, dass mein Mann Ägypter sei, reagierte er etwas argwöhnisch. *„Warum ist er dann nicht da? Warum sind Sie dann bei uns im Hotel? Warum will er sie dann nicht sehen? Was macht er denn und woher kommt er?“* Seine Fragen prasselten gleich so auf mich ein. So war es also aus mit meinem Schlaf. Und da mir der junge Verkäufer sympathisch war, erzählte ich ihm ein wenig. Mein Mann sei aus Luxor, er werde natürlich kommen, aber noch nicht jetzt, er müsse arbeiten. Und da ich ans Meer wollte, würde er nachkommen. Wir würden uns später sehen. Leider hätte ich nur kurz Urlaub, aber er würde kommen.

Und ehe ich mich versah, war ich die... *„die Frau vom Ägypter“.* Nein, eigentlich war ich *„die ägyptische Frau“.* Alle Hotelangestellten sprachen schon bald von mir und über mich. Das machte ich mir dann auch zunutze. Am Montag schon fragte mich ein Strandkellner, wann mein Mann kommen wolle. Da er mich zuerst ansprach, war ich freundlich und höflich und fragte ihn mit einem Augenzwinkern auch gleich, ob er mir sein Handy leihen würde. Ich würde nur meinen Mann anrufen, er hätte dann den Klingelton und würde sofort zurückrufen. Für den Strandkellner entstünden keine Kosten. Der Kellner war vorerst etwas skeptisch. Genau begutachtete er die Nummer, die ich wählte. Ich legte sofort ab. Und tatsächlich, Tony rief mich sofort zurück – es klappte also. Natürlich blieb ich beim Flirten neben der Bar sitzen, um nicht den Eindruck zu erwecken, ich würde mit dem Handy verschwinden. Der Kellner gab mir aber mit einem Blick zu erkennen, ich solle mich doch zu meiner Liege zurückziehen. Ich ging also weg von den Leuten, legte mich bequem auf die Liege und telefonierte 20 Minuten. Glücklich gab ich dem Kellner nach dem Telefonat das Handy zurück und bedankte mich oftmals.

Er wusste nun, dass ich ihn nicht angelogen hatte mit dem ägyptischen Mann. Er ermutigte mich, jederzeit zu ihm zu kommen, wenn ich mit Tony telefonieren wollte. So konnte ich täglich mehrmals telefonieren und abends chattete ich vom nahe gelegenen Internetcafe. Ich bummelte durch Hurgharda und wenn mich jemand ansprach, antwortete ich in Arabisch. So hatte ich niemals lästige Verkäufer hinter mir her schwatzen. Alle unterließen das, denn da ich Arabisch konnte, könnte ich ja hier leben und meinen ägyptischen Mann zu ihnen schicken, wenn sie mich belästigten, also war ich schlagartig für alle Ägypter tabu.

Bei meinen abendlichen Spaziergängen amüsierte ich mich über nervöse Touristinnen, die, gerade wenn sie blondhaarig waren, sich kaum aus den Fängen der Verkäufer befreien konnten. Sobald sie zum Auslagenschauen stehenblieben, waren sie Futter für die Verkäufer. Mich allerdings ließen sie immer in Ruhe.

Ich wartete von Tag zu Tag ungeduldiger auf Tony. Es sollte noch bis Mittwoch dauern, bis er nach Hurgharda kam. Ich versuchte, so viel arabisch zu sprechen wie möglich, da ich meine Sprachkenntnisse erweitern und vertiefen wollte. So bestellte ich beim Essen immer Besteck, ich nannte alles namentlich, was ich haben wollte. Ich forderte den Kellner auf, mir noch ein Glas zu bringen. In der Bar fragte ich, bei wem ich zahlen könnte. Am Strand fragte ich nach einem Teller mit Melone. Ich sprach ausschließlich Arabisch, ich sprach wenig, ich war schüchtern beim Sprechen, weil ich oft nicht wusste, ob sie mich wohl auch verstehen würden, doch ich schaffte es immerhin, dass die Hotelangestellten fünf Tage lang nicht wussten, welche Nationalität ich hatte. Und ich lernte einen ägyptischen Pharmazeuten kennen, der mit seinem Freund, einem ägyptischen Rechtsanwalt, ebenfalls im Hotel Urlaub machte. Natürlich nahm er mit mir Kontakt auf, als er mich eines Abends wieder einmal allein in der Bar sitzen sah. Ich sah mir gerade die Show der Animateure an, als er sich mit seinem Freund an den Nachbartisch setzte und einen Mochito nach dem anderen trank. Die viele Pfefferminze roch angenehm. Wir kamen ins Gespräch und er versuchte, mich für sich zu begeistern. Er war mir nicht unsympathisch, doch ich war mit Haut und Haar nur eine Frau, und zwar die von Tony.

So kam endlich der Mittwoch. Noch nie hatte ich mich im Urlaub so darüber gefreut, dass die Tage vergingen, aber diesmal konnte ich es kaum erwarten. Tony rief mich gegen Mittag an. Er wäre nun in Hurgharda und würde in einer Stunde bei mir sein. Eigentlich wollte er vor dem Hotel auf mich warten, aber als ihn die Securities nach seinem Anliegen fragten und er ihnen erzählte, dass er auf seine Frau warten würden, ließen sie ihn weiter in die Hotellobby, damit er im Hotel auf mich warten konnte. Sie wussten ebenfalls von ihm und mir Bescheid – es hatte sich also im ganzen Hotel herumgesprochen.

Als ich in die Lobby kam und Tony entdeckte, begann ich zu laufen. Dort fiel ich ihm ungestüm um den Hals und wischte mir eine Freudenträne aus dem Gesicht. Ich hatte eine kleine Tasche mit, denn ich würde nun zwei Tage mit ihm zusammenwohnen bei dem Quartiergeber, bei dem wir zuvor immer gewohnt hatten. Nur würden wir diesmal im dritten Stock wohnen und keine Monatsmiete bezahlen, sondern nur für zwei Tage. Eng umschlungen verließen wir das Hotel und machten uns auf den Weg. Obwohl wir uns viel zu erzählen hatten machten wir uns gleich wieder auf den Weg zum Strand, den wir zuvor immer besucht hatten. Auch dort wurden wir sofort wieder erkannt. Ich fühlte mich, auch wenn es eigenartig klingt, wirklich schon ein bisschen heimisch.

Wir sprachen den ganzen Nachmittag. Wir unterhielten uns über alles, auch übers Heiraten, doch es gab immer noch keine Ringe. So war für mich die Sache gleich wieder erledigt. Am Abend, beim Shisha-Rauchen, sah mir Tony wieder tief in die Augen. *„Wenn du heiraten willst, ich mache das sofort. Und wenn du jetzt heiraten willst, dann lass uns einfach zum Notar gehen.“ „Nicht ohne Ring. Ich kann so nicht heiraten. Und ich will nicht so zwischendurch heiraten. Tony, so geht das nicht.“* Und während ich so sicher und selbstbewusst ablehnte, wusste ich, dass ich – wenn er nochmals nachgefragt hätte – ihn sofort geheiratet hätte und alle meine guten Vorsätze über Bord geworfen hätte.

Obwohl Tony eigentlich nur eine Nacht bleiben wollte, blieb er dann doch zwei Nächte. Dennoch war dieses Wiedersehen viel zu kurz. Ich überlegte mir, dass ich doch tatsächlich 3000 km zu meinem Geliebten flog für nur 45 Stunden, die er mit mir verbrachte. Er musste rasch zurück, da er für seine vorletzte Prüfung an der Uni lernen wollte, von der er den Prüfungstermin noch nicht einmal kannte.

Für mich war dieses Wiedersehen notwendig, da ich ihn so sehr vermisste, aber zugleich war es beschämend für mich, dass er es nicht organisieren konnte, mehr Zeit mit mir zu verbringen. Wo war seine Sehnsucht nach mir? War das wirklich ALLES?

Als Tony sich von mir am Morgen verabschieden wollte, überredete ich ihn, noch ein wenig zu bleiben. Wir gingen noch in eine Shisha-Bar und als wir gemeinsam rauchten, rannen mir auch schon die Tränen übers Gesicht. Meine Augen röteten sich. Ihm war das sichtlich unangenehm doch ich konnte meine Gefühle nicht in den Griff bekommen. Tony fotografierte mein weinendes Gesicht, doch ich reagierte nicht darauf. Mein Herz schien zerbrechen zu wollen. Ich umarmte ihn immer und immer wieder, bevor ich ihn losließ, damit er zum Busbahnhof fahren konnte.

Wieder zurück im Hotel registrierten die Hotelangestellten, wie traurig ich war. Am Strand weinte ich erneut auf meiner Liege. Ich rief Tony an und begleitete ihn mit unzähligen Telefonaten auf seinem Weg von Hurgharda nach Luxor.

An diesem Nachmittag ging ich in Hurgharda von Haus zu Haus und notierte mir alle Telefonnummern der Schilder, auf denen ich „to rent a flat“ erkennen konnte. Außerdem sah ich mir etliche Wohnungen an und verhandelte bereits über den Preis. Ich notierte mir alle Namen meiner Gesprächspartner, da Tony und ich im Juli, wenn ich dann wirklich zu ihm nach Hurgharda kommen würde, eine gemeinsame Bleibe benötigen würden. Zusätzlich ging ich von Hotel zu Hotel und fragte die Hotelchefs, ob sie an der Rezeption oder in der Gästebetreuung eine deutsch-/englisch-/italienisch-sprachige Hilfe brauchen würden. Eigentlich würde ich alles machen im Hotel, ich würde sowohl im Büro als auch im Service arbeiten. Ich hatte viele Gespräche, von denen fast alle im Sande verliefen. Trotzdem verlor ich nicht den Mut.

Abends sah ich die jungen ägyptischen Hotelgäste erneut. Sie luden mich sofort an ihren Tisch ein. Wir sprachen über so vieles, unter anderem auch über Tony. Sie rieten mir misstrauisch zu sein. Ich wäre viel zu gut und viel zu leichtgläubig, sagten sie zu mir. Es gäbe viele junge Ägypter, die Ausländerinnen um ihr Geld betrügen würden und ihr die Ehe vorgaukeln würden, die sie aber dann, wenn sie genug Geld hätten, verlassen würden, um eine Ägypterin zu heiraten. *„Nein, das würde mein Tony niemals tun“*, antwortete ich etwas gekränkt. So wechselten wir das Thema und unterhielten uns über so Vieles.

Am nächsten Morgen kurz vor meiner Heimreise verabschiedeten sie sich noch herzlich von mir und wünschten mir alles Gute für meine Zukunft. Auch der Kellner von der Strandbar wünschte mir alles Gute. Er wünschte mir, dass ich mich richtig entschieden hätte und dass meine Wünsche von einer gemeinsamen Zukunft mit Tony in Erfüllung gehen würden. Er wünschte mir aber auch, dass ich nicht enttäuscht werden würde.
Damals dachte ich mir noch nichts bei all diesen Wünschen.

Als ich vom Tourguide der Reisorganisation abgeholt wurde und ihm über meinen bevorstehenden Ortswechsel erzählte, bot mir der doch tatsächlich einen Job in einem Fünfsterne-Hotel südlich von Hurgharda an. Sie würden dringen jemanden benötigen und würden mich sofort aufnehmen. Er gab mir sämtliche Kontaktdaten und forderte mich auf, dort unverzüglich einen Lebenslauf hin zu senden. So trat ich also mit hoch erhobenem Haupt die Heimreise an in der Kenntnis, nicht nur eine Wohnung, sondern auch eine Arbeit für meine Zeit ab Juli gefunden zu haben.

Am Flughafen telefonierte ich erneut mit Tony. Ein Boutiquenbesitzer lieh mir sein Telefon, nachdem ich ihm ein hübsches T-Shirt abgekauft hatte. Tonys Stimme klang eigenartig am Telefon. Nach meiner Nachfrage sagte er nur, er hoffe, dass mein Flugzeug gut landen würde. Er hätte Angst, dass wir uns nie mehr wiedersehen würden. Ich war total deprimiert nach unserem Gespräch. Danach trat ich wieder einmal mit vielen Tränen in den Augen die Heimreise an.

KAPITEL 9

GEPLANTER NEUBEGINN IN MEINER NEUEN HEIMAT ÄGYPTEN

HEIRATEN – JA ODER NEIN?

Und wieder sahen wir uns nur mehr in der Webcam. Ich vermisste Tony sehr, aber es sollte ja nicht mehr lange so bleiben. Nachdem ich Tony richtig lang im Netz auf mich warten lassen hatte, stellte er amüsiert fest, dass ich mich bereits wie eine Ägypterin verhalten würde. Er schmunzelte und es war in Ordnung für ihn. Gespannt wartete er auf mich, da er mir etwas erzählen wollte. So erfuhr ich von einem seiner Freunde, der mit seiner Verlobten Zärtlichkeiten vor der Ehe austauschte und Angst hatte, dass sie schwanger werden würde. Überrascht teilte ich Tony mit, dass seine Religion alle Zärtlichkeiten vor der Ehe verbieten würde, aber sein Freund würde nun dasselbe tun wie er... Zärtlichkeiten vor der Ehe austauschen. *„Aber er hat sich mit ihr in der Kirche verlobt und er wird in sieben Monaten heiraten.“ „Und wir sind auch verlobt und wir wollten auch heiraten... das ist dasselbe...“*, entgegnete ich ihm. Tatsächlich sollten wir längst verlobt sein, doch da Tony das Geld für die Ringe nicht aufbrachte, hatten wir die Verlobung bereits mehrmals verschoben. *„Wir haben nur darüber gesprochen“*, reagierte Tony kurz.

Ich	**Tony**
Ja, weil du die Ringe nicht besorgt hast...	
Fühlst du dich nicht verlobt? Bitte antworte mir...	Ich habe keine Antwort.
Gibst du mir bitte eine Antwort?	Ja, ich habe mich verlobt gefühlt, aber wir haben uns nicht verlobt... das geschieht nicht durch Gefühle...
Weil du die Ringe nicht besorgt hast.	Wenn du die Bibel lesen würdest würdest du´s wissen...
Aber wir können uns niemals in der Kirche	

verloben, du weißt das...
Und so verstehe ich aus deinen Worten, dass wir niemals heiraten werden, weil es für dich ohne Kirche nicht möglich ist, hab ich Recht?

Ja, wir sind anders.

Nein, hast du nicht. Für mich ist´s in Ordnung wenn wir ohne Heirat zusammenleben, weil ich dich so sehr liebe, aber ich kann nicht zum Militär gehen. Das ist so anstrengend für mich, ich will dort nicht hin.

Tony, wahre Liebe ist stärker als das Militär, da bin ich mir sicher. Du wirst das schaffen. Du wirst dein Glück anschließend 1000 Mal zurückbekommen. Aber es ist wahrscheinlich so wie meine Mutter mir gesagt hat: *„Vergiss ihn, er will dich nicht.“*

Schatzi, können wir später sprechen?

Nein, warum später? Später bin ich nicht allein. Du willst mich ganz einfach nicht mehr...

Tony hielt ganz einfach an seinen Gedanken fest, dass, wenn er sich für mich entschied, er auf alle Fälle zum Militär musste, und wenn er sich gegen mich entschied, sollte er, so wie ihm schon im März der Mönch prophezieen hatte, frei sein vom Militär. Er war so fixiert in diese Vorstellung, dass er für alle Argumente unzugänglich war. So war ich mir sehr oft nicht sicher, ob er mich wirklich so sehr mochte oder ob ich ihm ganz einfach gelegen kam.

Erneut machte Tony mir einen spontanen und wieder etwas kostspieligen Vorschlag...

Tony

Hör mir zu. Ich zahle noch einmal fürs Militär, um sicher zu gehen, dass ich nicht hin muss.

Ich

OK, es ist in Ordnung für mich.

...und ich brauche 500,- Euro, um für meine Mutter Arztkosten und Medizin zu bezahlen und noch einmal 2.000,- Euro fürs Militär. Dann können wir gemeinsam in Ägypten leben. Denk drüber nach.

Das ist o.k. für mich.

Und wenn du zustimmst, ist das in Ordnung für mich.

Ich habe gerade zugestimmt, weil ich dich wirklich so liebe.

Nein, denk erst darüber nach. Nimm dir Zeit für deine Entscheidung.

Ich hab darüber nachgedacht und mich gerade eben entschieden.

Ich werde dir dieses Geld vielleicht nicht mehr zurückgeben.

Ich weiß. Wenn wir zusammen leben, werde ich kein Geld von dir zurückverlangen. Dann ist meines deines...
Hast du damit gerechnet, dass ich zustimmen würde?

Ich weiß nicht. Nein, ich habe nicht damit gerechnet...

Erneut schrieb ich ihm alle meine Vorstellungen und meine Wünsche, die ich an einen Ehemann hatte, und fragte ihn, ob er meine Vorstellungen erfüllen könnte. *„Ich bin nicht neu für dich, du kennst mich“*, gab er mir als Antwort zurück. Kein Ja, kein Nein... das waren die Antworten von Tony.
„Ich fühle mich wie wenn ich für dich geboren worden wäre... oder du für mich geboren worden wärst... Wie wirst du das mit dem Militär organisieren?“

Ich war so naiv. Manchmal stellte ich mich nur naiv, um begehrenswert zu erscheinen, doch sehr oft verhielt ich mich tatsächlich wie ein kleines, unerfahrenes Mädchen.

***„Bitte lern zuerst mal für deine Prüfung, das ist am allerwichtigsten. Dann kümmere dich um das Bundesheer“*, schlug ich ihm vor. *„Mach ich, und ich werde die Prüfung diesmal schaffen. Ich hab so viel gelernt. Und jedenfalls, das Militär wird sich nicht verschieben lassen, der Termin ist fix. Wenn ich jetzt nicht durchkomme, werde ich eben beide Prüfungen im Oktober machen müssen. Und im Februar nächstes Jahr muss ich dann zum Bundesheer.“ „OK. Wann möchtest du dann heiraten?“* fragte ich mit der Naivität eines Kindes. *„Wann möchtest DU denn heiraten?“* entgegnete er.**

Wer sich zu diesem Zeitpunkt mit wem gespielt hat ist mir im Nachhinein nicht klar. Vielleicht waren wir auch beide so naiv, auch das könnte sein.

„Jederzeit, sag mir wann du heiraten möchtest. Du entscheidest und ich werde es tun...“.

Wow, was für ein toller Heiratsantrag... ***„Du wirst mich doch hoffentlich heiraten, weil du mich liebst, nicht nur weil ich es so will...“,*** **antwortete ich,** ***„dann möchte ich im Juli heiraten, gleich wenn ich zu dir komme. In der zweiten Juliwoche bin ich bei dir.“ „Ja, das passt mir. Und ich werde die Ringe besorgen und du zahlst den Rechtsanwalt, der uns mittels Vertrag traut. Passt das für dich?“ „Und wir leiten der Vertrag an die Botschaft weiter, wenn du vom Militär befreit bist.“ „OK.“***

Ich	**Tony**
Du wirst die 2.000,- Euro nach unserer Hochzeit bekommen, nicht vorher. Ist das für dich in Ordnung?	Habibi...
Ja...	Wenn du zusammenbleiben willst mit mir und ich ohne Angst vor dem Militär sein soll, schicke mir das Geld heute!
Nein, sicher nicht. Du bekommst die 500,- Euro vorher und die 2.000,- Euro nach der Hochzeit, ich bin ja kein Idiot... Du hast dich noch nicht einmal erkundigt, ob du dich freikaufen kannst.	Ich hab jetzt gerade angerufen.
Ich hab jetzt gerade nicht so viel Geld, du musst warten. Sonst liebst du mich nicht. Zuerst die Hochzeit, dann bekommst du das Geld.	Habibi, ich will dein Geld nicht. Du vertraust mir nicht. Es ist in Ordnung.
Du bekommst es im Juli. Das Geld ist zurzeit gesperrt.	Nein, danke, es ist ok, ich will´s nicht mehr.
Du kannst dich bei anderen Österreichern erkundigen, du kannst nicht jederzeit dein Geld von der Bank holen, manchmal musst du warten, bis du darauf zugreifen kannst...	Ich will es nicht mehr, danke. Ich will die 500,- Euro auch nicht.
Ich muss mich bei der Bank erkundigen, ich kann´s dir jetzt nicht schicken.	... aber diese Woche noch... du kannst es im Internet überweisen, so wie du es das letzte Mal auch gemacht hast... Wann kannst du das

organisieren?

Ich kann das tun, aber nur, wenn ich Geld auf meinem Konto habe, und ich hab jetzt nicht so viel Habibi, ich muss erst ein Sparbuch auflösen. Ich muss warten auf das Geld, du kannst alle Europäer fragen, bei uns ist das so.

Ich brauche das Geld bald. Ich hab dir gesagt, dass ich dich so sehr liebe, aber ich kann nicht zum Militär gehen, ich würde dort sterben. Ich muss jetzt lernen, wir haben jetzt so lange gechattet, ok?

Tony war zu dieser Zeit unheimlich genervt. Natürlich stresste ihn die herannahende Prüfung, die nun endlich am 13. Juni sein sollte, andererseits hatte er zum ersten Mal in seinem Leben Zahnschmerzen, doch er konnte nicht zum Zahnarzt gehen, da ich ihm das Geld ja nicht überwies. Und ich hatte keine 2.500,- Euro auf meinem Konto, die ich so einfach aufbringen konnte. So teilte mir Tony mit, dass er dann nicht mehr mit mir zusammenbleiben könnte, wenn ich das Geld nicht unverzüglich schicken würde. So hing unsere gemeinsame Zukunft also erneut von einer Geldtransaktion an ihn ab. Wieder wollte er sofort nach meiner Rückkehr, dass ich ihm Geld schickte. So flossen meine Ersparnisse dahin und mein Gehalt war meist zwei Wochen vor seinem Eintreffen schon verplant. Ich machte jede Überstunde, die möglich war, ich versuchte so viel zu verdienen wie irgendwie möglich, da ich mittlerweile echte Geldsorgen hatte. Da Tony mich wegen des Geldes dermaßen stresste, getraute ich mich nicht, ihm einfach eine kleine Summe für den Zahnarzt anzubieten, so musste er also leiden.
Tony nützte die Chance auf eine Freistellung vom Militär und erkundigte sich bei einem Arzt um eine Bestätigung, dass er untauglich wäre. Obwohl er wusste, dass das nicht ganz rechtmäßig, wäre versuchte er erneut, sich freizukaufen. Seiner Mutter konnte er das nicht erzählen, da sie sonst zu schockiert gewesen wäre. Ja, er könnte das von einem Militärarzt organisieren, mit viel Geld allerdings und das sofort, obwohl die Freistellung erst in neun Monaten vorgelegt würde. Ich traute diesem Versprechen nicht ganz. In meinem geistigen Auge sah ich mich wieder einmal viel Geld überweisen für eine Bestätigung, die sich dann erneut als hinfällig herausstellte. Tony hatte ja zu diesem Zeitpunkt bereits 4.200,- Euro an das Militär für Zwecke der Freistellung bezahlt. Erneut würde er Geld hinbringen, und das Schlim-

me an der ganzen Sache war, dass es bis auf 1.000,- Euro immer mein Geld war.

Wie vernarrt und geblendet war ich doch. Meine Kollegen hätten mich zu diesem Zeitpunkt wahrscheinlich am liebsten entmündigen lassen, sie konnten meinen Motiven nicht mehr folgen. Und ich kam, trotz medizinischer und psychotherapeutischer Begleitung, nicht aus diesem Teufelskreis heraus. Ich war schwach und willenlos – wie eine Fahne im Wind.

An diesem Tag warf ich Tony vor, dass er nicht auf mich warten würde. Ich unterstellte ihm, wenn ich ihm das Geld überweisen würde, würde er mich nicht im Juli treffen und er würde nicht mehr für mich da sein. Ich teilte ihm mit, dass ich das Geld doch, wenn auch mit einigen Schwierigkeiten, organisieren könnte, danach würde er aber von meiner Bildfläche verschwinden – ich traute ihm ganz einfach nicht mehr.

Warum immer diese Eile, wenn er Geld von mir benötigte? Und dachte er, bei mir würden tausende von Euros auf meinem Konto liegen. Obwohl ich ihm so oft erzählte, dass bei uns das Geld hart und schwer verdient werden musste, hatte er den Eindruck, wenn ich zur Bank ginge, bräuchte ich nur abzuholen, was ich gerade brauchen würde.

Tony war diesbezüglich so naiv.

Trotz meiner Vorwürfe versprach mir Tony, Anfang Juli nun endlich die Eheringe zu kaufen und für ihn und mich im Kreise seiner Freunde eine schöne Verlobungsfeier zu organisieren.

Damals baute ich auch Kontakte zu einem anderen Ägypter auf, den ich im Urlaub im Hotel kennen gelernt hatte. Er war Moslem, sein Name war Hany, und er war aus Alexandria. Von Zeit zu Zeit trafen wir uns im Chat und ich hielt ihn auf dem Laufenden. Ich erzählte ihm, dass Tony mich vor ein paar Tagen – wieder einmal – verlassen hätte, aber dass er, wenn ich ihm rasch Geld senden würde, mit mir zusammenbleiben würde.

Das alles klingt nun, da ich gerade dieses Buch schreibe, unglaublich, unrealistisch und irreal. Und ich schäme mich fast für mein dümmliches, naives Verhalten. Was war damals nur los mit mir??? Im Nachhinein betrachtet kann ich es gar nicht fassen, was damals alles so mit mir geschehen ist.

Warum habe ich mich niemandem komplett anvertraut? Warum habe ich mich so geschämt? Warum war ich nur so hilflos?

Ich erzählte Hany alles, was passiert war. Ich erzählte ihm, dass Tony Zeit bräuchte, um sich zu entscheiden, ob er mit mir zusammenbleiben könnte, doch Hany schrieb mir, dass er sich bestimmt bereits entschieden hätte. Er würde nur mehr auf mein Geld warten und würde mich anschließend sofort verlassen. Er riet mir, mich vor den Ägyptern ich Acht zu nehmen. *„Denk daran, wie alt er ist. Er ist noch ein Kind. Du wirst dich immer um ihn kümmern müssen. Und wenn er dich jetzt nicht verlässt, dann macht er das eben später. Und dein Heiratsvertrag in Ägypten wird ungültig sein, wenn du später einen machst. Du verdienst einen aufrichtigen Mann, der zu dir passt. Du bist eine tolle Frau. Und du bist mit ihm so loyal für NICHTS. Ich versteh dich, keiner will alleine leben, aber du wirst das später gut organisieren können. Er will wahrscheinlich nur dein Geld. Es gibt Dinge im Leben, die wir durch harte Erfahrungen lernen müssen. Schau doch auf die schönen Seiten des Lebens. Und warum eigentlich möchtest du überhaupt unbedingt in Ägypten leben?"*

Hany war so ehrlich zu mir und dennoch war ich für alle seine aufrichtig gemeinten Argumente zugänglich wie eine Wand – sie prallten einfach alle an mir ab. Schade, dass ich damals so war wie ich eben war... So viel Leid hätte mir erspart bleiben können.

Da ich Tony den gewünschten Geldbetrag nicht schicken konnte, wusste ich, dass er mich verlassen würde. So schrieb ich Tony einen Brief im Internet. Ich musste das tun, da ich wieder einmal nachts kaum schlafen konnte und in der Früh tränenüberströmt erwachte. Mir waren der Druck und die Ungewissheit, was mich in der Zukunft erwarten würde, einfach zu groß. Ich empfand die Geschehnisse dieser Zeit als bösen Traum. Meine Mutter riet mir erneut, ich solle Tony einfach vergessen. Er würde mich nur anlügen und ausnutzen und er würde mich niemals als seine Frau akzeptieren, da ich geschieden sei. Und Tony hätte sich zum Kasperl bei seiner Familie und seinen Freunden gemacht, da ich zu alt für ihn sei. Was solle er mit mir machen? Und außerdem würde er mich in Zukunft sicherlich nicht gut behandeln. Er hätte mich nur so lange akzeptiert, solange ich ihn mit Geld unterstützt hätte, aber nun, da ich ihn auch heiraten wollte, wäre er meiner überdrüssig geworden. Er hätte noch die letzte gemeinsame Woche genossen und würde mich nun verlassen.

Ich konnte diese Worte meiner Mutter so gar nicht fassen. Ich verstand sie sehr wohl, doch ich begriff sie nicht. Ich nahm mir nur vor, das alles zu überleben. Ich wollte nicht daran zugrunde gehen, auch wenn ich nicht wusste, wo ich leben würde, was ich in Zukunft arbeiten würde und ob ich die Auszeit von meinem Job nun, wie mein Chef das im Kollegium bereits verlautbart hatte, nehmen sollte oder nicht. Ich schämte mich ganz einfach für alles, was mir passierte. Ich kapselte mich komplett von allen Personen ab.

Tony schrieb ich, dass ich dieselben Schmerzen durchlebte wie wenn er gestorben wäre. Für mich wäre es das Gleiche ob er sterben würde oder ob er mich verlassen würde.
Mein Herz sei nun mit ihm gestorben und es werde nie mehr zum Leben erwachen. Ich war innerlich tot.

Heimlich bereute ich, dass ich ihm das Handy, das ich ihm vor meiner Ägyptenreise kaufen wollte, nicht gekauft und mitgebracht hatte. Tony hatte mir so oft erzählt, dass sein Handy nahezu kaputt wäre und nun, da er tatsächlich nicht mehr am Handy erreichbar war, war es wahrscheinlich wirklich komplett funktionslos.

Ich liebte ihn so sehr, dass ich nur mehr ein Blatt meiner selbst war, getrieben von meiner Hoffnung, hinunter gedrückt durch meine Trauer.

Wieder kontaktierte mich Hany im Internet. Und wieder fragte er nach den neuesten Gegebenheiten. Und er erzählte mir, dass das ägyptische Militär nicht korrupt sei, ein Freikaufen sei gar nicht möglich. Das hatte mir zuvor auch schon einer der Freunde von Tony erzählt. Ich schrieb Hany, dass ich zu Gott beten würde, dass er mir den richtigen Weg zeigte. Hany war sehr nüchtern und hielt erneut fest, dass Tony nur seinen Spaß mit mir haben wollte und auch mein Geld. *„Nothing happens without any reason. Your decision is coming from you."* Er meinte auch, dass diese Art von Männern Ägypten so schaden würde. Ich könne auch ohne Tony in Ägypten leben. Ich sei stark und könne mich auch allein durchschlagen. *„Ich glaube, dein Mann liebt dich* *nicht, er nützt dich nur aus. Verkompliziere dein Leben nicht durch Liebe, nütze einfach den Moment. Dann ist alles viel leichter.“*

Am selben Abend trat auch Tony wieder in mein Leben. Er hätte nachts ebenso wenig geschlafen wie ich, er hätte gelernt, fern gesehen und in die Sterne geschaut. Und er hätte den Mond gefragt, was nun mit ihm und mit mir geschehen würde. DAS konnte nicht gespielt sein. Ich lief wie Wasser durch seine Hände.

Er versprach dem Mond, dass er ihn in 7 oder 8 Jahren mit mir gemeinsam besuchen käme. Der Mond hätte ihm aufgetragen, seine große Liebe nicht ziehen zu lassen. Er würde nach mir keine Liebe mehr finden, und wenn doch, so würde es nicht mehr gleich sein wie seine erste Liebe. Tony war romantisch wie schon lange nicht mehr. Er fühlte, dass er mich vielleicht verlieren würde. Und als ich ihn fragte, ob wir vom Himmel aus mit dem Mond sprechen würden, reagierte er entsetzt: *„Möchtest du, dass ich sterbe?“*

Tony wechselte sofort das Thema und er erkundigte sich bei mir, was er als nächsten Job auswählen solle, Massagen verkaufen oder Tauchgänge verkaufen in Hurgharda. Ich riet ihm Zweiteres, wir chatteten angeregt und schon wieder war da diese Feststellung, dass er die 2.500,- Euro unverzüglich benötigen würde.

Ich fragte ihn: *„Kann ich dich auch etwas fragen? Wann wirst du mich verlassen, dieses Jahr, nächstes Jahr oder in drei Jahren? Wann wirst du mich wieder so verletzen wie am Montag, als du mich verlassen wolltest? Wenn du mir das noch einmal antust, werde ich nach Ägypten kommen und mich vor deiner Türe umbringen, ich werde ein Messer nehmen und meine Adern damit aufschneiden. Ich kann nicht mehr...“ „Neiiiin.“* Tony bekam es nun doch mit der Angst zu tun. Tony brachte mich erneut an die Grenze der Selbstzerstörung. Er spielte mit mir ein Spiel, aber für mich war das bereits ein Tanz zwischen Leben und Tod. Er versuchte mich aufzumuntern und neckte mich, damit ich mich etwas entspannen konnte.

In meiner Verzweiflung kontaktierte ich erneut einen seiner besten Freunde im Internet und ersuchte ihn, Tony aufzufordern sein Telefon abzuheben, wenn ich anrief. Mehr sprachen wir nicht miteinander. Tony reagierte daraufhin so aufgebracht, dass er wieder erreichbar war. Und am nächsten Tag überschüttete er mich erneut mit Komplimenten. Er würde mich so vermissen – und, im Juli würde er mich nicht wieder verlieren. Er würde mich jetzt so gern umarmen, er hätte so große Sehnsucht nach mir. Seine romantischen Worte flogen nur so auf mich zu. Erneut schmolz ich dahin.

Chatten war an diesen Tagen fast unmöglich. Stets hatte Tony zu lernen oder das Internet funktionierte nicht. Erst als ich ihm mitteilte, dass ich das Geld überwiesen hätte, wurde er etwas geduldiger. Auf mein Drängen hin und auf meine Feststellung, dass ich ihn so vermisste, schrieb er mir ebenfalls, dass er ohne mich nicht leben könnte. Er sei verrückt nach seiner Frau.

Ich fischte nach Komplimenten und Liebesbezeugungen, doch leider war alles virtuell... Ich war zu unklug, um die Situation zu überblicken. Diesen Abend versprach ich ihm einen gemeinsamen Urlaub in der Dominikanischen Republik.

In den folgenden Tagen trafen wir uns immer gerade ein paar Minuten, um festzustellen, dass entweder das Netz nicht funktionierte, er lernen musste oder ich für meine Kinder kochen sollte. Am 10. Juni, kurz vor seiner vorletzen Prüfung, chatteten wir ganz verrückt. Tony teilte mir mit, dass er mich so begehrten würde. Ich liebte diese wilden, romantischen Chats mit ihm – aber natürlich war alles virtuell und nicht real, dennoch keimte Hoffnung auf ein Wiedersehen auf.

Endlich ließ sich Tony auch seinen Zahn reparieren. Er beklagte sich, dass während der Behandlung aus dem kleinen Loch plötzlich so ein großes Loch wurde. Auch wäre der Zahnarzt sehr böse mit ihm gewesen, das er eine weiße Füllung verlangt hätte und nicht die schwarze Amalgamfüllung des Arztes akzeptiert hätte. Er warf mir vor, dass ich dafür verantwortlich gewesen wäre. Alles, egal ob gut oder schlecht, ich war seiner Meinung nach immer für alles verantwortlich. Trotz allem war der Chat recht harmonisch. So vergingen die letzten beiden Tage vor seiner Prüfung, er schlief tagsüber, in der Nacht lernte er, und wir trafen uns täglich gegen Mitternacht im Chat. Tony war nervös wegen seiner Prüfung, doch da er wirklich viel gelernt hatte, sollte es diesmal klappen.

Am Sonntag, dem 13. Juni 2010, startete er Richtung Universität. Wir vereinbarten, dass er mir unverzüglich nach der Prüfung ein SMS schickte, wie es ihm gegangen sei. Wir vereinbarten außerdem, dass wir uns um spätestens 18 Uhr im Chat trafen. Bevor er morgens startete, schrieb er mir noch gegen 7:30 ein sehr nettes E-Mail:

“Good morning, Schatzi, I studied so much and I´m strong but it´s you who made me strong. I love you so so much. I promise you to stay all my life as slave for you and make for you all what makes you happy. I want kiss your lips, I like them so much. With you I know what means love, what means great princess. I will see you today when I come back. I think I will be here at 6 pm. I kiss you my wife, I love you.”

Meine grosse Liebe stirbt – Juni 2010

Das waren die letzten Worte, die ich von Tony gelesen habe. Gehört haben wir uns nicht mehr.

Ich zitterte den ganzen Tag mit mit ihm, denn ich wusste, dass seine schriftliche Prüfung drei Stunden dauern würde. Ich rief ihn mehrmals an, doch logischerweise antwortete er nicht, er war ja bei der Prüfung. Nach der Prüfung wollte er sich mit dem Militärarzt treffen und ihm die 2.200,- Euro übergeben, die er in einem Kuvert in seiner Tasche bei sich führte. Da diesmal 2.000,- Euro nicht mehr ausreichten, blieben seiner Mutter von den übersandten 2.500,- Euro nur mehr 300,- Euro für Arztkosten und Medikamente zur Verfügung. Ich ermahnte ihn noch, vorsichtig zu sein und niemandem zu erzählen, dass er so viel Geld bei sich hatte. Ich wies ihn darauf hin, wie gefährlich das wäre. Diese Summe entsprach immerhin ein bis zwei Jahresgehältern eines ägyptischen Durchschnittsverdieners.

Doch Tony schickte mir kein SMS mehr. Er meldete sich auch nicht mehr. Trotz stundenlangen Wartens auf ihn im Internet erschien er auch nicht mehr online. Er schickte mir auch kein E-Mail. Ich begann um 3 Uhr nachmittags auf ein SMS zu warten. Ab 18 Uhr war ich andauernd online.

Ich konnte nicht schlafen. Ich weinte. Ich fror. Ich kann mich genau an alles erinnern. Wirre Gedanken schwirrten in meinem Kopf. Ich hatte Angst und weinte – ich weinte um ihn. Und ich fürchtete mich. Ich konnte niemanden, der ihn kannte, erreichen. Sein Bruder war nicht online, seine Freunde waren ausnahmsweise nicht im Chat. Glücklicherweise hatte ich sein Passwort aus Facebook. Ich stieg in seinen Link ein und wartete online, ob einer seiner Freunde erschien. Sie alle mochten mich nicht, weil ich älter war als er, weil ich Europäerin war, weil ich ihn und er mich liebte, weil ich geschieden war, weil ich keine Ägypterin war, weil ich ganz einfach ehrlich war und weil ich meine Meinung offen sagte. Sie mochten mich nicht, weil ich auch mit Männern sprach, also war ich zwangsweise eine Hure. Und sie mochten mich nicht, weil ich das hatte, was sie wollten – Freiheit, Geld und Arbeit.

Trotzdem brauchte ich gerade jetzt jemanden, der mir weiterhalf. Ich brauchte sie jetzt ganz einfach. Und ich vertraute ihnen, dass sie mich in dieser Situation zu unterstützen würden. Sie alle wussten, dass ICH ihn wirklich liebte.

Kapitel 10

Die Machenschaften von Luxor

Die Machenschaften von Luxor

Um 7 Uhr morgens kam Mena, Tonys bester Freund, im Internet online. Sogleich fragte ich ihn über Tonys Profil, was los sei. Ich erzählte ihm, dass Tony seit seiner Prüfung am Vortag nicht mehr erreichbar sei und dass ich mir solche Sorgen machen würde und deshalb die ganze Nacht nicht geschlafen hätte. Ich hätte online auf ihn gewartet, doch er wäre wie vom Erdboden verschluckt.

Mena	**Ich**
Ich weiß nicht wie ich dir das sagen soll...	Sags mir einfach.
Tony ist tot.	Neiiiin, das kann ich nicht glauben, warum weißt du das?
Ich bin ganz sicher. Es gab in der Nähe von Luxor einen Autounfall und er wurde ins Krankenhaus gebracht...	Und?
und dort ist er gestorben... Mein Vater sah ihn mit seinen eigenen Augen...	Warum hat dein Vater ihn gesehen?
Er arbeitet in diesem Krankenhaus und er sah ihn mit seinen eigenen Augen...	Neiiiin, ich kann das nicht glauben...
Ich kann´s auch nicht glauben, er war wie mein Bruder. Heute in der Früh waren wir in der Kirche und haben für ihn gebetet.	

Ich	**Mikael**
Weißt du, wer ich bin?	Ja, ich kenne dich, ich kenne dich aus Facebook, wir haben schon miteinander gesprochen...
Ich mach mir solche Sorgen um Tony. Weißt du, was los ist?	Tony ist tot.

Bist du dir sicher?	Ja, er hatte einen Autounfall, er ist dabei gestorben. Ich war Montagnachmittag in der Kirche, bevor er auf den Friedhof gekommen ist.
Du bist für ihn in die Kirche gegangen?	Ja, sicher.
Wer war dort?	Viele Leute, seine Familie, all seine Freunde, seine Nachbarn...
Und du bist nicht mit zum Grab gegangen?	Nein, es waren so viele Leute dort, so bin ich nicht mehr nachgegangen.

Ich war wie erstarrt vor Schmerz. Diesen Tag musste ich ausnahmsweise erst um 9 Uhr zu arbeiten beginnen, so lag ich noch im Bett mit meinem Laptop vor mir, erstarrt, Informationen einholend über Tony. Ich wollte wissen was passiert ist. Ich wollte wissen, wo er starb. Ich wollte wissen, wie er starb. Ich wollte wissen, warum er starb. Ich wollte wissen, ob er Schmerzen hatte oder ob er sofort tot war. Ich wollte wissen, wann er starb. Ich wollte wissen, warum er sofort begraben wurde. Ich wollte alles wissen, einfach alles.
Ich war wie in Trance. Ich chattete, als hätte ich mich irgendwie nun auf einer anderen Spur in meinem Leben befunden.

Ich sah auf die Uhr, stand auf, ging zur Dusche und putzte meine Zähne. Ich zog mich an, fuhr zu meinem Arbeitsplatz und wollte meinen Dienst beginnen. Eine Kollegin sah mich seltsam an. *„Du siehst schlecht aus. Hast du eine schlimme Nacht gehabt?"*

„Tony ist tot." Daraufhin brach ich zusammen.

Ich setzte mich hin und brach in Tränen aus. Meine Kollegin war richtiggehend geschockt. Bäche von Tränen flossen über mein Gesicht. Mein Leben verlief neben mir wie ein Film. Ich hörte Stimmen, war aber nicht in der Lage mich zu artikulieren. Ich saß einfach nur da und weinte. Ich hörte meine Kollegin sagen: *„Na, so kann sie jedenfalls nicht arbeiten. Geh bitte zum Administrator und lass sie aus dem Dienstplan nehmen."* Danach hörte ich: *„Was sollen wir jetzt mit ihr machen?" „Sie braucht einen Arzt." „Ich kann sie führen, mein Dienst beginnt erst später." „Wer ist dein Hausarzt?"* Ich wurde also auch gefragt, aber ich kann mich nicht erinnern, dass ich geantwortet habe. *„Bringen wir sie zum Nervenarzt. Sie braucht einen Spezialisten.“ „Lass sie für morgen krankschreiben.“* Daraufhin packte mich eine meiner Kolleginnen und fragte mich, ob ich gehen könnte. Sie sagte mir nur, sie werde mich nach dem Arzt nicht in meine Wohnung bringen, denn alleine könne ich heute nicht mehr sein. Sie fragte mich, ob es für mich in Ordnung wäre, wenn sie mich in das Haus meiner Kinder und meines geschiedenen Mannes bringen würde. Und eine andere Kollegin versprach mir, mich zu Mittag besuchen zu kommen.

Ich stand auf. Meine Beine waren wie aus Gummi. Meine Kollegin führte mich hinunter zum Parkplatz. Alle Kollegen und Kunden im Haus erkannten meinen erbärmlichen Zustand. Meine Kollegin setzte mich in ihr Auto. Sie schnallte mich an und fuhr mit mir davon.

Beim Arzt angekommen meldete sie mich an und brachte mich auch gleich in ein Extrazimmer. Der Arzt kam schnell. Er verschrieb mir Beruhigungsmittel und gab mir wenige Tage später einen Kontrolltermin, an dem er mich wiedersehen wollte. Danach brachte mich meine Kollegin nach Hause. Sie wich nicht von meiner Stelle, bis sie von einer anderen Kollegin abgelöst wurde, die - für mich etwas überraschend - meine Tochter mitgebracht hatte. Die Kollegin hatte sie aus der Schule abgeholt und dort gemeint, es sei ein Notfall, ihre Mutter würde sie jetzt sofort benötigen. Verschwommen nahm ich beide wahr. Ich war noch immer in Tränen aufgelöst. Erschöpft lag ich auf der Wohnzimmercouch. Ich konnte nicht sprechen. Ich ging so bald wie möglich wieder ins Internet, um weitere Informationen zu erhalten. Erneut traf ich auf einen Freund von Tony.

Ich	**Josef**
Hallo, Josef, ich bin´s, die Frau von Tony.	Hallo.
Josef, weißt du, dass Tony tot ist?	Nein, das hab ich noch nicht gehört.
Wirklich, ich hab mit Mena gesprochen und er hat mir das erzählt. Er hat mir erzählt, dass sein Vater im Krankenhaus in Luxor arbeitet. Es gab einen Autounfall, sie haben Tony ins Krankenhaus gebracht und er sah, dass Tony tot ist.	Das glaub ich nicht. Aber ich bin gerade in Hurgharda, ich weiß es nicht.
Doch, hast du das nicht gehört?	Ohhh, nein. Vergiss ihn.

WAS??? Wie kann ich ihn vergessen? Er ist meine große Liebe. Kannst DU deine große Liebe vergessen? Josef, du bist doch verlobt...	Ja.
Liebst du deine Frau?	Sicher.
Kannst du sie vergessen???	Sicher nicht!
Wie kann ich Tony dann vergessen???	

Über die eigenartige Art und Weise der Antworten wurde ich stutzig. Kein Schreckensgeschrei, keine Regung, kein Nichts – das war Josefs Reaktion. Und das, obwohl er Tony seit seiner Schulzeit kannte und er wirklich ein guter Freund von ihm war. Er meinte nur trocken *„Vergiss ihn.“* War das echte Freundschaft???

Ich	**Beshoy**
Du bist ein Freund von Tony. Ich bin seine Frau. Weißt du das?	Nein, das weiß ich nicht...
Hat er dir das nicht erzählt, obwohl du sein Freund bist???	Nein
Ahaaa....	Aber ich sah ihn einmal mit einer Frau in Luxor... Das war, glaub ich, im Februar...
Wirklich? Wann war das?	
Aha, das war ich, ich war im Februar in Luxor, ich habe seine Familie besucht. Beshoy, erzähl mir von Tony... sie haben mir erzählt, dass er tot ist, aber ich weiß nicht, ob das wahr ist...	Ich weiß es auch nicht, ich arbeite gerade in Amerika, aber wenn du willst, frage ich Freunde von mir aus Luxor.
Ja, bitte, weißt du, ich mach mir solche Sorgen um ihn.	Ich habe gerade mit meinen Freunden telefoniert. Mach dir keine Sorgen, er ist ok, er wurde am Sonntagabend in Luxor gesehen und es geht ihm gut. Mach dir keine Sorgen um ihn.
Ok, vielen Dank.	

Jetzt war es raus. Ich konnte es nicht glauben. Beshoy log mich doch an... Das konnte nicht sein, dass Tony sich von mir so verabschiedete. Natürlich hatte ich bemerkt, dass seine Freunde alle sehr eigenartig über den Tod von Tony schrieben, doch was war nun eigentlich wirklich los?

Da ich beruflich unmittelbar vor einem wichtigen Projektabschluss stand und mit den Beruhigungsmitteln zumindest einigermaßen mein Gleichgewicht nach außen fand, beschloss ich, am nächsten Tag wieder arbeiten zu gehen. Getrieben von meinen Terminen arbeitete ich geflissentlich und sorgfältig, getragen wurde ich von einem Trancezustand, herbeigeführt durch meinen tiefen Herzriss und die Beruhigungsmittel. Ich war in Schwarz gekleidet, ich trug Trauer. Mein Chef und auch etliche Kollegen kondolierten mir betroffen und bekundeten mir ihr Beileid. Ich war nur mehr eine Marionette meines Schicksals und nahm alles kommentarlos und ohne Regung zur Kenntnis.

Meine Kollegin stoppte mich im Gang. Sie fragte mich, ob ich mir sicher sei darüber, dass Tony tatsächlich tot sei und wies mich darauf hin, mich bei der Botschaft in Kairo über den Unfall zu erkundigen. Das tat ich noch am selben Tag, aber nicht, so wie sie mir vorschlug, um mich zu vergewissern. Nein, ich bezweifelte die Richtigkeit der Auskünfte nicht, ich wollte nur die Antworten auf die vielen Fragen, die ich an seine Familie und auch an seine Freunde gehabt hätte. Doch von der Familie hatte ich keine Telefonnummern und sein Bruder und seine Freunde waren nicht im Internet anzutreffen. So schrieb ich an die österreichische Botschaft in Kairo folgendes E-Mai:

„Sehr geehrte Damen und Herrn,

ich habe heute gegen 14:30h bereits mit einer sehr freundlichen Dame der Österreichischen Botschaft in Kairo telefoniert und um folgende Hilfe ersucht:

Mein Verlobter ist laut Aussage seines besten Freundes gestern bei einem Autounfall ums Leben gekommen. Da ich von der Familie niemanden erreichen kann, um Rückfrage zu machen, ersuche ich Sie, mir Auskunft über die Richtigkeit der Information zu geben. Obwohl ich diese Information nicht im Geringsten anzweifle ist mein Leid so groß, dass ich zurzeit in tiefer Trauer und so gut wie arbeitsunfähig bin. Mein Verlobter und ich wollten im Juli heiraten, eine gemeinsame Wohnung war bereits vorhanden, ebenso wie eine verbindliche Jobzusage für mich von einem 5-Sterne-Hotel südlich von Hurgharda.

Ich ersuche Sie folgenden Tod zu bestätigen:

Tony Sedhom Makram
nozalha street beside alsekh hofny mosque
Luxor
geboren am 18.7.1981

Student in Qena, Studienfach Geschichte/Ägyptologie in englischer Sprache verunglückt am Sonntag, den 13. Juni 2010 auf der Fahrt von Qena nach Luxor zwischen 17-18Uhr Ihrer Ortszeit als Insasse in einem Minibus
5 Tote

Bitte bestätigen Sie mir den Erhalt des E-Mails sowie den Tod meines Verlobten, damit ich mein Leben in den Griff bekomme. Ich habe meinen Arbeitgeber bereits über mein Ausscheiden informiert, was ich natürlich sofort wieder rückgängig machen muss, da mein Traum, ein Zusammenleben mit meiner großen Liebe Tony, nun nicht mehr möglich ist.

Falls Sie Begleitumstände in Erfahrung bringen oder einen Internetartikel in englischer Sprache finden, so geben Sie mir diese bitte weiter. Ich ersuche um baldige Information.

In tiefer Trauer und verbundenem Dank für Ihre Hilfe."

Die Antwort ließ nicht lange auf sich warten. Mein Mail wurde am nächsten Morgen gelesen und ich wurde am selben Tag von einer Botschaftsangestellten angerufen. Sie versicherte mir, sie hätte sich telefonisch bei der Polizeipräfektur in Luxor und Qena erkundigt, aber es gäbe keinen Unfall auf dieser Route und keine Toten. Ich war fassungslos. Am selben Abend war Tonys Handy zweimal sehr kurz online.

Tags darauf erhielt ich von einer Botschaftsangestellten folgenden Link - http://www.1001geschichte.de. Ich konnte es nicht glauben. Und jetzt starb mein Herz tatsächlich, fünf Tage nachdem Tony angeblich gestorben war. Ich wusste, alles war eine Lüge. Ich war nun ebenfalls tot, ich war eine Hülle um meinen Körper. Ich war nicht mehr ich selbst.

Ich	Mena
Warum hast du das gemacht, warum hast du mir erzählt, dass er tot ist, wenn er nicht tot ist? Warum sprichst du über Dinge, die du nicht weißt?	
	Lass Tony, lass ihn, du suchst nur nach Gründen, damit er die Beziehung nicht beenden kann.
Warum hast du mir nicht die Wahrheit gesagt? Warum sagst du Dinge, die du nicht weißt?	
	Sprich nicht mehr mit mir! Wenn du nicht aufhörst mit mir zu sprechen werde ich dir Dinge über Tony erzählen, die dich dazu veranlassen, dass du dich umbringst. Ohhh, bitte Gott hilf ihr...

Es war einfach widerlich. Ich war nach Strich und Faden ausgenommen worden. Alle wussten Bescheid, nur ich nicht. Alle deckten seine Machenschaften, alle... es war genau so wie mich etliche Bekannte im Vorfeld gewarnt hatten. Ich war sooo verletzt.

Ich nahm Kontakt auf mit Betroffenen unter der E-Mail-Adresse, die ich von der Botschaft bekam. Da las ich viele wahre Geschichten und stieß in meinem Leben zum ersten Mal auf den Begriff BEZNESS, Brutale Ernsthafte Zerstörung Nach Einem Skrupellosen Seelenraub. Ich wusste, dass mir dieses Schicksal ebenfalls zuteil wurde, ich las aber nach, dass ich nur eine von 12.000 Betroffenen aus Österreich und Deutschland war. Auf dieser Homepage gibt es zurzeit mehr als 220 wahre Kurzgeschichten, die sich eigentlich zum Großteil immer ähnlich lesen. Insgesamt gab es seit 2008 täglich über 3.000 Zugriffe auf die Homepage, insgesamt waren es auf der deutschsprachigen Seite seit der Freischaltung im Jahr 2008 mehr als 3,5 Millionen Zugriffe.

Nicht nur ich, viele Frauen waren Opfer von ähnlichen Liebesgeschichten... und sie alle wünschten sich nur ein Märchen aus TausendundeinerNacht.

KAPITEL 11

DAS ENDE UNSERER GESCHICHTE

DIE WAHRHEIT UND NICHTS ALS DIE WAHRHEIT

Tony hatte tatsächlich einen Unfall. Während er im Krankenhaus in Kairo lag und sich etliche Tage nicht an seine Identität erinnern konnte, luden seine Freunde ihren ganzen Hass auf unsere Beziehung ab. Sie fielen damit nicht nur mir ins Kreuz, sondern auch ihrem besten Freund. Sie brachten unsere Beziehung so ins Wanken, dass an einen weiteren Kontakt nicht mehr zu denken war. Nach unzähligen Weinkrämpfen erfing ich mich zumindest so gut, dass ich den Sommer am anderen Ende der Welt verbringen wollte und kurzerhand nach Kuba flog. Wir blieben lose in Kontakt bis zum Zeitpunkt meines Abfluges.

Ich erzählte Tony, dass er nicht der einzige Mann sei, der mich verehrt hätte. Es gäbe andere Männer auf dieser Welt, die sich freuen würden, wenn ich auch nur einmal mit ihnen ausgehen würde. Es würde nach ihm sicherlich früher oder später einen anderen geben, der mich tatsächlich auf Händen tragen würde, so wie ich es verdienen würde. Bevor ich mich zum Flughafen aufmachte, bekam ich noch folgendes E-Mail:

„Wer ist dieser Mann, der dich treffen möchte. Wenn ich erfahre, dass du ihn wirklich triffst, werde ich ihn umbringen. Sei bitte stark und sei nicht traurig, denn ich möchte dich nicht traurig sehen. Du bist immer stark wie ein Felsen, ich weiß das. Du hast mich gelehrt stark zu sein, also bitte sei auch du stark. Bald werde ich dir etwas mit Gästen aus Graz mitschicken, denen ich so viel von dir erzählt habe. Und was ich dir noch sagen wollte, du bist hübsch, sehr hübsch, das kann niemand übersehen. Sei einfach stark. Und wer bin ich??? Um das alles mit dir zu machen? Du bist eine Prinzessin und ich bin nur ein Mann."

„Warum hast du mich so betrogen? Warum hast du mich dazu gebracht meine Tochter zu verlassen? Ich habe beschlossen bei dir zu bleiben, um dich glücklich zu machen, um dir die Österreichische Staatsbürgerschaft zu geben, um hier eine gute Arbeit für gutes Geld zu finden, mit der du später auch deine Familie unterstützen kannst oder dir einen Shop in Ägypten kaufen kannst. Warum hast du das alles nun nicht mehr gewollt? Du bist so verrückt diese Chance vorbeiziehen zu lassen. Und ich wollte immer in Ägypten leben. Ich bin so enttäuscht von dir. Und für mich warst du wirklich DIE GROSSE LIEBE. Ich habe alles zurückgelassen wegen dir, aber du hast gar nicht gemerkt, wie sehr ich dich liebe.“

Und so verbrachte ich den Sommer in Kuba anstelle mit Sack und Pack in meine neue Heimat Ägypten zu übersiedeln, um dort meinen geliebten Mann, für den ich zuvor alles über Bord geworfen hatte, zu ehelichen. Und ich begann, mein Buch zu schreiben. Viele Monate musste ich noch Medikamente nehmen, um alles, was mir zugestoßen war, zu verarbeiten. Nach dem Urlaub, als ich meinen Job wieder mehr oder weniger erholt aufnahm, kamen auch wieder vereinzelt E-Mails von Tony. Er schrieb mir offline, er schrieb mir kurze Nachrichten in Facebook und er postete auch dort.

Es war also noch nicht ausgestanden... und langsam, nach und nach, begann mein verletztes, blutendes Herz sich wieder zu erholen. Es fürchtete sich, und dennoch war es wieder da für ihn – es war wieder da für Tony. Er war wieder da.

Nachwort

Trotz dieses Buches oder vielleicht gerade deshalb hat sich mein Leben erneut in ganz andere Bahnen begeben. Das Verfassen dieses Buches hat sich entgegen meiner ursprünglichen Erwartungen über mehr als zwei Jahre hingezogen. Immer wieder musste ich unterbrechen, da ich nicht mehr in der Lage war, weiterzuarbeiten, wenngleich alle Geschehnisse in meinem Kopf waren. Ich konnte zeitweise einfach nicht schreiben, und oft rannten mir auch nach zwei Jahren noch unvermittelt Tränen über meine Wangen. Ich musste alle E-Mails durchlesen und in Facebook konnte ich noch auf viele Nachrichten zugreifen.

Ich löschte alle E-Mails, Facebook-Einträge und SMS, so wie ich es mir es am Beginn des Buches vorgenommen hatte, das waren insgesamt 1726 Kontakte. Etliche Chats von uns zogen sich über mehr als 40 Seiten, ich hatte also wirklich viel zu lesen und konnte mich daher an so gut wie alle Situationen exzellent erinnern. Jetzt allerdings ist alles, wirklich alles, auf meinem PC gelöscht, aber mir bleibt ja noch das Buch, das ich geschrieben habe.

Und irgendwann, wenn meine Tochter älter ist, wird sie vielleicht einmal dieses Buch lesen und hoffentlich wird sie diese Erfahrungen nicht selbst machen müssen.

Aber dieses Buch habe ich vorwiegend aus zwei Gründen geschrieben:

- um mich selbst von der Last zu befreien, die auf meinem Herzen lag und
- um Frauen, die so neugierig sind wie ich, aufzuzeigen, dass ein Traum auch zum Albtraum werden kann.

Ich habe viel gelernt in diesen zweieinhalb Jahren. Ich habe alles auf eine Karte gesetzt und hätte beinahe alles verloren. Gott sei Dank haben mir meine Kinder die Scheidung einigermaßen verziehen. Heute habe ich wieder Kontakt zu beiden von ihnen. Dieser Kontakt ist so innig, dass ich damit zufrieden bin. Mein geschiedener Mann akzeptiert mein Leben mittlerweile und glücklicherweise stehen mir meine Eltern wieder bei.

Ich habe in diesen Jahren viel verloren, aber ich habe dafür meine Freiheit zurückbekommen. Doch – Freiheit habe ich mir anders vorgestellt. Frei sein bedeutet allein sein. Frei sein bedeutet allein leben. Frei sein bedeutet auch, am Abend allein ins Bett zu gehen.
Freiheit ist also manchmal zugleich auch Einsamkeit.
Mein Leben ist jedoch verrückt – es hat sich so unglaublich anders entwickelt und es ist dennoch wahr. Mein Leben ist nicht einfach, dafür ist es einfach kompliziert – aber es ist wahr.
So bin ich – das bin ich – und ich stehe zu mir.
Ich bin eben anders als andere...

Danksagung

Auf diesem Wege möchte ich mich bei Uli bedanken, die mir während dieser schweren und sehr turbulenten Zeit als Gesprächstherapeutin zur Seite stand. Sie hörte sich mit viel Geduld alle meine Sorgen an und gab mir wertvolle Gedankenanstöße, mich aus meiner mir damals ausweglos scheinenden Situation zu befreien. Sie war es auch, die mich, nachdem ich ihr erzählt hatte, dass ich begonnen hätte, ein Buch über mein Leben zu schreiben, ermutigte, all meine Gedanken und Erlebnisse festzuhalten. Sie war es, die mir sagte, dass Probleme mitunter besser verarbeitet werden können, wenn man sich alles „von der Seele schreibt". Sie war es, der ich mein erstes Exemplar versprochen hatte und sie wird es sein, der ich mein ersts Buch schenke. Danke, Uli, dass du damals für mich da warst.

Bedanken möchte ich mich auch bei meinen lieben Kolleginnen Doris, Jutta und Elke, die mich damals nach meinem Zusammenbruch an meiner Arbeitsstelle betreuten und mich nachher nicht mehr aus den Augenwinkeln ließen. Stets beobachteten sie mich ein wenig und fragten zu geeigneten Zeitpunkten nach, ob ich reden wolle und ob ich Hilfe bräuchte. Ich wusste, dass sie für mich da wären und das tat mir gut.

Bedanken möchte ich mich auch bei manch anderen Kollegen, die mich damals zwar vielleicht nicht verstanden haben, die mir aber doch irgendwie durch Worte oder auch durch kleinen Gesten zu verstehen gaben, dass ich nicht allein war. Sie schätzten an mir, dass ich mein Herz der Liebe verschrieb mit allen seinen Konsequenzen – sie schätzten an mir die Stärke und den Mut, in der Liebe siegen zu wollen.

Bedanken möchte ich mich auch bei meiner Lektorin, die mit ihrer germanistischen Präzision mein Buch korrekturgelesen hat. Liebe Maria, vielen Dank, dass du trotz all deiner Umbauarbeiten zu Hause die Zeit gefunden hast, das Buch zu lesen.

Bedanken möchte ich mich auch bei meinen Freundinnen Silvia, die mir kurzerhand eine Wohnung vermittelte, Margret, die mir mit Massagen und Mentaltraining die notwendige Stärke gab und Doris, die eigentlich die erste Person war, der ich durch Zufall zu einem schon sehr frühen Zeitpunkt mein Herz ausschüttete. Sie begleitete mich mit ihrer Stärke, mit ihrem Verständnis und mit ihrer Zuversicht durch diese schwere Zeit.

Mein größter Dank ergeht an meine Familie, die mich in dieser Zeit trotz all der schockierenden Nachrichten, die ich ihnen damals gebracht hatte, nicht im Stich gelassen hat. Vor allem meinem geschiedenen Mann danke ich, dass er mich trotzdem so lange neben sich duldete, obwohl ich ihn damals so verletzt hatte. Und er stand mir auch nach meinem Auszug von zuhause noch bei, wenn ich seine Hilfe benötigte. Meine Kinder öffneten glücklicherweise erneut ihre Herzen. Und meine Eltern akzeptierten jede neue Situation, wenn auch oft mit Schrecken. Sie waren es auch, die schlussendlich bei meiner Hochzeit anwesend waren.